绿野千鹤 作品

什么王子不王子，所谓的母星对他来说太过遥远，已经没什么感情了。他所有的感情，都靠着眼前人，与这颗蔚蓝色的星球连在了一起。

临时保镖

大结局

绿野千鹤 著

江苏凤凰文艺出版社
JIANGSU PHOENIX LITERATURE AND ART PUBLISHING

目录

Part 2 洋娃娃（下）

“雨会停的，一切都会好起来的，疼爱你的人始终都会等着你的。”

第三十五章

“哎……”翟辰来不及问，伸出的手讪讪地缩了回来，转头拍拍还在走神的高雨笙，“发什么呆呢？”

高雨笙丝毫没有发呆被唤回的愣怔，自然地把车钥匙递给翟辰：“要去帮忙？”

那边警车已经蹿出去了。翟辰发出“啧”的一声，把车钥匙揣兜里，拉着高雨笙快步走出去：“开什么车呀，就一条街。”

“啊？”高雨笙被拽着出了警局，直奔翟辰先前工作的那个幼儿园的方向而去。而没开警笛的警车，在车流中缓慢前行，也只比自行车快了那么一点。

“那个孤儿院的叶老院长，跟叶阿姨是不是有什么关系？”老城区道路狭窄，机动车和自行车混杂着，时不时有骑电动车的愣头青从身边呼啸而过。翟辰让高雨笙走内侧，嫌他走得慢，就一直没撒手。

本来方初阳只说让他去帮忙，没叫高雨笙。但翟辰自己满脑子问号，只能把人拽着边走边问。

那套房子当初是高雨笙他妈妈——叶蓉女士住的地方。翟辰这些年时常去打听，盼望着能得到一点天赐的消息，可邻居都不知道她和她儿子去了哪里。公租房只能出租不能转让，门卫处登记表上登记的房主姓“叶”，所以翟辰一直以为那房子是叶蓉的。而现在，方初阳说那栋房子是登记在高远孤儿院老院长名下的，那个老院长也姓叶。

总不会有这么巧的巧合吧？

“他应该是我外公。”高雨笙慢慢地答道。

“应该？”翟辰没有注意他的小动作，全部注意力都被他的言语所吸引，“是就是，不是就不是，外公这种东西，还能存疑吗？！”

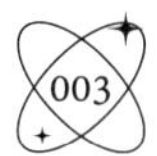

“我也是在他死了之后才知道的。”因为走得太快，高雨笙突然被凹凸不平的地砖绊了一下，好在翟辰拉着他，猛地一提帮他保持了平衡。

两人脚步稍顿，翟辰把他拉近了些：“怎么回事？”

“他活着的时候，没有来找过我，也没有人跟我说起过他。”也对，在别人看来，这种事难以理解，但他早就习惯了。连翟辰都没有来找他，素未谋面的外公不肯见他，也没什么可大惊小怪的。

他本就是个人厌鬼憎的家伙，没有人关心……

“我是问你怎么绊了一跤。”翟辰抬手捏他的脸。

高雨笙的眼睛微微睁大了些，嘴角一点一点翘了上去，没有人关心他……除了哥哥。

“走了，这些事回去再说。”走路心不在焉，这可不像做什么都认真的高雨笙会干出来的事。翟辰只得暂时咽下疑问，神色轻松地拉着高雨笙过马路：“我只问你，跟路长华不熟吧？”

路长华是叶老院长的养子，从严格意义上来讲，也算是高雨笙的舅舅。本以为这件事跟自家小朋友没什么牵扯，这下又给扯上关系了。其实真正带柯南体质的人，是天赐吧。

“不熟。”高雨笙毫不犹豫地回答。

“那成。”

那边的便衣警察已经开始分批下车，四散埋伏。看到目的地，高雨笙很是吃惊。所谓的矿业局家属院，竟然就是翟辰工作的那个幼儿园对面的小区！

“那里不是叫万和家园吗？”

活地图高总，对于常去之地的周边环境了如指掌，不可能记错。

“嗯，那是后来取的名，以前就叫矿业局家属院。”翟辰随口解释着，把高小朋友放在门外安全的地方，跟不远处的方初阳打了个手势，示意他们先别动。

这个小区几栋楼连着，呈扇形分布。院子就这么块巴掌大的地方，站在楼上一览无余。如果一堆刑警齐齐冲进去，楼上的人肯定会发现，到时候狗急跳墙，指不定会干出什么事来。翟辰蹿过去，跟方初阳和范队长商量了两句，自己先出去了，吊儿郎当地晃到门卫杨大爷面前。

“小翟啊，你好久没来了。”杨大爷正坐在门卫亭外摇头晃脑地听评书，瞧见翟辰走过来，顿时眉开眼笑。

“大爷，”翟辰十分顺手地拎了个板凳过来，跟杨大爷坐在一起，“最近有消息吗？”

“你不是说已经找到了吗？”杨大爷诧异地道，这话可是翟辰辞职那天亲口跟他说的。

“咯，一言难尽。”翟辰装模作样地叹息摇头。

汉语博大精深，一句“一言难尽”就能涵盖所有的心酸悲苦。不必再解释到底是出事了，还是懒得说，对方也不好意思再问。像杨大爷这样富有同情心的人，立时就能理解。

“我早上就想给你打电话来着，那家今天有人来住了。想起来你交代不用找了，这才没说。”杨大爷好似潜伏敌方多年、终于立下了大功劳的英雄，却突然想起来自家主公早已放弃此线，了无生趣。骤然听闻主公又需要自己了，顿时挺直了腰板，故作矜持地埋怨了两句。

“真的？！”翟辰眼睛唰的一下亮起来，急急地问，“是什么人？是叶阿姨回来了吗？”

“好像是个男的，天刚蒙蒙亮那会儿进来的。我睁眼瞧着他去了三栋，那屋还亮起了灯，准没错。”杨大爷信誓旦旦地说。

翟辰对杨大爷的看门水准实在不敢恭维。不认识的人进小区，凭人家有钥匙就当成租户放进来，也不问问身份，难怪这小区常年被各种小广告骚扰。唯一的可取之处就是，这小区很少丢车，因为杨大爷只看着自己坐在门卫亭能看见的地方。

不过想想，这小区每月每户二十块钱的看门费还总有人拖欠不给，杨大爷能做到这个程度，已经算是敬业了吧。

“您去帮我问问呗，就说让他补交门卫费。他家不都欠了好几年了吗？”翟辰撺掇杨大爷去打头阵，好探看一下里面是不是路长华。

“行。”吃了翟辰多年的早餐、小点心，杨大爷自然不好意思拒绝，答应得十分爽快。说罢，他起身关了小收音机，拿起那本潦草的收费记录往三栋走去。

翟辰不紧不慢地跟在后面，踏进了那陈旧昏暗的单元门。

一楼的楼梯下面，歪七扭八地放着好几辆自行车，另外还有破箱子、废瓶子、拴狗用的脏绳子。这个小区，在十几年前条件还算是可以的，如今已经十分落后，变得如贫民窟般脏乱。

当年刚从山沟里刨土出来的翟辰，非常喜欢这里，觉得哪儿哪儿都很干净。现在再看，磨圆了角的水泥楼梯贴满了小广告，斑驳掉漆的扶手上落了厚厚的

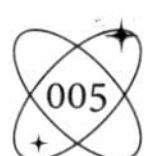

灰尘，早已不是记忆中那个温暖干净的地方了。

杨大爷腿脚不利索，慢吞吞地上了四楼，翟辰就站在三楼拐角处不露头地等着。

门敲三下，没人应。

再敲三下，还是没人应。

屋里的人连脚步声都没有，试图装作无人在家的样子。

不过，这可难不倒常年催交门卫费的杨大爷，他再接再厉，继续拍门并大声呼喝："我是门卫老杨，早上咱们才见过的。这房子欠了两年的门卫费了，你要住的话就得补齐。"

这楼道隔音不好，杨大爷一说话，整栋楼都能听见。对门的邻居好奇地开门探头，问杨大爷："对门住人了？"

"是啊，早上看见他进去的。"杨大爷乐呵呵地说。

"吱呀——"老旧的防盗门轰然打开，翟辰听到了熟悉的声音，立时给方初阳发消息。

屋里住的，当真是路长华。他说话语速很快，明显不愿与杨大爷多纠缠："一共多少钱？我给你。"

"我算算啊，从大前年 6 月就没交了。欸，那是三年没交，瞧我这记性。现在是 9 月，那就是三年零两个月，三十六加二等于三十八个月……"杨大爷用他小学没上完的数学水平，认真计算。

"七百六，这是八百，不用找了。"路长华快被急出尿了，快速帮他算完，塞给他八百块钱就要关门，却被杨大爷一把拦住。

"不行！哪能占你便宜？我给你算预缴的，顶后面两个月的费用，来签个字……"杨大爷较真儿，等终于掰扯清楚，才满意地下楼来，刚走两步就看到了抱着手臂的翟辰，顿时又拐了回去，"你看我这脑子！"

翟辰侧身，向到了二楼拐角的方初阳打了个手势，刑警们悄无声息地快步上来。

咚咚咚！敲门声再次响起，杨大爷的大嗓门继续号："还忘了个事，再开一下门。"

"又干什么？！"路长华不耐烦地打开门，刚探出头，迎面突然扑来两道黑影。表情还未来得及收回的路长华，下意识地闭了一下眼睛，身体先于大脑，立时转身要跑，被扑过来的影子直接按在了地上。

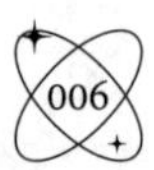

说起来这么多动作，其实只在一瞬。

出手按住他的，正是眼睛还红着的陈照辉。小陈利落地将他一条胳膊别到身后，抬手摸向腰间的手铐，却摸了个空。想起来自己把手铐和警官证都上缴了，不免顿了一下，被按着的路长华趁机拼命挣扎："你们是什么人？凭什么抓我？"

陈照辉差点脱了手，下狠劲单膝抵住他的后腰，将两只手拧在一起。一副手铐递到了面前，小陈抬头，目光越过那反射着银光的金属镣铐，对上了方初阳严肃的脸。

陈照辉吸了一下鼻子，快速接过来，将人扣好。

高雨笙站在院子门口，一寸一寸地看着这座老旧的家属院，骤然感到一阵窒息。

一栋挨着一栋毫无设计感的红砖楼，分三面围住了小小的院子。墙根种着的爬山虎，沿着那斑驳的墙壁蜿蜒而上。贴着瓷砖的老式花坛里，没有种任何观赏性的花草，全是韭菜、小葱和蒜苗。

眼前的景象渐渐蒙上一层泛黄的滤镜，草木依旧，物是人非。

"妈妈，我们是去找哥哥吗？"7 岁的高雨笙，拉着妈妈叶蓉的手，从那栋昏暗老旧的单元楼里走出来，满眼期待地问。

妈妈那时候还很年轻，穿着体面的商务休闲装，一只手拉着他，另一只手拎着小书包："不，咱们去找爸爸。"

"那哥哥呢？"小小的高雨笙觉得自己被骗了，挣开妈妈的手。

"哥哥有新家了，回头再带你去找哥哥，好不好？"妈妈蹲下来，温柔地跟他说话。记忆里，妈妈好像从来没有这么耐心过。

"我想让哥哥跟我一起去爸爸家。"高雨笙已经不是被拐卖之前那个好骗的小孩了，他盯着妈妈的眼睛，追问星星哥哥的下落。

叶蓉深深吸了口气，把孩子抱进怀里："你爸爸不会答应养星星的，等你长大一点再回这里来。如果星星还惦记着你，他会来找你的。"

"呜……我不要爸爸，我要哥哥。"

"不许说这种话了！"妈妈突然严厉了起来，吓得高雨笙立马不敢哭了，她顿时后悔起来，"对不起，天赐，妈妈不该吼你。但你必须跟着爸爸生活，去了之后听爸爸的话。记住，你是妈妈的儿子，谁都不要怕。"

一辆通体漆黑的豪车停在了大门口，喇叭嘀嘀响了两下。

高雨笙爬上车后座，接过妈妈递过来的小书包，努力往里面挪了挪身子，给妈妈腾出上车的位置，却不料，车门在下一刻嘭地关上了，将妈妈隔绝在了车门外。

“妈妈！”高雨笙扑过去就要开车门，车门却咔嗒一声锁死了。

叶蓉就站在车外，双目通红地望着他，勉强挤出个笑来：“天赐，妈妈忘了拿东西，你先去，妈妈一会儿就去找你。”

“你骗人！妈妈，我要下车！妈妈！”高雨笙使劲拍门，山里长大的小孩子还不懂高级车的车门锁怎么手动打开。

车辆启动，司机毫不犹豫地踩下了油门。

“天赐，妈妈爱你……”

母亲的身影越来越远，最终被漫天的尾气遮挡。泛黄的记忆轰然坍塌，露出了眼前现实的真容。

一群人押着罩了黑头套的路长华从楼道里出来，翟辰笑着拍拍一脸蒙的杨大爷，转头看过来，脸上肆意的笑容骤然收敛。

翟辰正帮杨大爷回神，抬眼瞧见高雨笙树桩子一样戳在大门中间，五官深邃的俊脸映着初秋明媚的日光，煞白一片。翟辰立时顾不得什么羊大爷牛大伯了，快步跑过去问道：“雨笙，你怎么了？”

“哥哥。”从颤抖的喉咙里发出气声，他缓缓吐出那无处安放、不敢落地的恐慌，“我想起来了，小时候，咱们是住过这里的！”

翟辰一愣，这小子还真是忘了。怪不得上回来这里，高雨笙毫无反应，平时也很少跟他聊起在这里生活的日子。但他明明还记得山村里的事，没道理记得前面记不得后面，是出过什么事导致部分记忆丢失了吗？

“你一直在找我，是不是？”

对面就是翟辰工作的幼儿园，这些年他始终等在这里，等着天赐回来。明知如此，高雨笙还是不敢确信，只能像个傻子一样反复地问。

就像饿久了的人骤然看到满汉全席，不敢吃也不敢动。怕是大脑制造的临终幻觉，信了就是万劫不复。

“我以为你知道。”翟辰这才明白过来，原来这傻东西一直以为自己没找过他吗？

只是认出之后怕打扰了他，有那么一两天的犹豫，竟然被这么误会了。翟辰一时间又好气又好笑又心疼，伸手拍拍他的背。

“喂，还走不走了？”戴着头套的路长华，被两名警察架着停在半路上，很是疑惑。

翟辰僵硬地抬头，就见杨大爷和刑警队的警察同志，都齐刷刷地盯着他俩。

方初阳脸色铁青：“还愣着干什么？赶紧把他扔车上。”

小陈黑黑的脸上泛起了看不见的红晕，不敢多看，拽着路长华塞进警车。范队长笑眯眯地背着手路过：“辰辰这次又帮了大忙，回头请你吃烤串。”

“好嘞，”翟辰愉快地应了下来，发现方初阳还在瞪自己，立时瞪回去，“看什么看，没见过哄孩子？”

方初阳：“……”

第三十六章

路长华坐在审问室的铁椅子上，拨弄着腕上的手铐，到现在他还是不太明白，自己怎么这么快就被抓了。

昨天晚上，他接到福利院的电话，说有人带走了那几个小女孩，他就知道要糟。叮嘱人把重要的资料毁尸灭迹，自己则关掉手机、带上现金，直奔养父留下的老房子。那个老房子已经荒废多年，除了他没人知道，且在电子系统里查不到房主，是最合适的避难所。

“你不明白？我们更不明白，叶老院长那么好的一个人，怎么养出你这么个丧心病狂的儿子？”方初阳走进来，把文件夹摔到桌上，冷着脸坐下。

关于叶逢秋老院长，陈照辉给他们大致讲了一下，那真的是个不折不扣的好人。小陈跟路长华其实不是很熟，早年路长华只是老院长资助的一个外地孩子，叶老院长的女儿过世之后，才认了路长华做养子。

“不对啊，”坐在沙发上听故事的翟辰提出异议，“那时候路长华都多大了，还收养，摆明了就是继承遗产的。”

虽然也没什么遗产可继承，但名正言顺的继承人应该是他们家天赐。现在可好，连自己姥爷埋在哪儿都不知道，妈妈住过的房子还被这么个半路杀出来的野舅舅给占了。要是这个野舅舅是个好人也就罢了，偏偏是这么个玩意儿。

“他那时候，好像 17 岁吧，未成年。”小陈目前还是犯了错误的同志，处理结果还没出来，不能参与审讯，就被翟辰拽过来讲故事。

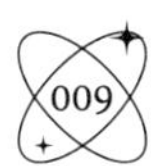

“啥？他长得那么老，今年才32岁？”翟辰不敢相信地说，“哥今年28岁了，还风华正茂呢，总不能过个四年就变成那副熊样吧？”

老实的小陈不知道该怎么接这句话，顿时卡壳了。

高雨笙坐在翟辰身边，正低头发邮件，听到这话不紧不慢地道：“你跟别人不一样，一直都是18岁。”

翟辰哈哈大笑，胳膊搭在他背后的沙发靠背上，手欠拽人家耳朵：“你这马屁拍得过了啊，你见过我18岁的样子吗？”

小陈：“……要不你俩聊，我先去写检查。”

“别呀，继续说，”翟辰不让他走，“叶老院长是个好人，怎么就把路长华教成这样了？”

“好人，好人有什么好下场！”屋里的路长华双手捋了一把头发，“我要不是个好人，能老得这么快吗？我才32岁！”

将额前有些发灰的头发捋到脑后，露出一张并不是很老的脸，只是额头纹路深深，鬓角斑白，才显得那么老成。

“你是好人？那我就能得诺贝尔和平奖了。”负责记录的小马撇嘴，一张马脸拉得老长。

“老头子死的时候，留下一堆烂摊子。这个孤儿院，每年得到的拨款很少，残疾、重病儿童却很多。老头还不愿意节省开销，要给孩子们吃好的，以至于经常入不敷出。”路长华说起这个，禁不住露出苦笑。

小马想制止他说这些没边没际的，被方初阳拦住，示意他继续说。

“有些人领养孩子一分钱不给，而那些人领养会名正言顺地给手续费，你们知道那一笔手续费够买多少东西吗？报销范围外的药品、孩子的玩具、照顾重疾儿童的护工，这些都需要钱。我当然会优先把孩子给付手续费的人了，这有什么错？！”不疾不徐，娓娓道来，路长华自始至终都是那副满脸愁苦、心地善良的样子。

“正规渠道领养，谁也不会说你什么，但你那是正常操作吗？少废话，说正题。”小马实在听不下去了，看着他这张伪善的脸就想吐。

路长华冷笑：“你们见到思思了吧，问过她想过什么样的生活吗？你们每年打拐，救回来那么多孩子却不好好帮他们找亲生父母，都扔给我们福利院。把孩子和收养人分离，又因为规定限制不让其他人领养，这就是善良？她们那么小，很需要父母的关爱。”

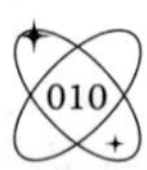

思思那样的孩子，每年都有不少。她们被自己的亲生父母卖掉，又从养父母那里带走，被迫待在孤儿院里缺衣少食、吃糠咽菜。

“那不是收养人，是收买人。”方初阳纠正这个错误观点。

平时这种审问，都是方初阳唱白脸，小陈或者小张唱红脸。今天那两人都不在，换了憋不住话的小马，就只能由方初阳来扮演这个冷静的角色。

差点就信了这说辞的小马，重重地拍了一下桌子：“少扯淡，思思想要家，那瑶瑶呢？人家有父有母，家境富裕，你却要把人家卖到国外去。”

“我早年有父有母，却过得猪狗不如，换一个家庭有什么不好？！这些城市里的孩子，送去外国照样能生活，甚至能生活得更好。而这些孤残儿童，连饭都吃不饱，活着都很艰难了。一个让大家都能好好生活的方法，何乐而不为呢？”

路长华义正词严，坚信自己的理论。

他本身就是被收养的，跟着养父才过上了好日子。他继承养父的遗志，兢兢业业地经营着这家孤儿院，想尽办法创收，让每个孩子都能吃饱穿暖，甚至还有余钱学点技术、买点玩具。这世上再没有比他更好的好人了。

“呸！”方初阳也听不下去了，示意小马记下这人承认拐卖儿童的事实，“你那洋房别墅也是给孩子的玩具吗？非法渠道卖出去的孩子，你知道收养她们的是人是鬼？”

路长华哽住了，闭口不言。

小马脸红脖子粗地走出审讯室，通知小张把孩子送回孤儿院去，自己咕嘟咕嘟灌了一缸子凉水又要回去。

翟辰笑他：“小马怎么变成赤兔马了？”

“辰哥，别笑我了！我快被那孙子给气死了，他竟然说自己是个好人！”小马怒气冲冲地杀回审讯室，嘭的一声关上门。

小张带着思思和其他五个少年从询问室出来，后面还跟着眼巴巴的阿奇：“我跟你们一起去孤儿院吧。”

“阿奇伯德先生，有件事必须告诉你。思思是打拐行动中被解救的儿童，在没有确定她的亲生父母已经身故之前，你不能领养她。”小张拒接了阿奇的跟随，并把事实告知于他，希望他早点放弃对孩子的关注。

阿奇很是无措，求助地看向高雨笙。

“他说得没错。”高雨笙站起来，给阿奇用英文复述了一遍，让他更明白。

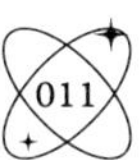

“NO!”阿奇惊呼。

思思在一边听着，眼中渐渐泛起水光，被哑巴拉了一下才忍住了，吸吸鼻子说：“小松哥，院长被抓了，你是不是就不能学电脑了？”

哑巴很喜欢电脑，之前路长华说过要送他去学编程的，学费都准备好了。思思还小，不懂什么是编程，只知道是去学电脑。

哑巴摇了摇头，拉着她上了小张的车。思思回头看阿奇，一直打转的眼泪还是忍不住掉了下来，伸出小手挥了挥跟他再见。

“噢，天哪！我的心都碎了。”阿奇捂着心口，很是难过。

“可以重点调查一下，确系找不到父母，认定遗弃，也可以被领养。”翟辰优哉游哉地走过来，拍拍外国友人的肩膀，在阿奇眼中冒出亮光的时候又说，“但这种事责任太大，轻易不能认定，万一人家父母找来，认定人是要担责任的。”

“她父母把她卖了，就算找回去也会再卖一次。”陈照辉小声说。

阿奇这才明白其中的关系，很是不解：“被亲生父母卖掉的？那应该剥夺他们的抚养权，为什么还要等他们？”

小陈无法回答这个问题，转身回去写检查了。

高雨笙领着失魂落魄的朋友走出警局，鉴于还得靠着这家伙修手表，便开口安慰了他一句：“我让人帮忙调查一下，看有没有线索可以认定遗弃。”

“那太好了，非常感谢你，我的朋友。”阿奇握住高雨笙的手，想给他个拥抱，被翟辰用两根指头推开了。

“不过，就算思思被认定为孤儿了，你也没法收养。”高雨笙严谨地将实际情况告知，作为独身主义者的阿奇，是没有资格合法领养小孩的。

阿奇咬牙，这副非思思不可的样子，让高雨笙颇为惊讶。

翟辰倒是很理解：“这养孩子嘛，也要看缘分。就好比我第一眼看见你，就认准了你做朋友。”

高雨笙呼吸一滞。原本是挺正经的话，由翟辰说出来，就显得不那么正经了，到了思想不端正的高总耳朵里瞬间变了味。

“这个例子举得不恰当，你是找恋人，我是找孩子。”阿奇连忙否认，生怕自己被扯上什么不清不楚的坏名声，影响将来的收养程序。

“嘿，我说……”

“你说得对，”高雨笙握住翟辰的手，提醒阿奇，“下午，我的秘书会带你去

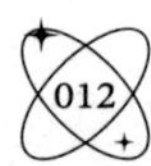

工作室，记得把表卡顿的问题修好。”

这话说得连贯，翟辰和阿奇都以为高雨笙在肯定自己的说辞，便都不再吵了。阿奇还指望着高雨笙帮他解决思思的事，很是利索地答应了，拍胸脯保证，不修好他就不回国了。

商场连续丢失儿童案件，终于告破。社会福利院跨国贩卖人口，这事太过匪夷所思，为防止有人效仿，警方只公布了部分细节：

被拐幼童悉数找到，团伙作案，主要犯罪嫌疑人路某华等人已经被刑事拘留。

恐慌了数日的市民终于安下心来，不过商场里得有一段时间不能用人形玩偶了。

幼儿园恢复了营业，园长给翟辰打电话希望他回来上班：“瑶瑶受到惊吓，需要在家休息一段时间，小胖还没有找到，但他家已经不再来闹了。家长们现在特别希望你回来，说你在的话，大家会很有安全感。”

“不了，我找到长期工作了，刚签了一年的合同，”翟辰用肩膀夹着手机，趴在 CEO 办公室的茶几上签长期劳动合同，“工资还行吧，一年五十万。”

园长：“……打扰了。”

挂了电话，翟辰再次确认了一下各项数字，龙飞凤舞地签上自己的大名，将合同放到总裁办公桌上。

本来高雨笙要他签五年的，翟辰不同意。保镖并不是他最喜欢的职业，等解决了那个暗中的杀手，他就不干了。

“你不是要攒檬檬的手术费吗？”高雨笙单指点在合同期限一栏里，不甘地看着那个短短的“一”字。

“这一年的薪水足够了，”翟辰冲他挤挤眼，“怕什么？就算不是雇佣关系，哥哥也保护你。”

“那你想做什么工作？”高雨笙默默打开一个文档，准备认真记录哥哥的爱好。

翟辰窝回沙发里，摸摸下巴：“开挖掘机。”

头可断，血可流，挖掘机技术不能丢！

第三十七章

大案破获，整个刑警队都松了一口气。接下来就是琐碎的调查、整理工作，倒是没有那么着急，可以不用加班了。

方初阳正看着孤儿院的电子资料，那边手机不停地收到翟辰发来的消息。

——你的工资不用攒，可以拿去买烟了。

——不问问我为啥吗？

——他二舅？

连续不断的“丁零丁零”让人烦不胜烦，方初阳拿起手机看了一眼，顿时黑了脸，噼里啪啦回了一堆——

你要点脸行不行？！高雨笙给你钱你就要，你是去卖身的吗？手术费不够大不了卖房子，回来当你的幼儿园老师，别为了那点钱丢人现眼。

往常这话发出去，翟辰肯定打电话来跟他对骂一百回合。这次，消息已经发出去三分钟了，还没有任何动静，连文字回复也没有。方初阳检查了一下手机信号，确认没有问题。

怎么，还矫情上了？

“副队，”小张拿着一张汇总表走过来，拍拍正跟手机较劲的方初阳，“高远福利院的纸质资料损毁严重，电脑硬盘资料找专家恢复了一下，好歹找回了最近五年的记录。”

方初阳接过来看了一眼。当时他们三个把孩子偷出来，惊动了福利院的人，路长华要求在场的人立刻销毁资料。阿奇提到的合同什么的全没了，连带着早年的一些纸质记录也都付之一炬。目前能查到的，只有最近五年左右的电子资料和一些零星的纸质资料。

“路长华接手孤儿院的时间还不到五年，查他是足够的了。调两个人来帮你，每个孩子都跟咱们系统里的比对一遍。”方初阳看了一眼纸的背面，“这是什么？”

“我翻资料库的时候查到的，跟案件可能没什么关系，就是给你瞅一眼。”

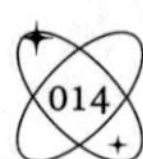

高远孤儿院，是以前高远矿业公司开的。叶逢秋年轻的时候，曾经在矿业局工作，后来被调去负责这家矿业公司。

矿业公司是改制企业，下属单位繁杂。大型企业往往有着完整的生态链，包括附属幼儿园、小学、医院、招待所，等等。只是高远矿业公司比较特立独行，附带了一个孤儿院。

老领导上了年纪，到清闲的下属单位发挥余热，也是常有的事。

“怪不得在矿业局家属院有房子。”小马趴过来凑热闹，“这老居民楼是有讲究的，一楼脏二楼乱，三楼四楼住高干。他家房子在四楼，那肯定是职位高才抢到的。”

“这么闲，是没事干了？”范队长从外面走进来，瞧见几个人不务正业都围在副队长桌前嘻嘻哈哈，笑着咳嗽一声，众人立时作鸟兽散。

只有老实的小陈，始终没有凑热闹。因为犯了错误，不能接触案件，他就在一边做杂活。

“初阳，你过来一下。”范队长往小屋里走，招呼方初阳过去。两人在屋里商量了一会儿，又叫了陈照辉。

小陈进屋，拘谨地低着头：“队长。”

“关于你的处分决定，已经下来了，让方初阳跟你说吧，我还有个会。”说完，范队长拿起帽子就走了。他难得今天穿了制服，想必是挺正式的会议。

方初阳捏着手里的文件，冷着脸瞪小陈：“这次抓捕行动，你提供的线索起到了至关重要的作用，本来应该给你表彰的。不过，你泄露了我们的行动计划，严重违反了行为准则，严格来说，你这身衣服都得脱了。”

衣服，指的自然是警服。小陈满眼不舍地看看自己的上衣，黑不溜秋的T恤，今天的小刑警依旧穿着便衣。

“不是这身！”方初阳抬手敲他脑袋。

“呜……我知道，这事是要脱警服的。那能不能，让我当个协警，留在队里帮你们干活儿，干什么都行。”陈照辉哭丧着脸。

“哭什么哭，瞅你那点出息！”方初阳见他这副模样，更来气，把手里的处分决定拍到他面前，“再敢犯这种错误，扒的可不是这身衣裳，而是你的皮！”

小陈哆哆嗦嗦地拿起那张纸，突然瞪大了眼睛，不可置信地揉了揉。

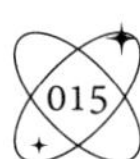

鉴于未造成严重后果，功过相抵，对陈照辉同志做出不予处分的决定。

不予处分……不予处分！

“副副副队！”陈照辉抬头望向方初阳。

“副什么副，好好说话，”方初阳摸出刚才老范给的警官证扔给他，“虽然不处分，但是队里决定扣你半个月工资补贴浪费的油钱。”

说罢，方初阳也不管傻笑的小陈，径自走了出去。外面院子里传来吵闹声，方初阳转身出去看。

小陈抹着眼泪从屋里走出来，被风风火火的小马扑上来手臂锁喉：“陈老实，是不是有好事了？”

“没。”陈照辉把警官证装好。

“少给我装蒜，你跟着副队夜探敌营，勇救被拐儿童。我可瞧见副队给你填功勋申报了，请客吃饭啊。”小马笑嘻嘻地胡噜他的头。

陈照辉愣了一下，鼻头渐渐泛起了红色，低声道：“好，请客。”

“干什么呢？！”方初阳指着大门口纠缠小张的老头和老太太，大喝一声。

“他们是王子剑的家属，”小张抽空解释了一句，就继续跟两人讲道理，“这个案件现在不归我们负责。”

王子剑，就是丢失的小胖，方初阳想了一下才对上号。自从分辨出人偶拐卖儿童案和小胖失踪不是同一起案件之后，小胖这个普通拐卖案就交还给了派出所。逃跑的无牌照面包车至今下落不明。怀疑是熟人作案，警方就把他家亲戚朋友都排查了一遍，也没发现什么线索。

案件目前停滞不前，大概会成为众多儿童被拐案里的一个，需要几年，甚至更久才能找到孩子了。

“你们不是已经破案了吗？肖瑶都回家了！”小胖奶奶不依不饶。

小张：“那个犯罪团伙，只拐卖漂亮的小女孩。”

“我们家胖胖也长得漂亮啊，说不定被当成小姑娘拐了呢。你们再仔细找找！”小胖奶奶叉着腰道。

小张：“……”

能把胖得两眼只剩一条缝的粗糙小子，说成漂亮得像个小姑娘，这真是亲奶奶。

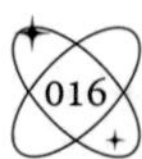

“王子剑丢失案件，是普通的儿童走失案，我们一直在追查。目前是你们辖区派出所负责，具体进展去咨询派出所，这里是市局。”方初阳挡开老太太拉扯小张的手。

“市局不是负责得更多吗？派出所都归你们管，你就告诉我进展怎么了？非要老百姓跑断腿，你们机关单位就是这么办事的？！”小胖爷爷吹胡子瞪眼道。

“要投诉，出门左转有意见箱。”方初阳丝毫不惧，示意保安过来把人赶出去。

“你是什么东西？！”小胖爷爷见方初阳没穿制服，抬手就要打他。带着老年斑的干枯手掌还没落下，就被一只修长白皙的大手给扣住了腕子。

“哟，小胖爷爷，这可使不得，您这是袭警，要坐牢的。”拎着个大塑料袋的翟辰笑眯眯地说。

“翟老师……”小胖一家见到翟辰就有些心虚，先前翟辰说会找他们算账的。这会儿就俩老人，他俩不怕警察，但是怕翟辰。毕竟全国人民都知道，他会功夫，能从三楼跳下去接孩子。

“哎哟，不敢当，托您家里人的福，我现在已经不是老师了。工作没了，只能帮着公安局清理老赖和流氓。”翟辰把另一只手上的塑料袋递给方初阳，自己一手揪一个，把两位老人家请出了大院。

“还是辰哥有办法。”小张不好意思地挠头。

方初阳斜瞥他：“你跑来干什么？”

“给你们送吃的，我们公司合作方又送东西来了。”翟辰指着那个大塑料袋说。标点地图这种开放性的商务平台就是有这点好处，经常有合作商送试吃品。

虽然翟辰是保镖，不在标点地图的员工列表里，但整个公司没人把他当外人，他也就毫不客气地该吃吃该拿拿。今天是零食厂商送来的豆干肉脯，特别适合方初阳他们这些经常加班的。

“哇，牛肉干！”

“猪肉脯，我要吃这个！”

“有辣条吗？”

小张把东西提进去，几个年轻人立时涌上来，开心地挑挑拣拣，也没把自己当外人。

只有方初阳警惕地看着翟辰。自己先前在手机里那么骂他，这人竟然还嬉皮笑脸地来送吃的，无事献殷勤，非奸即盗。

“看我干什么？这是你哥我‘卖身’换来的，我倒要看你吃不吃得下去。”

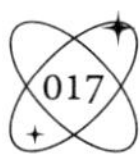

翟辰嗤笑，塞了块牛肉干给他。

“滚！”方初阳把牛肉干扔在桌上，“我可没跟你开玩笑，高雨笙再好那也不是你亲弟弟，平白要人家钱……”

“怎么就平白要了？那是我的工资，给他当一年保镖的，”翟辰觉得自家兄弟十分莫名其妙，“再说了，就算这钱是管高雨笙借的，怎么就卖身了？老子是女的吗，卖身给霸道总裁换医疗费？你这正经刑警还看这种小说啊，啧啧啧。”

方初阳话没说完，就被这突突突的嘴炮给轰成了渣渣，气得七窍生烟：“什么保镖一年给你几十万，你都干什么了，就坐在他办公室天天打游戏？”

“这你就不懂行情了，保镖一天的工资顶你一个月的好吧！不然你以为这个家怎么养的，南山疗养院的年费都是哪儿来的，靠我那两千块钱的幼儿园老师工资吗？”翟辰觉得自己的职业受到了歧视，站直了身体要跟他好好掰扯掰扯。

方初阳当然知道保镖赚得多，但那是短期的、危险性高的工作，不是高雨笙提供的这种温柔乡里打游戏、老板还给削水果的保镖岗位。

“跟你说不明白，”翟辰不耐烦地摆手，突然想起自己来的目的，眨眨眼，骤然换了一张笑脸，“哎呀，知道你看不惯我这打着游戏就赚钱的职业，我也看不惯，等过了今年，我就开挖掘机去，勤劳致富，行吧？”

方初阳看到他变脸，心生警惕：“你想干吗？”

“嘿嘿，那个，明天周六，檬檬要去儿童医院陪瑶瑶。我的老板有商务应酬，挺远的，晚上不一定赶得回来，所以他大舅你记得去接一下孩子。”翟辰十分自然地把医院地址和房间号发到方初阳的手机上，拍拍他的肩膀就要开溜，被方初阳一把拽了回来。

“我明天下午去南山，”方初阳面无表情地道，“中午我就去接他，带他看看姥姥。”

翟辰脸上笑意微收，想了想：“也成，妈最近稳定了许多，上回我去，她都能清晰地对话了。就是还不认人，你看着点，别吓到檬檬。”

见翟辰脚下长草一样，说完就要走，方初阳一把拉住他：“我说你打工就打工，晚上还是回家住吧。”

天天住在老板家里，像什么样子？

“那不行，檬檬在那边上幼儿园，回来多折腾。再说了，把雨笙自己放那儿我也不放心，前两天还进贼了。”翟辰把头摇成了拨浪鼓，他那可怜的小天赐，暗中有杀手盯着，绝不能一个人睡。

“怎么没见你这么担心过我呢？”方初阳看他这副模样很是糟心。

翟辰觉得自己听岔了，单指掏掏耳朵：“你说啥，担心你？”

“啊。”方初阳理直气壮地瞪他。

“来，我告诉你，”翟辰凑近了些，指了指自己的眼睛，“看见我这黑曜石一样光彩夺目的黑眼仁了吗？”

方初阳听到这形容差点吐了，冷眼看过去。就见那黑眼仁缓缓上翻，给了他一片空白虚无。

俗称，翻了个白眼。

第三十八章

周六一大早，翟辰还在梦中，高雨笙已经醒了。

后脑勺被人杵了一下又一下，翟辰扭头，就见自家外甥正扒着床边，睁着一双大眼睛看他：“舅舅，你睡醒啦？”

“还不是被你杵的！”翟辰被孩子这样看着，好似一只叼着鱼的猫被人踩到了尾巴，也不知道自己在心虚什么。

“舅舅快起床，今天要去见瑶瑶的。”翟檬檬神色严肃地说，俨然把见瑶瑶当成了和考大学一样艰巨的任务。

“这才几点啊。”翟辰看了一眼时间，打发孩子去洗脸，自己则躺在床上打了个长长的哈欠。小孩子的精力真是可怕，这么早就醒了。

平常人作息会受到自然光的影响，天亮了如果不遮光就会进入浅眠，逐渐醒来。而翟辰睡觉不受阳光的影响，就算外面天光大亮也不能唤醒他分毫，因而到了没什么事的周末，就很容易睡过头。

“困的话，我送檬檬去，回来再接你。”高雨笙单臂支起身体，低头看他。

翟辰：“……”

这是什么话？让雇主送保镖家的孩子，再回来接保镖，这到底谁是老板？！突然想起昨天方初阳的话，翟保镖破天荒地良心不安起来。说是要照顾天赐的，最近好像处处在受天赐的照顾。

就像此刻，翟辰从浴室洗漱出来，那位总裁先生已经热好了牛奶、煎熟了鸡蛋，烤箱里加热的面包散发出阵阵诱人的香甜。翟檬檬早就坐在餐桌前等着了。

“你倒是自觉。”翟辰伸出手指想弹他的脑袋。

翟檬檬及时歪头闪避，丝毫不把舅舅的攻击放在眼里，双手抓住那根手指就要把它掰过去。

翟辰任由他掰着，伸出另一只手杵他痒痒肉，没有防备的翟檬檬顿时中招，嗷嗷叫着松开了手。

“小兔崽子，跟我斗。”翟辰得意地笑着，转身去帮高雨笙端菜。单手抄起煎锅，也不用铲子，随手一颠把煎蛋准确无误地颠到盘子里。

高雨笙看到那堆叠在一起的三个煎蛋，抬手接过来，把蛋摆进三个不同的盘子里，还拿纸巾将盘子边缘沾上的油擦掉。

精益求精强迫症，导致高总连吃个早餐都要摆盘。太阳煎蛋配形状相同的牛角面包、方方正正的火腿肉，还有定形器切出来的月牙苹果，好吃又好看。

“下回我来做早餐吧。”翟辰把吃的端上桌。

高雨笙顿了一下，小心地问：“我做得不好吃吗？”

“好吃，”翟辰赶紧解释，“这双手是敲代码、签合同的手，别切菜伤到了。”

擦洗过的指尖微微发烫，高雨笙缓缓吸了口气：“投喂哥哥和檬檬是我应尽的义务。”

“投喂？”翟辰扔掉擦手巾，弹他脑袋，“我们是猴子吗？”

“不是，”高雨笙给翟辰倒了一杯牛奶，“哥哥下凡辛苦了，剩下的就交给我吧。”

“……”

这孩子到底看了什么奇怪的东西？

真是难以捉摸的青春期。

把檬檬放到儿童医院瑶瑶的病房里，交代他等方舅舅过来接，两个大人就开车走了。

没有孩子的周末，突然变得异常轻松。翟辰吹着口哨将车开上高架，一路开到了郊区，停在一家高级马术俱乐部门前。

远远地就能看到那宽阔气派的跑马场，穿着骑装的年轻人正在愉快地赛马，兴奋的呼喝声在晴空下回荡，仿佛置身于辽阔的草原，纵情肆意，跑马奔腾。

这家俱乐部不允许儿童进入，都是成年人，所以气氛格外活跃。

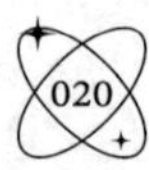

“看着挺好玩的。”翟辰站在马场的栅栏外，饶有兴趣地看着那些骑马的人。

“我们去挑马吧。”高雨笙拿着两个牌子过来。

“嗯？你的客户呢？”翟辰左右看看，背后是空旷的观光大道，没见人。

“没有客户。”高雨笙满脸无辜。

翟辰：“你不是说今天有重要活动吗？”跑到这种地方举行的重要活动，只有商务应酬了，没有客户那应酬什么？

“我们来玩就是重要活动。”高雨笙将木牌塞到他手里，拉着他去马舍。

“嗞，我说小高同学，你今天是喝了蜂蜜吗？”翟辰接过木牌，看看他。

高雨笙茫然地摇头。

“那怎么嘴这么甜？”翟辰用木牌拍拍他的胸口。

高雨笙愣了一下，眼中笑意渐浓，深邃清朗的眼睛弯出了一个极好看的弧度。

翟辰没玩过这么高级的游戏，对挑马并不在行，随便找了匹长得顺眼的。

“哥哥会骑马吗？”两人牵着马走上跑马场，换了骑装的高雨笙看起来比平时更加高挑，长皮靴包裹着修长的小腿，白衬衫、黑马甲附带一个精巧的黑色领结，头上戴着圆圆的黑色防护帽，仿佛中世纪油画里走出来的英俊绅士。

“会，以前麻子爷教过我骑骡子。”同样的衣服，穿在翟辰身上就完全不是一个风格。他嫌碍事就没戴领结，衬衫顶端还扯开了两颗扣子，帽子拎在手里晃晃悠悠，怎么看都是一个过于英俊的流氓。

骡子跟马能一样吗？高雨笙无奈，让他先骑一下试试。

翟辰无所畏惧，直接骑上去，被高雨笙牵着走了两步觉得没什么问题，直接甩缰绳要跑。训练有素的马得到指令，立时撒开蹄子小跑了起来。

“哟嘿，有意思，驾！”翟辰觉得好玩，又甩了一下绳，马停顿了一下之后，突然加速奔跑起来，把他甩得猛地后仰了一下，差点闪到腰。

高雨笙一惊，快速翻身上马，直接追了上去。控制得当的马很快追上了翟辰，两匹马并驾齐驱，高雨笙伸手一抓，试图去拉翟辰的缰绳，却抓空了。

“别急，你跟我说怎么控制它！”翟辰制止高雨笙再次试图抓他缰绳的危险动作，在风中高声呼喝。马背颠簸，导致他的声音都在发颤，一张嘴还灌进一大口凉风，呛得他咳嗽出声。

高雨笙快速说了几个要领，一边说一边演示。那边翟辰立时照做，每个动作都学得极为标准，狂奔不止的马渐渐慢了下来。

“哈哈哈，我就说不难，跟骑骡子没差别。”翟辰拍拍马头，转头冲高雨笙龇牙笑。

“那是因为哥哥学什么都快。”高雨笙及时给予赞美。

“我就喜欢你这种不带脑子瞎胡吹的。”翟辰也及时给予肯定。

“你俩怎么不等我就开始了？”季羡鱼骑着一匹骚包的白马，快速奔了过来。之所以说这马骚包，是因为这马的打扮跟别的马特别不一样。普通马匹的鬃毛都打理得光滑柔顺，他这匹马竟然编了几十个小辫，每个小辫底下还绑了个蓝色蝴蝶结。

没有商务活动，不过玩伴还是有的。季羡鱼是这家马术俱乐部的高级会员，平时都是跟狐朋狗友一起来的。最近想做个脱离低级趣味的人，就死皮赖脸地送了高雨笙一张卡，拉他过来陪自己玩。

“你没说要等你。”高雨笙面无表情地说，本来也没打算等，毕竟主要目的是跟哥哥玩，咸鱼兄只是顺带。

季羡鱼嘴角抽搐：“玩笑话，高总，你不要这么认真嘛。”

“我也是玩笑话。”高雨笙调整回跟季羡鱼的聊天模式，瞬间把人给逗乐了。

“哈哈哈哈，我都忘了，你这说话方式太正经了。”季羡鱼笑着拍拍高雨笙的肩膀，“对了，你弟今天也在这儿，我刚在休息厅瞧见他了。”

第三十九章

高雨笙看了一眼远处的休息区，倒没有多意外。马术俱乐部这种地方，的确是高牧笛那种游手好闲的家伙喜欢来的。

“你没去打个招呼？”

再怎么说，高牧笛现在也是咸鱼创投的客户了。虽然那点零用钱并不够看，但开门做生意，再小的单子也是客。

“有客户经理陪着呢。”季羡鱼不甚在意地说。

专门负责拉这些少爷投资的客户经理，经常会陪着他们玩，今天也不例外。想来这些少爷来这里玩，应该也跟咸鱼客户经理的推荐有关。看看季羡鱼这风骚的白马就知道，这家伙跟俱乐部的关系相当不错。陪客户，顺道给朋友拉生意，两全其美、互惠互利。

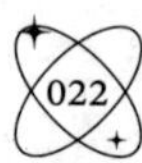

这里的马场设计得开阔大气，休息区延续了同样的风格。挑高的几何形玻璃房，摩登的外观宛如赛车俱乐部。里面也十分宽敞，分散地摆放着几个沙发，互不干扰。

吧台里的调酒师安静地调着低酒精饮料，除玻璃杯盏的碰撞声外，只剩下东边一角连绵不断的笑闹声。

那是几名打扮入时的年轻人，有男有女。有些刚从马场回来还没换装，凑在一起嘻嘻哈哈，吹嘘刚才自己骑马的英姿。

“哟，那是谁呀？决斗骑术啊！”正抽着烟的年轻男孩突然坐直了身体，指着不远处的马场惊呼，引得一群人纷纷转头看去。

透过清晰的玻璃墙可以完整地看到整个跑马场的状况。一个穿着黑色骑马装的男人，一只手持缰绳，另一只手提着骑士剑，在模拟古代决斗场的“短直双相跑道”上急速狂奔。

这跑道被栅栏一分为二，古代欧洲骑士决斗通常就用这种短跑道。复古模拟跑道的栅栏中间，立着一个带环的靶子，用于单人练习。骑着马的男人逆风而来，骏马扬蹄越跑越快，身体随着马颠簸，握剑的手却始终与地面保持水平。在接近靶子的时候骤然出手，银色的细长骑士剑，准确无误地刺中了靶心。

这是靶子不是活人，细剑戳穿就会卡进去，骑士在刺中的瞬间便丢了剑，骑着马直跑到尽头再猛地转回来。就在众人以为他会缓慢走过去拔剑的时候，他再次加速，俯身直冲而过，反手抽出细剑，在空中挽了个花，收剑入鞘。

“好！”跑马场上有不少人停下来观看，看到这里瞬间爆发出一阵叫好声，连屋子里坐着的几个年轻人也忍不住叫好。

“好帅啊！”有女生站起来，要出去看，其他几个也跃跃欲试。

而当那年轻的骑士转过身来，俊美耀眼的五官瞬间把刚刚起身的人钉在了原地。

“我说笛子，那不是你哥吗？”抽烟的人拍拍坐在沙发中间的年轻男子，示意他看那意气风发的骑马者。

高牧笛皱着眉头看过去，果真是高雨笙那张讨人厌的脸，忍不住啐了一口：“真晦气，跑个马还能遇见他。”

前几天他雇人去高雨笙那里偷企划案，东西没偷到不说，还被高雨笙抓住了把柄。第二天高雨笙就把他给小偷转账的记录截图发了过来，什么也没说，但警告意味十足。

证据在高雨笙手里，他随时可以向爸爸告状。更狠一点，等明天企划案宣讲之后，再当众拿出来。到时候高牧笛的企划案做得越好，那些个叔叔伯伯就越怀疑这是从高雨笙那里偷的。

爸爸那边一直没动静，说明那人没去告状，结果只会更糟。高牧笛心中烦乱，本想出来跑跑马放松一下，结果却遇见了最不想看见的人。暴躁的凶兽几乎要破体而出，想直奔马场把高雨笙痛打一顿。

翟辰坐在木栅栏上摸着拴在一边的马，目不转睛。他从没见过这样的表演，精湛准确的复古骑术，俊美潇洒的年轻男人，神秘优雅又迷人。

骏马踱步而来，到他面前时突然走了小半套盛装舞步。轻盈的前蹄突然停在半空，倒退之后又前进，横步向右，又交叉回来，而后缓缓低头。骑在马上的人抬起手，随着马的动作，单手挽花做了个标准的绅士礼。

如果高雨笙穿着荷叶袖的衬衫，定会被人错认成童话书里走出来的王子，彬彬有礼、俊美无双。翟辰忍不住举起手机，拍了一张。

“好看吗？”高雨笙骑在马上，目光灼灼，如果身后有尾巴的话，他此刻一定是轻晃尾尖紧张地期待着表扬。

“帅呆了！”翟辰毫不吝啬地大力夸奖，“这要是古代，你已经被大姑娘小媳妇扔的鲜花、手绢埋住了。”

这清奇的夸奖方式着实让高雨笙愣了一下，而后他肉眼可见地高兴起来，身后那不存在的大尾巴呼啦呼啦摇成了螺旋桨。

“我的天，你竟然会这个，太难得了！”季羡鱼骑着马跑过来，手舞足蹈地吱哇乱叫，拉着高雨笙要他跟自己比一场，“咱们穿防护服，来一场真决斗吧！很少有人会这个的，我好久没跟人玩了，来来来，必须来一场。”

高雨笙不为所动，只看着翟辰。

“去玩吧，不用管我。”翟辰摆摆手，示意自家小朋友去跟别的小朋友玩，不要老黏着哥哥。

“平白无故决什么斗？得有个彩头。”只想跟哥哥玩的高雨笙驱马缓缓转过身。

“那当然，说吧，你想赌什么？”季羡鱼兴致勃勃地凑近了些，白色小辫子马跟高雨笙的黑色骏马蹭了蹭脑袋。

“要是我赢了，叫你那个客户经理替我办件事。”高雨笙微微转动眼珠子，用眼睛的余光扫了扫身后的休息区。

季羡鱼勾唇轻笑：“没问题。要是我赢了，九逸的新项目让我掺一脚呗？”

“九逸不归我管。”高雨笙掉转马头，缓缓往换装间走去。

季羡鱼追上跟他并驾齐驱，用只有两人能听见的声音笑道：“过两天不就归你管了吗？”

最近高家兄弟在争什么，季羡鱼也略有耳闻。高家老爹让子女做企划案，就是想把一个新项目交给合适的人去历练，好让董事会看到继承人的能力。这可比那劳什子的跑车发布会要重要得多。

高雨笙露出个商务式的微笑：“季总对我倒真有信心。”高牧笛这个败家玩意儿，还真什么都往外说。

回头看一眼翟辰，翟辰就在后面几步开外策马慢慢跟着，履行贴身保镖的职责。

“高总已经功成名就了，这要是输了可说不过去。”季羡鱼意有所指地说。

高雨笙瞥他一眼：“等季总先赢了决斗再说吧。”

真人决斗，要换装束，穿防护服。剑当然也不能用真剑，工作人员拿来两把塑料剑。剑的夹层里是特殊颜料，一旦触碰到，防护服就会染上绿色，表示击中。

翟辰跟着进了更衣室，检查防护服和面罩。这防具做得比较简陋，只能护住身体和关节，胳膊和脖子都只是缠一圈白色的帆布。

“脖子不护着吗？”翟辰摸摸那薄薄的布料，不大放心。

“没事的，我们这剑戳到身上就会变软，有一层帆布就没问题。”工作人员自己缠上布条演示了一下，做出拔剑自刎的动作。塑料剑戳到脖子立时弯掉，喷溅出绿色的汁液，表示这个人死得很惨。

“行吧，就是怪恶心的，”翟辰用手指蘸了点绿汁，“跟杀了只蚂蚱似的。”

工作人员：“……”

高雨笙抿唇笑，低头让翟辰帮他戴上骑士头盔。这头盔是带面罩的，以防被剑戳到脸。铁面罩咔嗒扣下，青春年少的总裁瞬间变成了饱经风霜的骑士。骑士拉住翟辰的一只手，低头将手背贴在铁面罩上，行了个不甚标准的骑士礼。

换好衣服的季羡鱼走出来瞧见这一幕，掀开面罩嘿嘿笑：“哎呀，刚才应该换个赌约。咱俩决斗抢翟保镖，那才刺激。”

高雨笙隔着面罩瞪他，不大高兴。

翟辰倒是不恼，左手握右拳发出清脆的咔嗒声：“可以啊，赢了能得到翟保镖爱的抱抱，输了得到翟保镖爱的拳拳，怎么样？”

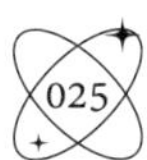

“听起来好像都很疼的样子，”季羡鱼自觉地往后退了一步，“啊哈哈，还是算了。”

高雨笙闷笑，出门上马。

两位骑士各执一柄绿剑，站在跑道两端，中间隔着薄薄的栅栏。工作人员已经撤下了栅栏上的靶子，清理了一切会妨碍决斗的杂物。

俱乐部的专业摄影师站在围栏外，架起相机准备拍摄。这可是很难得的宣传素材，必须拍下来。

翟辰则停在摄影师旁边，慢慢吸着氧气。

“又开始了！嚯，这回玩真的啊！笛子，你哥不是个工作狂吗，怎么瞧着比你还会玩？”狐朋狗友看热闹不嫌事大地拱火。

“嘁，有病吧，穿得跟木乃伊似的。”高牧笛黑着脸，端起刚调好的鸡尾酒喝了一大口。

“呀，跑起来了，跑起来了！”几个女孩子站到玻璃墙边，激动不已地叫嚷着。

虽然戴着面罩，两人却很好分辨。高雨笙骑着黑马，季羡鱼骑着白马。两匹马也戴上了防护面罩，以免被塑料剑戳伤了英俊的马脸。

这决斗没有什么开始哨音，两人紧紧盯着对方，几乎同时出动。骏马扬蹄，发足狂奔。其实真正的古代马背决斗，骑士手里拿的应该是更加凶狠的长矛。不过这改良版的成人“中二”游戏，就没那么讲究了。

高雨笙手握长剑，斜斜地垂在身侧。马匹几乎贴着栅栏奔跑，风声在耳边呼啸。当年在国外读书，得罪了贵族出身的校霸，那人扬言要找人强奸他。那时还未成年的高雨笙，直接找到那位趾高气扬的白人男生：“如果你真的是贵族，就用决斗的方式解决这件事。”

几秒钟之内，两人已经近在咫尺。季羡鱼显然是个中高手，不急着出剑，只等到最贴近的时刻一招毙命。

高雨笙也没有出剑，俯身加快了速度。突然的加速打乱了季羡鱼的预判，季总毫不犹豫地直接出手，朝着高雨笙的胸口刺去。

咣当！高雨笙手里的剑骤然上提，顺势仰头，令两柄剑摩擦着滑开，然后朝着季羡鱼的后背狠狠一戳。

噗——塑料剑骤然弯折，季羡鱼那雪白的防护服后背顿时染上了一大片绿色，宛如一只被树杈钉死的蚂蚱。

围观的人顿时爆发出热烈的喝彩声，摄影师及时记录下这激动人心的一刻。

“天哪，是高雨笙赢了吧？”玻璃房里的几个女生兴奋地蹦起来。

“没错，小高总太帅了！”

“哇，不行，我得跟我爸说，要是联姻的话让我嫁给高雨笙。”

“拉倒吧你，又不是拍电视剧，你家开商场的跟人家卖汽车的联什么姻？”

“嘻嘻嘻，开商场的可以跟做地图的联姻啊，让标点地图只显示我家商场。”

“哈哈哈……”

几个女孩子也是富家女，因而根本不会顾及高牧笛的面子。

“姑奶奶们，差不多得了啊。”有男生看不过去，开口提醒她们。

然而姑奶奶们并没有理会他的意思，嘻嘻哈哈继续高声讨论着高雨笙。跟这位已经成熟的总裁相比，沙发上那几位不值一提。

“有什么了不起？不过是个私生子。”眼见换了衣服的高雨笙往休息区这边走来，高牧笛的脸色更难看了。

“私生子？”屋里一瞬间安静下来，连那几个姑娘也回头看过来。圈子里虽然有过这种传言，但高家人自己提起，还是头一回。

“嗯，他妈跟我爸没领过证，可不就是私生子吗？”这样的话说出口，高牧笛产生了报复的快感，脸上禁不住露出轻蔑的笑来，转头问坐在一边的咸鱼客户经理，“赵子安，我的企划案你做好了吗？”

咸鱼创投的高级客户经理，名叫赵子安。这人长着一张颇有亲和力的俊脸，天生的月亮眼时时带笑，见之可亲。他的气质十分独特，穿着商务休闲装坐在一群纨绔子弟中间，竟丝毫不显得突兀。

“今早已经发您邮箱了。”赵子安说话温和有礼，让人听着十分舒畅，提供“海底捞”式的全方位服务，连爸爸布置的作业都能帮客户完成。

“还是你靠谱。”高牧笛总算露出点笑来。他知道这个赵子安不仅仅是客户经理，也是他们这只基金的基金经理，名校金融系毕业，能力一流。只是落在无良老板手里才会一人两用，既要做业务还得陪客户。

“哎，你哥进来了，”旁边的人提醒高牧笛别再讨论企划案的事，好奇地看了一眼跟着高雨笙进来的人，“跟你哥一起玩的人是谁啊？”

季羡鱼比这些小纨绔大了好几岁，平时一起玩的不是他们这一帮，所以不大认识。

“那是我老板，咸鱼创投的创始人兼 CEO。”赵子安笑眼弯弯地说。

听了这话，刚才因为私生子言论对高雨笙露出鄙夷表情的几人瞬间收了表情，装作无事发生。私生子又如何？人家已经混到他们跳着也够不着的境地了。

高牧笛刚高兴起来的脸顿时挂不住了，把手里的杯子重重往桌上一磕："凭什么跟我来往的就是你这么个小职员，跟他来往的就是你们老板？看不起我还是怎的？"

空气中弥漫着名为"尴尬"的香水味。

小职员赵子安表情未变，依旧保持着笑眯眯的模样，不紧不慢地解释："不过亿的投资，我们老板不会亲自出面的。既然老板跟他玩，那他手上的就应该是亿级以上的项目……"

这话说出口，高牧笛的脸色更差了："怎么着？看不上爷几个的钱？"

其他几个富二代也面色不善地看过来。纨绔有纨绔的尊严，就算他们每天吃喝玩乐，比不比得上人家精英也心里有数，但绝对不许别人直接说出来。特别是这种巴结着他们的客户经理之流。

就好比一个治国无道的昏君，要是被身边的大太监数落，一定会把人拖出去杖毙。

赵子安不慌不忙地摇了摇头，继续说："不过老板主要是搞投资的，我是做基金的。也就是说，您把钱投给我，这个钱就可能用在你哥哥的项目上，回头赚的是你哥的钱。"

浅显易懂的说辞，瞬间安抚了纨绔们的玻璃心，甚至生出一种高雨笙在给他们打工的错觉。他们顿时开心了起来。

高雨笙跟季羡鱼坐到了远离这群吵闹根源的另一角，冲那边微微抬了抬下巴："季总，答应我的彩头呢？"

"等着，我叫他过来。"季羡鱼倒也爽快，给赵子安发了条短信。

赵子安不动声色地看了一眼手机，笑着道："老板好像看到我了，我去打个招呼。"

"哎，等一下，"高牧笛拉住他，低声说，"顺道打听一下，高雨笙的企划案做得怎么样了？"

"这……不太好问吧。"赵子安有些为难。高雨笙可不是这群纨绔的水平，那可是在商场摸爬滚打好几年的老狐狸，哪是说问就能问到的？

"问来了，我就再买这个数的。"高牧笛比画了一个数字，那架势仿佛古代青楼的恩客，让头牌姑娘唱个曲就再打赏多少钱。

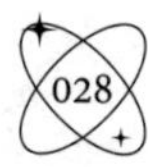

赵子安礼貌地笑了笑："那倒不用，能帮上您的忙是我的荣幸。不过高总的脾气您也知道，我只能试试看，问不问得来，不敢保证。"

跟摄影师讨要照片的翟辰晚了一会儿才过来，进门就看到有陌生男子突然靠近，立时拦住对方："干什么的？"

"他是我的员工。"季羡鱼赶紧解释一句。

赵子安抬头看向翟辰，忽然有一瞬间的愣怔，须臾回神："您是不是那位见义勇为的翟老师？我好像在新闻上见过。"

常与人打交道的职业经理，似乎都有识别人脸的特殊能力。

"抱歉，我是保镖，不回答任何问题。"翟辰做出高冷的样子让开路，站到了高雨笙身后。

高雨笙回头看他，示意他坐下来休息："今天是周末，不要站着。"

翟辰确实骑马骑得有点累了，从善如流地坐在了高雨笙的沙发扶手上，单手搭在高总身后，做出保护的姿态来。

"刚才那位高少爷跟你交代什么了？"随和的季老板示意赵子安坐到自己身边来，把刚点的饮料给他喝。

"他让我打听高总的企划案做得怎么样了。"赵子安笑眯眯地说。

这么直白吗？翟辰被这毫不犹豫卖客户的行为震了一下，低头看高雨笙，后者似乎毫不意外。

"哈哈哈，"季羡鱼忍不住拍腿大笑，"你这弟弟真有意思。"

高雨笙面无表情地端起面前的冰饮，递给翟辰，惜字如金地用眼神示意季羡鱼兑现承诺。

"啧，你可真不好玩。"季羡鱼撇嘴，低声对赵子安道："高少爷的企划案，是不是你帮他做的？"

赵子安微笑着点头："需要传一份给高总吗？"

"嚯，这人精，当个小经理真是屈才了啊。"翟辰借着接饮料的动作，跟高雨笙咬耳朵。

因为两边相隔很远，除非大声嚷嚷，否则彼此之间是听不见谈话内容的。高牧笛只看到那边几个人相谈甚欢的模样，甚是满意："这个赵子安，还真是跟谁都能说上话。"

"可不是嘛，说不定还能套出点你哥企划案的细节呢，"旁边的狐朋狗友跟着附和，"这事稳了。"

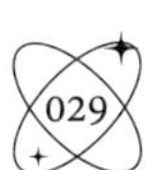

第四十章

周日，翟辰定了闹钟早早起来做早饭，让高雨笙多睡一会儿。

因为今天要到九逸去做企划宣讲，昨晚高雨笙在电脑前忙碌到很晚。翟辰在床上左等右等，最后自己睡着了，也不知道这家伙是几点睡的。

高雨笙洗漱完，坐到餐桌前，双手交叠静静地看着忙碌的翟辰。

说是做早饭，翟老师可做不来高总那种艺术品。就照着平时养活方初阳和翟檬檬那一套，煮一锅粥、热俩馒头，这会儿他正颠着锅，烟熏火燎地炒青菜。檬檬还在方初阳那里，家里就他们两个，他也就不讲究了，只穿件“工”字背心，线条流畅的肌肉随着颠勺的动作改变形状，看起来手感极佳。

翟辰是属于出锅就上桌的粗犷厨子，不存在摆盘这种问题，把菜倒进盘子，转身就往餐桌上放，瞧见无声无息的高雨笙还吓了一跳：“哟，醒了。”

高雨笙看着翟辰的肌肉，与普通人那种看起来硬实的肌肉完全不同，翟辰的肌肉很软且弹性极佳，像某种填充玩具。

“你的肌肉，跟常人的不同。”

翟辰倒是大方，直接凑过去给他摸：“我也好奇它是什么构造。”

“不要随便给别人摸。”

“那肯定了，被人发现了要把我送去实验室切片的。”翟辰哈哈笑，抬手把高雨笙的头发揉乱。

大概是年轻精力旺盛，这家伙瞧着丝毫没有熬夜带来的疲惫，神采奕奕的，连头发都梳得一丝不乱。这让企图看天赐呆毛鸡窝头的翟辰很是失落，索性抬手把高雨笙的头发揉乱。

高总由着翟辰胡闹，顶着毛茸茸的脑袋吃了顿早饭。

九逸大厦，顶层会议室。

大周末的，公司的董事基本都在，说是开企划研讨会，其实是个非正式的董事会。

这个会议室比较特别，座位呈阶梯状分布，宣讲台在最下面。瞧着像大学里那种教室，方便听演讲。各位董事都在前排落座，助理及小辈则坐在后面。

翟辰穿着一身黑色西服，跟在高雨笙身后入场，充当临时助理。高雨笙则

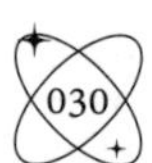

穿着一贯的深蓝色衬衫，没有打领带，也没有穿外套，两手空空，看起来很是随性。

而平时穿铆钉鞋、破洞裤的高牧笛，却一反常态地穿了西装、打了领带。不得不说高家的基因还是很不错的，这么一打扮，纨绔子弟也人模狗样了起来。

跟高牧笛坐在一起的，还有上回一起吃过饭的朱琳娜。朱小姐的父亲是董事会成员，今天这场企划案的比拼也有她一份。瞧见高雨笙进来，朱小姐立时朝他小幅度挥手。

高雨笙微微颔首，带着翟辰坐到了另一边。

“人家美女都招呼你了，怎么不坐过去？”翟辰用手肘杵杵他，小声说。

“为什么要坐过去？”高雨笙面无表情地问。

“啧，不解风情，”翟辰煞有介事地摇头，“小伙，你这样不行，知道吗？讨不到老婆的。”

“别人的风情跟我没关系。”高雨笙认真地说。

翟辰：“……”

“我可以坐这里吗？”朱小姐主动走过来，要坐到高雨笙身边。高雨笙不置可否，她便直接坐了下来，瞧着比上回吃饭的时候熟络了许多：“哎，怎么没见你姐姐？”

今天让小辈们宣讲企划案是为了什么，大家心知肚明。高家子女三人，想来都是不会缺席的。

然而，坐在最前面的高父显然不这么想。高震泽站起身，看了一眼后面的小辈，毫不犹豫地走上台：“既然人都到齐了，那么，我们开始吧。”

其他董事也没有意见，大屏幕瞬间切换了界面，显示会议开始。

就在此时，已经关闭的会议室大门轰然打开。身着墨绿色衣裙、戴着黑手套和黑纱帽的高闻筝冷着脸，一步一步走进来。细长的黑色手杖敲在地面上，发出清脆的咔嗒声。

所有人都看了过来，台上的高震泽皱眉：“会议都开始了，你还进来做什么？”

“抱歉，腿脚不便，耽误了一下。”高闻筝高抬着下巴，跟父亲对视。

“来了就坐吧，不要浪费时间。”一位年长的董事开口，示意高闻筝快些入座。

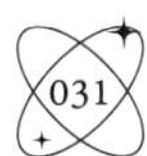

第四十一章

高闻筝一步一步走下去，眼睛的余光扫过高雨笙，像是凉风扫过不自量力的蚍蜉，带着几分轻蔑与同情。她在九逸打拼了这么多年，从最底层的职员做起，如今已经是运营总监了。她越过小辈们的那排，直接坐在了管理层的位置。

只是，今天中层没有来一个人，她就自己单独坐一排，优雅地摘下黑色手套，将手杖靠在椅子边，单手支着微扬的下巴，像一只骄傲的壮年孔雀夹在行将就木的秃毛老孔雀和羽翼未丰的幼崽中间，遗世独立。

翟辰对这个眼神很不爽，偏头问高雨笙："你姐姐是不是有点斜视？"

高雨笙本没有在意，顿了一下才明白他在说什么，煞有介事地点头："可能吧，她从小就这样。"

"啧，回头给她介绍个眼科医生。"翟辰撇嘴。

"我认识一位很有名的眼科专家，需要介绍给闻筝姐吗？"朱小姐不明所以，听到他俩说这个，努力融入话题。

高雨笙："你可以试试。"

会议开始，高震泽在上面简单说了几句，就将会场交给了秘书。今天这个会议，主要是讨论最近的跑车项目的问题。前半段都是董事们在讨论，没有小辈们什么事。

翟辰还是第一次见识大公司的董事会，一点都不像电视剧里演的那样文明有礼——大家沉默地举手表决，而是像菜市场般你一言我一语，吵吵嚷嚷、此起彼伏。

"这是九逸汽车转型的关键产品，之前就强调过，各方面都要盯紧了。但是你们看看，目前的销售方案是什么烂东西，上市一周业绩低迷，消费者根本就不买账。"

"刚开始要做这个项目的时候，我就是反对的，可你们都不听。现在最好的办法就是及时止损，把已经生产的这些卖出去得了。"

"不转型，难道要做一辈子低端产品吗？低端市场已经在萎缩了，这次失败了还可以尝试别的。"

第一排的桌子呈圆弧形，董事们既可以看到讲台，也可以看到彼此，方便随时吵架。九逸董事会成员中，执行董事占大多数，他们都是公司高层，对公司管理有自己的见解。尤其今天还是非正式会议，没那么多规矩，一开口就争了个脸红脖子粗。

翟辰听得不是很明白，无聊地掏出手机，关了声音开始打游戏。

旁边的朱小姐手里拿着打印好的PPT，正在默默复习一会儿上台要讲的东西。而高雨笙好像不用演讲一样，津津有味地听着那些人争吵，偶尔在纸上记几个词。

过了一会儿，发觉翟辰没动静，转头瞧他，就见那人正专心致志地玩着一款古老的单机游戏——《黄金矿工》。

长着胡子的可怜矿工，拿着一把带绳子的大钳子，晃来晃去地捞金块。翟辰出手很快，但准头不行，也没什么策略，只会盯着最大、最显眼的挖。

高雨笙从会议记录纸上撕下来一个细长条，递给他。

干什么？翟辰用眼神问他。

高雨笙把字条放在手机屏幕上，当直尺。一头对着挖矿的爪子，一头对着要挖的矿石，示意翟辰点按钮。当爪钩中心点与字条边缘重合时，及时按下抓捕，那挖矿的大爪子就顺着字条的方向准确无误地抓住了底部的矿石。

"嚯，"翟辰小声惊叹了一下，"还有这种玩法，可以啊你。"

"有迹可寻的东西，只要提前给它规划好路线，就能百发百中。"高雨笙凑得很近，因为扶着字条，手臂与翟辰的交叉，脑袋几乎要跟他贴在一起。由于不能大声说话，交谈就变成了耳语。

翟辰觉得他话里有话，不过此刻无暇思考。清甜的薄荷香将周围的空气填满，避无可避地被吸入肺腑。温暖的气息透过薄薄的衣料传递过来，像是被刚洗了毛毛的大型犬抱着胳膊，舒适又心痒，直教人沉溺进去，忘了姓名。

"九逸现在其实……"朱小姐看完一遍资料，转头想跟高雨笙聊两句，却瞧见了这么一幕，要说的话顿时卡在喉咙里说不出来了。

"我说句实话，现在九逸的发展已经到了'瓶颈期'，"朱小姐的父亲朱董事开口，结束了没完没了的争吵，"咱们这些老家伙，脑袋都已经僵化了，该听听年轻人的意见。"

众人这才想起来，董事长叫他们来的真实目的。九逸虽然是个上市企业，但十几年如一日的管理方式，导致高震泽这个人对企业的影响非常大。随着高震泽年纪渐长，股东们对于股价稳定性的担忧日渐上升，希望他能交出权柄降低风险。而不愿放权的高震泽，便提出了培养“接班人”这样折中的办法。

朱琳娜完全是凑热闹的，她已经进入九逸工作，此次来就是为了露个脸。见爸爸这么说了，作为女儿自然要捧场，便率先走上了演讲台。

“各位叔叔伯伯阿姨，各位领导，早上好。”朱小姐是海外名校毕业的高才生，从小家境优渥，气质谈吐无可挑剔。

背后堪比影院巨幕的投影，放出了制作精美的幻灯片，朱小姐手中拿着遥控激光笔，详细介绍她的企划方案。这企划，当然是跟今天要讨论的跑车项目有关。

“我在大学学的专业是营销学，目前在公司的销售部门，所以就做了一份行销企划。不成熟的地方，还请多包涵。”话是这么说，朱琳娜展现出的内容可一点也不青涩，对销售方面的见解也颇为独到。

“在营销方面，有个经典的说法，叫作‘没有不好卖的产品，只有不努力的销售员’。对于快消品来说，这种说法确实适用，但对于大型的、昂贵的商品来说，并不是一个销售员的努力就可以扭转大局的，”屏幕显示出了销售部门所做的消费者心理预期调查结果，“我们要明白，跑车的定位是高端消费，而九逸目前的市场印象是经济型车辆，这就是销售业绩不好的真正原因……”

翟辰听得直点头，觉得很有道理：“一会儿她讲完你就上去吧，不然词儿都让人说没了。”颠来倒去就这么点东西，说得越晚越吃亏。

“不着急，”高雨笙不以为然，记下了重点词便又拿起了小纸条，“我们再玩一局。”

翟辰：“……”

好在不是所有人都像高雨笙这样不按常理出牌，起码高牧笛先生就跟翟辰是一样的想法。在朱琳娜结束讲演之后，他迅速蹿上了台。

“你弟弟可真够积极的，”朱小姐讲完了，很是轻松，又忍不住跟高雨笙说话，“他刚上大学吧，会做企划案？”

“只要想做，人的潜力是无穷的。”高雨笙意味深长地说。

赵子安做事，是无比妥帖的。不仅做了完美的企划案，还做了配套的 PPT，一站式服务绝对值得五星好评。他是做金融的，就做了一份与金融业相结合的销售促进企划，角度也很新颖。

“咱们九逸的跑车，我自己开过，性能、外观不输给进口货，价钱还便宜。之所以没人买，就是因为咱们的产品定位有问题。想要买国产跑车的，那都是

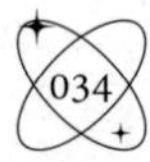

想装……喀，想炫耀又没有那么多钱的人。”高牧笛及时隐去了平时说话惯用的脏字，用文明的方式讲解这套方案，屏幕上显示出了一幅向上的折线图。

赵子安作为金融业人士，对于跑车销售的突破点，选在了“融资租赁”上。融资租赁，通常发生在特别昂贵的产品上。比如飞机，航空公司采用租赁的方式每年定期给制造公司租金，以获得飞机的使用权。

这份企划案的思路是，与金融公司合作，将车“租”给需要的人，按整年出租。每年的租金，大概是车辆总价的三分之一，交够五年就可以完全拥有这辆车，如果不想要了，下一年就可以不租。

这样思路清奇的售卖方式，倒是引起了董事会的兴趣。坐在中间的高闻筝却眉头一皱，转头看向后排的高雨笙。

翟辰察觉到了这不甚友好的目光，直接伸手，砍瓜切菜一样斩断了窥探的视线，不让对方看高雨笙的脸，只给她看自己五指张开的大手。

高闻筝瞪他。

翟辰挑眉，拿起桌上的马克笔，在掌心画了个吐舌头的鬼脸。

高闻筝咬牙转回头：“神经病。”

“这个企划案，不是你昨天发给我看的那个吗？”旁边的朱小姐脸色苍白，小声问高雨笙。昨天晚上，她突然收到高雨笙的消息，说想跟她交换企划案看看。

朱琳娜本来就对他抱有好感，这样的行为在她看来完全是借机搭讪，在收到高雨笙的企划案后，她欣然同意了。现在这份企划案出现在高家小儿子的手里，如果高雨笙怀疑是她泄露了怎么办？

高雨笙沉默了片刻，道：“我知道不是你做的。”

“可是……”

“算了，他毕竟是我弟弟，一份企划案而已。还请朱小姐，不要告诉别人。”高雨笙垂目，遮住眼中的思绪。

翟辰听着自家坏小孩忽悠人，嘴角微抽，默默低头继续挖矿。

高牧笛讲完，有一位董事突然鼓起了掌：“小笛还没毕业吧，能做出这种企划案，真是了不起。”

“是啊，虽然还有不完善的地方，但是他才 19 岁。我 19 岁的时候，还在给人家送水做苦力呢。”另一位董事笑着附和。

高震泽也有些意外，满意地点点头。这个小儿子，最近是出息了。

朱小姐愤愤不平地“哼”了一声。

高闻筝站起身，看向坐着不动的高雨笙，微微勾唇：“小笛讲完了，雨笙？”

“你先吧，我还没准备好。”高雨笙面无表情地说。

翟辰依稀听到了一声嗤笑，就见那高傲的女人取下纱帽，昂首挺胸地走上台，单手握着手杖站定，特意看了父亲一眼。她的两个助理抱着一沓打印好的企划案过来，给每位董事都发了一份。这样专业的姿态，是前面两个小年轻尚不能及的。

高闻筝是运营总监，她手里有生产经营的第一手资料，给出的企划案比前两个要实际得多，有数据，有成本分析，有市场规划。厚厚一沓，颇有诚意。

“产品现在已经生产了这么多，临时改性能或是改销售方案根本来不及，提融资租赁更是可笑。请问，如果全国都知道你这款跑车是可以融资租赁的，那么想要买跑车炫耀的人开出去不会丢人吗？”冷冽犀利的语言，直接把朱小姐和高牧笛之前的言论推翻。

朱琳娜的脸色不大好，那边高牧笛就更好不到哪里去了。高闻筝的这份企划案，处处都在针对他的“融资租赁企划”。

“你姐姐怎么好像看过弟弟的企划案一样？”翟辰用手背拍拍高雨笙，狐疑地瞧他。

高雨笙面无表情地歪了歪头，呆滞又无辜。

“现在要做的是减缓生产，这代车做限量发售，炒高价格。不然，做第二代跑车的时候，就卖不出去了。”

高闻筝的理论，显然更容易得到董事会的认可。毕竟她有数据支撑，而且给出的方案切实可行。第一排的董事都听得很是认真，时不时地点头。

“老高，你这个闺女很能干啊。”朱董事笑眯眯地对高震泽说。

高震泽不言语。

高闻筝冷笑，走下台坐到了高震泽的身后，对朱董事说：“爸爸最期待的肯定是雨笙，毕竟都是自己做公司的人了。”

“哈哈。”朱董事没接这话。

不仅高震泽期待，其他董事也相当期待。高家这三姐弟，在外人看来，最有出息的自然是高雨笙。年纪轻轻就自己白手起家创办了公司，还做得风生水起，家喻户晓。不管在老一辈还是新一代眼里，那都是天之骄子。

高雨笙不紧不慢地起身，一边走一边扣上衬衫袖口。两手空空地站在台上，

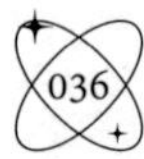

没有资料册子，也没有投影，只那么玉树临风地往讲台的黄金分割点一站，整个会场的焦点瞬间聚到他的身上。

“老实说，我没有做企划案。”备受期待的高总，开口就是这么一句。

台下顿时骚动起来，高震泽的脸骤然黑了。

翟辰也是一头雾水，没有做？那这小子熬了半夜是在打游戏吗？

高雨笙面不改色地等骚动稍停后，才用悦耳、稳定、极具说服力的语气，不徐不疾地继续说：“企划案是要有足够的数据支撑、详尽的市场调研才能做出来的，一周时间赶工做出的东西不叫企划案，至多算是个项目策划。”

第四十二章

“嘶——”底下响起一片抽气声，隔空一巴掌直接扇到了刚才演讲的三位脸上，甚至连要求他们比拼企划案的董事们也一起打了。无差别攻击，面面俱到。

真正的企划案确实不是这么儿戏的，董事们本来只是抱着逢年过节看小辈表演节目的心态听他们演讲，没想到遇到高雨笙这个较真的。

“雨笙自己也是企业总裁，看问题的角度就是不一样。”朱董事不动声色地夸了一句。

高震泽的脸色稍稍好转，示意众人安静，对台上的高雨笙说：“没做企划案，那你上去做什么？”

“我并非九逸的员工，拿不到准确的数据，可参考的都是已公布的资料，做市场调研也来不及，所以我只能谈谈对这个项目的看法。”高雨笙接过秘书递来的遥控器，直接将大屏幕调换成了刚才朱小姐的 PPT 界面，翻到了市场数据那一栏。

“董事长，连自家儿子都不给看内部数据吗？”一名董事笑着问高震泽。

高雨笙这番话，间接表明了九逸数据的保密性有多么好，连高震泽的儿子都拿不到。这马屁拍得刚刚好，高震泽脸上露出点笑模样：“本来就是看他们各自的本事，我不会多说一句话。”

但高闻筝的脸色就不大好看了：“他这是在讽刺我靠数据占上风？既然说了要做，企划部没有把能用的资料给他吗？”旁边的助理缩着脑袋不敢吭声，坐在她前排的高震泽回头瞪她。朱董事只是笑，假装没听见。

翟辰悄悄挪到了前排，方便保护自家小朋友，被迫将这些人的话听得清清楚楚，不由得皱眉，这有钱人家的日子可真不好过。

他和方初阳就绝对不会为了争家产在爸爸面前明嘲暗讽。他俩有什么事都是直接解决，说不明白就打一架。

“朱小姐在销售部门，她给出的市场数据应该是准确的，就姑且当作准确的来说吧，”高雨笙用激光笔指在顾客对九逸的品牌印象上，“有一点她说得没错，现在并不是发售跑车的好时机。当然在我看来，九逸根本就不应该做跑车。”

刚才否定了企划案这个称谓，现在又直接否定了这个项目。台下的人已经不再一惊一乍，而是专心致志地听他接下来说什么。

“跑车，是高端消费人群需要的，目前九逸的产品定位就是国产经济型车辆，并没有得到高端市场的认可。但九逸想要转型，想要寻找突破，这是一个有活力的企业应该有的状态，不应该被否定。”高雨笙并不认为做新项目是个错误的行为，恰好相反，经常做新的尝试才是企业长久存活的关键。

他说话，似乎有一种奇异的魔力，让人不自觉地将所有注意力集中过去。语气、神态、动作，甚至包括他那件星空蓝的衬衫，无不透着举重若轻的随性，直接将一场企划案比拼变成了艺术演讲。

高屋建瓴，水平不同。

“你们想做跑车，说到底是想做高附加值的产品，不愿意再做廉价工厂。但高附加值的产品是需要时间和口碑积累的，需要很高的市场认可度，而靠九逸这个品牌救不起来。”

打一开始，这个牌子就没有高端的可能。最开始假装进口车，红火了一阵子被揭穿，就破罐子破摔直接走上了廉价国产车的道路。

“能够瞒天过海，让外国人也觉得这是德国制造的车，足以说明九逸的技术过硬。但是你们没有抓住这个宣传的黄金机会，很快回归了国产市场，造廉价车。品牌一旦低俗下去，就不可能再回到高端市场。”

高雨笙字字句句都在讽刺，嘲笑他们这群老家伙当年的愚蠢，刺耳又扎心，偏叫人不得不听下去。

有一位董事插言，口气不大好：“你说的这些我们当然知道。九逸的核心技术，有一项特别厉害的地方，就是它与外国航天飞机的某个动力技术是一样的，省油且加速快。但是，这个点出于历史原因不能宣传，而拿得出手的又都毫无亮点。”

“秦伯伯就是当年负责公关危机的人，你还小，不懂那时候的形势，不要乱说。”高闻筝跟着说，试图打乱高雨笙的讲话节奏。

“不能回到高端市场，所以呢？”席间突然冒出一道声音，跳过二人的质问，回归高雨笙刚才说话的地方。

坐在第一排的人们没注意是谁说的话，高雨笙抬眼看向一本正经举手发言的翟辰，嘴角微不可察地上扬：“现在要走高端路线，只有一个办法，从零开始。”

将鼠标调换成彩笔模式，直接在高家姐姐的 PPT 界面上画了个零蛋。

高闻筝咬紧了牙，那边直接被忽略的高牧笛更是不爽。这人把另外两个企划案都提了一下，而他那份 PPT 根本就没打开，这是瞧不起谁?

“什么是从零开始？”高震泽可不知道背后的儿女都在磨牙，满眼兴味地问台上的人，鼓励他继续说下去。

“另外创造一个品牌，让人们觉得它跟九逸没有任何关系。”高雨笙将遥控器扔到一边，在台上走动了两步，直接关掉投影界面，让所有人的注意力都集中到自己身上来。

“就好比雷克萨斯属于丰田，迈巴赫属于奔驰，玛莎拉蒂和道奇是一个母公司，九逸完全可以做一个法拉利，关键在于你们需要一个高端的壳子。”

转型，并不是要舍弃原有的长处。九逸能长久地生存下来，靠的就是廉价、经济、省油这样的特点，在国内、外的认可度都很高。这些是企业目前的根基，不可以动摇。

另外开辟一个子品牌，既可以保存现有的市场，又可以满足高端客户的心理。许多大品牌旗下，都有档次不同的子品牌，将客户群分开，这是世界范围内都普遍接受的。

而保持当年“小作坊”管理模式的董事会，思想僵化，完全没有想到这茬。众人顿时有一种醍醐灌顶的感觉，一时间没人说话了。

“好！”翟辰突然叫了一声好，大力鼓掌。小朋友发表了精彩的课堂演讲，同学们就应该给予积极的回应。

回过神来的董事们也跟着鼓起了掌，朱董事感慨：“英雄出少年，咱们老啰。”

高震泽听了这话，甚是高兴，面上还保持着严肃的模样，眼中的得意却怎么都遮不住：“臭小子，看来在外面没有瞎混。”

“董事长也太谦虚了，雨笙那个标点地图我都在用呢。”

“据说都跟公安系统合作了。”

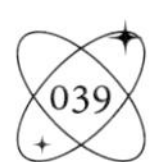

高闻筝攥紧了手杖的握把，脸色非常难看。

这就是她一直支持父亲把高雨笙叫回九逸做事的原因，如果同样在九逸，她的资历深，定然比高雨笙耀眼。而放任高雨笙在外，天宽地阔，他做出的任何成就都像在广场上放烟花，谁都能看到。

“总监，您要不要上去补充？”助理战战兢兢地小声问。

“补充什么补充，已经输了，没有任何挽回的余地！”前面的讨论正热火朝天，董事们没有注意她刻意压低的声音，不过跟她坐在一排只隔了条走廊的翟辰，倒是听得一清二楚。

助理不明白输在了哪里，虽然看起来高雨笙的观点更受欢迎，但他觉得高闻筝说的更实用。

高闻筝重新戴上了纱帽，垂下来的半截黑纱遮住了眼睛，只留下紧抿的红唇，声音从唇缝里挤出来，很是不甘：“输在格局。”

他们三个都没有格局，关注的都是眼前的得失，而高雨笙说的是大方向。高震泽要的是接班人，是一个统率全局、指点江山的支柱，而不是一个企划案做得出色的员工。

她太心急了，没有想明白，而高雨笙一开始就看清楚了局势。

高雨笙走下台，朝着翟辰的方向走去，半路被几个董事给拦住了。

“赶紧来九逸吧，创建子品牌得靠你们年轻人。”朱董事笑眯眯地说。

“嗯，省得我们再被嘲笑。”秦董事还在为刚才的讽刺而生气，说话有些阴阳怪气。

高雨笙不以为意，保持着商务姿态从容应对：“我是外行，只是站在消费者的角度提个建议，您几位也不必太当真。我的公司目前正处于上升期，走不开，况且九逸人才济济，暂时也用不到我。”

自谦的话说出来，秦董事的脸色终于好看了些。有一位既是股东也是董事的人笑呵呵地说：“你那个地图我很喜欢，回头要融资的话我给你投啊。”

朱董事也跟着掺和：“加我一个，另外咱们可以商量把标点地图加到九逸的车载导航里啊。”

高雨笙没拒绝，也没答应，客套地跟他们周旋半晌，实在不想说了就尿遁：“失陪一会儿。”

仪表不凡，彬彬有礼，才华出众。等高雨笙离开，董事们开始不遗余力地当着高震泽的面夸奖他儿子，把董事长哄得绷不住脸笑起来。

高闻筝听不下去了，起身走出会议室，就瞧见高雨笙跟翟辰一起从男厕所走出来。“你3岁吗？上厕所还叫人陪。”

翟辰听到这话，奇怪地看向站在墙边的女士：“这管天管地，管不住拉屎放屁，这位姐姐，您管得是不是有点宽了？”

“你是什么东西，我跟你说话了吗？”高闻筝瞥他一眼，看向高雨笙。

“嘿？”翟辰准备让她知道自己是什么东西，被高雨笙拉住，无视眼珠快要瞪脱眶的姐姐，继续往前走。

通体漆黑的细长手杖突然横在面前，挡住了去路。

“那份企划案，是你传给我的吧？”高闻筝似乎突然不生气了，语调恢复了居高临下的优雅。

高雨笙驻足，面不改色地反问：“什么企划案？”

“你可真是好算计，”高闻筝收回手杖，挪步到高雨笙面前，“头天晚上把那份企划案匿名发到我邮箱，告诉我那是你的，让我按照你那份来准备，直接帮你否定了高牧笛。然后，你再把我们全否定了。”

眼瞅着这位姐姐就要贴上高雨笙的脸，翟辰出手把她挡开些，以防吵架太激动了张口咬人。

高雨笙看着翟辰的动作，低头轻笑，惹得姐姐更生气了。他抬头收起眼中的温柔，平静地对视回去：“我只是企划案被人偷了，才临时想出这么个说辞。”

“嗬，”高闻筝接连冷笑，“你还说你对家产不感兴趣，瞧瞧这出连环计。我早该明白，你就是个满嘴谎言的小畜生。”

高雨笙没什么反应，翟辰却不高兴了：“哎哎，说谁小畜生呢？他是畜生，那你这个跟他一窝的不就是个母畜生吗？”

“你……”高闻筝被噎得差点厥过去，“这儿有你什么事？我们姐弟说话，轮得到你插嘴吗？你是谁呀？”

“我是他哥哥。”翟辰上前半步把高雨笙挡在身后，大有一种自家小朋友被外面的大人欺负了，做哥哥的出来撑腰的架势。

这话说出口，本来只是尖酸刻薄的高闻筝，瞬间气红了眼睛，大声质问：“你还认起哥哥了！谁是你哥哥？你大哥的牌位还在家里供着呢！”

这话也不知道戳到她什么痛点，发疯一般地举起手杖，就要往高雨笙身上抽，被翟辰一把抓住。

“我是不轻易打女人，但不代表真不打。你再对他动手，我可就不客气了！”

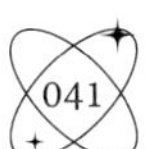

“哟，这是干什么呀？”一道温柔的女声，引得三人齐齐看过去。穿着红色衣裙的高家小后妈，站在大门紧闭的会议室门口，神色关切地看着他们。

高闻筝收起手杖：“你来干什么？！”

“你爸约了我中午一起吃饭的，我瞧这个点了还没出来，就上来看看。”后妈笑得一脸幸福，拎着精致的小包推门进去，径自走到了坐在原地玩手机的高牧笛身边，轻轻推了推他。

前面的董事们还在闲聊，没人注意到她的到来。

“妈，你来干什么？”

“秘书给我发消息了。”高太太隐晦地看了一眼站在高震泽身边的秘书，拧了儿子一下，“刚才高雨笙跟那些叔叔伯伯说话，你怎么不过去？”

“我去干什么？他们是想跟高雨笙说话。”高牧笛烦躁不已。

“那有什么？你也是高家的儿子，只是年纪小吃亏了。”高太太恨铁不成钢地拉起他，直接拽到了前排。

董事们是认识高太太的，左右不是什么正式会议，大家也不介意，热络地寒暄起来。

“我们牧笛刚高中毕业，什么都不懂，要是说错了，你们多担待。”高太太很擅长社交，三两句哄得高震泽没有计较她的突然出现，还跟董事们成功地介绍了高牧笛。

“小笛虽然小，但是很有能力，刚才表现得很不错呢，比我年轻的时候强多了。”

“是啊，先前听说小笛贪玩，我瞧着倒是个干大事的。”

“哈哈哈哈，您过奖了。”有妈妈的好处就在这里，即便是扶不上墙的烂泥，当着妈妈的面别人也只有恭维。

气氛正融洽，会议室的门突然被大力推开，厚重的两开木门重重地磕在门吸上，发出一声突兀的“嘭”的声音。

刚跟高雨笙回到座位上的翟辰，条件反射地快速做出防御姿态。却见几名穿着制服的警察，突兀地走了进来。

屋里瞬间静得落针可闻，维持秩序的秘书赶紧上前：“几位同志，有什么事吗？”

“谁是高牧笛？”走在前面的警察亮出了证件。

翟辰第一反应是高家弟弟偷企划案的事被举报了，捏捏高雨笙的胳膊用询

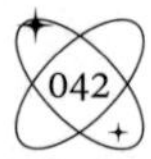

问的眼神看他。高雨笙摇了摇头，表示自己也不知道怎么回事。

不仅他俩不知道，高牧笛自己也一头雾水。

“跟我们走一趟。”两名警察上前，直接把他的双手铐了起来。

“哎，你们干什么？！”高太太立时拦着，不让带走，“抓人总得有个理由吧？”

“高牧笛涉嫌一起跨国贩卖人口的案件，需要带回去调查。”警察面无表情地说。

“不可能！”高太太尖声叫嚷。

高震泽皱起眉头：“是不是弄错了？他只是个刚成年的小孩子。”

“那要调查了之后才清楚。”警察丝毫不给面子，直接押着高牧笛离开。

“我没有贩卖人口！你们也不看看我家里是干什么的，我缺那几个钱？”高牧笛高声嚷嚷，蹦跳着挣扎，被两名警察直接架起来，拖进了电梯。

刚才还被众人夸奖的小辈，下一秒就被警察抓走了，这戏剧性的发展让几位董事都反应不过来，在高太太哭喊着追出去之后，才勉强回过神来。高震泽脸色铁青，叫秘书跟过去看着，没开完的会议直接散了。

“跨国贩卖人口，那不就是孤儿院那件事吗？”走出九逸大厦，翟辰拉着高雨笙到开阔的地方小声说话。

“大概。”脱离了提前背好的演讲稿，高雨笙的话又变得简短起来。

翟辰想不通这事是怎么跟高牧笛那个二百五扯上关系的。这时候手机响了，是方初阳打来的。

“你去接檬檬，我得回一趟队里。”方初阳扔下这么一句话就挂了，听起来很匆忙。

看来就是这个案子无疑了。翟辰充满了好奇，但这时候又不好多问，便带着高雨笙去儿童医院接陪瑶瑶的外甥。

“也许跟小胖有关。”说起大舅突然跑掉的事，翟檬檬提出了新的看法，“昨天瑶瑶说，小胖跟她吹牛‘花奶奶要带他去山上吃烤肉’，二舅听了这话就出去打了好久的电话。”

“花奶奶是谁？”翟辰很是意外。

翟檬檬想了想：“就是他邻居奶奶。”

邻居奶奶？这都什么跟什么？

“熟人作案。”高雨笙提醒了一句。

“啊！”翟辰忽然想起，小胖丢的时候，他奶奶正跟邻居老太太说话。熟

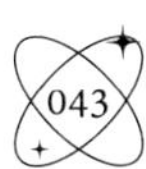

人作案，排除了邻居老太太，也正是因为她就在案发现场。所以其实是灯下黑，犯罪嫌疑人就在眼前？可这跟高牧笛有什么关系呢？

翟辰抓心挠肝了一晚上，第二天把高雨笙送去上班后，自己便颠颠地跑去刑警队，死活要请方初阳吃午饭。

“滚，没时间陪你吃。”方初阳站在警局外面，跟翟辰说话。

“小胖的案子，是不是有眉目了？”翟辰不死心地问。

“那个是片区负责的，”方初阳知道他要问什么，“跟高牧笛没关系。”

高牧笛，的确是因为孤儿院那件事被抓的。先前跟孤儿院合作的黑中介被抄了个底儿掉，订下十个孩子的富商资料也拿到了手。这十个孩子的订金，是用人民币账户缴纳的，账户名称就是高牧笛。

翟辰：“……这也太蠢了，不符合逻辑。”

方初阳看了他一眼，掏出一根烟叼在嘴里：“这事涉及高牧笛，孤儿院又是高雨笙他外公开的。”

“你什么意思？”翟辰皱眉。

“有件事我得提醒你，”方初阳点燃了烟，狠狠抽了一口，声音很低，语速极慢，“这件事，高雨笙，很可能自始至终都知道。”

第四十三章

自始至终。始有多始，终到哪里？

翟辰愣怔了一下：“你是觉得这是他们豪门斗争，高雨笙设的计，故意引他弟弟上钩好把弟弟做掉？”

“嗯。”方初阳点头。

“嗯你个头啊，”翟辰抬手弹他脑袋，“都说了让你少看点霸道总裁小说，这都哪儿跟哪儿！”

“我见过比小说夸张的事多了去了，”方初阳见翟辰不信，不由得加重了语气，“高雨笙这个人，可不是你心中那个单纯的小孩子。”

如果高雨笙真的从一开始就知道，那么翟辰会掺和其中，就完全是他算计的。与翟辰有关的幼儿园的孩子，被迫卷进无端的拐卖案件中。在案件侦查陷入困境时，他带着翟辰去了高远孤儿院。他的那个外国朋友，又恰好要在高远领养孩子。最后，案件侦破到现在，还牵扯了他同父异母、关系不怎么好的弟弟。

太多的巧合，无法不让人怀疑。

方初阳有理由相信，不管是出于好心还是私心，高雨笙在整个事件里扮演了某个重要的角色。毕竟他是个会利用爱慕自己的女人监听取证的人，利用翟辰来做遮掩也并不稀奇。

翟辰越听他分析，就越恼火：“天赐不是这种人，他不可能为了坑弟弟就雇人去买十个孩子！”

高雨笙有多讨厌人贩子，他最清楚。要是法律允许的话，高总恨不得把每个人贩子都在地图上标红。

方初阳说：“你了解他多少？你知道这些年他是怎么成长的？”

翟辰：“我当然知道。”

“你知道个头！”方初阳看着自家兄弟这一副鬼迷心窍的样子就来气，“你才认识他几个月，当心被人卖了还帮人家数钱！”

两人互瞪片刻。

突然，翟辰眨眼，好似玩木头人游戏时突然认输那般敷衍道：“好吧，也许你说的是对的。”

“嗯？”

“卖就卖吧，我认了。”

“……”

方大舅此时此刻，特别想替翟建国清理门户：“他给你灌了什么迷魂汤？”

翟辰龇牙：“哈哈，开玩笑的。”

“这还差不多。”

“我们家天赐，肯定不会干这种事的！”

方初阳觉得自己离当场去世就差一句话的工夫了。他抬起手，揪住翟辰的领子把人拽到墙根儿，还是清理门户吧。

好在热心群众拯救了正直的方警官，一辆豪车缓缓停在了刑警队门前，从车上伸出一双精致的红底高跟鞋。满脸愁容的高太太，带着一名西装革履的律师，风风火火地走下车。

瞧见翟辰，她很是意外：“你不是高雨笙的保镖吗，在这里干什么？！”

翟辰没想到，只匆匆见过两回就被高太太记这么清楚，随口应了句：“路过。”

高太太可不信他是路过，用割了双眼皮的大眼睛冷冷地瞪着他，俨然已经把翟辰当成高雨笙派来打探消息的走狗，想说什么，又极力忍耐，旁边的律师提醒她正事要紧。

“干什么的？”方初阳拦住直接就要往里进的人。

高太太赔笑道：“我是高牧笛的妈妈，这是律师，我们来给他办取保候审手续。”

方初阳：“他现在还没有被收押，案件正在调查。等收押之后，再谈取保候审的事。”

听到这话，高太太的脸色顿时变得难看起来。没有收押，那就是还在刑警队的审讯室里。“这都已经一天一夜了，审问不是只能关 24 小时吗？”

方初阳：“那是无证据询问，他现在是证据明确的犯罪嫌疑人。”

翟辰趁着他们争执的时候，悄悄骑着电驴溜了。不然等方初阳回过神来，又不知道要跟他吵到什么时候。

穿过一条街，他绕到幼儿园片区派出所，想打听一下小胖的事。派出所门前正热闹，几个民警押着个戴手铐的老太太，准备上白底黑字的执法车。小胖一家不知从哪里蹿出来，冲上去拼命撕扯。

“李梅花，你个挨千刀的，还我孙子！我孙子在哪儿？”小胖奶奶颠着吨位极大的身躯，扑过去对戴手铐的老太太拳打脚踢。

民警不敢碰老人，只能拉着犯罪嫌疑人往后退，劝着不让打：“已经批捕了，我们现在就要把她关起来，你们不要再闹了。再闹，把你们也抓走。”

“来呀，抓我呀，把我和她关在一起！”小胖奶奶拍着屁股蹦起来。

小胖的爸爸和妈妈也冲上去拉扯，妈妈哭得撕心裂肺：“你为什么要这么做？我上个月还给你们家送过零食！”

那戴着手铐的老太太，就是小胖嘴里的“花奶奶”——那个住在他家对门的邻居。

场面一度十分混乱。

“呵呵呵呵呵……”那个叫李梅花的老太太，突然神经质地冷笑起来。

她脸上纵横着几道被小胖妈妈挠出来的划痕，原本就蜡黄瘦削的脸看起来越发干枯，她抬起扣在一起的手，指着小胖奶奶：“这都是你自找的，这是你们家应得的报应！”

她似乎是在笑，又像是在哭。怨毒的声音，配合着那几乎满是血丝的浑浊

眼珠，颇有几分恐怖片的气氛。

警察快速把人塞进车里，挡开继续往前扑的小胖一家，不管他们怎么叫骂，直接踩下油门绝尘而去。

翟辰找到跟他相熟的那个小警察，打听状况。

“唉，主要是报复他家。”小警察叹了口气。

翟辰费解：“之前不是关系挺好的吗？”

小胖丢失的那天，这俩老太太还在一起说说笑笑，而且小胖也非常相信花奶奶要带他吃烧烤这样的话，说明两家平时关系是不错的。

小警察老气横秋地摇了摇头：“邻居家也有个小孩，是天生残疾。那个孩子，跟小胖差不多大，两家奶奶就经常在一起哄孙子。”

翟辰：“哄出仇来了？”以小胖奶奶那个性，不得罪人才叫奇迹。

小警察叹了口气：“可不是？王子剑他奶奶，经常当着人家的面炫耀自己孙子如何壮实、如何能吃。”

“……”

照小胖奶奶那个说话方式，即便没有恶意也会非常难听，更何况是故意炫耀。小不满，积累成大仇怨。邻居忍无可忍，就伙同自己的侄儿把小胖给骗上车，卖给了人贩子。

那辆无牌照的面包车，就是李梅花侄儿的。这人目前通缉在逃，应该很快就能抓捕归案了。

“人总会为自己的行为付出代价，或多或少。”年纪轻轻的小警察，愣是被现实逼成了哲学家。

翟辰拍拍他的肩膀：“这个故事告诉我们，平时说话，还是积点口德好。我决定以后少说脏话。”

小警察被他逗笑了：“你真是个好老师，辞职了还在关心王子剑。”

“孩子是无辜的，那小胖子其实挺可爱的。”

嘴欠的小胖奶奶丢了孙子、挨了闷棍，犯罪的李梅花锒铛入狱，而只是想吃顿烤肉的小胖又做错了什么呢?

翟辰骑着电动车，晃晃悠悠地回公司，路上顺道买了一盒章鱼小丸子。

蹬着电动车风驰电掣地跑回财富大厦，按开 23 楼的公司大门。翟辰吹着口哨走进去，重新找回了做哥哥的感觉。

“辰哥，带了什么好吃的呀？”前台小妹笑得特别甜。

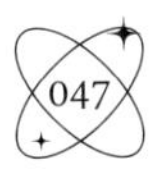

“啊，午饭。”翟辰顺嘴就说了出来，倒不是吝啬这点零食，就是怕别人吃了一个摆盘不完整，屋里那位有强迫症的家伙就不肯吃了。

刚才失误了，应该买两盒的，在女孩子面前抠门小气实在不该。虽然如此唾弃自己，但翟辰丝毫没有把章鱼小丸子分给别人吃的打算，径直往总裁室走去。

“嘘——”郑秘书守在门口，对他做了个噤声的手势，“高总他后妈在里面呢。”

后妈？这位夫人跑得还挺快。

高太太拿着纸巾不停地擦眼泪，哭哭啼啼地望着高雨笙：“你弟弟已经被关一天一夜了，在那里面吃不好、睡不好的，他怎么受得了！你得帮帮阿姨。”

“这事与我无关。”高雨笙手上的工作不停，根本没有抬眼瞧她。

“怎么与你无关了？那个孤儿院是你外公开的！”高太太见迂回没用，便直截了当说了。

高雨笙敲击键盘的动作骤然停了下来，双手慢慢交叠在一起，从屏幕上移开目光，看向坐在沙发上的红裙女人：“我小时候问过，我妈妈家里还有什么人，你们是怎么回答我的？”

“那，那是为了保护你，”后妈攥紧了纸巾和手机，极力忍耐着愤怒，小声问，“所以这件事果然跟你有关吧？雨笙，阿姨求你，你有什么不满冲我来。你弟弟从小就很喜欢你，说要成为二哥那样的人，这次企划大会也是我逼着他去的。”

高雨笙：“这些话你该对高震泽说，对高闻筝说，不该对我说。”

高太太眼泪止不住地又流了出来，站起身走到桌前，缓缓弯下膝盖：“雨笙……”

翟辰推门，一个箭步冲过来，在她膝盖跪地前稳稳地将人扶起来：“美丽的女士，可别摔着了。您这跟瓷器似的金贵，磕了碰了，录下来回头就是我们雨笙不仁不义了。”

说完，不待对方反应，直接将后妈手里一直攥着的手机夺走。

“你干什么？”

“哟，开着录像呢。”翟辰把手机递给高雨笙。

手机是锁屏状态，只能查看最近的这一段录像，前面还不知道录了几个。高雨笙垂目，直接开锁给删了。

后妈很是吃惊：“你怎么知道我的开机密码？”

“猜的，”高雨笙将手机扔给她，“别再来烦我。”

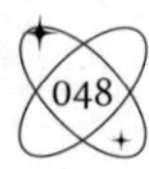

翟辰“请”走了高太太，回来就见高雨笙盯着那盒章鱼烧，不吃也不动。等他说一句“吃吧，给你买的”，这才打开盒子，慢条斯理地吃了一颗。面上看不出什么，但翟辰能感觉到他瞬间开心了。

傻崽子……翟辰笑着叹了口气。

第四十四章

本来是想跟高雨笙聊聊孤儿院的事，但刚被后妈闹了一通，气氛实在不合适。翟辰只得把话咽下去，跟高雨笙你一个我一个地吃了一盒章鱼小丸子。

简单聊了两句小胖家的事，高雨笙继续工作，他就窝在沙发里打游戏。

“我去，会不会打啊！”耳机里传来队友骂人的声音。

他正玩一个射击游戏，刚才没注意，把队友当成敌人给扫射了。赶紧上前去扶人，对方还在不停地骂骂咧咧。

“看清再打，知不知道？打队友我可以举报你的！

“说话啊，哑巴了小菜鸟！打游戏别走神行吗？

“给我两个急救包，我就不举报你。”

翟辰操纵着游戏人物后退两步，直接中断了救助，拿出一颗手榴弹扔到对方脚边，在更加激烈的骂声中送对方上了西天。

退出游戏抹了把脸，误伤队友这种低级错误平时是绝对不会有的，刚才确实是走神了。翟辰抬头看看还在专注工作的高雨笙，起身倒了杯水。

天气转凉，高雨笙给了他一个保温杯，说是合作商送的，让他天冷了喝热水。浅蓝色的玻璃保温杯造型别致，是一家知名咖啡店的热销物，并不是通常意义上那种印着广告大字的赠品。桌上那个总是泡着薄荷水的玻璃凉杯，也换成了双层玻璃的保温壶，倒出来的茶水刚好可以入口。

翟辰喝了一口，提起壶给高雨笙桌上的杯子添满水。

高雨笙从文件里抬头，倒水的人却没有给他露齿清甜一笑的机会，直接转身走了。

回到沙发上，翟辰重新拿起手机，放弃了需要精神高度集中的射击游戏，打开了消消乐。他平时不怎么玩这个，因为太简单了，随随便便就打到了一千多关，基本都是一遍过。

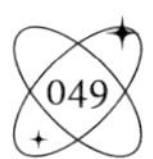

然而今天，直到下班，翟辰游戏中的体力耗尽，也只打过去两关。这里面包括他长久不登录，系统逢年过节送的各种体力奖励。

高雨笙将西装外套搭在手臂上，低头看他："在想什么？"

"……"

屋里突然安静，翟辰回过神来，赶紧说了一句："想你晚上陪我喝一杯。"

高雨笙深深地看了他一眼："好。"

晚饭的餐桌上有小朋友，不便饮酒。等把翟檬檬哄睡了，才是两个大人逍遥快活的时间。

高雨笙问他："喝什么酒？"

"随便，来点够劲的。"翟辰正在门口取外卖，喝酒需要小菜，他便随手点了份夜宵。

高雨笙打开酒柜，目光在几瓶高度数的洋酒上流连片刻，最后取了一瓶低度数的红酒。端着水晶高脚杯走过去，却见翟辰在茶几上摆了毛豆、花生、小烤串。

"……"

翟辰瞧见他手里的酒，再看看自己手里的烤串，忍不住笑出了声："哈哈，毛豆配红酒，讲究！"

他拍拍自己身边的位置，示意高雨笙坐过来。

高雨笙立时乖乖地坐过去，将一杯红酒递给他。

翟辰接过酒杯，左瞧右瞧："给我喝这么贵的酒纯属浪费，我又不懂。二锅头就行，配毛豆、烤串刚刚好。"

高雨笙轻轻晃了晃手里的高脚杯，让红酒的香气慢慢漾出来："你值得最好的。"

"……"辰哥刚准备好促膝长谈，瞬间忘词了，"我说，你最近这些奇奇怪怪的词儿，都哪儿学来的？"

"奇怪吗？我只是在赞美你。"高雨笙无辜地看着他。

"赞美我干什么，我是黄河母亲还是中华大地啊？"

"你是星星。"

"……"翟辰觉得自己跟这小孩好像不在一个次元上，有心跟他讲讲青春期的注意事项，张口结舌半晌，就憋出来一句，"行吧。"

只会教育幼儿的翟老师，面对青春期少年束手无策，低头闷了一口不够劲

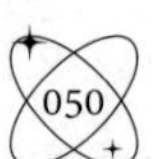

的红酒。

两人就着烤串喝红酒，有一搭没一搭地闲聊着。

翟辰思索了一下午，发觉自己对高雨笙确实了解得不多。有些问题一直回避不忍心问，比如叶阿姨是怎么死的，比如高家乱七八糟的亲属关系。以至于如今牵扯到复杂的案件里，他想替高雨笙辩解也不知从何说起。

“那天你姐姐提起大哥，你还有个大哥吗？”早年在山里，小天赐偶尔会跟他说起家里的事，提得最多的就是妈妈和爸爸，甚少提及兄弟姐妹。也许以前说过关于哥哥姐姐的事，但翟辰完全忘了。

“嗯，跟高闻筝是龙凤胎的大哥，13 岁那年就过世了，”高雨笙抿了一口红酒，放松身体靠在沙发上，“叫高忆箫。”

“忆箫，”翟辰琢磨着这个名字，还挺好听，“箫筝笙笛，都是你爷爷统一给取的吧？”

记得高雨笙说过，后来的这个比“天赐”有文化内涵的名字是爷爷取的。

“嗯。”高雨笙似乎很高兴跟翟辰聊这些，侧头看他，“我很小的时候，是跟爸爸妈妈单独住的，5 岁那年突然换了房子，才知道还有大哥和姐姐。”

他与高忆箫相处的时间很短，只记得是个很温柔的人，脾气跟爷爷相像，不像高闻筝那么任性。刚住在一起的时候，姐姐经常尖叫哭闹，不肯接受同父异母的弟弟。但高忆箫就没吵过，还把自己小时候的玩具给他玩，对叶蓉也很有礼貌。

“后来他俩一起出了车祸，高忆箫死了，高闻筝没了条腿。”说到这里，高雨笙声音低了下去。如果高忆箫还活着，也许家里就不会这么乱。

翟辰瞎打岔：“我看她是两条腿啊，以前是三条？”

高雨笙被他逗笑了，摇摇头：“左腿是假肢。”

翟辰恍然：“难怪她要拿根拐棍。”

这兄妹俩是高雨笙被拐的那两年里出的事，具体发生了什么，年幼的他也不清楚。只记得自己从山里出来，再次回到高家的时候，大哥已经死了，高闻筝一条裤腿是空的，扶着栏杆在屋里做复健，每天歇斯底里的，甚是恐怖。

“叶阿姨，没跟你回高家？”翟辰听到了重点。他一直以为，叶蓉把他送去孤儿院之后，是带着天赐一起回高家了，怎么现在听起来，倒像是天赐自己回去了。

“没有。”高雨笙缓缓地把杯中红酒饮尽，脸上的笑意渐渐消退。

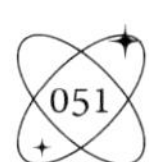

“她……”翟辰有些不忍心说下去。

“我不记得她是怎么死的，”高雨笙深吸了口气，知道翟辰要问什么，“记忆就是在那个地方出现了缺失，前后的事都不记得了，包括我们两个住的那个家属院。”

第四十五章

翟辰的心尖突然抽了一下，疼得他差点拿不稳红酒杯。那么小的孩子，突然失忆。

先前雨笙说高家人以为他自闭，其实不是以为，是真的自闭了吧。完全可以想象，当时是个什么场景。

小小的孩子，整日不说话。别人问他，就颠来倒去地说着那几句。

“星星哥哥在哪儿？我要找他。

“我妈呢？”

而高家的人，连外公的存在都不肯告诉他，更不可能告诉他妈妈是怎么死的了。小孩子对时间和空间的概念还不是特别清晰，缺失的记忆会造成他长久的混乱，陷入谎言编织的噩梦里。那年他才 8 岁，该有多害怕！

他一直在找真相，何尝不是在找自己丢失的记忆？所以他找到了高远，找到了叶逢秋这个外公，只是找到的时候人已经没了。

“我记住了所有能记的地图，就是记不起回家的路。”不知道是不是喝了酒的缘故，高雨笙说话带着点鼻音，很是可怜。

记忆的残缺，造成了对现实世界认知的不真实感。总觉得自己在迷路，而高家更像是走错方向误闯进去的鬼屋。

“天赐……”翟辰勾手，捏住他的肩膀。

高雨笙抬眼，跟翟辰轻轻碰杯。

翟辰喝了一大口，咂咂嘴，还是没品出个所以然来：“外公没留下什么话吗？”

“不知道。”高雨笙摇摇头，唯一跟叶逢秋有联系的只有路长华，如今那人还关在看守所里。

“你之前，没跟路长华接触吗？”按照高雨笙的性格，既然找到点线索，肯定会查到底的。但是上回捐款的时候，二人明显是第一次说话，而且说得也很

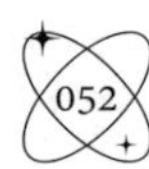

克制，完全没有要接近的意思，这让翟辰有些费解。

高雨笙晃着酒杯的手瞬间停了下来："你是想问，在事发之前，我对孤儿院的事知道多少，是吗？"

"啊？"

"你觉得是我做的吗？"高雨笙直直地望着他，眼中的笑意像花瓣上的朝露一样渐次消散。

翟辰赶紧解释："没，不过这事确实跟你有各种牵扯，我觉得……"

"你觉得我是顺水推舟借机害高牧笛？"高雨笙自己把话补全，嘴唇轻颤。在警察当着所有董事的面把高牧笛抓走的时候，他就知道，别人会怀疑这事是他做的。但他从没想过，这个别人，也包括翟辰。高雨笙深吸一口气，起身就要走。

翟辰一把将人按住，却忘了手中还端着酒。暗红色的酒泼洒出来，沿着他的脖子一直灌进了居家服的衣领中。

"我不是这个意思！我知道你不会做这种事，我是担心为什么好像都跟你有关系，这事太蹊跷。"

"所以你要跟我喝酒，是想让我喝醉，好听实话吗？"高雨笙扔掉手里已经空了的杯子，任由它掉在沙发上。残余的酒，使洁净如新的沙发也染上了污渍。高雨笙反手扣住了翟辰那只举着杯子的手，冷眼质问他。

"哎，不是……"

他没法解释，喝酒这事其实是他顺嘴说的。

"是，我早就知道叶逢秋是高远的前院长，我也是故意带你去高远的。我参加公司的企划案会议，就是为了给他们找不痛快，你也看到我怎么对付高牧笛和高闻筝了。甚至我还买通了关系，等过几天侦查结束就去见路长华！"

高雨笙像个赌气的小孩子，故意夸大自己做的"坏事"，张牙舞爪地虚张声势。

翟辰被他这番话激怒了："我跟你好好说话，你在这里闹什么别扭？！"

"我说的就是实话！"

"胡说！"

"……"

翟辰叹气："你带我去高远，是因为自己不敢去吗？"

那些茫然、不知所措的童年，明明有亲人却不得相认的过往，都藏在那个孤

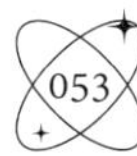

儿院里。只有拉着这个人一起去，才不至于被那种“没有人要”的窒息感湮没。

高雨笙愣了一下，慢慢垂下眼睛：“如果我说有人在针对我，故意把所有的事情与我牵扯在一起，你信吗？”

“我信。”翟辰毫不犹豫地说。

“没有你的世界，一定是灰色的。”

“打住，”翟辰听不得这种奇怪的夸赞，一听就浑身起鸡皮疙瘩，推推还想继续吟诗耍赖的狗崽子，“走走走，睡觉了。”

第二天，高爸爸叫高雨笙回家，商量弟弟的事。

目前查到的状况是，弟弟在国外认识的一个沙漠那边的富商，想借他的卡给这边打钱，还他美元连带一些好处费。高牧笛倒是不缺那两个钱，只是知道对方的身份，想交个朋友，就把卡借给人家用了。

“什么时候的事？”高雨笙问哭个不停的后妈。

“就上上个月，他出国玩的那几天。”后妈在高震泽面前向来是温柔大方的，回答得十分及时，还泪眼汪汪地看着高雨笙，似乎期待他能给个什么主意。

“他几岁了，还把卡借给不熟的外国人用？编谎话也编得像一点，”坐在一边的高闻筝冷笑，“这话咱们能信，人家警察能信吗？”

高太太气得直哆嗦，但还是克制住了反驳的欲望，勉强维持住表情，对高震泽说：“那个富商的名字什么的，倒是跟中介那里的资料对上了，警察也认可了小笛没撒谎。虽然证明了不是以他的名义买孩子，却也没法洗清同伙嫌疑。”

而因为对方是外国人，且还没有买成，警察无法追究那位“来自沙漠的土豪”，只能追究高牧笛。

高震泽没有问小儿子现在被关在哪里，也不说接下来该怎么做，目光在两个儿女身上转了一圈：“那天，是谁给警察领的路？”

偌大一幢九逸大楼，他们在顶层开会。那些警察穿着制服，如果出现在大堂，前台和保安肯定会知会上层。可他们一群人，谁也没接到通知，直接让警察闯了进来，当着全体董事的面把高牧笛拧走。

“我没有大楼权限。”高雨笙语气凉凉地撇清关系。

“我领的。”高闻筝嗤笑，承不承认都一样，只要查监控就能看到，也没必要瞒着。她迟到那一会儿，就是在安排警察。

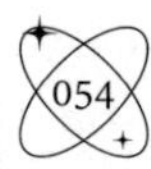

后妈不可思议地看向她："你怎么可以这样？那可是你亲弟弟！"

翟辰站在门口，听着这台词觉得有点耳熟，昨天她就是这么质问高雨笙的——那可是你亲弟弟！

"警察让我配合调查，我是守法公民，当然要配合了。因为我的配合，人家还好心让弟弟把企划案讲完，要不然开场就抓人，他这一周不就白准备了吗？"高闻筝振振有词，跟高牧笛还欠她个人情似的。

"你就是这么当姐姐的？"高震泽脸色极为难看，抬手就是一巴掌。

高闻筝及时躲了一下，没打到脸，但头上的帽子被扇掉了。她顶着一头乱发站起来，正面对着父亲提高了嗓音："他犯罪，是我让他犯的？我不放警察进来，警察也会硬闯，到时候更难看。"

高震泽冷眼瞪着她："怎么才能不难看，你不知道？当着所有董事的面，让他们知道我这个小儿子不成器，就好看了？"

"我就是看不惯你重男轻女的样子！那个废物有什么好？"高闻筝的手杖重重地敲了一下地面，"你要是叫他继承家业，那还不如让高雨笙继承！"

突然被点到名的高雨笙，面无表情地道："当不起。没什么事的话，我先走了。"

事情已经很清楚了，不关他的事。如今高牧笛官司缠身，还在警局滞留。只能等到侦查结束，关到拘留所去后，再想办法取保候审。这点事轮不到高雨笙操心，他没必要夹在那父女俩中间撕扯。

翟辰看得目瞪口呆，不是很懂这种豪门争夺家产的心情。像他们家，翟建国就留下了一套房子，不到十万块钱的存款，附带一个嗷嗷待哺的幼儿，一个受刺激过度痴呆了的老婆。他跟方初阳没得到什么财产，只担了满肩膀的责任。

"是高闻筝做的吗？"出了高家，翟辰小声问高雨笙。

高雨笙点头："她一定参与了，至少她是知道高牧笛帮人换钱这件事的。"

所以高震泽才会那么生气，他也猜到了。

"这怎么操作，雇个外国佬吗？"技校水平的翟老师，不懂这些金融上的弯弯绕绕。

"她只需要介绍一个地下钱庄的人给高牧笛。"别人不知道，高家人心里清楚，高牧笛那个败家玩意儿，出国是去赌场玩的。赌场要现钱，现在外汇管控严，他就需要地下钱庄给他弄外币，方便直接在当地提钱。

两人一来二去就熟识了，对方会介绍一些不合规的生意给他。那个傻乎乎的高弟弟不一定懂，还以为是认识新朋友呢，脑袋一热就帮人家干了违法的事。

至于这位“新朋友”购买小孩的事，是巧合还是有人故意安排的，就不得而知了。

不过孤儿院拐卖儿童的案件，至此算是彻底告破了，所有涉案的国内人员都被抓捕归案。至于那些被拐卖出国的孩子，营救之路漫漫，但还是有希望的。

高远福利院换了新院长，翟辰借着送温暖去看了一眼，是个严肃负责的阿姨，浑身充满了老党员的刚正不阿。

思思的那件事报到了上面，也不知道高雨笙怎么操作的，反正最后还真商量出了个办法。将孩子的资料挂到网上公示三个月，如果还找不到父母，就给开个暂时找不到父母的证明。回头再等一段时间，要是还没有消息，就开具遗弃证明，把她当作从小就被遗弃的孩子。

大洋彼岸的阿奇，听到这消息后，高兴得在屋里翻跟头。

而随着侦查结束，路长华那里也可以探视了。

高雨笙走进看守所，两道厚厚的铁门次第拉开。他停下脚步，回头看了看不能跟进去的翟辰。

“去吧，我在门口等你，有事打电话。”翟辰拍拍背着的双肩包，表示如果有危险，自己可以掰开铁门进去救他。

高雨笙抿唇笑，转身踏进了探视间。

穿着囚服的路长华，看起来憔悴了许多。见是高雨笙来看自己，很是意外：“高总可真是个好心人。”

高雨笙双手交叠在桌上，眸色平静地望着他：“我想听听叶逢秋的事。”

路长华一惊，抬头仔细看看他：“你，你是天赐？”

高雨笙既没承认，也没否认，更没有认这个舅舅的意思，面无表情地继续问：“我想知道，他为什么能好心照顾别人的孩子，却不肯见自己的外孙。”

“好心……”路长华突然笑起来，“哈哈哈哈，你以为他是好心？”

“不然呢？起码他没卖孩子。”高雨笙盯着他的表情。

路长华听到这话也不生气，忽然凑近了些，压低声音，用给小孩讲恐怖故事的语调说：“他是为了赎罪。”

“赎罪？”

“你知道为什么叫高远孤儿院吗？最开始，就是给高远矿业的孤儿住的。那个陈照辉的父母，就是死在了高远的矿上。”

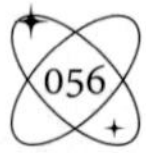

叶逢秋担任过高远矿业集团的领导职务。

高雨笙一想就明白了：“是矿上出了重大事故吗？”

“发生了什么事，我也不知道，那时候我在外地上学。不过，老头后来去看过你，在他快死的那年，去你高中门口看过你。”路长华说起这个，露出一抹似苦涩又似嘲讽的笑来。

“……”高雨笙一怔，努力在记忆中搜索。

一幅画面蓦然跃进脑海。

那是一个下雨天，他等着家里的司机来接，就站在公交车站避雨。有个戴着口罩的老头，让他至今忘不掉。

那是个很瘦的老头，衬衫穿在他身上显得空荡荡的。向来不怎么搭理人的他，那天莫名地跟老头聊了几句。说了些什么他已经不记得了，只记得老头最后那句——

“雨会停的，一切都会好起来的，疼爱你的人始终都会等着你的。”

Part 3 雪满头

“君埋泉下泥销骨，我寄人间雪满头。”

第一章

高雨笙游魂似的出了看守所。

翟辰看到他这副样子吓了一跳，赶紧拉住他："怎么了这是？"

"他没有不要我。"

"我们天赐这么可爱，谁都不会忍心不要你的。"翟辰听他这么说，顿时露出笑来。

高雨笙骤然把他抱了个满怀，翟辰像个木桩子一样，半响才回过神来。

"然后你就跑回来了？"方初阳叼着一块麻辣鸭脖，不可思议地看着自家兄弟，"瞅你那点出息。"

"就你有出息。"翟辰拿鸭脖子丢他。

方初阳稳稳地接住："滚。"

翟辰拿起罐装啤酒喝了一大口："哎，你说这孩子正值青春期叛逆，太过依赖我……"说着，苦恼地撸了一把头发。想他老城区五街总瓢把子、技校三院八系第一帅，只是一碰上天赐……

"噗——"方初阳嘴里刚啃完的鸭骨头一下喷了出来，砸到翟辰的脑门上，发出一声响亮的"咚"。

两人坐在阳台上吃，光线不足，翟辰看不大清，来不及躲闪被砸了个正着："你大爷的，恶不恶心？"

"他都 23 岁了，还青春期，你脑子是进口巧克力吃多了糊住了吧？"方初阳此刻无比后悔，就不该提醒他。这可好，反倒把人引导过去了。

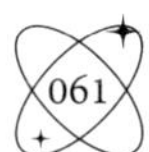

“我没吃进口巧克力，不都给你吃了吗？”翟辰经常会收到高雨笙给的巧克力，说是合作商送的。但他不爱吃这个，又怕檬檬吃多了有蛀牙，大多给了经常加班的警察方同志。

“滚滚滚，不跟你聊了。”见某人又开始胡说八道，方初阳起身就走，拎走剩下的鸭脖子，回屋自己看电视去了，留下石化的某人自己发愁。

翟辰僵硬地坐回躺椅上，单手从嘴巴一路捋到后脑勺。高雨笙小时候过得苦，这些年几乎把找他当成精神支柱了。也许是太缺乏关爱了，这以后一个人怎么生活？！自己最近还是暂时住家里吧。

高雨笙一个人坐在餐桌前，心不在焉地切着牛排，翟辰逃跑了。

回想翟辰离开时说的话，语调轻松，神情自然："我今天晚上回那边住，檬檬想他二舅了。"

而被他拉着的檬檬，则一脸茫然："啊？"

高雨笙端起酒杯，跟对面空着的杯子轻碰了一下，缓缓将杯中的酒饮尽。

吃完东西收拾了碗盘，盘子放进置物架，清脆的磕碰声在屋子里回荡。高雨笙头一次觉得，这房子太大了。

推开画室的门，狭小拥挤的空间能给人些许安慰。高雨笙坐在画架前，拿起一支笔，仔细描画那一幅尚未完成的画。

深色的布料上，躺着一个穿“工”字背心的男人。线条极为优美的肌肉，被那紧绷的黑色背心勾勒出来。一条腿绷直，一条腿蜷曲，修长而有力。宛如造物者的恩赐，美得不可方物。

这画已经基本画完，只剩下了五官。原本是想画一幅闭上眼熟睡的场景，此刻却改了主意。他希望画中人能睁开眼，清清楚楚地看着他。

干脆利落地下笔：一只眼睛闭上，另一只眼睛调皮地睁开，色泽健康的唇带着翟辰惯有的坏笑。

高雨笙紧紧盯着画中人，喉结微动，手指一点点靠近，在离画还有 0.3 厘米的时候戛然而止。颜料还没干，不能碰。

取下画布放到一边晾着，深吸一口气，重新拿了张纸，三两下画了幅速写。那是记忆里高中门口的公交车站，拄着拐杖、戴着口罩的老人，从画中望过来，布满鱼尾纹的眼角带着笑意，苍老而疲惫的眼中……尽是慈爱。

“就当是这样的吧。”高雨笙自言自语了一句，又看了看晾着的那幅，起身

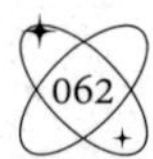

离开了画室。

躺在宽大的床上，翻来覆去地睡不着。一会儿觉得床太大，一会儿觉得被子太凉，手脚所及之处一片荒凉，空荡荡的，让他觉得自己都要跟着消失了。

“Siri，我睡不着。”很久没有跟机器人聊天的高总，终于想起来他的老伙计。

手机屏幕出现了人工智能的话筒标识，一成不变的机械音响起：“需要我给您唱首催眠曲吗？”

然后不等主人回答，Siri 就自顾自地唱了起来：“一闪一闪亮晶晶，满天都是小星星……”

高雨笙冷漠地说：“再见。”

受系统限制的 Siri 顿时停止演唱，礼貌地回了一句“再见”就自动关闭了。屋里再次陷入安静，他被催眠曲唱得更加睡不着了。

看着被地灯映出淡淡光晕的天花板，高雨笙轻轻地叹了口气。

“心急吃不了热豆腐，心急做不成大买卖。另外，您刚说了再见的，现在反悔是想听催眠曲吗？”

“不听。”高雨笙严重怀疑翟辰把这手机玩坏了。打从知道他这个 Siri 跟别的不同，那人就有事没事地叫 Siri 出来玩，还教它说话。

被失控的 Siri 一搅和，倒也能睡着了。高雨笙闭上眼睛，缓缓沉入梦境。

抬头是晴朗的天空，万里无云。周遭没有任何障碍物，极目远眺，可以看到城市边缘的风景。老旧的建筑鳞次栉比，高高的烟囱在灰蓝色的苍穹下断断续续地吐着烟圈。

这是在哪里？高雨笙茫然地低下头，骤然惊出一身冷汗。他正站在一座高楼的顶层，只往下看一眼就让他头晕目眩。不清楚这楼有多高，似乎有百丈千仞那么高，又好像只有五六层那么高。因为瞬间爆发的恐高症，让他不敢多看。

“跳下来啊！有本事你跳啊！”楼下有人在喊，声音忽远忽近。

高雨笙忍着眩晕看着斜下方，黑压压的人群望不到边际。所有的人都看不清脸，只有模糊的面容。他们高举双手，阳光照出长长的黑影，凌乱地在地上舞动。

“跳啊！”

“去死吧！”

“别装了，下来说清楚！”

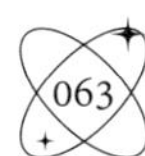

嘈杂的呼喊声，有男有女，有老有少。高雨笙强忍着对高空的恐惧向后退，回头看了看身后的房顶，后面是黑漆漆的一片，看起来像是万丈深渊！他想要大喊，却发不出声音。他拿出手机试图给翟辰打电话。

18366……

不对，6 按成了 3，重来。

18365……

都说了是 66，为什么按错？重来。

18366……

键盘数字怎么挪了位置？又按错了，想删除一个数字，却一下子全删掉了，又要重来。

就在这时，楼前的黑影突然疯涨，直接爬到了楼顶上，抓着他的手臂和脚腕，一下一下并不如何整齐地向下拉扯。他拼命想要躲开，冷不防踏空了，身体骤然感到一阵失重……

“啊！”

高雨笙猛地睁开眼，恐怖的梦境立时烟消云散。入目的是自己的卧室，安安静静，星空图案的地灯散发着柔和的光。他下意识地摸向身边的位置，那里空荡荡的，带着秋夜的冰凉。

他慢慢坐起身来，拿起床头的手机，想给翟辰打个电话。时间显示凌晨 2:03，并不是应该打电话的时候。

挥手，开灯，高雨笙下床，走到客厅去喝水。一杯冰凉的薄荷水下去，头脑无比清醒，丝毫不想睡了。索性坐到工作台前，打开电脑。

邮箱提示有新邮件，这个时间会发邮件的，除了证券、基金经理，大概也只有海外的朋友了。

点开第一封，果然是海外友人阿奇发来的。

哦，我亲爱的朋友，有个好消息，我找到未来的伴侣了！对方是个大学生，读的学校很贵，就算有奖学金也比较拮据。重点是，对方愿意跟我交往，也同意签订婚前财产协议跟我结婚。

阿奇对这个结婚对象特别满意，忍不住来跟他分享。

然而此刻的高雨笙，并不想看别人怎么随随便便就找到结婚对象的事，随手回了句“祝贺你”，便点开了下一封邮件。

这封邮件的内容是张图片，以他家里的超高网速，一瞬间就刷了出来。高雨笙瞬间感到一阵窒息，差点喘不上气来。

那是一张对着实物照片翻拍的图，带着些许现实的光点。照片边角已经泛黄，内容是一栋五层高的办公楼，楼顶上站着个穿商务装的女人，楼下，是密密麻麻的人群。

脑袋里仿佛炸开了一个刺球，四分五裂地疼，高雨笙闷哼出声，无意识地叫了一声翟辰。

手机被紧紧捏着，自动跳出了话筒图标，机械音响起：“打电话给哥哥。”

Siri 自发自觉地拨了过去。

铃声响了三下，接通了，手机里传来翟辰迷迷糊糊的声音：“喂？”

高雨笙瞬间被唤回了神志，哑声艰难地应了一声：“哥哥。”

翟辰一个激灵坐起来：“天赐，你怎么了？说话！”

第二章

翟辰随便穿了件衣服，火烧屁股似的冲下楼。外面漆黑一片，夜盲眼只得开启手电，借着昏黄的路灯凑合着前行。

街上人烟稀少，只有一个醉汉晃晃悠悠，一边走一边引吭高歌：“死了都要爱——”

翟辰叫了网约车，但没人接单，只能站在路边拦夜班出租车。夜班出租车也并不多，大概五分钟才能拦到一辆。他看不大清楚，只要是个光点就摆手。好在运气不错，没多久就瞧见个绿色光点，应该就是出租车的“空车”灯。

“喂，你挡道了！”身后传来醉汉的声音，带着浓浓的酒气。翟辰回头，用手电照了一下，发现是个秃头中年男子。

也不知道是被公司裁员了，还是老婆跟人跑了，看起来一脸不爽。被手电晃了眼睛，他顿时破口大骂：“照什么照，小瘪三！”

出租车停了下来，翟辰着急上车，懒得跟醉鬼计较。不料刚拉开副驾驶的车门，那醉鬼刺溜一下钻进了后座，躺着不动了。

“我先拦的车。”翟辰拽他下去。

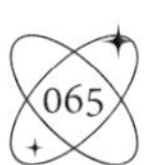

醉汉嘿嘿笑，双脚还垂在车外面，拍拍肚子打了个响亮的酒嗝："这车现在是我的了，开车！"

出租车司机并不想拉这么个醉汉，迟迟不肯发动汽车。

翟辰自认为是个好脾气的人，平时遇到这种事也许就算了，但今天不是平时！他快速吸了口氧，一把抓住醉汉的脚脖子，直接将人拖了下来。

"嗷嗷嗷！"中年男人发出杀猪般的惨叫声。

翟辰单手把人扔到人行道上，不顾那人越发激烈的谩骂，拍拍手上车关门，礼貌地回了一句："再鬼叫老子弄死你。"

出租车司机不敢多看，直接踩下油门蹿了出去："小哥挺有力气啊，啊哈哈。"

"还成，平时就是靠这个吃饭的，"翟辰语调阴森地说，心里火急火燎的，懒得开玩笑，直接开口吓唬以防对方绕路，"去玉棠湾，开快点，有急事。"

"好。"司机不敢细想他到底吃的哪碗饭，应得十分利索。也不管有没有超速，嗖的一下冲上了高架，把出租车开成了午夜赛车。

下了出租车，翟辰一路跑着进屋。

高雨笙还在工作台前坐着，脸色苍白，听到声响机械地抬头，看到他的瞬间，眼中明显有了光彩。

"怎么回事？"翟辰快步走过去，按着他的肩膀上看下看，确定没受伤，又警惕地四下张望。

屋里空荡荡的，保持着原样，没有被入侵过的痕迹。桌上的彩色打印机里，卡着一张刚刚打好的照片。电脑界面上自动运行着复杂的程序，无数字母在疯狂跳动。

"没事，有人给我发了一封匿名邮件，我正在追踪来源。"

翟辰扯出打印机里的照片，仔细看了一眼，不由得瞳孔骤缩。五层高的办公楼上，写着红色的大字——"高远"，半个"远"字没有入镜。楼顶上站的那个女人，虽然不能看到清晰的五官，但他肯定那就是高雨笙的妈妈——叶蓉。

这套商务装，他经常见叶蓉穿，那是他对城市工作服的第一印象，干净、平整、体面。叶阿姨很喜欢这套衣服，每天穿着它早出晚归，回来的时候会给他们带各种好吃的。也许是因为食物的奖励，翟辰看这套衣服无比顺眼。

电脑上滚动的界面停了下来，跳出红色的感叹号。

"没追到。"高雨笙微微抿唇。

“对方既然敢发给你，就肯定防备着你的技术，”翟辰抬起高雨笙还在敲击键盘的手，哑声道，“别弄了。”

高雨笙抬眼看他，动了动毫无血色的唇，却什么也没说。

“起来，去卧室说。”翟辰强硬地关了电脑，拉他离开这个环境。

高雨笙听话地站起身，刚迈出脚却眼前一黑，直接栽倒。

翟辰手疾眼快地接到怀里：“雨笙！”大概只是一瞬间的意识消失，高雨笙便睁开了眼，强说自己没事，不肯去医院。

刚才为了跑得快些，翟辰在路上吸了氧气，好在还没消耗干净，索性将人打横抱起。卧室里没开灯，他抱着人也没手电筒，就摸黑往床边走。到床边的时候氧气耗尽，连带着高雨笙一起摔到了被褥上。

正打算起身，突然被高雨笙一把拽住。

“别闹。”翟辰这会儿没什么力气，一时挣脱不开。

“你看到那张照片了？”高雨笙不肯放手，像是濒死之人抓着最后的救命稻草。

“嗯。”翟辰见他这样，只能由着他来。

高雨笙的声音依旧平静，波澜不惊得像是在说别人的事：“我以前总是梦到站在高楼上，楼下有很多人，他们叫我死。心理医生说，是小时候自闭造成的梦境重复，没有任何意义。”

“这心理医生不合格啊，不会解梦。”翟辰插科打诨，没有提醒他说漏嘴的问题。先前高雨笙还信誓旦旦地说自己没有自闭，这小倔驴。

高雨笙低低地笑了一声：“照片里是我妈妈，对吗？”

翟辰斟酌着不知道该怎么说，照片里的情形明显不是什么“屋顶告白”“大会演讲”，而是自杀现场：“雨笙……”

“是不是？”

“如果我没看错，应该是。”翟辰发觉握着自己的双手在微微发抖。

“我一直以为，那是我恐高的潜意识，因为害怕高处才会总梦到跳楼。”高雨笙气息变得极不稳定，说话带着气声。

不等翟辰做出反应，他像是控制不住自己一般，突然放大了声音：“我现在才明白，其实站在高楼上的不是我，是妈妈！我查到的所有消息，都说她是自杀了，但是没说她是跳楼的。而且，我确定，我见过这个画面！”

“天赐！”翟辰大声叫了他一下，抬手开了顶灯。

明亮的光激得高雨笙闭了闭眼，俊脸上痛苦无助的表情在光照下无所遁形。

像只在暴雨天被抛弃的小动物，在凄风苦雨中湿漉漉地发着抖，若是再得不到帮助，就会被这无穷无尽的黑暗吞没。

翟辰见他手臂放松，立时道："不怕，哥哥在。"

"后悔"两个字，翟辰现在可算是知道怎么写了。今天晚上就不该离开，这可好，前脚走，后脚就出事。

"我不是害怕……"高雨笙抬头，刚才失控的表情还没完全恢复，眉头依旧皱着。

"好，你不害怕。"翟老师用哄孩子的语气应着，拉过被子给他盖好。三更半夜看到母亲死亡前的画面，任谁都会情绪崩溃，更何况是高雨笙这个小时候有心理问题的孩子。

但现在不能继续跟他探讨这个问题，翟辰隔着被子轻轻拍他后背："喏，我教你一个对付噩梦的办法。"

"什么？"

"以后在梦里遇到危险，就朝着天空大喊一声'哥哥救我'，我就会披着红斗篷，咻咻咻飞过来，把你抱走。"这些话是翟辰以前哄翟檬檬用的，小翟同学的实验证明，这个方法值得一试。就是梦里的舅舅经常不穿红斗篷，而是穿着幼儿园阿舅的粉蓝色围裙，特别没有英雄气概。

高雨笙想了想穿小围裙的超人辰哥："……"

幼稚的安抚，对高雨笙来说竟出奇有效。他的脸色比刚才好了很多，唇也有了颜色，总算可以正常说话了："高远以前是叶逢秋的企业，我妈站在高远楼上，是不是跟矿上出事有关……"

之前在看守所听到的消息，高雨笙也跟翟辰说过。按照路长华说的，大概就是多年前高远矿业出事，导致出现大批孤儿，叶逢秋出于愧疚做了孤儿院的院长。

"先别想了，"翟辰想到高雨笙的心思，揉了揉那毛茸茸的脑袋，"晚上人容易焦虑，琢磨出来的道理多半是偏激的。所以小孩子要早睡，免得哭闹。"

高雨笙沉默了片刻，微微点头："你一会儿还走吗？"

被这么一问，翟辰着实噎了一下，心里告诫自己，应该远离，嘴却不由自主地道："我哪儿都不去。"

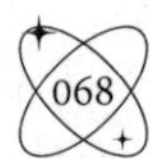

第三章

第二天早上，翟辰是被方初阳打来的电话吵醒的，闭着眼睛拿起手机，看也不看直接接通，贴到耳朵上："喂？"

"翟辰！你死哪儿去了！"方初阳大早上起来发现翟辰不见了，被窝里一片冰凉，显然是早就跑了。眼看着到了上班时间，檬檬还得上幼儿园，这货却连个影儿都没有。

翟辰被震得耳朵疼，企图骂回去又怕吵醒了高雨笙。昨天晚上饱受惊吓的小可怜，这会儿正睡得香甜。一张俊脸再不复昨晚的苍白，色泽健康，暖得耳朵微微发红。

"嗯，那什么……"翟辰小声含糊地应着，试图起身。

"早。"高雨笙没睁眼，带着浓浓的鼻音，表示自己醒了，只是还困。

翟辰失笑，索性就躺在床上说起来："是突发紧急状况，我没来得及跟你说。"

电话那边传来方初阳的磨牙声，用脚指头想都知道是谁有突发状况："我说你能不能行了，昨天晚上怎么说的？"

"啊哈哈，"翟辰心虚地看了一眼身边的人，怕他听见方初阳的话，赶紧打哈哈，"你先把檬檬带去刑警队吧，就说是路上捡的走失儿童，家长一会儿就去领。"

方初阳："……你觉得我是傻子，还是刑警队的人是傻子？"

"哎呀，我给你买早餐，给你们全队买，行不行，哥？"翟辰最后脸都不要了，直接祭出了大杀器，这一声"哥"叫出去，就不信他二舅还好意思拒绝。

果然，方初阳没再骂他，只哼了一声就挂了电话。

翟辰奸计得逞，美滋滋地放下电话，转头瞧见高雨笙正眼睛一眨不眨地看着他。翟辰不明所以，坐起来瞧他："头还疼吗？咱们一会儿去医院。"

健健康康的大小伙子，昨天晚上竟然晕倒了，翟辰还是觉得应该带他去看看。就算没有身体上的问题，也得看看心理医生，老做噩梦也不是个事。

"不去。"高雨笙断然拒绝，站起身来往浴室去。

翟辰挑眉："嘿？"追过去挡住浴室门要跟他说道说道。

高雨笙知道他要说什么："心理医生又不会解梦。"

翟辰："……"这是他昨天晚上哄高雨笙的话，现在被拿来反驳自己，他一时竟无言以对。眼睁睁地瞧着眼前的玻璃门轰然合上，把翟老大哥关在了外面。

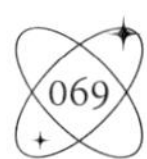

拗不过讳疾忌医的小朋友，翟辰只能认命地先把高雨笙送去公司，自己再去刑警队接翟檬檬。一路上，高雨笙对昨天晚上的事绝口不提，仿佛什么都没有发生过，保持着一位总裁应有的姿态，从容地进了大楼。

翟辰买了足够分量的早餐，开着高总的车去刑警队。

刚出锅的小笼包、金黄酥脆的炸春卷、热乎乎的豆浆、小馄饨，这些都是老城区这一带最好吃的早点，翟辰跑了好几家才买齐的。刚进门香气就飘满了屋，小张、小马和小陈几个年轻人顿时伸长了脖子。

还不到上班时间，这些单身汉通常都是提前来单位，放下东西之后一起去门口吃点。今天听说翟辰要来送饭，就都没出去，等着吃现成的。

“谢谢各位同志啊，我们家孩子给你们添麻烦了。”翟辰煞有介事地说着，把早餐分给大家，扮演丢了外甥又被警察找到的舅舅，相当地尽职尽责。

大家哈哈笑，也不戳穿。小马最是配合，一边抢春卷一边说：“哎呀，这可使不得。”

翟辰拿了一杯豆浆、一袋小包子，领着翟檬檬到外面吃。外面有蓝色的塑料等候椅，坐这里不影响刑警们办公。

“你们家天赐又作什么妖，大半夜把你叫走？”方初阳端着碗馄饨走了出来，跟他坐在一起。

“你说这话我就不爱听了，什么叫作妖啊！”翟辰瞪他一眼，伸手准备偷个馄饨，被方初阳躲开了。

方初阳喝了一大口馄饨汤，斜瞥着他，仿佛在看一个被妖精迷了心智的昏君：“没生病，也没进贼，叫你回去干什么？”

翟辰叹气，简单地说了情况，用手肘捅了捅一脸高深莫测喝馄饨汤的方警官：“你帮我查查天赐他妈的事呗，他妈叫叶蓉……”

方初阳不为所动：“说过多少次了，不能用公安系统帮你办私事。”

“那你有空瞅瞅15年前的卷宗，高远矿业当时发生了那么大的事，应该会有记录。这种社会新闻，你告诉我不算违规吧？”事实上，昨天晚上翟辰就用手机查了半天。

按理说，15年前网络已经普及了，如果真的在高远跳楼，这种事多少会有记载。但网络上竟然什么也查不到，搜出来都是一堆没用的，这很不正常。如果当年真的有矿难，那些死者家属、子女，多少应该会在网上抱怨。然而就连这个都没有，很像是被什么人花钱公关屏蔽了。

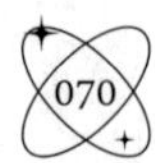

“看情况吧。”方初阳没有一口答应，能不能告诉翟辰，取决于文件的机密程度。

翟辰得到这句话就知道成了，嘿嘿笑着抱起吃完包子的檬檬：“跟二舅再见。”

被利用完，地位立马下降的方初阳：“……”

把檬檬送去幼儿园，翟辰瞧着时间还早，想了想便掉头去了高远矿业遗址。虽然查不到有用的信息，但高远的位置还是很好找的。毕竟在十几年前也是个大公司，不少当地人都知道。

高远矿业在城市边缘，是当年大力发展工业的时候划的一块地方。那时候是郊区，如今城市发展扩张，这里也是城市的一部分了。只是依旧比较荒凉，街上的店铺都是矮旧的老房子，人烟稀少。

从大路拐进去，沿着一条荒草疯长、水坑满地的旧水泥路往里走，没多远就瞧见了废弃的办公大楼。院墙还是旧式的砖墙，上面贴了一层长条形的白瓷砖，东掉一块、西缺一角的。

这条路原来是条主路，后来外面那条新修的大道通了高速，这才被舍弃了。再往前走，有老旧的小区以及许多自建房，一直向前就跟另一条路交会了。其实也不算偏僻，可就是荒凉得跟鬼片似的。

翟辰去大路边的小卖店，想随便买个东西好跟老板攀谈，结果这小卖店也荒凉得够可以。他愣是转了两圈，才挑出一包不太像假货的口香糖：“兄弟，那边那栋是高远矿业的楼吧？”

无精打采的老板掀开眼皮看了他一眼：“嗯。”

“好好的楼空着，怎么不往外租？”翟辰抽了片口香糖放进嘴里，试探着嚼了一口，明明买的是薄荷绿箭，愣是吃出了草莓泡泡糖的味。当着老板的面不好吐出来，只好忍着继续淡定地嚼。

“这地方不吉利，死过人的，”或许是老板看他敢把假口香糖吃得这么云淡风轻，敬他是条汉子，便跟他多说了两句，“倒闭了十几年，什么都没有了，这片地也一直空着，奇怪的是，也没有被政府收走。”

“死过人？死的是什么人？”翟辰摸摸鼻子，不动声色地把口香糖吐到手心里。

“我听人说，死的好像就是这公司的老板。本来是个国营单位，承包给个人，也不知道是欠了债还是犯了法，就跳楼了。”小卖店老板，就是这儿附近村

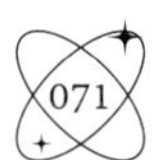

上的人，在这里生活了几十年，知道得还挺多。

死者是公司的老板，也就是说，叶蓉当时可能是高远的负责人？

正说着，手机响了一下，收到了一条来自高雨笙的消息。

负心汉：中午一起吃饭吗？

原本沉浸在思索中的翟辰，瞧见这个备注名，忽然麻爪了。以前觉得好玩，现在却是怎么瞧怎么别扭，翟辰严肃地想着，快速给他改了个备注——宝儿。

跟翟檬檬的“小宝贝”区分，可以充分体现他把天赐当孩子呵护的心，辰哥觉得自己特别机智。

第四章

看看时间已经不早了，这地方离市中心比较远，而且大中午的路上很堵，要赶回去跟高雨笙吃饭恐怕来不及。翟辰回了个消息让他自个儿吃，就收起手机往小路上走去。

高远矿业的大门已经生了锈。老式的铁栅栏门，挂着粗粗的链条锁，旁边的小门早就倒了，锁了等于没锁。门前荒草没膝，警卫亭的古老蓝色玻璃早被熊孩子砸碎，屋里脏乱不堪，到处都是垃圾，还有粪便。

翟辰从那倒下的小门跨进去。院子很宽敞，老式的水泥地一块一块的，中间有泥土缝隙。缝隙中又生出草来，将水泥一点点侵蚀。好在年代不算太久远，地面还是坚硬的。

院子东边有个升旗台，光秃秃的只有三个圆坑，旗杆也不知道去了哪里。台子底下有刻着字的大理石，年深日久，已经斑驳了，上面刻着“高远矿业公司，原名致远矿业集团铁矿二分厂……”。

先前在孤儿院参观的时候，翟辰就听说过，这个高远矿业比较特殊。

翟辰的目光在“致远”那两个字上停留片刻，用手机查了一下。

关于致远的消息还是有的，那是一个没落的老企业，包括铁矿厂、煤矿厂、石料厂。到二十世纪末的时候，致远已经日薄西山。赶上体制改革的大潮，这个庞然大物被分割成了若干份，大一点的改组股份制，小一点的承包给个人，

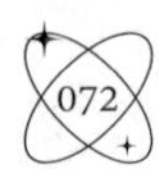

实在没人要的就地解散。

由于年代久远，改制的时候网络时代还没有到来，能查到的信息并不多。

将这块大理石拍下来，翟辰离开升旗台，在院子里转了一圈。

这里的结构很简单。前院都是水泥地，角落里修了几个水泥乒乓球台。大楼后面则是仓库，看起来比前面的建筑样式要新一些，但也破旧得厉害。能搬走的都搬走了，包括灯杆、宣传板，甚至连仓库的大铁门都没放过。

翟辰看得嘴角直抽抽，想来这些应该是当地村民拆的，目光所及的金属物件大概都拿去当废品卖了。

失去了门的仓库，就那么毫无戒备地敞开着。前头这点还好说，光线能照进去，深处就黑洞洞的看不清了。

好在夜盲眼常年随身携带手电筒，打开手电筒走进去。鞋子踩在地面上，发出清脆的嘎吱声，在空旷的仓库里回荡。即便大胆如翟辰，走在这里也有点心惊，拿出氧气瓶吸了一口。

“谁？！”仓库深处突然传来一声惊恐的叫喊。

翟辰吓了一跳，迅速将手电筒照过去。一张满是脏污的脸瞬间出现在光影中，似丧尸一般怪叫着朝他扑来，手里还拎着一截不知道是什么的东西。翟辰想也不想地一脚踹出去，吸了氧气的脚力不是盖的，直接把人踹到了有光亮的地方，砰的一声摔进了杂物堆里。

那人像翻了个的甲虫一样，挥动着四肢挣扎，却不知道爬起来，嘴里呼喝着：“别过来，别过来。”

走近了些看，发现是个老头。老头的头发很长，许久没洗了，纠结在一起打着绺，身上穿着反季节的军大衣，赤着脚，脸上有着坑坑洼洼的疤痕，看起来很是诡异。

“你没事吧？”翟辰与其保持安全距离，问了一句。

老头从杂物堆里探出头，脏污的脸被头发遮挡了大半，从缝隙里露出一只浑浊的眼，盯着翟辰看了半晌。突然，痴痴地笑起来，敞开军大衣拍着自己套了三件破短袖的肚子：“嘿嘿嘿，阿明，爹没事。厚实着呢，不冷！”

是个疯子？现在城市中很少见到疯子乱跑了，只有在郊区这种地方才能瞧见。

翟辰用手电筒照了四下看看，刚才这人待着的地方放着些乱七八糟的东西，旧衣服、破罐子，还有些吃剩下的食物。偌大的仓库遮风挡雨，确实是流浪汉栖

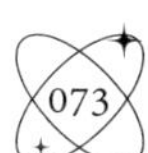

身的好地方。大概因为疯子战斗力太强，没有乞丐跟他同住，这里只有他一人。

地板上有很多细碎的黑色石子，包括他现在所站的地方，因而走路会有嘎吱声。既然是矿厂的仓库，自然是储存矿石的，这些应该就是矿石的边角碎料。

老头拍了一会儿肚皮，慢吞吞地从杂物堆里爬出来，坐在地上呆呆地看着他。

“你知道这是什么地方吗？”翟辰蹲下来跟他说话。

“啊嘿。”老头咧嘴笑，露出一口泛黄的牙齿。

“你一个人住在这里呀？”怕他老了耳朵背，翟辰特意提高了音量。

“俺在这儿看仓库哩，这里头的东西可值钱啦！”老头抓起一把黑色碎末，宝贝似的举给翟辰看。他的手背上，也有坑坑洼洼的疤痕，跟脸上的一样。

“这是什么？”翟辰问他。

老头猛地缩回手，似乎怕翟辰抢，神神叨叨地把黑石子装进军大衣的口袋里：“可不敢说哦，死啦，都死啦，有鬼缠着哩。”

翟辰听到这话，眉梢一跳：“谁死了？”

老头惊恐地左右看看，用污黑的手指点点鼻子，神神秘秘地小声说：“我呀，我死了。”

翟辰：“……”

这人已经完全失了神智，说话前言不搭后语，认真问他问题的自己仿佛是个傻子。确认自己没把人家踢出什么问题，翟辰站起身关了手电筒离开仓库。再往后面就是院墙了，还有一个古老的停车棚，供员工停自行车的那种。一眼望到边，没什么稀奇的。

天空有些阴沉，乌鸦从后面的荒草丛中扑腾起来，发出嘶哑的叫声。那人还在亮堂的地方坐着，看着他痴痴地笑，一声一声喊着“阿明”。配合起来，颇有几分恐怖片的感觉。

翟辰重新回到前院，站在中间看那栋办公楼。

五层的老式办公楼，方方正正没有什么花哨的装饰。窗户用的还是二十世纪流行的茶色铝合金窗，也基本上都破了。大楼内部黑黢黢的，窗洞就像一只庞然巨兽身上的疥疮，密密麻麻，让人看了难受。藤蔓满布的外墙瓷砖上，依稀可辨几个掉漆的大字——“高远矿业”，跟照片上的大楼别无二致。

翟辰面朝着办公楼倒着走，试图寻找照片中的视角位置。照片中并没有旗杆，说明那个角度看不到升旗台，翟辰一直退到大门口，才找到了那个方位。

那就是说，拍照的人当时是站在门口的。

翟辰举起手机想拍张照，为了找角度又后退一步，冷不防绊到了地上的钢筋，一个踉跄往后倒，忽然被一条有力的手臂扶住了腰。他吓了一跳，条件反射地回身攻击，却瞧见一张熟悉的俊脸，正是本应在市中心办公楼吃午饭的高雨笙。

翟辰很是意外，赶紧收手站直了身体：“你怎么来了？”

高雨笙语速有些慢，或者说有些艰难：“我见你来了。”他手中攥着开了共享的手机，薄唇轻抿，脸色苍白。

翟辰见他这副模样，顾不得多问，一把拉住他：“这儿什么都没有，我们去吃饭吧。”故作轻松地想带他离开，不料却被轻轻甩开了。

高雨笙走到那倒塌的小门口，抬头直直地看着办公楼的顶部，抬手拍了一张照片。角度与匿名邮件里的那张照片几乎完全一致，看着就让人窒息：“我记忆里的，就是这个角度。”

翟辰惊了一下，快步走到他身边，抬头向上看。这句话里的含义，让人不寒而栗。小时候的高雨笙就站在这个位置目睹妈妈跳楼，而拍照的人正在他身边！

“谁带你来的？”这地方离市中心那么远，8 岁的高雨笙不可能自己跑过来。哪个人这么狠毒，专门带他来看母亲跳楼？！

当时叶蓉已经把他送回了高家，是爸爸带他来劝妈妈别跳，还是别的什么人带他来看妈妈死？后一种猜测让翟辰感到无比恶心，恨不得抓着那个人在地上左右摔打一万次。

高雨笙摇了摇头：“我想不起来，只大概记得那人说了一句话。”

“什么？”翟辰绷紧了身体，直觉那不是什么好话。

“你不是要找妈妈吗？你妈妈在那里呢。”高雨笙模仿着当时的语气，恍惚地指向大楼的边缘。他想不起来，那个人是男是女是老是少。那声音像是隔着一层水幕，模糊不清，却震耳欲聋。

“浑蛋！”翟辰气得猛踢一脚铁栅栏门。

第五章

这句话就像诅咒，一直存在于高雨笙的潜意识里。如今跟画面连接了起来，伤害力几乎是爆炸式的。

翟辰发完脾气，猛地想起这茬来，双手扶住高雨笙的肩膀，逼他看着自己：“天赐，听着，这事不一定就是我们想的那样。”

“那是怎样？”高雨笙把目光集中到翟辰脸上，那一阵一阵的窒息感好了许多，顿时不舍得移开了。

“也许，妈妈当时并没有跳下去，她看到你说不定就回去了。去世，可能另有原因。”翟辰一脸正经地胡说八道，告诉他看到的不一定就是最后的画面。

这相当于在心理上是个缓刑，主要是此情此景之下，要快点把高雨笙拉出来。等远离这个环境了，再详细说不迟。这是基于当幼儿园老师学的那点微末的心理学知识做出的判断。

高雨笙的脸色好转了一些。虽然明明知道翟辰是在哄他，妈妈肯定就死在那一天了，不然他也不会反复做那个噩梦，但这样的安慰还是很有效的，尤其这话是从翟辰嘴里说出来的。

“这条路不好走，我背你吧。”哄孩子这件事，翟辰最拿手，想尽办法转移高雨笙的注意力。

“啊？”高雨笙看着在自己面前蹲下的翟辰，一瞬间不知道怎么反应，“不，不用。”

“上来，”翟辰已经提前吸了口氧，足够把高雨笙背到路口停车的地方，“小时候不是经常背你吗？过了这村没这店了啊。”

高雨笙抗拒地摇头。

然而，诱人堕落的恶魔不给他逃离的机会，直接拽了一下他的膝弯，等他回过神来的时候，人已经趴到翟辰背上了。

“……”吸饱了氧气，肌肉更加有弹性的后背，好像上好的乳胶垫。高雨笙放弃了挣扎。

高总就这么趴在翟辰肩上，被他一步一步背出了荒草丛生的小路，背出了那个噩梦的起点。就像很多年前，那个瘦弱单薄的小少年，靠着跟旅行者换来的半罐氧气，背着他一步一步迈出了大山。

“哥哥，如果你不在这个星球上，我可能早就活不下去了。”

“胡扯，地球没了谁都照样转。”翟辰把人往上掂了掂，想趁机揍他屁股，爪子刚伸出去又缩回了大腿根。当年那个像羽毛一样轻的小东西，已经比他都高了，屁屁也不是随便就能揍的了。

“我又不是地球，地球什么都有，我只有哥哥。”

“雨笙啊……”

“嗯？”

“算了。”辰哥的感情教育课堂，再次以失败告终。毕竟，跟正在心理脆弱期的高雨笙不适合探讨这个，翟阿Q如是想。越想越觉得有道理，先这么着吧，回头等状态稳定了……再说。

回到公司已经下午两点多了，饿得前胸贴后背的两人去吃了顿海底捞。主要是这个时间，还开着门的饭店不多。

食物可以给人带来愉悦，吃饱之后，高雨笙就恢复了状态，殷勤地给翟辰拿西瓜吃。关于高远的事，两人交换了一下各自知道的信息。高雨笙知道的不比翟辰少，但也不多。

“外公以前在矿业局工作，而且那时候又正好调到了致远，所以妈妈要承包铁矿才会那么容易。高远矿业已经注销了，网上查不到公司信息。而且，所有的报道都被人为地抹去了。”关于没有相关新闻这点，翟辰还只是猜测，高雨笙却是肯定的。

“这件事，我们查到底。”翟辰沉声道。

不仅是为了揪出祸害高雨笙的那个浑蛋，还要知道叶阿姨真正的死因，治好天赐多年的心病。

网上大面积查不到的东西，犄角旮旯里肯定还有。搜索引擎连自家老板的绯闻都删不完，别家的事肯定也会留下蛛丝马迹。高雨笙一方面尝试用各种方法查找，另一方面让郑秘书去买了当年整年份的日报来。

网络媒体可以删除、屏蔽，但纸质的东西一经印刷是无法消失的。每一份报纸，出版公司都会留底，不过十五年前的确实也不好找。神通广大的郑秘书，偏就买到了。

一整年的日报，摞起来有一人高。高雨笙还要工作，翻找信息这事就由闲人翟保镖来做了。

翟辰本来就不爱看报纸，一次读365份，简直就是酷刑。但没办法，为了小天赐，也只能一张一张地读过去。十几年前纸媒行业还没有没落，这份都市日报特别畅销，以内容丰富、物超所值而出名。

所谓内容丰富，就是每一份都有十几张，经济版块、社会版块、娱乐版块、民生版块、教育版块、小说版块……

高雨笙告诉他，只看社会版块就行。但翟辰看了几张就发现不对了，这日报的排版有问题。因为不能保证某个版块的内容能刚好写满整张，社会版块有时候会跟民生版块、经济版块甚至娱乐版块混在一起。

娱乐记者有时候也会针砭时弊，社会记者偶尔也讲个笑话。

于是，翟辰只能认命地一张一张看过去，看得眼睛都花了，才终于找到了一篇报道。这篇报道，还写在头版！

翟辰："……"

白瞎了。

此刻的总裁办公室，已经铺了满地的报纸。翟辰看一张扔一张，自己都快要埋到报纸堆里了，顾不得生气一整天的白做工，赶紧叫高雨笙过来看："雨笙，快过来。"

高雨笙放下鼠标，起身走过去，拿开翟辰脑袋上搭着的报纸。正着急的翟辰一把拉住他，让他蹲下来。不料用力过猛，直接把人给拉跪下了。

翟辰赶紧伸手接他，奈何没吸氧，无力的腰肌支撑不住，直接倒在了报纸堆里。

"高总，有个……"郑秘书推门进来，正看到这一幕。满地的旧报纸瞬间变成了风格奇异的床铺，衬着翟保镖过分白皙的皮肤，格外好看。

难怪老板让他买报纸，还指定年份。十五年前，可不就是他们分开的那年吗？这是要在报纸上把过去丢失的年份都补回来吗？自己是不是应该提前准备剩下年份的报纸？

郑秘书砰的一声合上办公室门，招呼都不打，假装自己从来没有出现过。

"这个郑经，一天天的都在想什么呢？忒不正经了。"翟辰干笑两声。

高雨笙只停顿了两秒钟，便若无其事地坐起身，跟翟辰一起看报纸。

翟辰愣了一下，还以为这小子会趁机说什么奇怪的台词，结果什么也没说。不过现在确实也没那个气氛……呸！说得好像自己很期待一样。翟辰收敛心神，把手指移到那篇报道上。

高远矿业公司法人叶某于昨日跳楼身亡

骇人的标题大写加粗。

报纸上记载了高远矿业集团法人跳楼，并明确指出是叶某。这让他前几

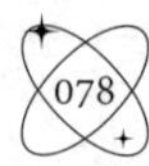

天哄人的话都成了泡沫，不过好在远离了那个环境，高雨笙已经可以从容接受了。

这篇文章中，记者采访了一个在现场的高远工人。当时那些站在院子里的人，的确都是矿工和矿工家属。接受采访的工人说，自己挖矿得了一身的病，得不到赔偿：“死的那些都赔偿了，我这种半死不活的就没人管。非得等我死了才管吗？”

记者觉得这工人有点无理取闹。矿难当然是只赔偿伤亡的人，得病又不是矿难造成的，总不能是吓的吧？于是劝解了几句，那工人还是不依不饶：“她跳楼了，我们该怎么办？她死了一了百了，我们一家老小喝西北风啊！不行，必须叫他男人把厂子卖了，赔钱给我们。”

最后总结，高远的法人自杀，据说不仅跟矿难工人闹事有关，还有可能涉及稀有金属走私问题。后面这条有待核实，是群众举报的，还需有关部门调查取证。

“稀有金属。”高雨笙伸手，点在那几个字上。

“后续的文章没再提这个，只说了高远停产，人去楼空。”翟辰翻出再往后一个星期的报纸，里面有个豆腐块的位置说了这件事，“不是挖铁矿的吗？难道那边还有别的矿？”

稀有金属是不允许私人开采的，如果高远挖到了有色金属不上报，选择自己偷偷卖掉，那确实是够喝一壶的了。

高雨笙微微蹙眉，沉默了半晌没说话。

“雨笙？”翟辰拍拍他。

“哦，我也不知道。高远的矿不在这里，在五桐县。”这些日子的搜索查找，还是颇有成效的，高雨笙查到了矿场的所在地。

五桐县，是本省一个地级市下辖的小县，距这里近三百公里。那个矿已经封了，现在没有再开采。根据高雨笙查到的资料，那儿确实是一个铁矿，而且据说矿石的质量不是很好。

“我知道这个县，鹞子老家就是五桐县的，我找他问问！”翟辰眼睛一亮，拿起手机准备跟鹞子打听打听。

高雨笙还在走神，冷不丁听到这句：“什么窑子？不许去。”

第六章

“啊？”翟辰被他逗笑了，“不是窑子，是鹞子，就上回借走我五千块钱那哥们儿。想什么呢？”

“哦，好。”高雨笙有些不好意思，低头把那两张报纸收起来。

他整理的动作很慢，颇有些心不在焉。等翟辰歪头看他，他已经拿着报纸站起身了。扫描了存在电脑里，高雨笙对着屏幕沉默了很久，突然噼里啪啦地敲起了键盘。

翟辰没再管他，就坐在地上，直接给鹞子打了个电话。这时间，鹞子应该还在汽修店里忙活，手机响了半天才接起来。

“辰哥！”中气十足的声音从听筒中炸出来。不知道是不是错觉，鹞子的声音里似乎带了几分惊喜，活像是好多年没见过似的。

“哟嗬，这么热情，想你哥我了？”翟辰把电话拉得远了点，按按被震疼的耳朵。

“啊，没，不不不是，”鹞子有点语无伦次，冷静了一下才说，“我正打算给你打电话呢，你就打来了。有什么事吗？”

翟辰也就不客气了，直接问：“我记得你老家是五桐县的，你知道那边有个铁矿吗？”

“是有个铁矿，叫什么远来着？我小时候那个矿还挺红火的，不过十几年前就关门了。”鹞子如实回答。背景音里掺杂着修车行里其他人的呼喊，他应了一声便拿着手机向外走，到了个僻静的地方才停住脚。

翟辰见他知情，忙多问了一句：“那你知道为什么关门吗？”

鹞子仔细想了想：“听人说，是矿工们闹事，打死了人，老板赔得倾家荡产。我也不是很清楚，那地方离我奶奶家挺远的，这都是听虎哥说的。”

所谓的虎哥，翟辰知道。

鹞子打小学习不好，脾气暴躁又能打，十几岁的时候就不上学了，跟着这个叫虎哥的出去混社会。那时候年纪小，无所顾忌，被虎哥带着去抢劫就真敢去。第一票就干了大的，抢到几十万。可肥羊不肯乖乖交出钱，拼命反抗，被虎哥捅死了。抢劫变成抢劫杀人，望风的帮凶也难逃罪责。虎哥被枪毙，鹞子和另外一个小兄弟，因为没杀人加上未成年，判了个有期徒刑。

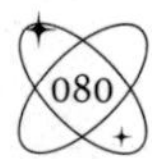

虎哥这种社会大哥，说的话大多不靠谱，添油加醋吹牛。

翟辰不再多问：“你刚说正准备找我？”鹞子是个寡言的人，如果不是真有事，不会说“正准备找你”这种客套话。

“啊，”听声音，鹞子似乎观察了一下周围，刻意避着人，压低声音道，“辰哥，你明天能来一趟店里吗？我有事跟你商量。”

“去周胖子那儿？”突然这么一说，翟辰还没反应过来。打从高总给了这份年薪工作，翟辰已经很久没有去海豹特种家政店里了。

“嗯，有人想买我家里那块石头，出价很高，现金交易。我……我想让你跟我一起去。”鹞子作为身高一米九的壮汉，此刻说话却声如蚊蚋，听起来很是别扭。

“什么石头，你家里还有古玩呀？”翟辰很是惊奇。这人家里可是穷得叮当响，老母亲买药有时候还得管他借钱，要是真有这么个宝贝，还犯得着过得这么紧巴巴的？

“就，就是……”这话似乎难以启齿，鹞子吭哧半晌才道，“就是那时候，抢来的。我一直以为上交了的，谁知道我妈还藏着。”

鹞子入狱的时候年纪小，放出来也没几年，社会经验少。看起来凶狠难惹，其实脑袋空空，明明比翟辰年纪大，却被他忽悠着叫辰哥。而应了这声“哥”的翟辰，就得担得起这个称呼。

翟辰缓缓吸了口凉气，沉吟半晌，应了声：“知道了，我明天过去。”

五金街还是老样子，一天只有半晌的太阳。全国的五金街似乎都一个德行，天热的时候晒得没处躲，天冷的时候阴惨惨的，没个暖和地界。按照周胖子的说法，这金与木相克，所以五金街的树都长得跟秃毛鸡似的，自然不遮阳也不挡风。

而在翟辰看来，那是因为开五金店都选在背街，房租便宜的地方，自然不是什么热闹的风水宝地。周胖子那歪理完全是因果倒置，要是把五金店开到财富大厦去，保准冬暖夏凉、阳光充足。

有段时间没来，海豹特种家政的红底金字大招牌更油腻了。只因隔壁的五金店关门，换了家卖热干面、炒河粉的，烟囱就从招牌上挖个洞通出来，没几天就把“海豹”熏成了油炸海豹。

“哟嗬，几天没见，你这门头还抹上油了，周老板这是发财了呀。”翟辰拎着一兜吃的进去，扔到那缠着绿色塑料花的土气玻璃茶几上。

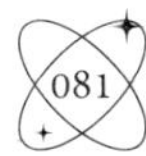

“滚蛋，要不是看隔壁那个小寡妇可怜，老子早就去掀她的摊了。”周老板搓着自己的光头，恶狠狠地说。

“啧，小寡妇，你怎么知道人家是个小寡妇？”翟辰坐到沙发扶手上，单脚踩着椅子边，意味深长地看着他。

“她自己说的，男人死了，自己带个孩子。”周光头撸起袖子，露出左青龙、右白虎的花臂，从袋子里扒拉吃的。脖子上的大金链子随着动作一晃一晃，发出叮叮当当的脆响。

“哟，光头周爷什么时候成个大善人了？”这会儿鹞子还没来，翟辰无聊得很，就使劲逗周大胖。

“老子要是不心善，能收你们这些玩意儿？”周老板冷笑一声，指指翟辰，再指指刚走到门口的鹞子。

“啊？”穿着工装、满身机油的鹞子，不明所以地愣在门口。他手里提着个编织袋，上面还印着“××保健神酒”的字样，里面用废报纸、塑料袋包着个东西，鼓鼓囊囊的。

等翟辰招呼他过去，鹞子才左右看看，直接把卷闸门给拉下来半截。

“哎，干什么呢？生意不做了？！”光头胖子不大高兴。

鹞子却很坚持，顺手还把玻璃门给锁上了。他提着兜子坐到沙发上，两眼呆滞地看着那个提兜，半晌没说话。

周老板看看他，再看看那个兜子，“嗞”了一声：“我说鹞子，你把那东西带来了？”

“嗯，放家里我不放心。”鹞子点点头，看看周老板，又看看翟辰。满身肌肉的壮汉，难得露出几分茫然。仿佛又缩回了当年那个跟着虎哥闯荡的少年，不知所措，等着别人给拿主意。

周胖子气得肝疼，自己起身把卷闸门整个放下来。屋子里顿时陷入一片静谧，与街上的热闹喧嚣隔绝开来，形成一个相对安全的密闭空间。

翟辰挑眉，伸手拉过来看了一眼，包裹得严严实实，看不见里面的东西：“这是什么？”

“石头。”鹞子亲手打开。

“等一下！”周老板喝止了鹞子扒开报纸就要拿出来的行为，快步去柜台里拿出两条毛巾来，叠一叠铺在桌上，“这么值钱的东西你就敢往玻璃桌上放！”

周老板也不是什么细心人，但好歹是个玩手串的，知道给垫个软垫，这才叫鹞子把东西取出来，慢慢放到毛巾上。

那是一颗不规则的矿石，边缘参差不齐，有些地方还颇为锋利，外表乌黑暗淡，瞧着像个煤球，只有一小块地方似被擦洗过，在白色的日光灯下泛着莹莹的光。

“那时候，我们在中巴车上抢了两个人。那两人的包里都背着这么一块石头，还有好多现金。虎哥说这是金疙瘩，叫我俩拿着，他自己拿走了大半的钱。回来发现不是金疙瘩，就是块破石头。”鹞子盯着这块矿石，似乎到现在还没有缓过来，从头开始讲这块石头的来历。

翟辰和周胖子对视一眼，安静地听着。

“我进去之后想着这东西连带钱一起被没收了，谁知道我妈还藏着。估计是当时找了块差不多的石头交上去了。”

听说这是个“金疙瘩”，就死活要留着，确实像是鹞子妈会干出来的事。

“这东西是赃物，按理应该上交的。但它现在值三十万，交上去肯定又是麻烦，而且我妈……”说到这里，鹞子慢慢抱住了脑袋。

他妈妈一直有病，还是特别罕见的病，治不好只能吃药吊着。最近病情突然恶化，已经住了两周的院，花钱跟流水似的。上次借翟辰那五千刚还上，就又管他借了两万。

如果把这块石头卖出去，就能解了燃眉之急，接下来手术的费用也有了着落。

“先等等，这到底是个什么玩意儿？你怎么肯定，它能卖三十万？”翟辰拍了一下鹞子的脑袋，叫他振作一点，好好说话。

鹞子抹了把脸，奈何手上黑乎乎的，直接把脸给弄花了，只得拎起桌上的抹布擦擦。他拿起一块报纸在石头上搓了搓，不多时，被搓的那片地方显示出了光亮。他索性把上边这一面全搓了，露出一个切割面。

岩石交错，发光的地方呈一种浅浅的金色，夹杂着莹莹的亮点。

“跟我一样拿了石头的兄弟，家里有个亲戚是石贩子。听说，这叫雪头金。”

石贩子，并不是卖石头的贩子，而是赌石的贩子。这些人从玉石的产地带原石出来，卖给赌石、开玉的人。

这个石贩子，名叫石全有，是鹞子那个小兄弟的远方亲戚，本来是只做玉石生意的，不知怎的就看上了那块乌漆抹黑的矿石，说是雪头金，特别值钱。据石全有说，“这东西古时候就有，炼出来的金子有雪花点，盈盈若雪、片片鎏金，已经绝迹很多年了”。

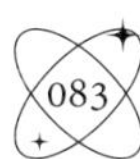

“雪头金？我只听过狗头金，雪头金是个什么东西？你别给人骗了。”周老板皱着胖胖的脸，表示怀疑。

“我发给我雇主看看吧，兴许他知道。”翟辰拍了张照，给高雨笙发过去。

鹞子没什么意见。

周大胖好奇：“你雇主，还懂这个呢，他不是开网络公司的吗？”

翟辰盲目信任：“他什么都懂，这个应该也懂。”

周老板：“……”

没等翟辰炫耀一番自家小天赐，高雨笙突然打电话过来，语气甚是严肃：“马上装进金属箱，远离那个地方，与矿石保持至少二十米的距离，快！”

翟辰霍地站起来：“我去！”

“怎么了，怎么了？”沙发上的两人被他吓了一跳。

高雨笙冷静地重复了一遍远离二十米的要求，翟辰马上拉着那两人出去，重新关上卷闸门，退到路边的树根处。

“这玩意儿会爆炸吗？”翟辰问那边好像已经跑进车库的高雨笙。

“我马上过去，不要靠近。”高雨笙说完这句，就挂了电话。

第七章

被翟辰拉出来的老周和鹞子一脸茫然，邻居看到三个大男人围着棵树不知道在干什么，很是好奇。

“你们这是干什么呢？”隔壁卖热干面的小寡妇出来倒脏水，笑着问了一句。

叱咤江湖多年的周老板，也不知道要如何解释这抽风一样的行为，拍了翟辰一巴掌。

“屋里太热了，我们出来凉快凉快。”翟辰眼都不眨地随口胡扯。

小寡妇看看天气，这秋风寒凉的，哪里热了？但说话的人太英俊，叫人不好反驳，便只是笑笑。其他邻居则用看神经病的眼神看他仨：海豹特种家政的那群混混儿又发神经了。

“你拉着我们出来干什么，那石头会咬人还是怎的？”等小寡妇进屋了，周老板才找回了自己的威严，严肃批评翟辰这一惊一乍的丢人行为。

“雇主叫我远离的，我也不知道，反正听他的准没错。”来自翟保镖对自家小天赐的盲目信任。

周老板目瞪口呆："……你这是喝什么迷魂汤了？"

翟辰觉得这话十分耳熟，怎么一个两个都这么说，自己看起来很像被勾了魂的昏君吗？不过这时候顺着探讨就吃亏了，辰哥不上套："哎，隔壁的热干面西施长得是好看，难怪你肯让人家放烟囱。"

周大胖顿时涨红了脸："什么热干面西施，少给人家取绰号。"

翟辰顿觉自己抓到了老板的把柄，单手揽着鹞子的肩膀把人拉到自己身边，一起瞧着气急败坏的大胖子："啧啧啧，鹞子，看出来没？"

鹞子不明所以："啊？"

翟辰小声跟他说了一句，鹞子表情古怪："周哥看上隔壁的寡妇了？"

"鹞子，胡说八道什么呢！"要不是体重所限，周老板这会儿已经蹦起来了，追着要揍鹞子。鹞子赶紧躲开，避开了那一记肥厚的劈山掌。

三个人打打闹闹的，时间过得飞快，不多时，一辆前面镶天使翅膀的车停在了路边。高雨笙提着个镁铝合金的箱子下车，引得周围的邻居纷纷看过来。一尘不染的高级定制皮鞋，踩在砖面断裂、污水津津的地上，众人还没看清脸就先担心起了他的鞋。

高雨笙一眼就看到了翟辰所在，迈起长腿走过来。

"这是什么？"翟辰接过他手里的箱子，弯曲的胳膊瞬间拉成了直线，差点没拎住直接砸脚面上。看起来轻巧的箱子其实非常沉，仿佛装了实心的铁疙瘩一样。

"防辐射箱，你们把那块石头先装进去。"高雨笙抬手打开了箱子，里面是黑色天鹅绒包裹着的，不知道什么材质，中间有个凹槽，差不多能放下那块石头。

听到"辐射"两字，所有人心里都咯噔一下。世界上最可怕的东西莫过于"无孔不入"，"辐射"就是这么一种无孔不入、防不胜防的致命东西。鹞子的脸色顿时变得煞白，拿过箱子不让他们进屋，自己进去把矿石放进去扣好。

"这到底是个什么玩意儿，还有辐射？"翟辰敲敲合金箱，问高雨笙。

高雨笙打开箱子表面的一个方形金属片，那底下竟是个透明的小窗子，在打开的一瞬间，内里的感应灯就亮了起来，直接打在石头上供外面的人观看。近距离仔细辨认了一下，高雨笙肯定道："这是X金属的原矿石，有微剂量的辐射。"

倒不是金属本身有辐射，而是矿石中的伴生物有辐射，冶炼完成的金属就

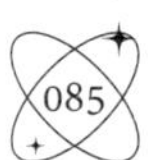

没有。这是一块只经过初级去杂质的原矿石，伴生的辐射物质自然没有去除。

高雨筀见吓到了众人，便补充了一句："这个的辐射量跟体积大小成正比，这么小一块短时间接触不要紧。"

"X 金属……"翟辰看了一眼高雨筀腕上的手表，没再说下去。

高雨筀微不可察地点了一下头，X 金属正是变形手表内置武器的原材料。

"短时间接触不要紧，我妈把这东西放家里十几年，"鹞子捏着那个保健品编织袋，声音干涩地说，"那就是这辐射导致我妈生病的？"

其他人都不说话了，答案显而易见。就算辐射量只有照一张透视光片那么大，也顶不住天天照、年年照。鹞子蹲在地上，痛苦地抱住了头。

"这块石头卖给我吧，也省得你们找陌生人现金交易。"高雨筀单指敲敲镁铝合金箱说道。今天出门前，翟辰给他报备过事项，因而知道来龙去脉。

大量现金交易这种事，通常只有两种情况，非法交易和土豪炫富。赌石贩子显然不是想炫富，而是规避风险，或者说另有打算。鹞子心里没底，这才叫翟辰跟他一起去。

鹞子听到这话，抬头看看高雨筀再看看翟辰，不知所措。

高雨筀则无比利索，拿出手机要鹞子的银行卡号，这会儿就要把三十万转给他。

"高老板，您愿意买，我很感激，但是……"鹞子站起身，又去把玻璃门关上，一张刚硬的脸皱成了揉过的锡箔纸，"你是辰哥朋友，咱不瞒你。这东西，是我十多年前抢来的。"

"嗯。"高雨筀应了一声表示知道，继续问鹞子要银行卡号。

鹞子没办法了，求助地看向翟辰。

翟辰看看高雨筀，对方在他耳边小声说了两句，无奈地叹了口气，转而对鹞子说："给他吧，没事，他有办法。"

三十万卖了石头，鹞子应该给帮忙的翟辰和周老板发红包，但两人都没要，让他回去好好照顾老娘。虽然鹞子妈——熊阿姨是个贪便宜又多事的老太太，但她做的饭真的好吃，翟辰和周胖子都吃过。鹞子也就她这么一个亲人了。

翟辰跟着高雨筀回去，两人没去公司，高雨筀在路上买了些炸鸡汉堡，带着他去了一处郊外公园。

"不上班，你跑这里来干什么？"翟辰下车左右看看。

已然是秋天了，远处的人工湖里枯荷凋零，并不是赏景的好时节。加上今天是工作日，公园里人迹罕至，只有两棵巨大的银杏树还有些看头。

“吃午饭。”高雨笙拉着他，在两棵银杏树中间的长椅上坐下，把汉堡和炸鸡拿出来。

翟辰哭笑不得，接过汉堡啃了一口。

两棵银杏树的叶子都黄了，层层叠叠，繁茂满冠。有风吹过，便如杨花柳絮纷扬下落，只是比杨花要矜持、比柳絮更念旧，飞不了多远便打着旋落地。长椅之下的草地，已经铺满了金黄的扇形小叶，跟远处的秋蒲接壤，似是要乘风到天边去。

高雨笙的情绪肉眼可见地变好，拿着一块炸鸡慢慢吃。

翟辰嚼着汉堡，抓起可乐喝了一大口。

“你没什么要问我的吗？”高雨笙期待地看着他。

翟辰看着那亮晶晶的眼睛，顿时明白了这小子在打什么主意，肯定是想让他问为什么要到这地方午餐，那他就又可以说奇怪的台词了，诸如“哥哥是神仙，就应该在仙境中吃午饭”，等等。

上一秒还是辐射矿物、沉重过往，下一秒就变成了这样。翟辰十分怀疑，这傻孩子多年没疯，就是因为会给自己找乐子，不愧是他养了两年的孩子。

不过，辰哥不上套。

“X 金属到底是什么？”翟辰问了个正经的问题。

黄叶纷飞的浪漫顿时被学术讨论给烧成了干柴，高雨笙把鸡块塞进嘴里，鼓着嘴巴咀嚼，半晌才不情不愿地答道：“一种性质非常特殊的金属，目前在国内没有命名。”

旷野无人，高雨笙伸出左手腕，单指点了一下表盘。星辰表盘顿时挪了位置，紧接着大量金属块从底座弹出，瞬息间拼成了护腕扣在手背上。

这些金属看起来非常结实，数量庞大，而手表底座只有那么小一点。翟辰捏住这只手左右看看：“怎么塞进去这么多的东西？”

“这些都是 X 金属，具有超强的空间延展性和形状记忆。”高雨笙拉出内里藏着的金属丝，护腕的金属是装饰过的，看不出来，金属丝是纯的，可以看到上面星星点点的亮光。正如那个石头贩子说的，盈盈若雪、片片鎏金。

形状记忆好说，初中课本上有形状记忆金属的介绍，关于空间延展就没听说过了。但翟辰莫名地就理解了，知道他在说什么，大概像是科幻片里的那种东西。平时看起来小小的一个球，往地上一扔，就能变成一艘飞艇。

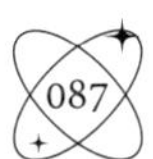

“倒也没有那么夸张，”高雨笙笑了笑，收回了护腕，“这东西，做装饰品纯属浪费，那个石头贩子应该是要卖给外国人的。”

“怎么说？”翟辰三两下把汉堡吃完，专心地听他说话。

藏着万千星河的眼睛，专注地看着自己，这样的注视让高雨笙脚下打飘，忍不住把自己知道的都告诉他：“这种金属，是用于某一项航天技术的，目前我所知道的，只有外国航天局需要，外人极难获得。”

翟辰眉梢一挑，抓住了关键点：“那你是怎么拿到的？”

高雨笙抿唇，发现自己在兴头上说多了，垂目半晌不言语。翟辰也不逼他，拿了根薯条慢慢吃。

“九逸的汽车技术，是由外国的一个技术中心提供的，而那个技术中心跟外国的航天局有牵扯。高震泽发家，就是靠的这项技术。”高雨笙的声音越来越低。

翟辰没料到是这个发展，竟然牵扯到了高家，要停下这个话题已经来不及：“天赐……”

高雨笙仰头，看着遮天蔽日的银杏叶：“你说，他是凭什么跟那些人搭上边的？”

第八章

翟辰心中一紧，终于知道他这两天为什么魂不守舍的了：“你是怀疑，高远走私的稀有金属，就是雪头金？”

一片银杏叶飘落，刚好落在高雨笙脸上，他抬手拿起来，捏着叶柄在手中轻转：“我们过两天去趟五桐，檬檬可以放在幼儿园全托吗？”

是不是雪头金，去看看就知道了。人可以消失，新闻可以删除，矿总是跑不掉的。

翟辰当然不会反对：“回去跟他商量商量，他要是同意就全托，不同意就让方初阳来接几天。最近他们刑警队不忙。”

作为市局刑警队，大案、要案才会麻烦到他们。最忙的是片区派出所的警察，什么夫妻打架、邻居吵闹之类鸡毛蒜皮的小事都要出警。

“嗯。”高雨笙应了一声，低头看着脚下的落叶。

好心情都给破坏了，翟辰很是愧疚。放下喝了一半的可乐，跑到前面的蒲

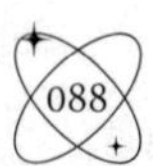

草地里拽了两根蒲薹，每根上面都带个花序，颠颠地跑回来。

蒲草的花序还没有成熟，结结实实地围成个长条，串在蒲薹上，宛如一根烤香肠。这东西学名叫水烛，是说它像立在水中的蜡烛。不过翟辰一直叫它香肠草。

“你还记得这个吗？”翟辰拿蒲草香肠敲敲不高兴小朋友的脑袋。

高雨笙转头，接过那根蒲薹：“香肠？”

“你小时候嚷着要吃，我不给你，还啃我手。”翟辰把另一根递到他嘴边。

“哪有？”高雨笙有些不好意思，捏住那毛毛的头不让它晃。那边拿茎秆的人则不依不饶，抽出来继续抖来抖去，试图戳他鼻子。

高雨笙不说话，半晌，突然拉过那只作怪的手，啃了一口。

“哎哎哎！”翟辰龇牙咧嘴地抽手，拿过来一瞧，竟然印了一圈的牙印，还挺疼。再看那人，竟然轻轻地笑起来了，顿觉这只手没白疼，人总算高兴了。“我说你，是不是早就想咬我了，从 5 岁惦记到现在。”

“我没想咬你。”高雨笙低头把那根花序捏碎。

晚上接了翟檬檬回家，翟辰跟他商量全托几天的事。

“你有手机，想回家了就给方舅舅打电话，让他去接你。”翟辰许诺了周末去游乐园的好处，并给了完美退路——二舅供选择，外加从公司带回来的进口零食贿赂。

檬檬噘着嘴思考了半晌，勉为其难地答应：“行吧，朕准了。”

“谢主隆恩。”翟丞相奸计得逞，连忙谢恩。

无权无势只能听从安排的檬檬主公叹了口气：“爱卿何时娶个舅妈回家啊？”香香软软的舅妈，最好像瑶瑶妈妈那样温柔贤惠、自带小萌妹。

“梦里吧。”翟舅舅弹他脑袋，把心碎一地的檬檬弹倒在沙发上，自己起身去洗澡了。

“唉……”檬檬主公唉声叹气，抱着自己破碎的心给瑶瑶发语音。

“檬檬。”一道低沉悦耳的声音从头顶传来，檬檬转头，就瞧见高叔叔那张英俊得过分的脸。

高雨笙拿起平板电脑，翻出一张图片给他看。图片上是一辆玩具汽车，并不是拿在手里满地跑的那种塑料玩具，而是精钢、烤漆制作的缩小版红色玛莎拉蒂。可以开着在广场上兜风的那种，旁边还能坐个女同学。

翟檬檬震惊了，硬气的小翟先生强迫自己把头扭向一边：“我是不会被收

买的。”

高雨笙面不改色地再翻一张图片：“还有一种迷你法拉利，你喜欢的话，两个都买。从咱们家到幼儿园这一路，都可以开着去。”

他上的那个双语幼儿园，就是小区内的。儿童汽车可以直接开到幼儿园去，有些小朋友就是骑着滑板车去上学的，老师还在门口画了停车位。

翟檬檬回头看了一眼，黑色的法拉利小跑车，敞篷，霸气，有牌面：“雨笙‘蜀黍’！”

哼着歌洗澡的翟辰，完全不知道客厅里正在发生一场阴谋，他洗完澡扛着翟檬檬回屋，侧躺在小孩身边讲睡前故事。

“高叔叔说，要送我小汽车。”小孩子藏不住秘密，忍不住跟舅舅炫耀。

“什么小汽车？”翟辰不甚在意，在手机上翻找童话故事。

“就是幼儿园有人开的那种，红色的还有黑色的跑车。”大概男孩子天生就喜欢这种东西，说起小跑车就忍不住兴奋，坐起来演示那种开车的样子。

“行了行了，”翟辰赶紧把人按回被窝，“那么贵的东西，不能收。”

翟辰隔着被子拍他屁股，故事也不讲了，简单粗暴地捂住小孩眼睛，让他睡觉。

等哄睡了孩子，翟辰回到主卧，高雨笙还没睡，照旧拿着一本英文书在看。温暖的灯光照在那纤长的睫毛上，投下一小片漂亮的阴影。

这些年天赐过得太苦，几乎把他当成了精神支柱。

其实，对他而言，小天赐何尝不是一个非常特别的存在？是他与这个星球最初的牵绊，他应该负起一个年长者的责任。

“在看什么？”翟辰深吸了一口气，笑着坐到床上，准备跟小伙子谈谈心。

高雨笙单指夹在翻开的那一面，合上书给他看封面：“雪莱的诗集。”

“呃……”挖掘机师傅辰哥，没有能在雪莱身上找到切入点的文化水平。

“我对你的爱慕之情，连上天也不会拒绝。犹如飞蛾扑向星星，又犹如黑夜扑向黎明。这种思慕之情，早已跳出了人间的苦境。”高雨笙语调轻缓地说。

悦耳的声音，带着悠扬的顿挫，吹进耳蜗，带来一阵战栗。翟辰尴尬地咳嗽一声：“你说啥？”

高雨笙收回目光，给他看手指夹着的那一页：“我正在读的这首，是不是很好听？”

“……”翟辰觉得自己像个傻子，黑着脸爬到自己的那边钻进被窝，“我也

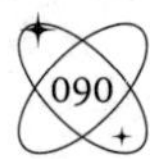

会写诗，上技校的时候还在学校宣传栏里发表过。”

“嗯？”高雨笙露出了“想听”的眼神。

翟辰清清嗓子，大言不惭地背出自己的大作：“工地一哥挖掘机，开疆拓土全靠你。不要媳妇不要地，男人就爱大挖机！”

还沉浸在雪莱气氛中的高总：“……大挖机是什么？”

“大型挖掘机呀，”翟辰得意扬扬，“最后要是再说挖掘机就重复了，这样才有韵味。”

高雨笙：“哦。”

第九章

晴朗的秋日，天空干净得仿佛被洗过，影影绰绰地泛着水光。高速公路蜿蜒在橙黄的田地间，犹如以城市为结点攀爬而出的枝干，连接着繁华与偏远、喧嚣与沉寂、文明与荒蛮。

翟辰开着马力十足的越野车，在平坦的高速公路上飞驰：“这会儿特别适合一首歌。”

今天去五桐县，听说那边的路不好走，要去矿场还得进山。高雨笙便找了辆底盘高的越野来。

副驾驶上正望着窗外发呆的高雨笙：“什么？”

翟辰清清嗓子张口唱道：“我们的家乡，在希望的田野上——”

高雨笙转过头来看他：“……”

“不要发呆，小伙子，来跟辰哥一起唱。”翟辰不仅自己鬼叫，还要叫高雨笙跟他一起狼嚎。被困在城市里多年，难得有机会在高速上狂奔，这让他异常兴奋，直想把车开到月球上去。

高雨笙并没有合唱的意思，低声提醒他超速了。

翟辰故意用奇怪的南方口音说话：“小‘火鸡’，不要这么安静，这条路很长的，你不说话我容易犯困。”

高雨笙看着他，抿唇轻笑，跟这个人在一起，总是惆怅不起来：“我刚在想，给我发照片的人，究竟是什么目的。”

“还能是什么目的？”翟辰嗤笑，无非就是最近高家争斗白热化，想靠这个

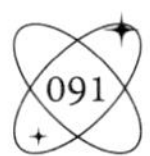

打击高雨笙，好乘虚而入呗。

“藏了这张照片十几年，现在才发给我，不该是这种形式。”这事高雨笙越想越觉得不对，站在拍照人的角度，握着这样一个“撒手锏”，却轻飘飘地抛出来，不符合逻辑。

翟辰不是很懂这种钩心斗角的套路：“怎的，应该翻印出来钉个相框当面交给你吗？”

高雨笙：“……”

翟辰见他不说话，连忙投降：“好好，我不捣乱，你继续说。”

高雨笙是在斟酌，这些话该不该跟翟辰说，见他转头看过来，赶紧提醒他专心看路：“如果想让我崩溃，应该先做一些铺垫，在我最脆弱的时候放出来。要是运气好，说不定能顺道把我送进精神病院。”

这个假设，光是想想就不寒而栗，翟辰皱起眉头：“这么说是有点道理，现在把照片给你，只会引着你去查真相，反而暴露了他。”

高雨笙放缓了语速，似乎是在一边说一边推测：“所以，发照片的和拍照的，可能不是一个人。”

“啊？”这话听着有点惊悚，翟辰下意识地转头看他。

“在前面服务区停一下。”高雨笙指着路边那个“距离服务区 1000 米”的牌子。

“嗯？尿尿吗？”翟辰从善如流地打转向靠右。

“……”高总拒绝回答这个问题。

翟辰把车停在服务区停车场，下车伸了个懒腰。刚开一个多小时，并不觉得累，也没有上厕所的需求，就倚着车等高雨笙。

秋天的太阳已经不再灼人了，仰头看着那耀眼的火球，温暖又明亮。旁边突然有小朋友哭了起来，翟辰低头看过去，是一个穿着背带裤的小男孩，流着眼泪跟妈妈说眼睛疼。

“不是告诉过你，不能直视太阳吗？看久了要瞎的，这会儿知道难受了吧？”小孩的妈妈气得又揍了他两下。

“但是那个叔叔就能。”小男孩眯着酸疼的眼睛，指向无辜的翟辰。

“喝水。”高雨笙走过来，挡住了孩子妈妈的视线，递给翟辰一瓶饮料。

“你没去厕所啊？”翟辰接过来拧开，递给高雨笙，又把他手里那瓶没打开的拿过来自己喝。

高雨笙看看手里的水：“哥哥，你说，如果发照片的人，就是想让我查真相，那我还要查下去吗？”也许这真相背后，还有什么东西在等着他。

翟辰一愣，才明白雨笙要来服务区的目的，是怕他一激动把车开飞了，同时也是给自己一个反悔的机会。如果察觉危险，现在掉头回去还来得及。翟辰抬手慢慢喝了一口水：“没人引导，这些年，你不是也一直在查吗？”

并不是被引诱去查找真相，而是因为有人递上了线索加快了他追查的脚步。

高雨笙愣怔了片刻，豁然开朗，神色顿时轻松了不少：“也对。”

翟辰抬手揉他脑袋：“哥陪着你，怕什么？管他背后是谁，揪出来打得他满地找牙。”

高雨笙微微一笑，示意翟辰上车，换自己来开。

换着开车，近两百公里的高速走下来，丝毫不觉得疲惫。五桐县出于地理位置原因，并没有通高速。下了高速，还得再走几十公里的省道。

省道难走，路狭窄不说，周边尽是村镇。而且一段一段地限速，有的地方限速 50 码，走着走着就变成限速 30 码，防不胜防。好在标点地图功能强大，高雨笙用的更是最新版的，这些都更新上去了。

折腾到县城，已经是下午两点多钟了。饥肠辘辘的两个人，在县城里找了家还算干净的面馆吃饭。

翟辰不挑食，给什么吃什么。出门在外高雨笙也没那么讲究，只是吃不下浇头里的肉丁和碎萝卜，只挑着面吃了。这会儿面馆里已经没什么客人了，老板坐在隔壁桌玩手机，后厨和服务员在另一桌吃饭。

“老板，从这里到青树镇，得多久啊？”翟辰吃得快，呼噜呼噜一碗面下肚，对面的高雨笙才吃了一半。示意天赐继续吃，他一边跟老板聊天，一边把筷子伸到高雨笙碗里夹碎萝卜当零嘴儿嚼。

“你们去青树镇干什么？”老板是个胖乎乎的中年大叔，正拿着手机斗地主，闻言瞥了他俩一眼。

“玩儿呗，听说那边风景可好了，”翟辰笑眯眯地说着，“打对五。”

老板低头，才发现翟辰后一句说的是他的游戏，下意识就跟着点了。里面响起了“要不起”的音效，赶紧乘胜追击，三两下出完手里的牌，赢了！

“好眼力，”老板很是高兴，放下手机专心跟翟辰聊，“青树镇哪有什么风景，你听谁说的？你们要玩，该去银树沟，现在正是银杏叶黄的时候，可好看了。”

“我在网上查的，说青树镇好玩，听说五棵桐树就在青树镇。”翟辰只是扫过一眼高雨笙查的资料，驴唇不对马嘴地胡说八道。

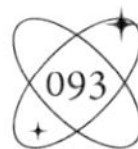

果然，把老板给逗乐了："这哪儿跟哪儿呀！那五棵桐树早没了，再说也不在青树镇。"

五桐县，之所以叫这么个名字，是有由来的。

传说百年前此地寸草不生、人烟稀少，后来一场地震天翻地覆，人们发现旷野上长了五棵桐树。有贤者说，桐树生则地可耕。人们试着栽种农作物，果然成活了，这才兴旺了起来。于是，就叫五桐县。

"那五棵桐树，在青树镇十八里外的梨河镇，二十年前就枯死了。那边以前挖过矿，光秃秃的，难看得很。而且还得走山路，起码要三个小时，你们这会儿去，天黑之前都下不了山。"老板摇头晃脑地说。

第十章

面馆老板说话缺少主语，不过翟辰倒是听懂了。矿就在青树镇，老板说的光秃秃也是说的青树镇，而树长在梨河镇。有一条河从青树镇通到梨河镇，五颗桐树就长在河边。

"那是个什么矿呀？我在省城混了这么多年，都没听说过五桐有矿。"翟辰一脸好奇地问。

这倒是实话，矿产这种大型的省内资源，本省人应该都能知道。哪里有煤、哪里有铁，这都是各地做宣传肯定要提的。五桐的矿要不是因为这事，翟辰还真没听说过。

"铁矿，早就停了，现在就是个废矿坑，"老板啧啧感慨，"以前，这矿还开着的时候，五桐可兴旺了。打从那矿废了，这里也就废了。"

年轻的员工没经历过那个时候，闻言抬起头来："听说那时候青树镇好多万元户，是不是呀？"

"嗯。"老板从鼻子里发出一声肯定，而后又长吁短叹，感慨现在日子不好过，县城里的人越来越少，这面馆都要开不下去了。

"怎么会越来越少，现在农村人不都在往县城搬吗？"翟辰好奇地道，他确实发现这个县城比较荒凉，街上人不多，临街店铺看起来无精打采的。

老板撇撇嘴，压低了声音："那你是不知道，这县城……"

叽叽叽叽！外面的车突然响起了尖厉的警报声，翟辰扔下筷子就跑出去。

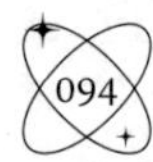

车里还放着装了雪头金的箱子，可不能被人碰。

越野车旁，瘦得像麻秆一样的男人正拿着一把玻璃刀划车窗，仿佛没听到车子发出的响声一样，还在旁若无人地干活。车窗玻璃已经被划开了一道大口子，再敲两下就能破开了。

“干什么呢！”翟辰大喝一声，把那人吓得一哆嗦，转头就要跑，被翟辰一把揪住衣领。

那人挣扎了两下，忽然转头，露出一抹诡异的笑，抓住翟辰的手腕就要咬上去。翟辰没吸氧气，无法做到及时将人过肩摔，看着那人一口黄牙就瘆得慌，不得已放开手。这小偷非但没有趁机逃跑，反而越发使劲抓着翟辰，非要咬他一口不可。

“咚！”一条穿着黑色西裤的大长腿伸过来，狠狠将小偷踹倒在地，顺道把翟辰拉到身后。

“别靠近他。”高雨笙冷眼看着在地上趴着不动的男子，许是太过虚弱，他刚才抓着翟辰那一下爆发已经耗尽了力气，这会儿都起不来了。

“嘿嘿嘿，我有梅毒、艾滋，有本事你们来抓我呀。”小偷脸贴着地，还在龇着一口黄牙挑衅。

“滚！贱东西，又来老子门口。”老板拿着把大扫帚出来，挥着要揍他。看来是个惯犯了，这儿附近的人都认识。

小县城也就两三条街，警察很快就过来了，瞧见是这人，也是满脸嫌弃：“又是你，上回怎么跟你说的？走吧，上戒毒所去。”

警察也不乐意碰他，铐上手铐扔了根绳子给他，用警棍驱赶到警车旁边。

合着还吸毒？翟辰看着那人轻车熟路地自己把自己绑起来，拴到警车后面，然后跟着缓慢行驶的警车一起走，很是无语。

“这里经济没落，鱼龙混杂，有不少吸毒的，”高雨笙低声说，“别乱买烟。”

“行，没事，我寻常不抽烟。”翟辰看看时间，已经是下午三点多钟，这时间有点尴尬。赶着去一趟青树镇倒是来得及，就是恐怕回不来，得在那边住一晚上。

“我们住县城，明早再走。”高雨笙直接做了决定。矿就在那边，不知道辐射有没有波及周边，况且人生地不熟的，还是不要在镇上过夜的好。

找了县城最好的宾馆，也是老旧得可以。这里不是旅游县，工业消失之后跟大一点的乡镇也没什么区别。最好的酒店就是县招待所，土气的金碧辉煌，

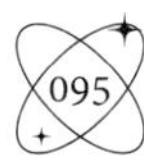

大堂里透着一股油烟味。

要了个最贵的标间，装修也就那么回事。墙皮刷得粉白、木质吊顶、三合板暖气包边，完全是二十年前的装修风格。铝合金窗户缝里，还积了厚厚的灰，夹杂着两三只不小心死在这儿的虫子。

高雨笙坐在床边，微微皱起眉头。这招待所也不知道是怎么想的，将两个床头柜放在一起，并排放在两张床中间，使得床铺隔得老远。

“这天瞧着要下雨啊。”翟辰打开窗户，嗅到了一股水汽。上午还晴空万里的，这天怎么说变就变？本来县城就够荒凉的了，这一下雨，街上人更少，看着就觉得凄凉。

本来还想着出去转转，转头瞧见电视柜上的那个镁铝合金的箱子，立时放弃了出门的打算。翟辰半躺在自己那张床上，打开电视看。

老旧的电视没有网络，只有几个当地的频道。五桐一台，五桐二台，没错，县城也是有自己的电视台的，只不过……

“男人，有着海一般宽广的胸襟，天一样高远的志向，只是阳痿、早泄让他们抬不起头来。”打开就蹦出了这样的广告，抑扬顿挫的语调喊得颇有气势。

高雨笙转头看着他。

翟辰尴尬地轻咳一声，赶紧换了个频道。

一个愁眉苦脸的妇女站在村头：“二婶，我家男人不行，怎么办？”

二婶挤眉弄眼地说：“告诉你个秘方，给他吃红驴牌肾宝，一般人二婶不告诉她。”说完，露出个“你懂的”的眼神。

翟辰：“……基层电视台自制的广告，可真讲究。”

电视没法看，索性关了，拉着高雨笙跟他打联机手游。高雨笙平时不怎么玩游戏，听他这么说，现场下了一个，抬眼看着翟辰：“我没玩过这个。”

翟辰立时招手让他过来：“来，哥教你。”

外面已经下起了雨，秋雨很凉，潮湿的风从合不严的铝合金窗户缝里钻进来，吹得被面满是微凉的湿气。

高雨笙坐起身来，闷声道：“算了，我睡吧。”高大的背影逆着窗外路灯的灯光，凄风苦雨中显得特别萧索，脚上还没穿鞋，就这么赤脚踩在老旧的地毯上。

“好了好了，都睡吧。”翟辰拉住闹脾气的小高总。

高雨笙立时倒退一步回床上，倒下，缩进被窝，闭上眼睛。虽然高总做得

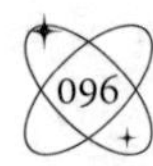

不动声色，一切动作都是按照顺序，没有任何猴急的态势，但就是透着一股早就算好的诡异节奏。

翟辰："……"

第二天早上，天刚蒙蒙亮，两人就开始朝山里进发。五桐县多山，除了县城这一带，往下面走基本上都是起伏不定的坡道了。到青树镇去，要走好长一段盘山公路。路倒是挺宽敞，据说是当年为了运输矿石修的。

这路不算陡峭，就是转弯很多。高雨笙车技一流，开得又平又稳。

"哎，这里没信号啊。"翟辰拿着手机，想给檬檬发个语音，却发现一格信号也没有，网络就更没有了。

"出了这段山路就好了，"高雨笙安慰他，"你要看地图可以看车载导航。"

"没，我就是觉得，这地方荒山野岭，又没有手机信号，是杀人越货的好地方。"翟辰打开窗户看着外面，摸着下巴琢磨。

"这地方，叫八回岭，据说古时候有山匪驻扎。"高雨笙游刃有余地打方向，平稳度过接近一百八十度的大转弯，温声跟翟辰说话。

翟辰转头看着他，那低沉悦耳的声音都能当广播故事听了，即便没有网络，在这好似永远也转不出去的山路上也不觉得无聊："那我带着医疗氧气枕还真是带对了。"

高雨笙咽下"现在没有劫道的"这种事实："哥哥做的决定总是特别对。"

"我说，"翟辰被这马屁拍得浑身痒痒，"你天天跟我说这些夸张的赞美，到底想干啥？"

"你不知道我在干什么吗？"

翟辰讪讪地收回手："我、我哪知道？"

他再次打转方向，车子驶出悠长的盘山道。

第十一章

翟辰就像一只自欺欺人的鸵鸟，长期把头埋进沙子里假装岁月静好，突然被高雨笙扔了个炮仗，炸得灰头土脸、鸡毛漫天。

火烧尾巴，不得不面对，翟辰深吸一口气："你对我来说意义非凡，这种意

义你可能不太懂，但跟你的想法相同。”

高雨笙默默解开了安全带，翟辰接着说：“这是一种依赖。因为你小时候那段时间对我的依赖，加上后来失忆只记得我，才会这样。对什么东西太执着的话……”

“就会产生错觉是吗？”高雨笙停在半途，接着翟辰的话说。

翟辰有些蒙：“你都知道？”

高雨笙抿唇：“查过资料了。”

教育到一半发现学生早就预习过的翟老师：“……”

翟辰一时不知道怎么办。这些话他想了很久，没想到这家伙早就料到他要说什么。估计是提前预估了所有可能的回答，每一种都有应对的台词，连语气都揣摩好了。

平时对付社会人员那套流氓手段，这会儿是全无用武之地。不知道说什么，说什么高雨笙都有话反驳。他这会儿脑袋嗡嗡的，乱成马蜂窝，急需找个地方静静。

然而荒山野岭的，躲也没法躲，他被迫待在这个空间里。

好在高雨笙没有多做纠缠，只垂下眼睛低声道：“对不起。”

刚刚强势的人，突然又变回了小可怜。

翟辰：“……”

“我只是没控制住。”

翟辰看着他这个样子：“咯，那什么，咱们还是赶路吧。”

“嗯。”高雨笙抬起头，似乎深吸了一口气，露出个浅浅的笑来，也不管这个笑会被翟辰解读成什么。

越野车翻山越岭，终于来到了正常的公路，远远瞧见了“梨河镇”的牌子。一条小河沿着公路的一侧蜿蜒流过，河水不是很清澈，但比起城市里污染严重的河沟还是好上不少。

有镇上的居民在河边洗衣服、洗菜，还有小孩在浅浅的河水里摸鱼。这应该就是梨河，传说标志此地兴旺与否的桐树，就在这里。

高雨笙倒不急着去青树镇，而是停车拉着翟辰去找那五棵桐树。既然来了，总要看看。

“早枯死了，没什么好看的，”被翟辰拉住打听的老大爷，指了指前面的石

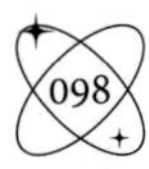

桥，示意他们翻过石桥，就能看见了，“二十年前就枯死了，桐树存不长，就剩五个坑哩。”

按理说，这五棵树也算是名胜古迹，不说修个祠堂供奉了，起码应该围起来立个碑。但当地似乎并没有多重视，居住在这里的人甚至都不愿意提起。

青砖围了低矮的一圈，不知被什么人破坏了，七零八落的，露出内里的沙土。枯死的巨树已经被带走，坑洞里只剩下一些断裂的根。古木枯死，树根有时候还能再发芽，这些根茎却毫无生机，甚至都没有虫蛀。

“怎么不再种几棵？”翟辰问路过的老乡。他一个幼儿园老师，都知道这树可以做旅游景点，就不信县里宣传委的人不知道。种几棵新树，就说枯木逢春，一样可以吸引游客。

“种了，活不了呀！”老乡摇摇头。

“五桐就是靠这五棵梧桐树的指引才兴旺起来的，这可不吉利。”等老乡走远了，翟辰忍不住跟高雨笙说话，说完又觉得尴尬。

高雨笙倒是一派自然，正低头记录这个小小“名胜”的位置，听他这么说，默默抬眼看他。封建迷信的话从翟辰嘴里冒出来，总觉得很违和。

“看什么？”翟辰被他瞧得更不自在了。

高雨笙眨眨眼：“哥哥竟然还懂风水，真不愧是……”

“打住。”翟辰搓搓胳膊上的鸡皮疙瘩，把疯孩子牵走，塞进车里，自己开车。

自家小天赐……就是骨骼清奇。

过了梨河镇，又十八里，就到了青树镇。不同于梨河镇的小桥流水，这青树镇暗淡多了。整个镇上少见绿树，尘埃漫天，房子看起来都灰头土脸的。

手机地图到这里就不太好用了，翟辰下车跟人问路。路边坐着几个打麻将的，有老有少。从车里摸出一盒烟来，给这些人挨个递一根。

“矿？你说高远铁矿？”看牌的人抽了一口翟辰给的烟，觉得十分顺口，便笑着跟他说起了话。

“没错。”翟辰点头。

“往南走，就在柳庄边上。”一个打牌的人抬起头来，见看牌的抽得啧啧作响，便也把耳朵上夹着的烟取下来点上。

“啥柳庄？”有年轻人开口问。

翟辰微微蹙眉，当地人都不知道的地方，这看牌的该不会是胡诌的吧？

“嘿，就是那个绝户村嘛。”看牌的幸灾乐祸地说，年轻人顿时明白了，言

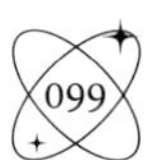

说听惯了这个名，都忘了绝户村本来叫柳庄了。

“什么绝户村？”高雨笙提着镁铝合金的箱子走过来。

本来翟辰站在这里，已经很引人注目了，这会儿身边又站了个英俊非凡的，顿时惹得众人无心打牌了，索性聊起来。

“他们那个村，邪门得很，都生不出孩子。男的娶了外地媳妇，或是女的嫁了外村，照样下不出一个蛋。”

“都说他们是坏事做多，遭天谴了。”

翟辰跟高雨笙对视一眼，心中微沉。如果高远真的挖了雪头金，那块地方肯定遭到了辐射。辐射这种东西，会造成什么病都不好说，不孕不育已经算轻的了。

高雨笙打开箱子上的小盖子，给这些人看一眼：“你们见过这种矿石吗？我们是外地来的，想收购这种石头。”

年轻人们看了一眼，都摇摇头，只有一名老人凑过来仔细看。

翟辰见他本就布满皱褶的眉头纠结成一团，忙问：“大爷，您见过？”

老人看看他俩：“年轻人，我老眼昏花认不大准，说一句，听不听在你。”

“您说。”翟辰洗耳恭听。

老人叹了口气：“这是销骨金，最好赶紧丢了。”

销骨金？不是雪头金吗？翟辰一头雾水，故作惊讶地请老人详细说。其他人听到“销骨金”，都凑过来看。

老人说，这山里有销骨金，古时候有人在这里捡到过，价值连城但会带来厄运。当地人从小就会听到各种关于销骨金的传说。

“当时高远矿上就有人说见过这种金，后来出事，肯定是被诅咒了。”看牌的把抽完的烟屁股扔在地上，用脚蹍了蹍，斩钉截铁地说。

第十二章

“君埋泉下泥销骨，我寄人间雪满头。”

对挖矿者来说，那是吞血噬魂的销骨金；对权贵者来说，那是盈盈若雪的雪头金。古来就有，只是鲜为人知。

老人的话，已经证实了高远与雪头金的关系，去不去绝户村已经不重要了。

俗话说来都来了，两人还是决定去看看。

绝户村柳庄。

比起青树镇镇上的灰头土脸，这里反倒没那么脏乱。家家户户都盖着还不错的房子，村里还修了水泥路。不过那水泥路看起来比较老旧了，应该是最近几年都没有再修缮的缘故。

高远的矿坑就在村子不远处，远远便能瞧见，还有一些陈旧的大型机械停在那里。高雨笙拉着翟辰，不让他往矿坑那边去。

“你看这个。”翟辰指着村里小卖部的门头，上面还写着“高远糖烟酒”。

小卖部里坐着个头发花白的大妈，瞧见他俩指指点点的，走出来警惕地问：“你们是干什么的？”

“我们自驾游，跑到这里来了。”翟辰笑嘻嘻地说着，从店里拿了几根棒棒糖，付钱给她。

买了东西，大妈也丝毫不见放松：“这里没什么好玩的，就一个废矿，你们还是赶紧走吧。”

“那是我的，呜呜呜……”

“谁抢到就是谁的。”

不远处传来一阵小孩子的吵闹声，翟辰回头，见几个孩子从巷子的缝隙里一闪而过。

翟辰眸色微暗，假装没看到，继续跟大妈打听：“这个矿我听说过，以前是个很红火的矿，怎么就不干了？”

大妈见他没有问孩子的事，微不可察地松了口气：“出事了呗，那时候好多工人生了怪病。有的烂手烂脸，有的嘴歪眼斜，有的得了癌症，他们说是工伤，矿上不给赔，就闹起来了。”

“这生病怎么能算工伤呢？”翟辰一脸不解。

“那谁知道，好好的矿给人家弄倒闭了，连带着我们村里也没钱了。”大妈说起来满腹牢骚，当年高远兴旺的时候，那些工人、经理都常到他们村来买东西。那时候，随便开个小卖部、小饭馆，生意就很好，家家户户赚得盆满钵满。

“你们村里没人去矿上打工吗？”先前县城面馆老板说因为挖矿，这镇上好多万元户，翟辰以为是他们在矿上打工得到高工资的缘故，现在看来好像不是。

“有生意不做，挖什么矿哟！那都是外地人干的。”大妈不屑地撇撇嘴，他们有天然的地理优势，做生意当然最轻松，傻子才去暗无天日的矿里挖东西呢。

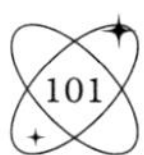

两人又在村里走了走，确实有很多当年留下的痕迹。倒闭多时的小饭馆、半死不活的澡堂子、大门紧闭的服装店，可以想象当年这里的繁荣，那是比镇上还要热闹的。

也难怪镇上的人知道他们村生不出孩子会幸灾乐祸。嫉妒心人人都有，在这种屁大点事尽人皆知的村镇里，这种嫉妒会被无限放大，恶意也就随之而来。

几个中年女人坐在一家大门口织毛衣，另一名矮瘦的女人气哼哼地走来：“他三婶，你家新来那个胖孙子，太霸道了！把我孙子的火腿肠抢走不说，还把人推倒。”

“小娃娃闹着玩的，你急个啥？”被叫三婶的女人高高胖胖的，说话中气十足。

翟辰听着这话，眉梢一跳：“这听着，很像小胖啊。”

这里是绝户村，却有不少小孩子，孩子是哪里来的，不言自明。丢失的小胖到现在也没有消息，如今在一个买孩子成风的偏僻村庄听到相似的行为，实在忍不住多想。

高雨笙迅速拉住他，摇了摇头。

这些人明显非常警惕，虽然他们听到了小孩子的声音，也有村民在讨论。但直到现在，他们一个孩子都没有看见。只闻其声不见其人，可见是村民在防着他俩。

翟辰起初被拉住还吓了一跳，心虚地左右看看，两个男人拉拉扯扯的，被村民看见了多不好。瞧见高雨笙摇头才明白过来，窘迫地轻咳一声：“哥是那么没脑子的人吗？咱们先离开，出去报警。”

不管小胖在不在这里，绝户村里的孩子也来路不正。只是无凭无据的，翟辰要是多管可能会被村民打死。

回去的路上，高雨笙一直很沉默。

翟辰也不知道怎么开口安慰，证实了雪头金与高远的关系，着实算不得什么值得高兴的事。

就这么安静地开到了八回岭，手机再次没了信号，翟辰无聊地打开车窗透气。这车质量好，车窗可以隔绝大部分噪声，在玻璃降下的瞬间，大型车的轰鸣声便灌进了耳朵里。

翟辰立时回头向后看，一辆拉着石头的大货车不知何时蹿上了八回岭的盘山路。那辆车跑得飞快，丝毫不顾及这三步一个急转弯的路况，将货车开出了

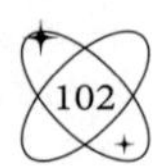

赛车水准。

“后面有辆大货车。”翟辰心中一紧，伸手从后座上拿过背包，拉出医用氧气枕的软管，叼在嘴里。

这荒山野岭，附近也没有什么采石场，怎么就突然出现一辆拉石头的车？大货车，是那位射钉枪杀手的最爱。

“没事，他追不上。”高雨笙依旧冷静，均匀地踩下油门，马力十足的越野车稳定提速。

翟辰此刻有些后悔，应该自己来开的。他为了当保镖专门练过生死时速，在这种极端的情况下还能漂移。

手机依旧没有信号，翟辰快速观察路边的状况。这里不是传统的盘山路，而是修在丘陵接近顶部的位置，两边都是缓坡。就算被货车撞出盘山路也不至于摔死，关键是他要怎么在第一时间把高雨笙带出去，躲避杀手接下来的攻击。

将车顶的安全锤捏在手里，翟辰一口一口吸着氧气。只是路过的爱飙车的司机也就罢了，要是那个杀手，今天就让他交待在这里。

高雨笙看起来丝毫不紧张，甚至比平时更冷静：“不要解安全带，如果追尾容易飞出去。哥哥，你知道我的空急电话吧？”

空急，空中急救，就是大型医院提供的高端服务，由直升机担任救护车的急救方式。

“我知道，别说话，好好开车，有我呢。他小子最好别来，来了今天就别想走。”翟辰在做高雨笙保镖的第一天，已经把他所有需要的信息都掌握了，空急号码、私人医生、身份证号、保险账号，以保证在任何情况及时救助雇主。

高雨笙轻点刹车，一个甩尾转过急转弯，转过头来发现前方两百米处堆了一条路障。长长的铁刺从三角形的实心栏杆上突出来，要强行冲过去定然会扎破轮胎。而下车挪开已经来不及了，会被身后的大车赶超上来直接撞飞。

“掉头，走缓坡！”翟辰大声道。

高雨笙果断原地掉头，在距离大货车五十米的时候，将油门踩到底，切着缓坡与路的边缘返回去。大货车掉头困难，想要回过头来追他们是很困难的。

突然，大货车打了个急转弯，不管不顾地冲向在刀尖上行驶的越野车，大有同归于尽的架势。

越野车打方向，直接往坡下走。大货车冲着车尾疯狂地撞了上去，轰的一声巨响，翟辰只觉得有一股巨大的力量推着自己的后背，连人带车飞速向前。

前方乱石丛生，眼瞧着有一块突出的大石头，就拦在他们正前方。要避开已经来不及，翟辰伸手去夺方向盘："往左打！"

谁知高雨笙先他一步，向右打轮，将驾驶位冲着那颗石头。

咣当——翟辰只听到了震耳欲聋的撞击声，脑袋紧紧埋进了安全气囊中，差点窒息。好在他嘴里还咬着氧气管，快速坐起来，耳边响起身后大货车的关门声。

翟辰一拳捶爆了高雨笙的安全气囊，拽开安全带。

"啊……"高雨笙痛哼一声，用带血的手抓住翟辰的胳膊，阻止他拖抱的动作，"我的腿卡住了，你先出去，嗯……"

"你俩都不用出去了。"沙哑恐怖的声音从窗外传来，翟辰感到一个尖锐冰凉的东西抵住了自己的后脑勺。

而后响起了射钉枪扳机扣动的声音。

高雨笙徒然瞪大了眼睛，伸手去挡。翟辰低头，绕开，用头顶开那只手腕，一脚踹在车门上。

所有动作在一瞬间完成，射出的钉子打在了座椅上，站在门外的杀手被飞出的车门砸出去，只听到一声杀气腾腾的："傻 × ！"

第十三章

果然是射钉枪杀手！翟辰看到手臂上的血手印瞬间红了眼，拎着安全锤冲出去，只想捶爆这浑蛋的狗头。

杀手被车门砸倒，跌在柔软的草地上并没有受伤，推开车门迅速爬起来，再次举起射钉枪。

嗒嗒嗒！改装过的射钉枪威力十足，翟辰就地一滚，随手抓起掉落的车门充当盾牌。铁钉牢牢嵌入铁门中，好在车门足够厚实，虽然挡不住正规子弹，但挡个钉子还是绰绰有余的。

翟辰顶着车门迅速靠近，重重地撞向杀手，捏紧安全锤直接往他头上砸，势要将那王八壳砸开，给他表演个脑袋开花。

杀手抬腿踢在车门上，借势弹开，就地一滚，冲着翟辰继续射钉。逼得翟辰不得不回身格挡。

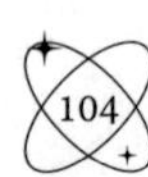

这杀手专业素质一流，并不恋战。暂时威胁了翟辰，就迅速往车旁边靠近，企图射杀被困在驾驶位的高雨笙。翟辰深深吸了口氧，将车门横过来，直接当飞盘扔过去。

咣！车门砸中杀手的后背，磕在那结实的后脑勺上，发出清脆的声响。杀手踉跄两步，直接扑倒在地，不动了。

翟辰估摸着这货是被砸晕了，快步跑过去打算先把高雨笙抱出来。受伤的四肢被挤压超过一定的时间就会坏死，多在里面待一秒，他的天赐就要多受一秒的苦。

驾驶室那一面跟石头挤在一起，严重变形。翟辰直接推着车尾，把车挪出来。听到高雨笙压抑的痛哼，心顿时揪成了一团，他恨不得立时把车给拆了。

“嗬！”那边的杀手突然大叫一声，吸引翟辰的注意。翟辰想也不想地直接挡在刚刚挪出来的驾驶座车窗上，胳膊上一痛，铁钉入肉的声音沿着皮肤传到了头皮，激得人浑身发麻。

杀手就趴在车门底下，悄悄伸出了拿枪的手。如果翟辰被他的叫喊声吸引，选择转身，那么他就可以直接打中暴露出来的驾驶室。

“去你的！”翟辰不敢挪开，快速抬脚踢动脚下的小石头，准确无误地沿着缝隙砸中杀手的脸。

“啊！”杀手惨叫一声，翻身掀开车门。眉骨被石头砸得凹陷下去，汩汩淌血，将灰色头套染出大片褐色斑点。血遮住眼睛，影响了他的视线，杀手索性取下头套，露出了真容。

杀手露脸，这是不死不休的意思。

这人长得很符合大众对杀人犯的印象，额头短、眼距宽、三白眼，像是荒漠上的某种恶狼，随时随地都会扑过来咬人。

翟辰可不管他是什么东西，今天也没打算让这货离开。上次虚惊一场可以饶他不死，这次真的伤到雨笙了，必须干死这浑蛋。随手拔掉深深插入大臂的铁钉，咬紧嘴里的软管，一跃而起，跳到常人难以达到的高度，直接踹到杀手的胸口。

杀手抬起一只手臂横在胸前格挡，试图扛下这一击。只要扛住，他就可以回身反击，顺手把一颗钉子送进翟辰的脑袋。他身材不算高大，但底盘很稳，却不料被翟辰踹了出去，重重地磕在一株粗壮的大树上。射钉枪没拿稳直接掉在了地上，他挣扎着要去捡，被翟辰一脚踢开。

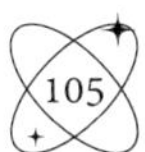

翟辰欺身上前，抓住杀手的衣领，直接挥拳打他的脸，念一句打一拳。

第一拳就把杀手的牙打掉两颗，直接喷血了。这人倒是扛揍，竟然一声不吭的，连着挨了几拳，不哼不叫只是翻着白眼吐血。

“谁叫你来的，啊？谁叫你杀他的？！”翟辰打红了眼，声音带着铜器般的嗡鸣，内里有狂躁的野兽破体而出，一心只想把面前的生物撕碎。

杀手一副任人宰割的模样，从血幕中勉强睁开眼，突然摸出腰间的小刀，冲着狂躁的翟辰捅去。而氧气充足状态的翟辰，动作比他快得多，一把抓住那只握刀的手，咔嚓一声就掰断了。

“啊——”杀手终于忍不住发出了杀猪般的惨叫，翟辰勾唇冷笑，捏着刀在手中转了个圈，将杀手另一只完好的手直接钉在了树干上。

撕碎他！毁灭他！

“哥哥……”虚弱的叫喊穿透了意识，似乎隔着水幕，不甚清晰。

“哥哥！”又是一声呼唤，低沉悦耳直接化成了钩子，将翟辰的意识从一片血腥中捞出来，让他瞬间清醒。

翟辰晃了晃脑袋，确认杀手动弹不得了，踉跄一步快速跑回车前：“雨笙，雨笙！”

高雨笙似乎是疼得厉害了，靠在车座上，满脖子的汗水。听到翟辰叫他，缓缓转过头，睫毛上的汗珠子颤抖着滑落。

“撑住。”翟辰仔细看看卡住他的地方，一条腿被破碎的车门挤在了驾驶台中间，有铁皮扎进去，这门还不能轻易拽开。

捡起刚才扔到地上的安全锤，探身进车窗内。单手牢牢捏住铁皮一端，一锤子下去砸断了厚厚的铁皮，稳稳托举着没有给高雨笙带来任何多余的伤口。

铁皮分离，看看再没有别的牵扯，翟辰立时拉开车门，把人给抱出来。

高雨笙的腿伤得极重，软软地垂着，裤子被鲜血给染透了。好在铁皮扎得不深，翟辰直接给拔了，一把撕开裤腿。

“嗯……”高雨笙的手指瞬间抠进了草地中，控制不住地扬起头，露出那满是汗水的脆弱脖颈。

看到裤子里面的景象，翟辰顿时倒吸一口凉气。腿肯定是断了的，满腿的鲜血，隐约看到一小节骨头戳了出来。

翟辰不敢再看，怕自己心跳骤停，摸摸高雨笙满是冷汗的脸：“天赐不怕，有哥哥在，我们马上去找医生。”

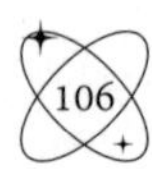

手机依旧没有信号，越野车撞毁了开不动。翟辰轻轻放下高雨笙，跑去看那辆大货车。

车钥匙还在，翟辰蹿上驾驶室，直接开动。

轰——大货车倒挂在山坡上，车头陷在坑中。翟辰凭着开挖掘机的过硬技术，直接倒车。

嗡嗡嗡！货车像是挨了鞭子的老牛，吭哧吭哧地往后退。车勉强过了水沟，车后面拉着的石头哗啦啦滚落下来，而后咣当一声抛锚了，再走不动。

翟辰骂了句脏话，跳下车去。几块石头直直朝着杀手所在的大树滚去，在动弹不得的杀手身上又添了几处砸伤。掏出没有信号的手机对那一脸血的杀手拍了张照，从越野车后面找出一张帆布钓鱼凳，三两下拆开给高雨笙固定腿。

高雨笙忍着不出声，只是牙关紧咬、湿漉漉地看着他。

“这八回岭没多长了，我抱你走。”

说罢，将雪头金箱子挂在背包上，抱起高雨笙，大步迈上盘山路。

医疗氧气枕里的氧气还很充足，翟辰咬着软管，走得又快又稳。只是再快的速度，也比不上车，来时不觉得如何长的盘山路，走起来仿佛永远没有尽头。

“哥哥……”高雨笙疼得快昏过去了，靠在翟辰的颈窝里一阵一阵地发抖。

“我在。”

“嗯。”

翟辰咬着软管跟他说话，怕他昏过去，索性提高了音量：“你说你是不是傻，叫你左打轮，你往右打！”

正常人开车，在遇到危险的时候，下意识都会避开自己的位置，寻求安全。而高雨笙当时的反应几乎是违背自然规律的，他向右打方向盘，就是把自己往石头上撞。

“不能让你受伤。”高雨笙轻声说。

“下回记住，先保护自己。我身体比你结实，肌肉弹力更高，撞不坏的。”翟辰抱紧了些，试着跑了两步，发现太颠簸便放弃了，继续快步走。

“可是，你要是失血过多，没有与你相配的血型。”

翟辰脚步一顿，低头看他。

高雨笙脸色苍白，本就呆愣的翟辰，直接被定住了。时间在瞬间停止，跨过宇宙星河、光年数万，将两个本不该有交集的生命融为一体。

“哥哥，谢谢你，来到这个星球。”贴着的唇瓣里，极轻地吐出这么一句话，

便骤然分离。

翟辰感觉到肩上一沉：“天赐，天赐！”

第十四章

谢谢你，来到这个星球。

这句话还可以当作高雨笙习惯性的胡吹瞎捧，那么那句“没有与你相配的血型”又要怎么解释？

翟辰紧紧抱着怀里昏过去的人，觉得自己应该说点什么，做点什么，脑袋却一片空白，只知道机械地向前走。

他本不属于这个星球，是这个孩子让他与此地有了牵连。飞鸟亲吻了跃出水面的游鱼，从此便与大海有了交集。

原来雨笙一直都知道……

八回岭的盘山路，曲折又漫长，翟辰只觉得把一辈子都走完了，才勉强有了信号。空急的直升机，从最近的市区调配，一路将人带回了省城。

伤得太重，飞机上已经做了急救，撑到医院马上就得手术。这家医院就是翟辰上次住的高级私立医院，条件很好，手术随时安排。高雨笙被推进去做术前准备，郑秘书跑上跑下地办手续，翟辰满身血迹地守在走廊里。

高家就来了两个人，后妈和姐姐。后妈穿着高跟鞋，慌里慌张地跑进来，一脸担忧地问翟辰：“怎么回事？好端端的怎么就出车祸了呢？”

高家姐姐并没有表演的兴致，拄着手杖一步一步走过来，在三步外停下来，冷笑：“他出车祸，你不是应该最高兴吗？”

“闻筝，你说什么呢！”后妈很生气，“我把雨笙从小养大，在我心里他跟小笛是一样的。”

“这话你说给这小保镖听行，说给我，是在讲笑话吗？”高闻筝讽刺地看着她，仿佛在看一只表演的猴子。

“你这是什么态度？！”

“别吵了！”翟辰一头火地大声训斥，目光凶狠得仿佛要择人而噬，两个互相嘲讽的女人顿时闭了嘴。

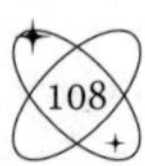

被高震泽骂习惯了的后妈是条件反射，高闻筝则完全是被震住了。一个保镖竟然这么大胆！没等她开口，准备室里突然传来一声痛苦的叫喊。

“啊——”

翟辰转头直接闯进去，被门口的护士拦了一下：“先生，你不能进去。”

“他疼啊，你们不会给他打麻药吗？”翟辰浑身是血，红着眼睛质问。

“打了的。”护士被他这副模样吓得不轻，但还是硬着头皮解释。术前清创，肌肉麻醉上来了，也不能抵挡骨头的疼痛。

高雨笙刚刚清醒过来，就被排山倒海的剧痛弄得不知所措。实在是太疼了，根本不知道要怎么缓解，甚至都怀疑自己是不是还在人间。挣扎着要起来，医生都差点没按住他。

翟辰推开护士，跑到病床边：“雨笙，不怕，他们在做术前清创，一会儿打了麻药就不疼了。”

私立医院麻醉师充足，已经在准备脊椎注射麻醉了。高雨笙看到翟辰，勉强平静了下来。

他的头发已经全部被汗水打湿，整个人像是水里捞出来的一样，痉挛的手抓住翟辰伸过来的胳膊，推他出去。疼痛到了极致，人是没有什么体面可言的，不想给翟辰看到自己如此狼狈的样子。

“我就在这儿看着你，不让他们瞎弄。”翟辰说什么也不走。

麻醉师进来，要打腰部麻醉了，请翟辰出去，以免影响。

高雨笙乖乖侧躺着不动，眼睛紧紧盯着翟辰，直到被自动闭合的门遮挡住视线，才注意到扎进脊椎的针头。

做了充分的术前检查，判定可以立即手术，高雨笙被推进了手术室。医生拿着手术告知单出来，请家属签字。

“病人伤得比较严重，开放性骨折，伴随大量出血以及其他损伤，需要立即手术。但手术风险比较高，可能会有……”医生说了一堆专业术语，包括可能发生的意外和各种并发症，有截肢风险，也不排除随时死亡的可能。

翟辰听得手脚发冷，当时翟犀月羊水栓塞，医生就是这么拿着一张满是各种可能的告知单。他签了，没多久翟犀月就没了。现在，是小天赐，那个他绝不能失去的人，躺在里面等着这张允许合法死亡的单据。

翟辰抬手接过通知单。医生询问：“请问，你跟病人是什么关系？”

翟辰一愣，才想起来，在法律上来说，他跟高雨笙没有任何关系。夹着通

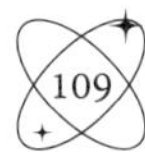

知单的文件板被高闻筝一把夺走，轻蔑地瞥他："你只是个保镖，有什么资格签字？我是高雨笙的亲姐姐，我来签。"

"好的。"医生自然而然地转向高闻筝。

高闻筝拿起笔，仔细看了一遍单子，皱起眉头："伤得这么重，还着急手术，很容易感染的。一定要保住我弟弟的命，危急时刻不行就截肢，活着最重要。"

翟辰骤然攥起拳头，医生都没有提截肢的事，哪有家属积极提议的！

高闻筝的话看似明理，但她这么说了，医生就会要求她写下一行"××情况下要求优先截肢"的字。

医生似乎没见过这么理智的家属，愣了一下才斟酌着说："这个，要看具体情况，如果家属优先选择截肢的话，我们会考虑。"在某些情况下，保腿会比较麻烦而且风险高，家属同意截肢的话，他们的治疗就可以保守一些。

而后医生果不其然地要求高闻筝多写一行字。

"年纪轻轻的，截肢了多不好，还是尽量保住腿吧，"后妈皱眉插言，"你这么做，回头怎么跟你爸交代？"

"交代什么？我是叫医生尽力保住他的命，是命重要还是腿重要？我一条腿不也活得好好的？"高闻筝听她说截肢不好，立时激动起来，低头就要签字。

翟辰劈手夺过告知单，一把推开高闻筝："只是骨折而已，截什么肢！"

高闻筝一条腿是义肢，本来就站不稳，被翟辰狠推这么一下，立时就撞到墙上去了。扶着栏杆站起来，用手杖指着翟辰厉声道："我是他姐姐，他的生死我说了算，你是什么东西？"

后妈见翟辰强势，开口劝阻："他姐姐也是为他好，咱们把选择权交给医生，就是同意在不得已的情况下截肢而已。"

不是不得已，而是优先！

翟辰冷着脸，单手夺过指着他的那根细棍，咔嚓一声掰成了两截："谁敢截他的腿，我就敢要谁的命！"

说罢，他瞪向医生："让病人自己签字可以吗？"

虽然是询问的语气，说出来却仿佛是要寻仇。医生连忙点头："当然可以，病人对自己的身体有最高处置权。不过为了防止失去意识的紧急情况，我们还是建议家属签字。"

翟辰把单子塞回医生手里："这两个，一个是后妈，一个是同父异母的姐

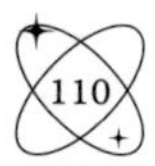

姐，都是导致病人躺在这里的嫌疑人。”

后妈和姐姐被他这一番言论气得僵在当场，医生也听得目瞪口呆。

“让他自己签，我可以进去陪护吗？”翟辰拉着医生进了手术室。

高雨笙做了腰部以下麻醉，已经没那么疼了。医生来跟他说外面的情况时，他还忍不住笑了一下，请医生允许翟辰进来陪同。

寻常三甲医院是绝对不会允许外科手术有不相干人员的，但这里是高级私立医院，顾客的要求都会尽力满足。翟辰得以穿着无菌手术服进来，拿着手术单给他签字。

高雨笙下半身是麻的，上半身还能自由活动，签了字抬眼望着戴了口罩的翟辰。

怕影响医生手术，翟辰不敢大声说话。

“疼……”高雨笙拉住他，小声说。

翟辰立时紧张地忘了刚才的话：“还疼？这脊椎麻醉怎么也不顶用？”

正要下刀的医生也吓了一跳：“是这里疼吗？”

高雨笙面色平静地摇头：“不疼，您切吧。”

翟辰：“……”

这小浑蛋，手术台上是撒娇胡闹的地方吗？翟辰觉得自己不能这么惯着他，不然会影响医生的判断。不等他发火，那人又露出了“虽然腿不疼，但是不知道哪里还是很难受”的表情。

翟辰就像是针尖上的气球、被掐住七寸的蛇，只能吞下所有的言语，咬牙切齿地摸摸他的脑袋。

第十五章

腿伤得比较严重，不是单纯的骨折，比寻常的骨折手术延长了几倍的时间。

“医生，怎么样？”手术室的灯灭了，主刀医生先出来，立时被人围住了。郑秘书还有高家的人，个个都是一脸关切。

“手术很成功，腿目前是保住了，后续还要再观察。”医生摘下口罩，轻松地舒了口气。

“怎么可能？！”高闻筝惊呼一声，“不是说保不住了吗？”

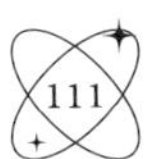

手术期间，医生曾经出来说腿可能保不住了要截肢，希望家属签字，护士过来说之前的单据是病人自己签的，才又匆匆回去。

这话一出口，所有人都看了过来。医生见她这副模样，很是惊奇："保住了还不好吗？"

正说着，屋里的人推着病床出来，其他的医生护士也听到了。见过因为不得已截肢而不满的家属，没见过因为没截肢而闹腾的。

"能保我们当然是尽量保的，而且病人身体状态很好，挺过去了。"主刀医生以为家属情绪过于激动，说话错乱了，便解释了一句。

面对着众人的异样眼光，高闻筝迅速冷静下来，站直身体扬起下巴："算他命大。"

在医院里工作，什么千奇百怪的人没见过。这种口是心非的亲人也挺多的，明明关心得都语无伦次了，镇定下来之后还是倔强地要说难听的。医护人员都一脸了然地不再关注。

倒是一直在外面守着的郑秘书，实诚地问了一句："您怎么听起来挺失望的？"

高闻筝瞬间涨红了脸，要是后妈不在这里，她倒是能说几句场面话。可后妈在这里，她装温柔关心的姐姐肯定会被嘲笑，便冷哼了一声："你懂什么？！"

后妈满脸愁容地说："小筝啊，雨笙好歹是你弟弟，你怎么能盼着他残疾呢？"

高雨笙受到麻药的影响，睡过去了，对这些唇枪舌剑一无所知。翟辰倒是听得一清二楚，但他着急把人推去病房，懒得理会这位不小心说漏嘴的高家姐姐，瞥了她一眼便推着床去了病房。

打了钢板钢钉的腿，不需要裹石膏，只是固定在一个位置不让动弹。医生跟翟辰细细交代注意事项，麻醉药效过去之后会有较为剧烈的疼痛，到时候可以吃点止疼药。

翟辰仔细地看看他，调暗了床头的灯光。麻醉的药效并不能持续很久，想趁着能睡着的时候让他多睡一会儿，等疼起来的时候恐怕就难以入睡了。

走廊里传来高跟鞋的声音，听起来像是那位后妈。翟辰起身出去，关上门，示意这位女士不要发出声音。

后妈透过小窗户看了一眼屋里的情形，叹了口气："雨笙信任你，那就拜托你好好照顾他。"

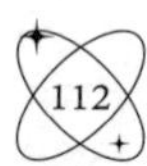

翟辰点头："放心，这是我的职责。"话说得客气，却丝毫没有让开路请后妈进去看看的意思。

好在这位女士也十分识趣，并不打算强行进去："他姐姐走了，等雨笙醒了，你跟他说一声。"

翟辰不置可否。

后妈试图打听今天发生了什么事，被告知无可奉告之后，恰好郑秘书提着个兜子匆匆过来，便说起了别的："他姐姐那个人，心眼不坏的，就是说话难听，你们别在意。她小时候车祸断了腿，一直觉得是雨笙亲妈雇人给撞的，所以有些偏激。"

翟辰："……"

郑秘书："……"

您都这么说了，不是明摆着暗示凶手是高闻筝吗？郑秘书欲哭无泪，他又知道了不得了的东西，这是注定要被杀人灭口的节奏。

不管后妈说什么，翟辰就像尊门神一样站在门口，寸步不让，也不许她高声说话。不多时，自觉没趣的后妈也走了，郑秘书这才脱力般地松了口气："这豪门还真是复杂。"

说罢，同情地看了看翟辰。

翟辰被他看得莫名其妙，接过塑料袋："多少钱，我转给你。"

"不不，不用，回头高总会给我报销的，你快去洗洗换件衣服吧，我去买点夜宵来。"

病房里有浴室，翟辰风尘仆仆了一路，到现在才有时间进去清理。洗去一身的血腥，换上了郑秘书临时去超市买的衣服，而后重新坐到床边。

他身体结实，除了一点擦伤，什么事都没有。而高雨笙，不仅断了腿，身上还有大大小小许多伤口，英俊的脸也挂了彩。

静音的手机亮了一下，是方初阳过来了。翟辰给他发了病房号，并跟前台确认访客。看来方警官没有亮出警察身份，是作为"家属"过来探望的。

方初阳脸色不大好，但没有多说，先问了一下高雨笙的情况："凶手已经抓回来了……我说你也太夸张了，把人钉树上。"

"我没剁了他已经够仁慈了。"翟辰低声说。就算是自家兄弟，他也没让人进屋，就在走廊里聊，生怕吵到了熟睡的人。

方初阳看他这副紧张兮兮的样子就牙疼："我明天可能要出差，檬檬送幼儿

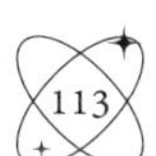

园全托了，你有空去把他接回来。”

翟辰点头应下，好奇地道：“这案子你们接手了？”

提起这个，方初阳眉头微不可察地皱了一下，含糊地应了一声：“嗯。”

既然刑警队接手，那就证明跟上次的刺杀是一回事。翟辰并不意外：“那什么，我说个线索，不一定是真的，但你们可以查查。高雨笙那个姐姐，叫高闻筝的，也许跟这次买凶杀人有关。”

“你跟我说这些没用，这案子不归我管。”方初阳有些烦躁。

“啊？你不是明天出差吗？不是这个案子？”翟辰这才发现自家兄弟的不对劲。

方初阳摸了根烟叼在嘴里，医院不让抽烟也就没点，只是低着头单手插进裤兜：“范队不让我参与，调我去查儿童拐卖。”

绝户村那边的状况，翟辰已经透露给了警方。警方现在正在紧锣密鼓地往那边查，看看是否跟小胖丢失有关。但小胖的案子，一直是片区派出所负责的，现在把方初阳借调过去……

“明显是不想让我参与杀手的案子。”上次赌馆的事就不让他管，现在又是这样，由不得方初阳不多想。范队到底是什么意思，孤儿院的事虽然洗脱了内鬼的嫌疑，但这两件事又怎么解释？

翟辰试图安慰自家兄弟：“往好了想，没准他只是不想让你升职太快。”

“……你这叫安慰？”方初阳气得翻白眼。

“咝——”屋里突然传来一阵抽气声，麻药过了时效，高雨笙被疼醒了。

翟辰顾不得方警官的职场烦恼了，转身进屋轻声哄着给高雨笙喂止疼片，留下方初阳自己在走廊的秋风中萧瑟。

第十六章

杀手已经被缉拿归案。荒山野岭的，钉在树上根本跑不了，杀手看到警察的时候甚至还向警察求助。

“因为是连环案件，已经抓回咱这里了，现在归我们负责。”来医院向翟辰问询现场状况的警察小马，简单地做了个说明，刚正经聊了两句，就忍不住眉飞色舞起来。

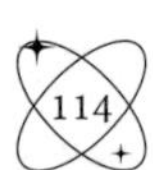

小马资历比小陈要老，当刑警这几年，还是头一回捉住活的职业杀手。

翟辰正坐在床边给高雨笙削苹果，本来他应该去警局配合调查的，但高雨笙这里离不开人，就只能麻烦警察跑过来。听到杀手向警察求救，他有些意外："这哥们儿没准备撤退预案吗？"

这种玩命的买卖，论理都该有个后招。一旦任务失败，怎么离开现场，怎么逃跑之类的。甚至可能会有个同伴，超过多少时间没有回应，就来帮忙。

"您把人家一条胳膊撅折了，另一条钉在树上，怎么跑啊？"小马听当地警察描述的惨样，都有点同情那个出师不利的杀手了。

翟辰丝毫不觉得愧疚，转转手里的水果刀："我这可是正当防卫。"

另一位跟着来的警察陈照辉，轻咳了一声："马哥。"

说跑题的小马，这才收敛了些，示意小陈问翟辰问题。他自己则抱着手臂站在一边，好奇地观察半躺在病床上玩手机的高雨笙。

陈老实兢兢业业，尽职尽责地提问，颠来倒去地让翟辰把前因后果讲了两遍："杀手攻击的重点部位是哪里？"

"重点部位？没看出来，他是能打哪儿就打哪儿。"翟辰仔细回想了一下，非要说的话，杀手就重点关照了一下他的脑袋——用射钉枪指过。

小马看了看高雨笙那凄惨的左腿："高总这条腿，是意外伤到的吗？"

翟辰叹了口气："本来受伤的应该是我，这傻小子猛打方向盘，自己撞石头上了。"

高雨笙的目光离开手机屏幕，看向翟辰。翟辰把削好的苹果递给他，随手摸了一下他的脑袋。

小马觉得这气氛哪里怪怪的，转头看向小陈。而老实人陈照辉什么感觉也没有，还在认真记录翟辰说的话。

小陈："你刚才说，杀手用射钉枪指着你的头部，那指过高雨笙吗？"

翟辰嗤笑："他没那个机会。"

小陈把这句也记上："他发现高雨笙受了重伤，有停手的意思吗？"

"没有，"翟辰仔细想了想，冷不丁地问了一句，"杀手说他不是来杀人的？"

"他说……"陈照辉顺着答了半句，忽然意识到自己不能透露，连忙闭嘴，"这个暂时不能透露。"

老实孩子竟然没中计，翟辰很是遗憾，暗自感慨还是方初阳负责的时候方便，起码能透露点边角料给他。这个小陈，嘴巴严得跟河蚌似的。想起方初阳，

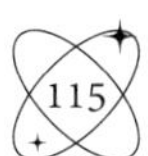

便随口问了一下他的状况。

小马和小陈对视一眼，挠挠头：“副队不负责这个案子，他出差去了。”这么大的案子不让副队参与，是前所未有的事，他们也是一头雾水。

调查得差不多，小马嘱咐翟辰近期不要离开本市，他们随时可能找他，而且过两天还需要他去一趟警局，把必要的流程走了。翟辰答应下来，只把两人送到病房门口就不送了。

过来送文件的郑秘书瞧见了，立时接过送警察同志的任务。

“不用这么小心。”高雨笙看着不多时又坐回来的翟辰，嘴角忍不住向上翘，没什么诚意地劝翟辰别这么紧张自己。

翟辰挑眉，用吓唬小孩的语气道：“我不在这里，谁把你拉去截肢了怎么办？”

高雨笙被他逗笑了：“这又不是兽医院。”到处都是监控的正规医院，哪能说截肢就截肢。

“这可不好说。”翟辰看着脸色依旧苍白但是笑得清爽的高雨笙，甚是欣慰。医生跟他交代过要注意高雨笙的精神状态，毕竟，这样严重的追杀事件很容易造成心理创伤。现在看来是没什么事，那就可以跟他讨论一下杀手的问题了。

“来，我考考你，警察为什么要重点问杀手攻击的是哪里？”

高雨笙啃了一口苹果：“用来判断他是否有故意杀人倾向。”

翟辰摸摸下巴：“我觉得，那杀手肯定供认了什么，比如背后雇用他的人并不想要你的命，只是卸胳膊卸腿之类的。不过那货上来就用射钉枪指我脑袋，可不像是会点到为止的。”

高雨笙垂目：“也许是打断腿难度太高，就索性杀人了。”

“你怎么知道是打断腿的？”翟辰隐隐猜出了点什么。

正说着，门外响起了手杖戳地的声音。翟辰皱眉看过去，果不其然，瞧见那位令人不喜的高家姐姐。

高闻筝依旧是那副下巴高抬的模样：“爸来看看你。”说罢，让出位置，露出了跟在她身后的父亲。

也不知道后妈把手术室前的闹剧讲给高震泽听没有，当着外人的面也看不出来。高家老爹依旧是那副不苟言笑的模样，看了看儿子的伤腿：“怎么这么不小心？”

“我已经很小心了。”高雨笙抬眼看向进门就开口教训人的父亲。

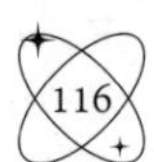

高震泽并没有说什么关切的话，而是目光锐利地盯着他："你去五桐做什么？"

翟辰皱起眉头，挡在父子俩中间，张口准备跟这位说话难听的高家爸爸理论，那边高雨笙忽然开口："有人寄了妈妈死前的照片给我，我想知道妈妈是怎么死的，就去看看。"

高震泽脸色大变："谁寄给你的？"

高雨笙面色冷淡地看着他，语调也没有如何激动："我不知道，也许爸爸知道。"

第十七章

高震泽呼吸一滞，似乎没想到高雨笙会这么说。他豁然站起身来，来回走几步，像一只困在笼子里的雄狮，焦躁而愤怒："当年的事，我交代过所有知情的人，不许告诉你。哪个浑蛋做的，被我查出来一定扒了他的皮！"

高雨笙问："为什么不告诉我？"

高父停下脚步："你当年病成那样，好不容易好了，再告诉你又要犯病。"

高雨笙看着气得直喘粗气的父亲，又若有似无地瞥了一眼旁边的姐姐："寄照片的人，大概就是想让我犯病。不过我的病早就好了，只是好奇……"

"爸爸会查清楚的，"高震泽突兀地打断了高雨笙的话，"你安心养病，别再管这些。"说罢，隐晦地看了一眼站在床边的翟保镖。

翟辰被看得莫名其妙，半晌才反应过来，估计是高震泽觉得家丑不可外扬。他这个"雇员"在场，多说无益。

"他不是外人，"高雨笙瞬间明白了父亲的意思，执着地追问，"我想知道，妈妈是怎么死的。"

对上那双平静无波的眼睛，见惯风浪的高震泽也不得不妥协，重新坐回沙发上叹了口气："都是过去的事了，当年那些工人死的死、跑的跑，现在追究也没有意义。五桐那边的矿早就废了，你去查也查不出什么。"

"你参与了吗？"高雨笙仿佛没听到这句劝解，直勾勾地盯着父亲。

翟辰心里咯噔一下，自己怎么没想到这茬？！出事的时候，他们两个已经是夫妻，为什么叶蓉死了，这位高先生却安然无恙？这么多年，能狠心对高雨

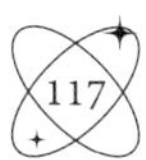

笙只字不提，到底是为了保护孩子，还是自己理亏？

然而，高震泽并没有显露出任何的心虚，毫不犹豫地道：“我当然参与了。当年我极力想救你妈妈，把家里的老房子都卖了，给那些人赔钱。”

“可不是吗，那时候为了给你妈还债，我连假肢都买不起。”高闻筝在一边听着，冷声插言。

那时候她的腿还没有恢复，每天在地狱般的康复训练中，看什么都满是仇恨。人在感情激烈的时候，记忆力会特别好。她对当时发生的事情，都记得清清楚楚。她清楚地记得父亲卖了她小时候居住过的房子，也清楚地记得这笔钱是拿去给那个女人还债了。

高雨笙并不信，面无表情地道：“你只是还没康复，不能戴假肢。”

卖房子这事也许是真的，但高家没有穷到连假肢都买不起的程度。当时他回到高家，家里还是复式豪宅，吃的用的也都比他在矿业局家属院的时候要好上数倍。

高震泽本来以为女儿是帮他做证，就没阻止，岂料她说话如此不靠谱。有了猪队友的解释，他方才的剖白顿时打了折扣，真的也会被怀疑成假的。

他不得不多说几句细节，好证明自己的清白：“我给那几个带头闹事的工人赔了几百万。本来都已经平息了，但是那些人出尔反尔，拿到钱之后还来闹，甚至扬言要绑架你。我怕出事，就把你藏了起来。”

矿工们没什么文化，都是听那几个带头的。十五年前的几百万是很值钱的，足够封住闹事人的嘴。带头的被收买，自然就闹不起来了。谁知道那些人收了钱，只安静了几天，就又出现了。

说理说不通，给钱摆不平，无穷无尽的纠缠终究让叶蓉崩溃了。

高雨笙沉默了下来，似乎在判断父亲言语的真伪。

几百万……领头闹事的矿工……

翟辰忽然想起被鹞子他们抢的那两个倒霉蛋。

少年鹞子跟着虎哥打劫，当时劫的是一辆从省城回五桐县的中巴车。这两只肥羊背着鼓鼓囊囊的大包，神色紧张，跟其他乘客很不一样，直接被虎哥拖下了车。那背包里面有百八十万的现金，还有两块雪头金矿石。

先前一直猜测，鹞子他们打劫的可能是赌石人，现在看来，可能就是带头闹事的工人。毕竟赌石的商贩都很有钱，不会为了这点钱不要命。而如果那是高震泽给的赔偿款，两人的拼死抵抗也就说得过去了。

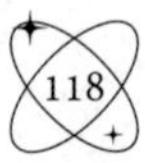

低头跟高雨笙对视一眼，跟他比了个口形“鹞子”。

高雨笙微微颔首，显然也已经想到了这茬：“所以妈妈就跳楼了？”

高震泽叹了口气：“她一直就是这么一个倔强的女人，八匹马都拉不回来，爸爸对不住你。”

对于眼前的这场父慈子孝、伉俪情深，高闻筝看得快吐了：“说得好像什么英雄人物慷慨赴死一样。赚了不义之财，本来就是会遭报应的。”

翟辰猛地抬头：“高小姐，注意你的言辞。”

啪！还没等高雨笙反应过来，那边高震泽已经一巴掌上去，直接打到了高闻筝脸上。化了精致妆容的高家姐姐，脸上立时红了一片，满脸不可思议地看向父亲。

高震泽冷眼瞪着口无遮拦的女儿：“雨笙的妈妈也是你妈妈，你说的是人话吗？”

三十多岁了，还当着别人的面挨打，这叫心高气傲的大小姐如何受得了。高闻筝抬手捂住被打疼的脸，眼睛都红了，睁大了眼睛尖声道：“不过是个小三，什么妈妈！我不承认！”

听到“小三”的言论，高雨笙骤然绷紧了身体，翟辰一把将他按住，不让他乱动。好不容易用止疼药暂时缓解了疼痛，可不能闹腾。感觉到掌下的身体在微微发抖，单手滑到后面给他顺顺背。

“你闭嘴！”高震泽气得脸通红。

“我说错了吗？要不是你跟叶蓉勾搭，我妈能气出重病、死得那么快吗？”高闻筝似乎被打得上头了，口无遮拦。

“高闻筝！”高父连名带姓地大声叫她，气得直哆嗦。

高闻筝可不会站在原地等着挨揍，躲开两步用手杖指着高雨笙：“你现在为了这个私生子打我，是看重他，准备把家业传给他？爸爸忘了，高忆箫才是你最优秀的儿子，而忆箫又是怎么死的！”

第十八章

高震泽捂住胸口，气得嘴唇发紫，踉跄着后退一步，眼看着就要晕过去。

“爸！”高闻筝吓了一跳，赶紧伸手扶他。

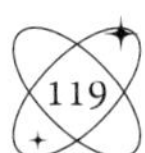

高震泽甩开她的手，大口大口地喘了几下才缓过来：“我说过多少次了，你大哥的死跟叶蓉没有半点关系。”

“爸爸说没有就没有吧。”发泄过后，理智回笼。大概是怕她爸真气抽过去，高闻筝不再争辩，拿起放在桌上的包，重新戴上黑色薄纱帽，又将上面折叠起来的纱幔放下来，遮住发红的脸。

整理了一下裙摆和手杖，她又变回了那个优雅高傲的高小姐：“您放心，不管我心里怎么想的，都绝对不会伤害您的宝贝继承人。”

说完，看也不看病床上脸色苍白的高雨笙，踩着细脚高跟鞋转身便走。

翟辰轻轻抚摩高雨笙的后背，很是赞同地点头：“你姐姐说得没错，我觉得这事不是她做的，毕竟咬人的狗不叫。”

刚按下病房门把手的高闻筝一顿，转头甩了个眼刀子过来：“你骂谁呢？”

翟辰一脸无辜，左右看看，指指自己：“我？我骂谁了？”

“你说谁是狗呢？！”高闻筝放下门把手，气势汹汹地冲过来。她一条腿是假肢，假肢上也穿着细高跟，慢慢走还好，走得快了难免有些歪斜。刚才的优雅瞬间灰飞烟灭。

翟辰一把抓住差点扑到床上来的高小姐，牢牢端着她的手臂以防她摔跟头砸到高雨笙，非常认真地解释：“没说您，我说咬人的狗不叫，您叫这么大声，肯定不是我说的狗。”

“好了！要走赶紧走，别站在这儿惹我烦。”高震泽坐回沙发上，照着茶几拍了一巴掌。

高闻筝甩开翟辰的手，狠狠瞪了一眼坐在床上看戏的高雨笙。别以为她没瞧见，这小野种刚才笑了，肯定是他指使保镖这么干的。

姐姐踩着细高跟，杵着尖顶手杖，噔噔噔地走了。

医院的走廊非常安静，她的走路声异常突兀。端着药品路过的护士看了她一眼，小声提醒她安静些。

高闻筝挡在帽纱后面的脸一红，想道歉又说不出口，梗着脖子放轻脚步，慢慢走到医院门口，刚出了大门，就瞧见自己的车旁站了两名男子，正跟司机交涉。

“干什么的？”高闻筝走过去，扬着下巴冷声问。

司机看到她，欲言又止，被旁边的陌生男子抢了先：“你是高闻筝吗？”

“是……”话没说完，一张警官证便撑到了她面前。

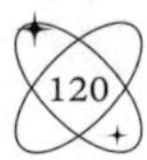

“我们是市刑警队的，有一个案件需要你配合调查，跟我们走一趟吧。”拿着警官证的人正是小马，刚从这家医院出来，就接到了带高闻筝回去问询的任务。

彼时翟辰给他发消息，说高家的姐姐过来了，聒噪得很，实名举报怀疑姐姐跟这次的案件有关。

屋里的翟辰，可不知道自己的举报竟然奏效了，还警惕地盯着高震泽：“高先生，雨笙伤得太重，你有什么事改天再说，他该休息了。”

高雨笙昨天才做了手术，腿时时刻刻都在疼痛中。嘈杂和精神紧张都会加剧疼痛，翟辰看着他越来越白的脸色心疼得不得了，直想吸口氧气直接把高爸爸拎出去。

这时，前台打电话过来，说高闻筝的司机有急事。

“刚才来了两个警察，把老板给带走了！”

翟辰：“……”

高震泽眉头皱得死紧：“怎么回事？”

高雨笙不紧不慢地说：“她口无遮拦，跟人说是我妈害她断腿，警察当然有理由怀疑她。”

助理跑进来，在高震泽耳边说了几句话。

“那是她活该，关 24 小时吃个教训，不管她。”高震泽语调冰冷地说，显然印证了高雨笙的猜测。

翟辰咂咂嘴：“看吧，咬人的狗不叫，叫的狗容易被警察抓走。”

高雨笙抬头看他：“哥哥说得好有哲理。”

翟辰斜瞥他：“‘舔狗’会被弹脑瓜崩。”

高雨笙慢吞吞地捂住脑袋。

跟助理商量问题的高震泽，没有听到两人的对话。转过来见儿子捂着脑袋，以为他头疼。想起先前翟辰赶客的话，便站起身来：“我叫人给你换顶级套房，钱我来出，不会让你姐姐再来骚扰。安心养病，剩下的交给爸爸。”

这话听得翟辰颇为震惊，十分怀疑自己耳朵坏了。在他固有的印象里，高震泽可谈不上是什么好父亲，可这最后一句“剩下的交给爸爸”，几乎让他以为是翟建国复活了。

高雨笙也听得颇不习惯，甚至微微皱起了眉头：“不用。”

然而突然要做好爸爸的高震泽，根本不听，直接叫助理去办手续，把高雨

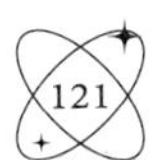

笙的病房升级到顶级 VIP 套房。相关费用，自然是刷的高震泽的卡。

医院对这样的要求自然是十分欢迎的，立时去准备。高震泽也跟着离开，交代翟辰好好照顾高雨笙。

房间很快准备好，护士过来要把高雨笙挪过去。翟辰不大乐意，担心拉扯到高雨笙的伤：“高级套房有什么不一样吗？差别不大我们就不过去了。”

“差别还是很大的，那边有游戏设施可以转移注意力，对减缓病人的疼痛很有用。”护士满脸微笑地说。顶级套房价钱可不是一般的贵，有人愿意住，他们自然是高兴的，极力劝说高雨笙挪过去。

不得不说，护士没有撒谎，这顶级套房跟普通病房当真差别巨大。

朝阳的这面墙都是玻璃窗，阳光透进来，将屋子照得暖融融的。宽大的卧室连着客厅，除了医疗器械，其他的装饰品跟酒店的高级套房别无二致，甚至还附带一间厨房。墙上安装了扶手和复健器材，等腿长好一点，便可以直接在屋里练习走路，都不用出去。

病床正对着的墙面上，有巨大的电子幕布。坐在床上就可以看电影、打游戏。

这样的环境，的确对康复来说更有利。翟辰本来想着过几天拆线了，就带着高雨笙回家，现在看来，可以在这里多住一段时间。

抱起高雨笙，把他挪到更宽大的新病床上：“你爸怎么突然对你这么好？”

翟辰可不认为高震泽会是个好爸爸，但凡他上点心，天赐小时候哪会受那么多委屈。

“突然父爱泛滥而已。”高雨笙垂目，满眼讥嘲。对他们这些子女，高震泽就像养宠物一样，想起来了就对他们好点，想不起来就丢在一边。况且今天的事，可不仅仅是突然想疼儿子。

“嗯？怎么说？”

翟辰狐疑地检查了一圈，并向护士询问每一样电器的用法，大概明白了。

这里有 24 小时监控，可以像幼儿园那样，实时显示在手机上。家属即便出门，也可以随时观察病人的情况。

门外有两名穿制服的保安做门神，进来打针换药的护士都会被查验身份。不是认识的护士不会被放进来，这可以有效防止那些假扮护士图谋不轨的人混入。

这对还处于被暗杀危险中的高雨笙是一种保护，同时也能掌握高雨笙的动向。

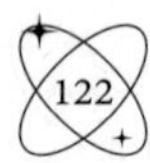

“高震泽不想让我调查高远的事。”高雨笙眯起眼睛盯着墙上的摄像头。

翟辰拿了条毛巾过去，把摄像头遮住：“怕什么，你修改一下权限，只给我看不就行了？”

高雨笙气息微滞：“嗯，只给你看。”

翟辰：“哎，不是，那什么……”

越描越黑，翟辰闭上嘴不敢说话了。屋里陷入一片静谧，只剩下两人的呼吸声。

“咯，那个，这房间目前挺安全，那我明天去趟警局，顺道把檬檬接过来。”翟辰憋了半晌，才勉强想起来这么个正事。

“明天？”高雨笙疑惑地看他。

“嗯，顺道去看看你蹲号子的姐姐。”翟辰挑挑眉毛。

高雨笙了然：“你怎么确定她会被关满 24 小时？也许警察只是问两句话。”

翟辰倒了杯温水递给他：“虽然哥哥我在刑警队是挺说得上话的，但被方初阳那个死脑筋带出来的一堆小死脑筋，肯定不会因为辰哥真情实感的举报就抓人。肯定是杀手把她供出来了，别说 24 小时问询，说不定直接就批捕了。”

高雨笙接过杯子，认真点头：“你如果不学挖掘机，一定能成为名侦探。”

翟辰：“这吹得过分了啊。”

次日，翟辰掐着点去了刑警队。老城区街道狭窄，停车困难，翟辰转了一圈，才勉强找到个车位。

正要来个帅气的侧方位停车，那边有一辆车也看好了这个停车位，伸着头奔过来。车头车尾尴尬地同时挤了半边身子进去，后面那车的人打开窗户说了一句：“不好意思，我倒车换个车位。”

是个讲礼貌的，翟辰向来吃软不吃硬，听到这彬彬有礼的话，顿时心软了。他在这块熟悉，不行可以停到别的地方，想着要不让给后边的人算了，便从后视镜瞧了一眼，瞬间皱起了眉头。

后面那辆白色小车中，伸出一颗戴着银边眼镜的脑袋，斯斯文文，似笑非笑。这张有特殊标识的脸，翟辰认得很清楚，就是上次意图冒充他并在火锅店设计想烫伤高雨笙的人——那个叫白睿的律师。

让？让什么让！

翟辰一言不发地等着白色小车退开，毫不客气地将自己的车塞进去。下车，关车门，将背包甩在肩上，转身打招呼：“哟，白律师，谢了啊。”

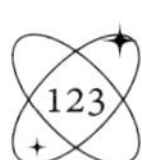

白睿看到翟辰，脸上职业性地微笑瞬间维持不住了："是，是你。"

"啧，还记得我呀。看来这顿揍没白挨，挺长记性。"翟辰很是欣慰地勉励两句，说得白律师脸色越发难看。

"翟先生，上次是个误会，一直想找机会跟你解释来着。"白睿深吸一口气，恢复了几分从容镇定。

"好啊，咱俩再找个厕所，你跟我解释解释？"翟辰单手搭着对方摇下玻璃的车门，准备请他下车。

"今天还有急事要办，改日吧。"白睿升起车窗快速倒车，离开这逼仄的停车小路，跑了个没影。

翟辰翻了个白眼，抬脚往刑警队去。

"我的律师马上就来了，你们必须放我走！"询问室里传出耳熟的声音，正根据小马的指引签字的翟辰一顿，律师？

话音刚落，一名西装革履的律师拎着文件夹走进来，脸上的银边眼镜反射着刑警队办公室不甚明亮的白炽灯，差点闪瞎翟辰的眼。

"白律师，这么巧。"翟辰放下签字笔，慢慢直起身来。

白睿瞬间停下脚步，单手扶了一下眼镜："不好意思，走错了。"说完，直接转身离开。

"白睿！快进来！"高闻筝从询问室里高声叫他。

翟辰冷眼看着装不下去的白律师走向询问室。当初那个低劣的计划，他一直以为是为了拖住高雨笙，不让他参加跑车发布会。所以对指使白睿的人，他和高雨笙都比较倾向于后妈。

然而现在，他分明是高闻筝的律师。

那么，当初那场火锅店泼热汤的闹剧，要么是为了嫁祸后妈，要么就是单纯地想要烫伤高雨笙。

"高雨笙的那个保镖在外面。"白睿小声地对高闻筝说。

高闻筝正拿着湿巾擦脸，整理自己的仪容，闻言手一抖，擦掉了好不容易保留一晚上没乱的眉毛："知道就知道，我怕他？！"

白睿欲言又止，最终什么也没说。这里是刑警队，那个保镖再嚣张，应该也不会在这里动手。

等两人出来的时候，翟辰已经不见了踪影。

小马咬牙切齿地望着高闻筝脚步轻快的背影："这女的肯定提前准备过，什

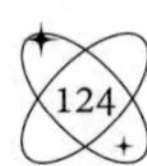

么都问不出。”

小陈熬了一晚上，顶着浓浓的黑眼圈苦哈哈地道：“副队不在，咱俩都不行。”

附近没有车位了，白睿把车停在了两条街外，所以两人只能走着过去。

翟辰从拐角处蹿出来，一边跟着慢慢走，一边吸氧气。既然高闻筝都不怕被高雨笙知道，那么他光明正大地教训他俩一顿，想来高小姐也是不会介意的。

氧气入肺，身体顿时轻盈了不少。一个箭步跃上前，准备抓住两人拖到小巷里，白睿突然开口说了句话，令他暂时停下了打人的手。

“那边说要尾款。”

没头没尾的一句话，听起来颇不寻常。

高闻筝皱眉：“事没办成，要什么尾款？”

白睿压低声音，在嘈杂的街道上周围应该是没人能听到的。偏偏翟辰吸了氧气，五感比平时灵敏，断断续续听到他说：“他责怪我们没有给他正确的信息。”

咔嗒，手杖戳在地上发出清脆的声响，高闻筝骤然停下了脚步。

翟辰立时装成路人，看起了墙上的小广告。

“给什么给！我不缺钱，但没办成事还连累我，这事就不行！”高闻筝的脾气一上来，什么劝也不听，直接让白睿打电话回绝，现在就回。

两人吵吵嚷嚷地走远，翟辰面对着墙壁，眉头皱得死紧。

“兄弟，需要的话，打上面的电话就行。”背后有人小声说了一句。

翟辰回头，见一名留着老鼠胡子、手拿一沓小广告的男人，冲他挤眉弄眼。

“打什么电话？”翟辰不明所以。

“这个呀，我看你都盯了好长时间了。这种事吧，也没什么不好意思的。”老鼠胡子男人嘿嘿笑着，指了指他刚才看的小广告。

翟辰回头看了一眼：

加长延时，一粒解决！联系电话 181105×××××。

第十九章

这一愣神的工夫，那两个人已经走远了。

翟辰推拒了热情的小广告商，快步回到自己的车里，开车跟了上去。

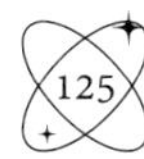

那两个人的对话，越想越不对劲。订金，尾款，没办成，连累她……串起来就是——

高闻筝委托白睿雇杀手，想要弄死天赐。关于高雨笙身边有个开挂保镖这件事，白睿并没有告知杀手，导致杀手预估错误而被抓。现在杀手的经纪人表示很不满，要求他们支付全款。而高闻筝认为，对方任务失败，还连累她蹲了一天局子，非常恼火，一毛钱也不会给了。

翟辰攥紧方向盘，踩下油门追了上去。

老城区街道狭窄，行车困难。翟辰好不容易钻出了巷子，远远地瞧见白睿的车已经驶上了大路。翟辰跟着跑上去，一路左突右进，跑过三个路口之后，紧紧跟在了白睿车的侧后方。

十字路口红灯，白睿的车停在了最前方。翟辰在左边车道，前面还有一辆出租车，这是一条左转加直行的车道，出租车打着左转向。

翟辰微微蹙眉，担心一会儿直行灯先亮自己被待左转的出租车堵在这里，跟丢了目标。看了一眼白睿的车，驾驶位的车窗缓缓摇下，透过那辆车的倒车镜，可以看到那张戴着银边眼镜的脸。

“啧，我也该买个射钉枪。”翟辰摸摸下巴。要是有射钉枪，就在人多的地方打爆对方的轮胎，直接把人拽出来，在大庭广众之下揍一顿，好让这道貌岸然的律师、高贵矜持的豪门小姐，丢人丢到姥姥家。

其实这会儿是个好机会，他只要下车把人拉出来就行。但这么做会影响交通，回头把他关进去几天，耽误了照顾天赐就不好了。

翟辰百无聊赖地想象自己怎么教训这两个浑蛋，眼见着直行的红灯跳转成了绿色。

这时候，前面出租车的后座上，突然伸出一支射钉枪！

“幻觉？”翟辰揉揉眼睛，以为是自己想多了看岔了，却见那人扣动扳机，在白睿的车刚刚发动时，咔嗒一声射向了后车窗。

“呀——”车里响起了高闻筝的尖叫声，脆弱的车窗瞬间被铁钉贯穿，碎成蛛网。

不待众人反应过来，那射钉枪已经收回。左转的绿灯亮起，出租车像离弦的箭一般，直接蹿了出去。翟辰想也不想地踩下油门，跟着那辆出租车在城市中狂奔。

那出租车像不要命了一般，无视道路限速，不断地超车狂奔。翟辰跟着飙上了立交桥，在双车道上来回摇摆，见缝插针。左车道弯道超车，并进右车道的车辆缝隙中，超过左边一辆小货车，再次飘回左边车道。一个甩尾下立交，追着出租车奔向主干道。

两辆车在拥堵的城市中愣是开出了 F1 方程式的气势，不用翟辰动手，已经有无数人报警了。

刚下立交，出租车就似乎玩腻了这个游戏，在一座商场前急刹车。

这里是市区商业中心，几座大商场连着，还有地铁的换乘大站，人流量相当恐怖。翟辰不敢再瞎跑，将车停在路边，吸了口氧气追上去。

地铁口的人群，因为突然冲上广场的出租车而发生了骚乱。翟辰拨开人群跑过去，那出租车的车门大开着，司机僵在驾驶座上瑟瑟发抖。后座上扔着一把红色的射钉枪，除此之外，别无他人。

翟辰茫然四顾，周遭的人群将这里围得水泄不通，各个都在看热闹，每张脸都差不多。追着过来的交警，把车上的司机拉出来。

“不关我的事啊，我是被劫持的。”司机身上的衣服都湿透了，瘫坐在地上一把鼻涕一把泪地哭诉。他本来好好地拉了个乘客，那乘客要求他追着一辆白色小车开，在十字口的时候，那人突然朝小车后座射钉子，然后用射钉枪指住了他的脑袋。

“人呢？”交警问司机。

“下地铁跑了。”司机指向人潮汹涌的地铁口。

劫匪戴着口罩和帽子，看不出年纪，混在骚乱的人群中，就这么堂而皇之地进了地铁。

杀手明明还在铁栅栏里关着，为什么还有人用射钉枪？这样稳、准、狠的精确打击，临危不乱的撤退模式，倒是更像第一次在立交桥上企图弄死高雨笙的那个人。

杀手，不止一个！

这样的认知，让翟辰顿时心慌起来。他快速离开人群，回到车上，给高雨笙发了个消息。等了两分钟，对方没有回复。

躺在床上不能动的高雨笙，应该时时刻刻都攥着手机才对。

翟辰直接打开病房实时监控，临走的时候他把毛巾拿了下来，方便随时查看小朋友的状况。摄像头正对着病床，高雨笙好端端的，他坐在床上，正在费劲地自己换衣服。

一条腿固定着不能动，有点影响坐姿平衡。高雨笙靠在靠垫上，单手掀开

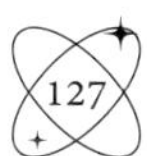

T恤衣摆。他胳膊上有划伤，缠了几圈绷带，举手不太利索，掀了一半就顿住了，需要重新调整姿势。

高清摄像头诚实地记录下了这一幕。

翟辰轻咳一声，赶紧关了监控页面，打电话过去。这下高雨笙倒是听见了，电话响了两下便被接了起来。

“事情办完了？”那边传来高雨笙带着些微喘息的声音，想来换衣服这个动作对他来说还是挺有难度的。

翟辰甩甩脑袋，跟他说正事：“我在路上又瞧见了拿射钉枪的杀手，那人要杀高闻筝。你小心一点，我回去之前不要让任何人探视，就算你爸爸来了也别开门，知不知道？”

“嗯，可是我已经同意了季羡鱼的探视请求，他一会儿就上来了。”高雨笙为难地道。

算算时间，杀手就算踩了风火轮，也不可能此刻就出现在医院。季羡鱼是没什么危险的，看就看吧，只是不能再同意新的了。

高雨笙乖乖地应了。

“咯，那个……”翟辰轻咳一声，“衣服，我一会儿回去给你换，别自己瞎折腾。”

“……嗯。”

不知道是不是错觉，在这声短促的回答里，翟辰似乎听出了笑意。

挂了电话，翟辰鬼使神差地再次点开了实时监控。画面中，挂了电话的高雨笙果然不再跟T恤搏斗，拿起床头一直没穿的病号服上衣给自己套上。刚扣上一粒扣子，倏然抬眼看向摄像头。

翟辰有一种偷窥被人发现了的错觉，差点把手机扔了。

交警在外面敲了敲车窗，翟辰手忙脚乱地关了手机，放下车窗。外面的警察朝他敬了个礼：“先生，有目击者说你刚才追着那辆出租车，是吗？”

“啊，对，我在东阳路十字路口那里，瞧见车后座有人朝旁边的车打射钉枪。我以为遇见了凶杀案，就追着跑到了这里。”翟辰下车，将事情告诉交警。

这跟群众报警的内容一致，交警询问他车中是否有行车记录仪。这车是郑秘书的，比较简单，并没有安装行车记录仪，帮不上什么大忙。听说他着急接孩子，交警登记了他的身份证号和联系方式，暂时放他走了。

翟辰倒是愿意配合警方调查，不过这会儿他惦记着高雨笙，杀手已经出现，

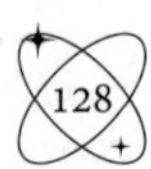

他不敢多待。好在这会儿已经跑到了城东，快速去幼儿园把多日没见的翟檬檬拎上，直奔医院而去。

顶级 VIP 病房中，高雨笙穿着病号服坐在床上，跟前来探望的季羡鱼和赵子安说话。

打上次在马场玩过之后，季羡鱼隔三岔五就想找高雨笙玩。然而高总的大部分时间要用来追哥哥，并不想理会咸鱼总裁。而百折不挠的季总，反倒觉得高雨笙这般真性情是把自己当朋友，一点也没有生气。听说他住院了，立时带着正跟他外出办事的赵子安一起来看望。

“你说你，叫你出去玩不肯去，自己跑荒山野岭去摔跟头。”穿得花里胡哨的季羡鱼拖了把椅子坐在床边，开口就笑话他。

高雨笙奇怪地瞥了一眼季羡鱼，他们一直是冰冷的商务关系，什么时候这么熟了？

跟着进来的赵子安，还是那副见人就笑的模样。把带来的礼物整齐地摆在桌上后，这才走到床边温声招呼，顺手给高雨笙放在床头的杯子添了些热水。

“赵经理怎么也来了？”高雨笙对这个会做人的小基金经理印象很好，上次主动把替高牧笛做的企划案发给他，甚至还标注了企划案中的优缺点，可谓十分贴心了。

“刚好跟着季总出来，季总听到消息直接掉头，我也就跟着来了。希望没有打扰到您。”赵子安笑得温和谦逊，丝毫没有因为上次帮忙就自认为跟高雨笙熟稔的意思，保持着敬畏的姿态，同时不动声色地替季羡鱼表了下功。

翟辰进来的时候，就看到自家小天赐稳重自若地跟两人说着商业大事，病房俨然已经变成了谈判桌。

“哎，我是来看望病人的，你拉着我说增资，说三板形势，”季羡鱼靠在椅背上，无聊地摆摆手，“话说，你那个弟弟，最近很老实啊，都没有再出来玩了。”

高雨笙看向赵子安。他忙着查高远的事，根本没有关注高牧笛那边的状况，知道的可能还没有季羡鱼多。

赵子安一直跟着高家弟弟那群纨绔，自然是最清楚的，笑笑道：“保释出来之后，就不肯出来玩了。那几位少爷，也被这事给惊住了，最近都低调了很多。”

高牧笛涉及跨国贩卖儿童的案子，当时在国外玩的时候，他那几个狐朋狗友也是在身边的。这些富家子弟没吃过苦，听高牧笛描述了看守所里的情形，都有些害怕，担心被警方盯上，跟着老实了一阵子。

咔嗒，翟辰轻轻的关门声吸引了三人的注意。

季羡鱼眼睁睁地看着，上一秒还正襟危坐、气吞山河的高总，下一秒就不动声色地靠回了床头。再抬眼时锐气尽消，整个人的气势都垮掉了。

“怎么了？不用管我，你们继续。”翟辰见屋里安静下来，赶紧说了一句。

“腿疼。”高雨笙看着翟辰，低声说了一句。那语气其实挺正常的，但听在刚跟他讨论了三板形势的季羡鱼的耳朵里，颇有几分可怜巴巴的意味。

翟辰立时放下怀里抱着的翟檬檬，快步走过去：“疼啊，吃止疼药了吗？”

高雨笙摇摇头。

季羡鱼看着乖乖坐着等保镖拿药的高总，觉得自己快瞎了。

……

一番折腾下来，再也没有了刚才谈正事的气氛。季羡鱼乐得轻松，坐在沙发上一眼又一眼地偷瞄高雨笙。

高雨笙神色坦然，端着翟辰刚洗的一碗葡萄，问季羡鱼吃不吃水果，得到肯定回答之后，递给他一个苹果。

季羡鱼：“……”

赵子安好奇地看看那背着汤姆猫书包的小家伙：“你叫什么名字呀？”

“寡人翟檬檬。”小翟先生放下自己的行头，面色严肃地回答。

“失敬，失敬，”赵子安被逗笑了，问刚给高总喂完止疼片的翟辰，“你的孩子？”

“不是，我姐姐的。”翟辰记得这位笑得很好看的赵经理，便友好地应了一声，把刚洗的葡萄塞到高雨笙手里，顺手给了翟檬檬一颗。

看看高总手里的一碗，再看看自己这一颗，翟大王叹息“国将不国”，爬上沙发跟这位很识趣的赵叔叔坐在一起。

赵经理看了看拿着苹果跟高雨笙眼神交流的老板，识趣地装作什么也没看到，专心跟翟檬檬聊天。他笑眯眯地抛出了逗小朋友的经典问题：“你妈妈叫什么名字？”

“你问了我两个问题了，得先回答我一个问题，我才能再回答你。”翟檬檬把葡萄塞进嘴里，整颗咬开，葡萄汁顺着嘴角流出来，赶紧吸了一口。

赵子安递了张纸巾给他：“您说。”

“刘备为什么要把阿斗摔在地上，万一摔死了怎么办？”小翟先生还在锲而不舍地研究儿童三国漫画。他最近在幼儿园全托，晚上可以独霸幼儿园的电视，于是天天看动画版的《三国演义》。

赵子安愣了一下，没想到是这么高深的问题："可能对于刘备来说，有比儿子更重要的东西吧。"

"你说的跟别人不一样。"翟檬檬眼睛微亮。之前他问老师，老师们都说是因为周围有别的下属肯定能接住，所以才敢放心扔，没有人注意到他问的是万一摔死了怎么办。

认真听别人讲话，是赵子安的职业习惯。跟客户打交道，最忌会错意。一字不漏，听话听音，给出的回答才能叫人如沐春风。

赵子安弯起眼睛笑。

翟大王高兴了，大方地回答他上一个问题："我妈妈叫翟犀月。"

赵子安笑容微顿："犀月……是溪水里的月亮吗？"

"不是，是犀牛望月！"翟檬檬其实也不知道犀牛望月是什么，但舅舅告诉他别人问了就这么说，会显得很博学。

"真是个好名字，你妈妈一定很漂亮。"赵子安仔细看看檬檬的脸，得出了这么个结论。

"嗯哼。"翟檬檬看过妈妈的照片，非常赞同赵爱卿的话。

季羡鱼啃了两口苹果，也不知道是谁送的，酸得他牙疼，放下苹果站起身："没啥事，我们先走了。子安？"

"哦，对，"赵子安迟钝地应了一声，跟着起身，"季总还有个会议要参加，我们就不多打扰了，改天再来看望高总。我们公司离这里不远，您有什么需要，尽管叫我。"

"客气了。"翟辰把人送到病房门口，便驻足没有再送。

等外人都走了，翟檬檬扔下手中的零食，迈着小短腿跑到床边，扒着床沿好奇地看着高雨笙那条伤腿："你的腿怎么了？"

"翟檬檬，叫高叔叔。"翟辰走过去弹他脑袋，把小屁孩轰走。

翟檬檬鼓着脸回到沙发上。

好在高雨笙并没有追究的意思，主动换了话题："你在马路上追杀手，有没有受伤？"

翟辰瞬间觉得自己看到了天使，天赐实在是太善解人意了："哪能啊，又没正面对上。不过他朝你姐姐开枪，这是个什么操作？"

听了翟辰对现场的描述，高雨笙分析道："他只打了一枪，而且没有打中人，明显是在恐吓。"

要说是为了那点尾款，逻辑上没问题，放到具体情境中就有点说不通。前脚白睿刚回了电话，拒绝支付尾款，后脚就遇上了杀手报复，这讨债效率也未免太高了。

"也许他出门前给自己算了一卦，卜到高闻筝会赖账。"翟辰想不出来，便开始胡说八道。

高雨笙煞有介事地点头。

翟辰乐了，伸出一根手指抵住乱点的脑袋："你点什么头？"

"杀手预料到高闻筝不会同意，所以一开始就等在附近，在接到白睿的电话之后，直接出手。"这回，高雨笙倒不全是乱捧场。

在出乎意料的时间吓唬高闻筝，瞬间击碎她的傲慢，能达到最佳效果，督促她快些给钱。

翟辰摸摸下巴，听起来似乎有点道理，但又觉得哪里怪怪的。

"哥哥。"高雨笙突然叫了一声。

"嗯？"翟辰低头看他，瞬间瞪大了眼睛，发现高雨笙已经把病号服的扣子解开了，露出里面因为坐姿有些卷边的T恤。

"换衣服。"高雨笙朝他伸出手。

昨天晚上腿一直疼，吃了止疼药也没多大用，出了一身的汗。今天早上终于缓过来了，翟辰没舍得挪动他，就没给他换衣服任他睡过去。这会儿是该换了。

"啊。"翟辰机械地应了一声，帮他把外面的病号服脱掉，拽住了T恤微卷的边往上拽。先前在监控中看到的画面，再次出现。

快速脱了T恤，给他套上干净的。翟辰把手伸向高雨笙的裤子，忽而觉得有人盯着自己，抬头，正对上翟檬檬那双好奇的大眼睛。

翟辰脱口而出："看什么看？少儿不宜。"

高雨笙："！！"

翟檬檬："？？"

第二十章

高雨笙这腿，一个月内是不能下床的，上厕所、洗澡、换衣服都需要帮忙。本来这些服务高级病房都会提供，只是高雨笙不喜欢别人碰他，翟辰只好寸步不离地守着。

“檬檬最近就不去上幼儿园了，我们仨就在这间病房里，反正去幼儿园也是玩。”翟辰坐在套房的客厅跟方初阳打电话，这房子的客厅与卧室是开放式连通的，坐在客厅沙发上可以看到卧室那两个小家伙。

处理完公务的高雨笙，正跟翟檬檬打投影游戏，一人拿着一个重力感应手柄，赛车开得严肃认真。

“我看到新闻，还有一个用射钉枪的杀手，看起来……团伙……”方初阳正向山里进发，那边信号不大好，声音断断续续的。

翟辰眉梢一跳：“新闻？”

方初阳那边呜呜啦啦了几句，听不清楚。不过翟辰猜测是骂他的，说他这么大的新闻都不知道之类的，虽然没听到，但先骂回去再说：“你是不是在骂我？我这又当护工又当保镖的，忙得脚后跟打后脑勺，哪有时间看新闻？谁像你这种不专注工作的，出差办案还玩手机！”

只是解释了一下新闻内容的方初阳：“……”

嘟嘟嘟……电话那端响起了忙音。翟辰咂咂嘴，也不知道是信号断了还是方初阳直接给他挂了。

翟辰耸耸肩，打开新闻看了一眼。

富家女闹市遭袭击，致命射钉枪直穿车窗！

这耸人听闻的标题，吸引了大量的浏览点击。

因为发生在闹市的十字路口，目击者太多，有人当时就上传到了社交网站。所以就算高闻筝想公关隐瞒，也是瞒不住的。而延迟了些许的新闻门户网站，只隔了一天就纷纷报道。

这种新闻网站，向来以语焉不详著称，不敢把话说尽了，怕影响到案情或是涉及隐私问题。但是社交平台就不一样了，翟辰翻开社交网站，路人从各种角度拍摄的视频已经传遍全网。

翟辰点开转发最多的一个来看，是人行道上的路人拍摄的。

视频是从出租车飞速逃离开始录制的——

“我去，刚才那个出租车里有人朝小车开枪！”

视频中的声音有些嘈杂，可以看到十字路口乱成一团。周围的车主还以为是什么恐怖袭击，纷纷下车跑开，场面颇为壮观，路口毫无疑问地拥堵了。白睿的车窗碎成了蜘蛛网，等出租车离开，他快速下车，把吓蒙了的高闻筝拉出来。

……

高闻筝的脸被拍到，万能的网友咔咔两下扒出了她的身份。

九逸集团的大小姐，疑似在闹市遇到暗杀。这种电视剧中才有的场景，在现实中发生了！消息一出，瞬间引来了铺天盖地的关注。

“你姐姐红了。”翟辰捏着手机走到床边，给打游戏中场休息的高雨笙看。

翟檬檬凑过来，扒着高雨笙的胳膊：“什么红了？”

翟辰像赶苍蝇一样轰他：“小孩子不懂别瞎打岔。”

高雨笙歪头用下巴轻轻指了一下不远处的柜子，那里放着郑秘书今天早上送来的各种零食，示意檬檬同学自己去拿。

在零食和玩具面前，小翟先生立时闭嘴下床，噔噔噔地走向了储物柜。

翟辰没注意两人的互动，只顾着跟高雨笙分享这个好笑的新闻：“这些网友太有才了，你看看，这都能拍豪门风云了。”

老百姓对所谓“豪门”的生活总是很好奇，九逸也着实是个国民度非常高的品牌。好奇使人勤劳，大家发挥不怕苦、不怕累、掘地三尺的八卦精神，把高家能找到的信息都翻了出来。

树梨：哇，高家三个孩子，竟然都不是一个妈！果然富豪喜欢开后宫。

小薰子：这大小姐遭袭击，不会是豪门争夺家业吧？脑补十万字狗血宅斗。

路过没道理：这家业需要争？肯定是留给我小高总啊！

墨规：小高总是谁，高雨笙？

主公：要留给高雨笙，那为什么是他姐姐被追杀？

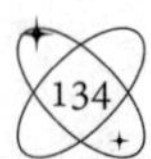

柳木卯卯：他们不是还有个弟弟吗，当然是弟弟请的杀手啦。

以前高家还是很低调的，家里人甚少露脸，只是近两年因为高雨笙的关系突然走进了公众视野。标点地图现在也是家喻户晓，公众自然认为高雨笙是这三个子女中最优秀的。

歧歧：破案了。父亲准备把家业传给高雨笙，姐姐是长女，在九逸掌权多年也能分到不少。而刚刚成年还在上大学的弟弟，很难捞到好处，就一不做，二不休，先杀姐姐再杀哥哥。

就这么一晚上的工夫，都有人写出小说来了。

“他们这分析不对，既然我要继承家业，不是应该先杀我吗？”高雨笙不解。

“这你就不懂了，小说中的霸道总裁，是绝对不会被这种手段伤害到的。更何况，你身边有帅气的保镖哥哥呀！”翟辰得意扬扬，翻到被他点赞的一条微博上。

这位睿智的网友分析了为什么先受伤的是姐姐——

你们忘了，小高总身边那个超厉害的挖掘机保镖小哥了吗？三层楼神兵天降徒手接孩子的牛人，一般杀手近不了身吧。

高雨笙没料到是这么个发展，忍不住笑了：“没错，有帅气的哥哥。”

这个角度的高雨笙看起来特别可爱，被玻璃窗透进来的阳光照得毛茸茸的。

叮——床头的内线电话响起来，翟辰轻咳一声，转身按下免提。

是前台打来的问询电话：“先生您好，有位高牧笛先生前来探望。”

真是说曹操，曹操就到，网友口中杀人不眨眼的高家小霸王，竟然在这时候前来探望。翟辰不大愿意让那聒噪的小孩上来，但高雨笙同意了：“让他自己上来，不允许有同伴。”

翟辰拎起抱着零食大快朵颐的翟檬檬，放到小隔间去。

一分钟后，怒气冲冲的高牧笛砰的一声推门进来。小高少爷还是以前那副模样，穿着新潮的破洞裤，彩色头发黑耳钉。用翟辰的话来说，要不是这身行头特别贵，他就是城乡接合部的杀马特。

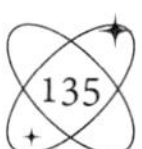

“腿还真断了啊。”高牧笛看到床上那条固定着的腿，似乎有些意外，瞪了十秒钟才憋出这么一句。

这熊孩子，怎么说话的？翟辰有些不高兴，拦住试图上前的高家弟弟，请他坐到远处的沙发上去。

“走开，”高牧笛推了碍事的保镖一把，发现根本推不动，“高雨笙，叫你这保镖让开。”

高雨笙充耳不闻，面色冷淡地看着张牙舞爪的弟弟：“不想坐，你就站那里说吧。”

高牧笛恨恨地又推了翟辰一下，结果把自己推得后退了半步：“你跟爸爸说什么了，他为什么打我妈？”

咦？

翟辰很是诧异，后妈被高震泽打了？

高雨笙眸色一暗：“什么时候的事？”

“昨天晚上！”这些日子，小高少爷过得很是不顺，蹲了几天局子回来又被爸爸关禁闭，好不容易解禁了父母又打架。看到妈妈脸上带着巴掌印从书房出来，高牧笛当时就要冲到医院跟高雨笙理论，被他妈死活拦住了。

“我知道了。”高雨笙拉过移动床上桌，面沉如水地在笔记本电脑上快速敲击。

高牧笛等了半晌，发现并没有下文，被他质问的人就来了一句“知道了”，顿时气蒙了：“你什么意思？”

“意思就是，你说完可以走了。”翟辰做了个请的手势，送他出门。

“我靠！”高牧笛吱哇乱叫着被翟保镖拎出了病房。

第二十一章

翟辰把高弟弟拖到电梯口，帮他按了按钮：“再见。”

高牧笛总算挣脱了那只铁钳一样的手。他扯了扯自己抖开的衣领：“高雨笙没说让我走，你凭什么把我拉出来？！你算哪根葱啊？”说罢，迈开腿还要回病房继续理论。

“我是他的保镖，他没有阻止，就说明是同意我送你离开的。”翟辰保持着职业的微笑，刚好电梯来了，直接请高牧笛进去。

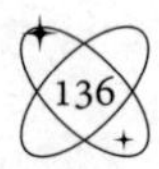

仔细想想，刚才高雨笙确实没有阻止保镖的行为，那就是默认的，甚至有可能是提前商量好的。

窝了一肚子火的高牧笛，攥着拳头上电梯，在电梯门关合的刹那突然又冲了出来。

翟辰刚转身，听到背后的风声，看也不看地直接抓住伸过来的那个拳头，一个过肩摔把人扔在地上。

为了方便轮椅和病床通行，再高级的病房，楼道也是不会铺地毯的。这里只铺了薄薄的一层塑胶，摔不坏人，但摔着挺疼。

“哎哟！”高牧笛屁股着地，摔得结结实实，眼泪都快飙出来了，却还梗着脖子逞强，“你回去告诉高雨笙，这事没完。他敢欺负我妈，我叫他鸡犬不宁。”

翟辰看着半晌起不来的高家弟弟，挑眉道：“小高先生，容我提醒一下。你现在还是取保候审状态，如果因为打架斗殴再把警察招来，你可就得回看守所了。”

取保候审期间，如果有其他犯罪行为，就会被立即取消取保候审资格，重新回到看守所蹲着。

高牧笛闻言，脸色一白，挣扎着爬起来。

翟辰揽住高弟弟的肩膀，跟他讲道理：“你爸打你妈，你为什么不去打你爸？男子汉大丈夫，顶天立地，该打谁就打谁，在这里找高雨笙的麻烦毫无意义。”

你为什么不去打你爸？高牧笛震惊地看着翟辰，他还是第一次听到这种说法：“那都是高雨笙挑拨的。”

翟辰无奈：“你哪只眼睛看到他挑拨了？是你爸说的还是你妈说的？都不是吧，是你自己猜测的。因为你从小就不喜欢高雨笙，把他当成假想敌，所以坏事都是他干的……”

忽悠小流氓改邪归正这种事，辰哥做得驾轻就熟，顺利把一脸茫然的弟弟塞进电梯，拍拍手回病房，瞧见高雨笙正盯着笔记本电脑的屏幕，也不知道在想什么。

“你弟弟这智商到底随谁？还不如以前我手下的小流氓机灵。”翟辰把隔间里的小孩拎出来。

高雨笙把电脑屏幕转向他：“你看这个。”

翟辰凑过去看，微微蹙眉。电脑中显示的是那张叶蓉跳楼前的图，周围拉了很多半透明的测量尺。

高雨笙敲击两个键，图像立时变化，变成带比例尺的透视拉长图："我把罗佩媛的身高数据输进去，根据上次咱俩去高远时测算的高度，发现差不多。"

罗佩媛，就是后妈的名字。

翟辰煞有介事地点点头："这是什么？"

高雨笙看着一本正经地点头、却根本没听懂的哥哥，抿唇半晌，无奈一笑。索性合上电脑："昨天我跟高震泽说，有人寄照片给我。"

翟辰这才反应过来，先前高震泽说他会解决这件事，而后妈当天晚上就挨了巴掌。当年带着 8 岁的小孩子去看妈妈跳楼的人，高震泽定然知道是谁。"是后妈带你去的！"

高雨笙垂目："应该是。"

他被带回高家，天天哭着要找妈妈。而被高震泽要求来照顾他的后妈，心里定然是厌烦的。

"我带你去见妈妈。

"你不是要找妈妈吗？你妈妈就在那里呢。"

那个时候还没有智能手机，用的是照相机。出门前还带着照相机，想必是已经做好了以后的打算。后来高雨笙因为受刺激出现了精神问题，就不知道这张照片有没有起到什么催化作用了。

翟辰一脚踢在床头柜上："浑蛋！"

然而他的氧气已经用尽了，这会儿踢在实木的家具上，并不能对家具造成什么损害，损害的是他的脚指头。

"嗷！"翟辰甩了拖鞋抱住脚。

"……"高雨笙拉住他，让他坐到床上，"给我看看。"

"没事没事。"翟辰龇牙咧嘴地把脚放床上，脚指头踢红了，好在没伤到指甲。

高雨笙伸手，捧住那只脚，对着通红的脚吹了吹。

"欸，别……您这可真的是捧臭脚了，"翟辰拍了那只手一巴掌，把脚收回来，拿毛巾过来给他擦手，"不过，这照片既然是你后妈的'撒手锏'，那她为什么这个时候拿出来给你？"

高雨笙伸着手乖乖让他擦："这点我也想不通。"

一开始高雨笙就怀疑过后妈，但如果是她拍的，没必要在这个时候拿出来。

最近高牧笛正倒霉，罗女士已经低调到恨不得把头塞进沙子里了。而且没有任何铺垫，也不可能把痊愈多年的高雨笙再弄疯，只会激怒他。

正说着，翟辰的手机响了，显示“周大胖”。

上回在店里看了雪头金，惜命的周老板着实害怕了许久，还专门去做了体检。之后，给他们海豹特种家政又加了一条规定，不许员工将奇怪的东西带到店里。

“什么事？”翟辰就坐在床上接了起来。

翟檬檬吃完零食，蹭过来伸手让舅舅给擦擦。高雨笙拿起刚才那条毛巾，给他擦擦，擦完，那小东西就学着舅舅也爬上床，被舅舅瞪了也不害怕，坐在高雨笙身边玩。

周老板中气十足的声音穿透手机：“有个短期的单子，给价特别高。”

翟辰奇道：“我有雇主，你又不是不知道。”

周老板叹气：“我当然知道，但对方点名要王牌，也不知道从哪儿听来的，说你有点特殊本事。只做一个月，给三十万。”

“嚯，够大方的啊，这是惹到什么杀神了？”翟辰惊了一下，难怪周大胖明知他有雇主还是给他打电话，单月三十万可是超出常规价数倍了。通常来说，这种情况不是钓鱼，就是真的遇见危及生命的大事，才会这么大手笔地找保命符。

周大胖嗤笑：“那谁知道，你干不干？”

翟辰看了一眼正跟翟檬檬玩剪刀石头布的高雨笙：“我没法接，家里人生病了离不开人。”

高雨笙猜拳的手一顿，直接被檬檬的布包住了，被小朋友刮了一下鼻子。

周老板可惜地应了，而后忍不住多说一句：“哎，说起来，这个客户你还认识。”

“嗯？”

“就是你现在雇主的姐姐呀，上了新闻的那个。”洪亮的声音中满是八卦的味道，声音大到旁边的高雨笙都听到了。

“高闻筝？”翟辰也觉得稀奇。

周老板咂咂嘴，突然一拍大腿道：“哎，你说是不是高总他姐姐知道你俩的关系，故意的？”

翟辰翻了个白眼：“你跟人家说王牌保镖叫什么了吗？”

周大胖：“……没有。”

翟辰笑他："少看点宫斗剧，多吃点核桃。"

毫无老板威严的周老板："呸！"喷完就要挂电话，又被翟辰叫住，管他要对方的联系方式。

"我去打个招呼，表达一下不能接单的遗憾。"翟辰笑眯眯地说。

"你觉得我会信？"

话虽这么说，周大胖还是把联系方式发了过来。这种事肯定不是高闻筝自己出面联系，估计是什么助理的电话。

高雨笙看着他这一通操作，不是很明白："你要做什么？"如果是要跟高闻筝通话，他这里有手机号呀。

翟辰挤挤眼："给你听个好玩的。"

这么着急雇保镖，还要有特殊本领的。

先前翟辰就分析过，这杀手绝对不是普通人，是有反侦察能力的练家子，握射钉枪的姿势非常标准，是惯常拿枪的人才有的。

但这些分析，是翟辰跟他交手之后得出的结论，高闻筝只隔着车窗被打一根钉子，能看出什么来？除非高闻筝从一开始就很清楚这个杀手的本事。

打开免提，拨通了周老板给的手机号。电话响了几下被接起来，那边是高闻筝的助理。

翟辰："我是海豹特种家政的王牌保镖，听说你们想联系我。"

助理："是的，条件周老板应该跟你说了吧，你看……"

翟辰不耐烦地道："钱不钱的不重要，我这人挑雇主，看缘分。你叫你们老板听电话自己跟我说，我俩谈谈，看看合不合脾气。"

助理那边沉默了三秒钟，估计是没见过这种的："那你来一趟九逸大厦跟雇主见面吧，我给你约个时间。"

翟辰摆出天皇巨星的谱："我很忙的，不面试。今天还在执行任务，后面一堆人等着请我，你们老板没时间听电话就算了。"

说完，直接把电话挂了。

翟檬檬听得一头雾水："舅舅，你怎么把电话挂了？"

翟辰龇牙："你想想诸葛亮，越是有本事的人脾气越大，三催四请别人才会相信你是真有本事。"

果不其然，没过几分钟，对方又打了过来。

"老板同意跟您通电话，请稍等。"小助理诚惶诚恐地说着，把电话递给了

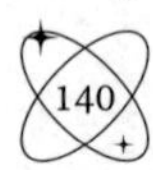

高闻筝。

“你好，我是高闻筝。”找到海豹的时候已经通报过姓名，现在倒也没什么好隐瞒的。高闻筝的声音听起来依旧精神头十足，说话干脆利落。

翟辰轻咳一声：“高小姐，听说你想找我做保镖。不过真不好意思呀，我已经在保护你弟弟了呢。”

高闻筝瞬间知道他是谁了：“怎么是你？！”

助理联系了好几个保镖公司，她都不满意。后来知道了海豹特种家政有个从不失手的王牌保镖，用过的人都说很神奇，具体怎么神奇又说不出来，但就是很安全。

没想到竟然是翟辰。怪不得都这样了，高雨笙连条腿都没有废。

高闻筝很生气：“既然是高雨笙的保镖，你还特意打电话来做什么？”

翟辰笑了笑：“我也不想打这个电话，但谁叫我这人心善。给你提个醒，如果你要防的是射钉枪杀手，那还真要小心了。我猜他以前不是特工就是雇佣兵，下手稳准狠，没点特殊本事还真防不住。”

高闻筝咬牙：“不用你提醒。”

翟辰一拍脑门：“哎，瞧我这记性，这杀手都是高小姐雇的，你当然清楚对方的实力了。那么，祝你好运。”

高闻筝顿了一下：“我不知道你在说什么。”说完，直接挂了电话。

翟辰耸耸肩，看向高雨笙，正对上一双闪闪发亮的眼睛。哄孩子成功！

他俩都清楚，这杀手十之八九是高闻筝雇的，只是苦于没有证据。但没证据并不妨碍辰哥收拾人。

“哥哥……”高雨笙把刚才的阴沉情绪抛了个干净，满脑子只剩下哥哥是在给他出气这个念头。

“嗯？”翟辰见他傻乎乎地笑，背后似有条无形的尾巴在拼命摇晃，心道果然还是小朋友，内心还是渴望着大人帮他出头的。

高雨笙缓慢而绵长地道：“谢谢你。”

翟辰吓了一跳，赶紧去看翟檬檬。

作为一名 4 岁半的“情场老手”，一旁的翟檬檬同学非常懂事地捂住了自己的眼睛。

翟辰：“……你捂什么啊？！”

高雨笙低头发了个朋友圈。

高雨笙：我的保镖，专业素质一流，低调谦逊，才华出众。我觉得你们应该了解一下。

正刷朋友圈的季羡鱼，一口水差点喷出来。高总的朋友圈里，基本上都是商务合作伙伴和公司员工，估计喷出水的不止季总一个。

很快，就有不明真相的群众回复。

段天科技莫总：这么好，介绍给我呗，最近刚好要找保镖。

鹿璃珠宝沈总：是上过新闻的那个吗？的确厉害，我正要给媳妇找个保镖，可以介绍给我吗？

高雨笙回复所有人：不，他是为我一个人工作的。

段天科技莫总：那你宣传个什么啊！

咸鱼创投季总：……

哥哥：……

高闻筝也看到了这条朋友圈，气得把手机摔了出去，跟白睿说“他这是在讽刺我”。

关于高闻筝那件事，警方发布了一条公告，将事件定性为“无理由攻击”，说正在调查中。引导大众以为这只是个恶作剧，不要太过恐慌。

然而调查了好几天，也没什么结果。地铁站虽然有监控，但人流量太大，眼睛都快看瞎了也没找出来。警方断定这人有极强的逃脱能力，估摸是在监控死角瞬间换装。在他进入地铁站监控的那一瞬间，已经跟他先前的装扮不一样了。

被翟辰钉在树上的那个杀手，已经关到看守所去了，警方这边暂时没什么进展。倒是方初阳那边有了重大进展。

“你还真是柯南，小胖就在那个村。”方初阳在五桐县城给翟辰打电话，告诉他这个振奋人心的消息。

当初那辆无牌照面包车在省道上消失，再查不到踪影，主要是因为乡间小路四通八达，不知道它跑到哪里去了。现在有了怀疑方向，还真在五桐县的一处小入城口查到了这辆面包车的踪迹。

参与拐卖的小胖家邻居老太已经进去了，在逃的是她的侄子，也就是开车

的人。方初阳他们根据翟辰提供的线索，便衣去青树镇的绝户村探查，路过梨河镇的时候非常偶然地发现了人贩子的线索，当场把人给按住了。

“他知道自己被通缉了，就躲在梨河镇没敢离开。”方初阳舒了口气，抓住一名通缉犯，他这趟就没有白来。

“那太好了，你们准备什么时候去救小胖？”翟辰随口问。

“这不能说。”方初阳准备挂电话。

“哎，等下，如果你去绝户村，千万别接近矿坑。高远那个矿有辐射，一定要小心。”翟辰赶紧提醒了一句。

方初阳挂了电话，下车。

他没有告诉翟辰，他们的救人计划，就在今天，就是现在。

这个绝户村，几乎家家都有买孩子的行为，因而非常团结。任何的突击、暗访都没有用，他们找了当地的线人，才摸清了小胖所在的人家。他不是当地警方，不好参与，为免打草惊蛇，就迟了些过来。

村口突然传出一阵吵闹声，几个便衣警察被村民推推搡搡地赶出来，甚至还有人趁机打人。一名穿着破烂的男人拎着一块红色板砖，歪着头试图接近。

方初阳皱眉，快步走过去推开那拎着砖的人：“干什么呢？我们是警察，敢动手就把你们都抓起来！”

跟着他来的几位民警快速将人群和便衣警察隔开。

“领导，村里没孩子。”脸上挂了彩的便衣小声对方初阳说。

没孩子？方初阳眉梢一跳。

“你们闯到我们村里来做什么？”

“二话不说就踹门，你们是土匪还是警察？！翻箱倒柜的，还有王法吗？”

“肯定是假警察！”

村民们七嘴八舌地说着，又要冲过来打人。那个拿板砖的人又冲上来，扬起砖头朝站在最前面的方初阳脑袋拍去。不等旁边的小警察惊呼出声，方初阳单手捏住那人的手腕，一个利落的过肩摔把人按在地上，咔咔两下用手铐锁住。

他这一套动作，跟翟辰一样师承翟建国，行云流水，看得众人目瞪口呆。

被铐住的人剧烈挣扎，嘴里发出嗬嗬的怪叫，等小警察把他拉起来时，又对着人傻笑。看起来似乎智力不大正常。

翟辰坐在沙发上削苹果，刀子突然滑了一下，在指尖割出了口子：“嗞——”

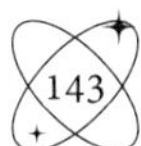

正处理公务的高雨笙抬头，看到他指尖呼呼冒血，立时扔下电脑："割到手了？"

"没事没事。"翟辰出门找护士给消了一下毒。

"给你弟弟削水果割的吧？"漂亮的护士姐姐笑着给他处理。

住了这么多天，翟辰早跟这里的护士姐姐、前台妹妹、扫地阿姨混熟了："没，我给他演示当年混堂口时候的刀法，时间久了生疏了。"

护士姐姐被他逗笑了，并不相信。

翟辰每天穿着白T恤、牛仔裤，长得白皙英俊，还特别温柔地照顾弟弟，跟他自己说的社会大哥形象相去甚远。

"我这是铁汉柔情，你不懂。"翟辰动动包得简单又漂亮的手指，谢过护士。

几个护士笑作一团。

翟辰回到屋里，就见高雨笙一直盯着他："看什么？没事，就一个小口子。"

高雨笙盯着那打了蝴蝶结的手指又看了一会儿，才若无其事地挪开眼："怎么会切到手？"

"我刚在想方初阳的事，突然走了一下神。"翟辰没法削水果了，只能把病房送的果盘拿出来放到床上小桌上，坐下来跟高雨笙一起吃饭。他没说出来，其实刚才他的心突然快速跳动了几下，莫名叫人不安。

但方初阳在执行任务，对方不主动打过来，他就不能打过去。

"你在担心他？"高雨笙面无表情地吃了一块橙子。

"嗯，"翟辰也拿了一片橙子塞进嘴里，顿时酸得挤了挤眼，"翟建国交代过我，要看着点他。他跟他爸一样，是个愣头青。当警察本来就危险，他又是这狗脾气。"

"他爸爸是怎么死的？"高雨笙又吃了片橙子。

"你不觉得酸吗？"翟辰递给他一块火龙果，叹了口气，"那时候他爸追击一个杀人犯，情况紧急就把对方击毙了。谁知道那杀人犯的兄弟回来报复，半夜里把他们家人都杀了。"

翟檬檬被护士带去医院内的儿童乐园玩了，也就是趁着孩子不在，才能说这些。当年的事太过血腥惨烈，翟建国都缓了好久。

"那他呢？"高雨笙蹙眉。

"我们两家是邻居，那天他来找我玩，晚上跟我睡的。"翟辰现在说起这件事，还是忍不住倒吸气。

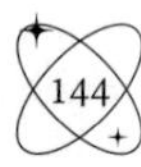

那天方初阳他小姨一家过来玩，方初阳不喜欢小姨家的熊孩子，就跑过来跟翟辰睡。第二天早上回家，发现家里满屋都是血，爸爸、妈妈、小姨、姨夫，还有那个没多大的小表弟……

高雨笙想想那个画面，都觉得窒息："那……"

翟辰的手机突然响了起来，正是方初阳打来的，赶紧接起来："怎么了？"

方初阳声音有些冷："你说的那个矿，里面是什么辐射，人能在里面待多久？"

翟辰一惊："你干啥，你要进去？"

"你就说能待多久吧，我怀疑那些浑蛋把孩子藏矿洞里了。"方初阳咬牙切齿地说。

翟辰快速开了免提，递给高雨笙。

高雨笙想了想："矿坑里的矿物密度未知，根据以前的状况，短时间内应该不会很严重。但低剂量辐射的伤害是因人而异的，你们要进去尽量穿防辐射服。"

"来不及了。"听到是低剂量辐射，方初阳没有放松，反而跑了起来。村民不知道那里面有危险，把小孩子藏在里面。而免疫力低下的小孩，对辐射更加敏感，待久了肯定要出事。

"如果实在没办法，护着裆。"高雨笙给出了一个诚恳的建议。

方初阳："……知道了。"

说完那边就挂了电话，没有给翟辰再说一句的机会。

心神不宁地等了两个小时，那边还是没有动静。翟辰不好给方初阳打电话，就打给了陈照辉。

五桐那边的行动，刑警队这边定然是知道的，如果有什么重大的事，肯定会接到消息。

手机响了五下小陈才接起来，说话有些不稳："辰哥。"

"你那边有方初阳的消息吗？他刚才……"翟辰话没说完，那边小陈就带上了哭腔。

"矿坑塌了，副队被埋进去了！"陈照辉刚说完，手机就被人夺走了，那边传来范队长的声音。

"辰辰，你先别急，救援队已经在路上了，我这会儿就出发，一定把初阳完完整整地带回来。"范队长安慰了他一句，便急匆匆地走了。

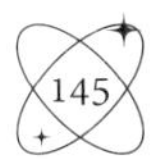

翟辰觉得自己真是个乌鸦嘴，心急如焚地给方初阳打一个电话过去。

“对不起，您拨打的电话不在服务区，请稍后再拨。”

不在服务区，而不是已关机。那就是手机没坏！方初阳大概率没被砸死！

翟辰转头看向高雨笙。

不等他开口，高雨笙立时说：“坐空急去，我叫他们安排。”

这家私立医院有自己的急救直升机，赶到五桐县只需一个小时，而且可以带上医生，方便救助。

翟辰不知道说什么，拍拍他的头：“我尽快回来。”

“嗯。”高雨笙点头，按下内线电话叫医院准备直升机。

这是翟辰第二次坐直升机了，已经轻车熟路。直升机的好处是可以走直线，不受交通干扰，直接落到山里。

高远矿坑附近聚集了很多人，远远瞧着乱成一团。有警察，有村民，还有不知道从哪里弄来的大型建筑机械。

听到直升机的声音，众人纷纷抬头看去。直升机落在村子里的晒谷场上，翟辰跳下直升机，吸了口氧气就奔过去。

离近了，就听到村民哭天抢地的声音。

“丫丫，丫丫啊！”

“我的儿啊！”

“小胖啊，呜呜呜……”

果然，那些孩子都在矿坑里。范队长他们还在路上，这里站着的是五桐当地的警察，个个儿都是一脸焦急。

一名小警察正跟开挖掘机的师傅交谈：“你把那些石头和土堆铲开，先露个缝隙出来给他们呼吸啊！”

那师傅穿着工地干活儿的衣服，一脸为难：“这太精细了，俺干不了。那石头一动就会塌，俺可负不起这责任。”

翟辰走过去，向警察说明身份：“我是方初阳的哥哥，刚坐直升机过来的。”说着，给他们看了一眼自己手机里偷拍的方初阳丑照，作为证据。

几个警察很是惊讶，还以为那直升机里的是医护人员，没想到竟然是方领导的哥哥！这么有钱的人家，出来当刑警？不过这会儿也没闲心猜测这位方警官的家世了，小警察快速跟这位有钱哥哥解释。

“这挖掘机是跟梨河镇的建筑工地借的，他们技术不行，没法救援。还是得

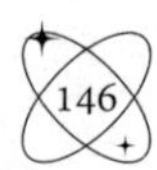

等救援队过来。”

这里地处偏僻，救援和消防得从大的市里调。

“我来。”翟辰撸起袖子，翻身跳上了挖掘机的驾驶室。

“啊？”警察们阻止不及，那挖掘机已经开动了。巨大的机械臂，灵活地变了个方向收回，保持机身平衡，稳稳地开了出去。

“不能挖呀，一挖就塌了，娃娃要被埋住的！”一个老头张开手拦在挖掘机前面，不让挖掘机上前。

“哎。”建筑队的挖掘机师傅叹了口气，看那小伙的架势，是个行家。他是不敢担责任，但这小伙技术好，说不定能救人。可这些村民拦着，再好的技术也发挥不了。

“他是里面一个警官的哥哥，他不会胡来的。”小警察也看到了翟辰确实会开，试图劝说老头。

翟辰不跟他们啰唆，直接推下操纵杆。机械长臂轰然展开，扬起巨大的铲斗，照着那老头戳去。

“哎，别别别！”警察们惊呆了，这有钱大哥为了救弟弟是要杀人了吗？

“啊啊啊啊！”村民们惊叫起来，那老头直接吓愣了。

钢铁铲斗兜头而来，瞬间停住，用铲斗的侧面抵住他的身体，缓慢而有力地直接把人推开。随后，重新收回机械臂，轰轰轰继续向前。

这精准的操控，把一旁的挖掘机师傅都看愣了：“这……太牛了！专业的哇！”

翟辰没工夫炫耀他的挖掘机技术，直接开到矿坑前。矿坑年久失修，支撑棚顶的铁架子倒了，导致土石滑落，将斜向下的洞口埋得严严实实。

亏这些人想得出来，把孩子藏在这里，也不怕把小孩吓出个好歹来。

快速分析了一下支撑点，从最上面的一块挖起。机械臂挖一块就挪开扔掉，再挖下一块，速度基本上没有减慢。不多时，就挖出了一个通气的洞。

“嚯！”人群中发出一阵惊呼，一块大石头突然落下，直直朝着洞口而去。这要是里面的人急着呼吸新鲜空气，定然会被石头砸个脑浆迸裂。

咣当！铲斗瞬息而至，稳稳地接住了落石，扔到了一边。

翟辰跳下挖掘机，扒着洞口往里看，夜盲眼自然是什么也看不到的，大喊一声：“方初阳！你死没死？”

静了片刻，洞里传来一声有力的回应：“没死！”

翟辰紧绷的脸顿时露出笑来，从背包里掏出医用氧气枕的软管咬进嘴里：

“哥来救你了！护住裆！”

“滚！”

第二十二章

挖出来的洞仅容一人通过，当地警察见翟辰要下去，连忙拦住他：“太危险了，现在空气通畅，里面的人还能坚持，我们等救援队来吧。”

方初阳手臂被砸伤了，据他自己说状况还好。只是他身边那些小孩子，看到光亮之后开始持续大哭。当地120的医生赶紧往里灌氧气，保障里面人群的基本生存条件。

“救援队还有多久过来？”翟辰吐出氧气管，冲站在不远处的空急医护人员招招手，示意他们过来。

“可能还要一个多小时，”小警察看了一下手表，“他们有器械要拉过来，走得慢些。”

“这洞里有辐射，多待一刻都有危险。”翟辰皱起眉头。

空急的医护人员过来了，他们拿着担架和医疗箱，另外还有翟辰临出门前在放射科讨要的两套防辐射铅衣。

“辐……辐射？”小警察很是吃惊，这他可从来没听说过，“可是，这个洞口并不安全，没有专业工具固定的话，很容易塌的。”

“挖开了你们怎么还不进去救人啊？！”一名穿着“工”字背心的精瘦男子冲过来，冲着小警察嚷嚷。

“先等一下。”小警察阻止不及，村民纷纷围了上来。离近了能听到孩子的哭声，这些人顿时躁动起来。

精瘦男子扒着洞口大喊：“柱子，柱子！”

“爹，呜哇……”里面有孩子哭着回应。

精瘦男子顿时慌了，撑着洞口要下去，不小心触碰到了洞口的碎石，石块呼啦啦往下掉。里面顿时响起孩子的惊叫声，翟辰抓住“工”字背心直接将人甩开：“你想让他们被砸死吗？”

警察们立时上来维持秩序，把吵闹的村民隔开。

“翟辰，放根绳子下来，先把孩子拽上去，有孩子眩晕呕吐了。”方初阳在下面喊话。

众人心中一紧，眩晕呕吐，可能是缺氧，可能是幽闭恐惧症，也可能是辐射症状。有些人天生对辐射比较敏感，甚至有的人会对X光过敏。

翟辰当机立断："把洞口加固一下，我下去，把孩子递上来。"

洞是斜向下的，并不深，有个大人举着就能把孩子弄出来。可里面唯一的大人方初阳胳膊受伤了，没法做到这个动作。

"你？"小警察把头摇成了拨浪鼓。

"我是个职业保镖，学过极限救援，让我下去是最合适的。"翟辰不容置疑地说着，叫建筑队的人帮忙把洞口加固了一下。

警察们看得目瞪口呆："保镖……你不是开挖掘机的吗？"

翟辰用绳子把照明用具和防辐射服系住放下去，然后重新咬住氧气管，拍拍自己身后的专业氧气包："谁规定保镖就不能开挖掘机了？"

说完，不等小警察反应过来，他就蹿进了洞中。洞中漆黑一片，翟辰什么也看不见，掏出手机照明，找到刚扔下来的东西。那里面有村民提供的大型充电手电，豁然打开，一片光亮。

废弃的矿坑内漆黑幽深。斜坡向下，像巨兽的食管，随时准备着吞食滚落下去的生物，场面十分可怖。地上满是碎石，中间有一条生锈的矿车轨道，墙壁用简陋的钢筋木板支撑，看起来不怎么牢固。

方初阳灰头土脸的，一只手捂住另一边胳膊坐在地上。小孩子们还在持续哭泣，小胖认出了翟辰，惊呆了："翟，翟老师！"

翟辰拎起防辐射服过去，要给方初阳套上。

"我不用，给小孩穿吧。"方初阳用下巴指指那个蹲在地上还在干呕的孩子。

翟辰却不听他的，强行给他套上："知道飞机出事为什么让大人先戴上氧气罩吗？"

"什么？"方初阳蹙眉，姓翟的吸了氧气，他没有反抗的余地，就这么被他套上了又硬又蠢的防辐射铅衣。

"只有这样，才能安心救孩子，"翟辰自己也穿了铅衣，单手把那呕吐的孩子捞起来，把手电筒塞到方初阳那只完好的手里，"来，给哥照着。"

方初阳瞪他一眼，没力气跟他计较谁是哥的问题，调整方向给夜盲的家伙照明。

翟辰冲着洞外喊了一声，直接将孩子举过头顶。孩子已经有七八岁了，他

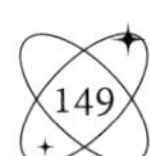

却像举着两三个月的小婴儿一样轻松，甚至托住小朋友的一只脚鼓励他自己站起来。

洞外的人看不到他的动作，只以为里面没多深，能直接把孩子递出来。站着的警察赶紧接手，把虚弱的孩子抱上去。

孩子一个一个被递出来，那些村民也不闹了，安静地等着。一共九个小孩，有大有小，最大的 10 岁，最小的 3 岁，但谁都重不过小胖王子剑。

“嚯，你小子被卖到山里，怎么还胖了？”翟辰抱起来，忍不住笑他。

小胖有些不好意思，被拐卖这段时日，他把所有的惊吓、想家都化作食欲，盘算着把买他的人家吃垮就能回家了。而买他的人家，就喜欢大胖小子，紧着他吃。

“翟老师，我跟着你，你带我回家。”小胖抓着翟辰的防辐射服的衣领，不愿意离开。

“放心，上面都是警察，你上去就钻警车里，保证没人再敢把你抓下来。”翟辰拍拍那肉墩墩的后背，不由分说地把人举了起来。

“嚯，这小胖子！”上面接人的警察差点闪了腰，翟辰吸一口氧把人举得更高些。

眼看着即将成功，翟辰忽然听到一声不甚明显的咔嚓声，好像是木板断裂的声音。随即，脚下一空，瞬间的失重感让他头皮一麻，使劲把小胖给抛了上去。

“啊啊啊……”外面人们的惊呼声瞬间变得遥远起来，依稀听到有人说“又塌了”。

这洞口掉落的巨石、碎土，是压在矿井那陈旧的支撑木板上的。此刻到了极限，木板断裂，坍塌面积增大，直接把洞口重新封死了。

巨石碎木哗啦啦往下掉，翟辰蹬着石壁原地翻身，蹿向方初阳的方向：“快躲开！”

方初阳起身，默契地用后背接住他。翟辰蹿到他背上，顺手抱着人向矿洞更深处滚动，待离开巨石掉落范围之后骤然抓住一根钢筋。

“我去，后面是悬崖！”方初阳手上还挂着手电筒，睁眼看到距离他们不到一米的地方，竟然是个直上直下的断面。几块碎石骨碌碌顺着斜坡掉下去，摔下断面，听不到声响。

看不到底的深渊，摔下去就是粉身碎骨。

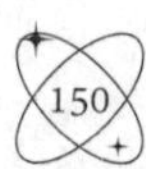

翟辰低骂了一声，这粗制滥造的不正规矿井。石块已经停止下落，他紧紧咬着氧气管，一只手拎着方初阳，另一只手攀着钢筋，脚下使力奔上了缓坡。

外面已经乱成一团，孩子都救出来了，两个成年人却埋在了里面。村民们可不管这些，蜂拥上前抢自家孩子。这些孩子在山洞里已经听方初阳说了半天，知道警察是来解救他们的。

比较小的孩子不大明白，就这么被村民抱走。年龄大些的知道自己是被拐的孩子，尖叫着哭喊着不肯被拉走。小胖听翟辰的话，在养他的这户人家冲过来之前，像个小炮弹一样直冲进警车，咣当一声关上门。

“先救人啊，你们让开！”小警察喊得嗓子都破了。

站在井口附近的医护人员都蒙了，领队的护士手机突然响了，是直升机那边打过来的，说是 VIP 顾客询问现场情况。

小护士茫然四顾，只能据实告知。

砰！一声枪响，护士吓得尖叫起来，周围的人群也惊呼连连，而后瞬间安静了。

“全都让开，救人要紧！谁再捣乱，当场击毙！”县城的老警察，对付这些村民很有一套，软的根本不行，必须吓唬他们。

这一下子，倒真的镇住场子了。警察们拉住建筑队的挖掘机师傅，请他先给挖个通气孔。

“不不不，俺没那个技术，真不行！”师傅欲哭无泪，他是半路出家在工地上学的，跟翟辰那技校高才生没得比。

外面大部分的声响没能传进来，他们只听到了枪声。二人走到方才的洞口，此时洞口已经被封死了，看不到一丝光亮。

方初阳重新坐回地上，大口喘气。翟辰拿着手电筒研究半天，发现是一块大石头堵住了路 ：“嘿，你觉不觉得这情景有点眼熟？就武侠片里，主角被困在山洞中，突然领悟了什么绝世神功，一掌劈开巨石！”

后面的人没回答他，翟辰连忙转身蹲下看他 ：“缺氧吗？给你吸一口。”

吐出嘴里的软管，递给方初阳。

“滚，都是你的口水。”方初阳誓死不从。

翟辰用沾满灰尘的手搓了搓软管口 ：“这行了吧？”

“……”方初阳看着那已经变成黑色的管子，张口要骂他，冷不防就被塞进了嘴里，“呸呸呸！”

翟辰无辜龇牙：“你嫌弃我口水，那就只能吃灰了。”

方初阳有气无力地瞪了一眼自己“剧毒”的兄弟，吐出沙子之后还是吸了一口：“你怎么来的？我说，你怎么什么时候都在啊？”

翟辰得意扬扬地抽回氧气管，从口袋里掏出一张纸巾擦了擦，重新叼进嘴里：“因为我是超人啊，哪里有危险，哪里就有我，专业拯救失足少年。”

“滚！”说谁失足少年呢？！

翟辰嘿嘿笑着站起来，重新寻找出去的方法。等着那慢吞吞的救援队过来倒是也行，但外面有私立医院的医护人员。天赐肯定会跟这些人联系，要是高雨笙知道他被埋进矿坑，肯定会急坏的。

而且，“走得急，忘了拿铅帽了，你说辐射久了会不会变成傻子？”翟辰摸摸方初阳的狗头。

“你不用辐射都已经是傻子了。”方初阳拍开他的手，跟着站起来。他是正常人的眼睛，看得更清楚些，借着手电筒的光看了一圈。“这块石头堵着了，挪开就差不多了。”

那是块拖车宽的大石头，将狭窄的出口堵得严严实实。普通人别说挪开，推都不一定推得动。而如果铲车从外面挖，很可能导致这石头往下滚落，直接把二人当保龄球瓶撞下断崖。

翟辰让方初阳让开，自己缓缓吸了几口氧气：“来，哥给你表演一个绝世高手原地顿悟。”

第二十三章

“别，等救援队来吧，待会儿咱俩躲到那边的凹槽里。”方初阳拉住他，不让翟辰挪动那块巨石，用手电筒指了指不远处凹下去的一块山壁。

挪动这东西的动静太大，要是翟辰一不小心直接把石头推出去，那真是没法解释了。

绝世高手翟辰拒绝：“不行，救援队还不知道要等到什么时候。”

方初阳有点感动：“我还撑得住。”

“你撑得住，天赐撑不住啊。找不到我，他要哭鼻子的。”翟辰状似无奈地说。

方初阳：“……”

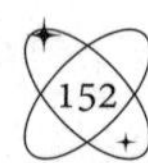

没眼看。

不想听翟辰解释高雨笙如何得知消息，又会如何担心，方初阳用手电筒指了几个地方：“那你只搬这一块，往那边挪，剩下的叫外面的人铲走。”

虽然这样有一定的风险，万一翟辰没抓住，那石头就会变成保龄球把方初阳冲下去，但总比让外面的人看到超人推巨石来得好。

翟辰上下左右看一圈，同意了这个方案。先把方初阳安置在一处凹槽内，这凹槽仅容一人，且站不直。

“把脚缩进去啊，一会儿压你脚了。”翟辰踢踢方初阳留在外面的脚。

“等你拉了我再缩，这难受死了。”方初阳蜷缩着，腿伸在外面还勉强是站着，缩进去就是半蹲着了。那姿势非常耗体力，让人想起了古代那种把人关在只能半蹲的笼子里的酷刑。

翟辰嘲笑了一番自家兄弟的矫情，重新站回大石头前。往里拉扯比往外推难度高多了，翟辰攀着顶上的木梁，从侧面狠狠踹了一脚石头，将石头踹离紧紧卡着的关口。

方初阳凑合给他打着光，指挥他推什么地方。

“来啦，缩脚！”翟辰突然大喊一声，自己攀着木梁，像猴子一样缩在顶上。

轰轰轰——合抱粗的大圆石头顺着倾斜的坡道轰然滚落，一路与山壁木柱磕碰，震耳欲聋。

“脚还在吗？”唯一的照明设备被为了缩脚的方初阳丢了，直接跟着大石头摔了下去，洞中一片漆黑。方初阳刚跳出凹槽，就被翟辰那满是细沙石子的手糊了一脸。

“滚滚滚！”方初阳拍开他的手，拽着他往洞口走。外面已经隐隐透光进来了，方初阳勉强能看到点路。

“这上头已经很薄，我把它推开就行。”翟辰听听外面的动静，断定这只差绝世高手的一推了。

哗啦啦……斜上方突然响起了石头滚落的声音，翟辰护着方初阳后退几步。

咔嚓！一把铁锹戳了进来，翟辰依稀听到了用铁锹之人的吭哧声，似乎是个不常干活儿的。片刻之后，明亮的光线骤然冲进了山洞，翟辰眼睛一眨不眨地看过去，就见一名空急的医生正拿着铁锹发愣。

“挖开了！”医生丢下铁锹，大喊一声。

周围的几个护士顿时欢呼起来，嗷嗷叫着徒手扒开碎石：“翟先生，您没

事吧？”

“啊，还好。”翟辰赶紧回身，抱起方初阳举到自己肩膀上，让上面的人拉他上去。随后，他自己攀着绳索就爬了上去，三两下脱了巨沉的防辐射铅衣，坐在地上像模像样地喘息。

外面依旧秩序混乱，警察用枪声镇住了村民，把小孩子交给 120 的医生检查。但村民坚决不离开，就站在救护车附近，随时准备抢人。警察不敢放松，跟村民呈对峙状态。

方初阳已经躺在了空急带来的担架上，身强体壮的男护士抬起他就准备走。

“等等，你们要去哪儿？”方初阳眼看着这些医护人员抬着他远离救护车，往坡上走去，急忙叫住他们。

“上直升机呀。”护士给他解释了一下空急。

“事情还没解决呢。”方初阳挣扎着要下来，被拎着防辐射服赶过来的翟辰一把按住。

“别闹，你这胳膊断了，不抓紧治要废了，”翟辰指指他已经肿胀青紫非常严重的左臂，“我已经跟那个拿枪的打招呼了，他叫你快走。”

拿枪的，就是当地警方主事的，翟辰也不知道人家什么职位。据说后续增援的人马上就到，他们只要拖住这些村民，很快就能把孩子解救出来了。小胖钻进警车没再出来，安全得很。

方初阳还是不放心，拉着翟辰要说话，突然“哇”的一声吐出来。

“不是吧，你看见哥这么英俊的脸还会吐啊！”翟辰吓了一跳。

医生让担架停下，赶紧检查：“可能是脑震荡。”

翟辰的心骤然提了起来，要真是脑震荡还好说，就怕是别的什么。刚才他俩在洞中没有给脑袋做防护，人类的身体是很脆弱的，说不定哪一下就被辐射给搞坏了。这下，他再也没有听方初阳啰唆的闲情，直接搭把手把他抬到直升机上固定住。

“医生，谢谢你们啊，你们空急还管把病人挖出来的？”翟辰跟着上了直升机，在驾驶员准备的时候跟医生道谢。

几个医护人员互相看看，旁边的护士干咳一声：“那个，是 VIP 客人说，如果我们把你救出来，每个人给十万。”

翟辰：“……这败家孩子！”

着急忙慌地掏出还没彻底碎裂的手机，给高雨笙打电话。

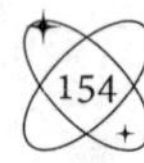

“哥哥……”电话只响了一下就被接了起来，高雨笙气息很是不稳。

“是我，没事了，我一会儿就回去。”翟辰听着那发抖的声音，心疼得不行，也没法责怪他几分钟就花掉了相当于自己一年薪水的钱。

“放我下去，让我跟着救护车走，我不花那男人的钱。”方初阳从一阵眩晕中缓过来，有气无力地说。

“呸，这是我的钱，”翟辰扳着手指算，“空急跑一次七千，你这个没注册的，跑一次一万五，哥还是付得起的。”

方初阳翻了个白眼，怎么不说高总为了叫人挖咱俩砸的几十万？

然而，此刻直升机已经起飞。螺旋桨的轰鸣声瞬间将他的话吞没，什么也听不到了。

回到医院，方初阳马上被推去救治。先处理一下断掉的胳膊，再去做个脑CT看是出了什么问题。

“我不在这儿治，太贵了，不给报销。”方初阳迷迷糊糊地说。

“没事，这医院在医保范围。”翟辰随口胡扯，把他送进治疗室。一番折腾下来，外面天都黑了。

最后诊断出来并没有脑震荡，是缺氧加上吸入有害气体造成的，还需要观察一晚上。翟辰看看刚醒过来就开始打电话忙工作的方初阳，懒得管他了，上楼去看高雨笙。

檬檬已经在旁边的床上睡着了，高雨笙自己孤零零地坐在床上，也不开灯，静静地看着门的方向。翟辰一开灯，就对上一双骤然亮起来的眼睛。

“怎么不开灯？”翟辰走过去，摸摸他的脑袋。

等了半晌，高雨笙也不说话，像是委屈极了。

翟辰有些麻爪，手在半空中停了半天，而后跟坏了的升降机似的一点一顿地落下去，顺顺他的脊背：“没事，我下到那个洞里是有分寸的。要不是方初阳拦着我，那些石头我徒手就能推开。说过会尽快回来，哥什么时候食言过？”

高雨笙无缝接上：“你小时候说过会保护我，结果在电视台还不打算认我。”

“嘿，怎么还翻旧账了？”翟辰被气笑了，抬手把高雨笙的脑袋揉成个鸡窝。

住院一晚上，方初阳并没有出现其他的症状，大概率是没什么危险了。保守起见，医生建议再观察一个白天。

翟辰一个人照顾两个病人，楼上楼下地跑，还得看顾翟檬檬，成功在30岁之前体会到了人到中年的压力。上有老、下有小，中间还有个黏人精。

“小胖接回来了，其他的孩子暂时安置在了福利院。”方初阳瞧见翟辰进来，挂了电话跟他说一声。

因为范队长他们赶去帮忙，调了市里的其他武装机构，成功地把那些孩子都救了出来。都是近些年丢的孩子，父母应该比较好找，只要不是父母卖的，很快就能回家了。

“那太好了。”翟辰把手里的汤递给他。

“这是你做的？”方初阳一看那卖相不怎么样的食物，就知道是出自翟辰之手。

“嗯，”翟辰很是骄傲，“天赐说堪比五星大厨，你尝尝。”

方初阳喝了一口，平平无奇，就是平时在家里吃到的那个味道。说不上难吃，也不是什么绝世美味，全部来自养母姚红梅的真传：“豪门公子平时都吃糠咽菜还是怎么着，这都能吹成五星大厨？”

“嫌弃你别喝。”翟辰伸手要抢。

方初阳一口喝净。

“本来高雨笙他爸给派了个阿姨过来的，他不要，非要我做饭。”翟辰苦恼地说。其实这医院的伙食很不错，但高雨笙非说不卫生，就不吃。

方初阳把空碗塞给他：“老实说，我一点也不想听。”

翟辰：“你喝了我的汤，就得听我说。”

方初阳：“我吐给你？”

“你恶不恶心。”翟辰嫌弃地撇嘴。

正闹着，方初阳的手机响了，显示是小陈打过来的。警队得知翟辰要照顾两个病人，就把小陈派过来帮忙，估摸着也该到了。

“副队，我马上就到，这边有个小吃街，你想吃什么我给你带过去。”陈照辉说话带着点鼻音，想来昨晚又加班了。

“不用，我刚吃过。”方初阳叫他快点来，就挂了电话。

翟辰皱眉：“你就这么急着赶我走啊。你忘了是谁把你背出山洞，是谁把你抬上飞机，是谁在透明的玻璃窗外守着你……”

“你这技校水平，能不能不念诗？”方初阳听得浑身起鸡皮疙瘩，趁着小陈还没来，问了翟辰几句正经的，“高雨笙那边，到底打算怎么办？”

“什么怎么办？”翟辰把汤碗收起来。

“昨天我可是听到了，人家为了救咱俩，分分钟扔出去四五十万，你就这么

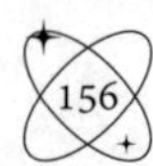

心安理得地受了？”正直的方警官，不允许自家出现这种白白花人钱的事。

“……啊，你说那个啊，”翟辰顿了一下，才意识到自家兄弟在说什么，“我回头还他，等檬檬做完手术，我就能出去赚钱了。”

方初阳死鱼眼般看着自家兄弟，翟辰干咳一声，落荒而逃，也不知道自己脑子犯了什么抽，被方初阳盯着太丢脸了。跑出去之后，自己傻愣愣地在走廊里站了半晌，挠头，其实他也没想好要怎么办。

抬脚准备上楼，想起刚才小陈提到的小吃街，这里出去不远就是。虽然小天赐无脑吹捧他的厨艺，但天天吃清淡的东西也没意思，不如去买点小零食回来，雨笙肯定会开心的。

收回踏进电梯的脚，翟辰转身往外去，刚走到门口，猛然瞧见了陈照辉。算算时间，这小子早该到了，竟然一直站在院子里没进去？

走近些准备打个招呼，却瞧见树后面还站着个人，正跟小陈说话。陈照辉似乎很生气，抬手一拳打在那人脸上，直接把人从树后面打了出来。

翟辰随手一捞，扶住了差点后脑勺着地的人：“赵经理？”

被打的不是别人，正是咸鱼创投的那个基金经理赵子安。

第二十四章

赵子安瞧见翟辰，立时换上了笑脸：“翟先生，谢谢啊。”

翟辰看看他，又看看来不及掩饰气愤的小陈：“这是怎么了，在医院门口打起来？”

“一点误会，这位小哥以为我是混进来的记者。”赵子安苦笑，拉着翟辰给他做证，对于这突然冲出来的正义使者很是苦恼。

翟辰好奇地上下看看两个人：“人民警察，也管起记者的事了？”

陈照辉没接话，只是跟翟辰打了个招呼：“辰哥，我先进去了。”

赵子安似乎才知道小陈的警察身份：“他是个警察啊……”

刑警通常是不穿制服的，看不出来也正常。翟辰挑了挑眉，问赵子安来做什么。

赵子安晃晃手里的提兜：“季总准备让我跟进标点的项目，我这不是，喀喀，趁着还没开始做项目，想先跟高总混熟嘛。”

语调一如既往地温软柔和，叫翟辰这种地痞流氓无处下口："那敢情好，我正要去给高总买小吃，咱俩一起吧，一会儿我带你进去。"

不由分说地直接把人拽走，不给赵子安单独上去见高雨笙的机会。那杀手还在暗中，他现在谁都防着，一时一刻都不敢放松。

赵子安也没有反抗，欣然前往，还给翟辰出主意："那条街上有一家炒牛河很好吃，是干净漂亮的网红店。"他估摸着高雨笙这种富家少爷不愿吃小摊上的地沟油食品，推荐的是干净正规又好吃的东西。

翟辰不得不承认，这货很会做人。不过辰哥混社会这么久，也不是白混的，带着赵子安直接在店里坐下："来三份炒牛河，两份在这里吃，一份打包带走。"

赵子安见他这样，倒也没有客气推脱，顺势坐下："这顿我请，就当是贿赂保镖先生了。"

"炒牛河就能贿赂我了？"翟辰直接用手机扫码付了款，并不给赵经理贿赂的机会，金牌保镖绝不接受贿赂，"你刚才怎么惹到人家警察同志的？"

"我这人，就这点毛病，喜欢跟人搭话。停车的时候遇见，随口聊了两句，说起今早的新闻，那小伙突然就炸了。"赵子安也是一脸蒙。

"什么新闻？"翟辰早上忙着照顾大的小的，到现在还没来得及玩手机。

"就是你那个幼儿园丢失的小胖子，找回来了，他家里人还发微博了呢。"赵子安着实是个认真做事的人，在知道要跟高雨笙打交道的时候，把什么都打听清楚了。连翟辰那点新闻都知道，开口就一派熟稔。

翟辰了然，要是说起这个，也难怪小陈炸了。方初阳为这事还躺在医院里，要是记者在这里探头探脑地瞎打听，还问他知不知道这事，在老实人小陈看来这就是挑衅。

低头翻开手机看一眼，小胖妈妈的社交平台果然更新了，告诉大家小胖已经找回，感谢警察云云。这次倒是学乖了，没再说别的。而善良的网友们，只剩下高兴了，热烈祝贺小胖回家。

方初阳在医院住了三天，接好骨头就回家了。他这不是开放性骨折，接回去固定住等着自己慢慢长就行。热爱工作的方警官，在家歇了几天就回归了工作岗位。

而打从赵子安接手了标点这方面的工作，翟辰就充分感受到了投资公司的星级服务。每个星期都来看望，还礼数周到地给每个人带礼物，包括翟檬檬的。

翟辰一度怀疑这货是为了探听情报，好回头拿去讨好高牧笛。

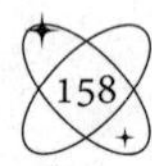

“确实有这个意思，”赵子安竟然还大方地承认了，笑眯眯地把带来的玩具递给翟檬檬，“小高先生很容易满足的，我只要讲讲高总在病房里的趣事，他就会很开心了。”

这话说得委婉，不就是给高家弟弟讲点高雨笙倒霉的边角料，好叫那人幸灾乐祸一番呗。不过这种实话说出来，反倒叫人安心，每周一次的探望就这么延续了下去。

如此过了一个月，高雨笙终于可以下地走路了，拄拐的那种。

“来，到这儿来。”翟辰站在五步开外，伸着手臂鼓励高雨笙走过来。

高雨笙拄着一根拐杖，艰难地向前挪动。在床上躺了一个月，虽然复健师每天都会来给他那条好腿按摩以防肌肉萎缩，他也尽量在不扯动伤口的范围内活动，可还是有些无力。

尖尖的拐杖头戳在地毯上，以此为支撑点抬脚。一步，两步，三步，四……第四步还没走完，膝盖骤然一软，高雨笙整个人向前扑去。

翟辰稳稳地接住他：“怎么练了几天了，还是走不满五步？”

高雨笙不说话。

翟辰怕打击到他，又低声安慰：“不着急，慢慢来，这伤筋动骨一百天，咱还有俩月的时间能练习呢。”

高雨笙扶着他，稍稍站直，低着头，看起来有点沮丧：“现在主要是腿没有力气，要先把腿锻炼回来，才能练拄拐。”

“有道理。”翟辰看看那底座尖尖像高跟鞋一样的拐，实在是太为难独腿大侠了，索性把拐杖扔到一边，自己扶着他锻炼。

过来接檬檬的方初阳，进门就瞧见这么一幅场景。两人放着室内墙壁上安装好的复健器材不用，偏偏用最原始的人力练习走路。瘸了一条腿的高总，像半身不遂一样挂在自家兄弟身上。而自家缺心眼的兄弟，还认真地喊着一二一。

坐在沙发上的翟檬檬，面无表情地抱着一包薯片，咔嚓咔嚓地吃着。

“这不是顶级套房吗？连个复健师也没有。”方初阳还吊着一条胳膊，走起路来却威风凛凛，对比起来，娇弱无力的高总显得特别假。

“复健师刚走，我们这是家庭作业。”翟辰理直气壮地说，继续扶着天赐慢慢地走。

方初阳懒得管他俩，冲翟檬檬抬抬下巴，示意他自己过来。今天是去南山

疗养院探望养母姚红梅的日子，上回带着翟檬檬去看过一次，医生发现小孩子的出现对病人有帮助，就劝方初阳多带孩子过去。

翟檬檬慢吞吞地吃完最后一片，爬下沙发，用沾满薯片渣的手握住方初阳的一根手指：“走吧，寡人在这里也是多余。”

翟辰：“……”

高雨笙：“早点回来，今天你的小汽车该到货了。”

翟檬檬欢呼一声：“噢耶，高总，再见。”

方初阳瞬间瞪大了眼睛：“你叫他什么？”

翟檬檬：“高叔叔。”

方初阳：“……你当我聋的吗？”

第二十五章

被方初阳用谴责的眼神盯着，翟辰巨冤：“我去，你看我干啥？真不是我教的。”

翟辰都不敢转头看高雨笙的表情，这称呼是翟檬檬自己发明的，他是认真纠正过的。

翟檬檬一脸无辜，晃晃方初阳的手：“大舅，咱们还不走吗？”

方初阳目光在那粘在一起的两人身上转了一遍，没法指责高雨笙，只能瞪着翟辰：“收敛点，别教坏孩子！”

“哎不是，我怎么教坏孩子了……”翟辰想上前理论，刚撒手高雨笙就往一边倒，赶紧伸手扶住。这情形，还真有点说不清楚。

方初阳懒得听他胡说八道，拉着翟檬檬往外走。走到门口，他忽然想起来还有事要交代，顿下脚步站在门口，却没有回头，只给翟辰一个冷酷的背影：“最近如果有记者找你，不要回答任何问题。”

“怎么了？”翟辰把高雨笙放回床上，站直身体问门口的人。

“那天呕吐的那个孩子，住院了，他家长认为是矿洞辐射的缘故。”方初阳言简意赅地说。

翟辰吃了一惊：“这都大半个月了，怎么突然住院？”

“他救回来之后情况就一直不大好，断断续续发烧，上个星期突然病重了。”方初阳说起这个，声音有些沉重。

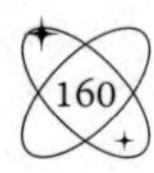

小孩子的抵抗力比大人差得远，辐射对他们的影响也就更明显。经常有那种新闻，家里新装修的房子，两个大人都没事，年幼的小孩得了白血病。当时在洞里，那个小孩就出现了不良反应，翟辰第一个把他送出去了。

刚逃离被拐卖的地方回到父母身边，又病重了，这样的状况让翟辰有点难受。现在只希望孩子不要得什么治不好的病，快点康复才好。

不等他多问，方初阳已经离开了。翟辰叹了口气，低头看乖乖坐在床边的高雨笙，那人也正仰着头看他。

翟辰干咳一声："继续练走路。"

至于方初阳说防备媒体这件事，翟辰并没有放在心上。就算家长追究责任，闹起来，也追究不到他这个见义勇为的路人头上。再说，媒体也无从得知当时救人的就是他。

不过，他显然忽略了一件事。

下午高雨笙正睡午觉，翟辰的手机突然响起来。他快速接起以免吵到睡觉的人，沉默着贴在耳边快步走到门外。

"喂？喂？翟老师？"

那边传来略耳熟的声音，翟辰挪开手机看了一眼来电显示，才想起来对方是谁："王子剑妈妈？"

"哎，是我。翟老师先别挂，我是来跟你道谢的。你说说，小胖这孩子，都回来这么久了，才说那天救人的是你。"小胖妈妈很是激动，连连给翟辰说谢谢。什么再造之恩，什么大恩大德没齿难忘，什么改天一定上门磕头，一套一套的。

翟辰听得好笑："太客气了，我可受不起。"

孩子没事就行，他一点也不想接受小胖一家上门磕头的大礼。挂了电话，忽而觉得不对。

以小胖那个憋不住事的性子，怎么可能这么久了才跟家里说？小胖一家明显是装糊涂，拉不开脸跟他道谢，这会儿怎么突然想开了？翟辰心下一沉，竟然忘了小胖这个目击者和他家那些好事的大人了。

果不其然，到晚上就出事了。

幼儿被拐得解救，却因辐射患上白血病，疑警方救助不合规导致

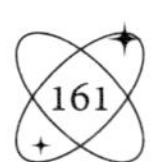

这样叫人充满探知欲的新闻标题，瞬间吸引了无数眼球。被拐儿童获救本是件好事，得了白血病，喜剧又变悲剧很可怜，但这跟警方解救方式有什么关系？

好奇驱使人点进去，详细阅读内容，才知道是怎么回事。

原来这批统一解救的孩子，当时被村民藏在一个废弃矿坑里。那个矿坑疑似有辐射，导致被救出来的孩子多多少少都有些不良反应。而这个孩子反应最严重，断断续续病了近一个月，突然被诊断出了白血病。更重要的是，警方当时是知道矿坑有辐射的，据那些被救出来的孩子说，下坑的救援人员穿着防辐射服，却没有给孩子任何防护。

翟辰看着这篇新闻，不得不佩服记者的笔力。说的都是实话，只是没说全，这结论就完全不一样，直接把读者往警方有责任的方面引导。

“孩子竟然得了白血病。”这是翟辰最不愿看到的结果。

高雨笙凑过来看了一眼：“这新闻是买的。”

“嗯？你怎么知道？”翟辰把手机递到他面前。

看望姥姥回来的翟檬檬，也跟着凑热闹，爬上床扒着翟辰的肩膀看。

“这几家同时发布新闻的媒体，都在网络水军的‘门户网站套餐’里，多半是假新闻。”高雨笙翻开自己的手机，给他看一眼这种“套餐”的价目表。

翟辰了然：“你怎么会有这种东西？”

高雨笙顿了一下，若无其事地收起手机：“我是做网络生意的，怎么会不知道？”

其实，这还真不是商务需求。标点地图做广告，不可能做这么低端的机器炒作。这是他当时查翟辰去向的时候，好心人发给他的。他觉得太小儿科了就没用，只是随手存了下来。

翟辰狐疑地说：“这么说的话，那孩子可能没得白血病，这都是假新闻的噱头？”

高雨笙摇头：“不好说，看看下一步。”

“下一步什么？”翟辰凑近了问。

高雨笙老老实实地分析状况：“如果这事是真的，新闻是孩子家长买的，要把锅推给警察，接下来社交平台上一定会出现家长发的求助信息。如果是假的，警方会追究造谣生事者，不过警方反应比较慢，估计得明天了。”

然而等到半夜，也没有看到进一步的消息。反而是那些套餐新闻，忽然不

见了！

“咦？你不是说警方反应很慢吗？”翟辰刷了几遍，都没再刷到。

高雨笙眯起眼睛，拿起笔记本电脑开始敲敲打打。飙车累了的翟檬檬已经睡下，屋里大灯关了，此刻只有电脑屏幕的光映在脸上，气氛莫名地严肃。

“行了行了，没猜中就没猜中，赶紧睡觉。”翟辰打开床头灯，得意扬扬地收了高雨笙手里的电脑，强行把人按进被窝里。

“我不是因为这个，这新闻撤得蹊跷。”高雨笙半张脸被捂在被子里，闷声闷气地说。

翟辰看着只露两只眼睛在外面的天赐，忍笑拍拍他的脑袋：“愿赌服输，你还在养身体不能熬夜，嗯？”

高雨笙迷迷糊糊地点头。等他回过神来的时候，那人已经躺在床上睡熟了。

第二十六章

没有吸氧气的翟辰体温偏低，正翻来覆去准备入睡，忽然听到窗外有轻微的响动。

翟辰慢慢扯过床头的氧气管吸了一口，轻盈地翻下床。随手摸到桌上的水果刀，摸黑走到窗边，听到了更清晰的咔嗒声。

显然是有人在试图开窗。

不过，这房间的窗户大部分是封死的玻璃，只有个别可以推开。但为了安全，那能推开的窗户也有打开范围限制，只能透气却不能钻人。

翟辰摸到窗口的灯，在钻进帘子里的同时按下开关，明亮的光瞬间冲出来，照亮了窗外的人。人在黑暗中骤然接触到强光，肯定会条件反射地闭眼，但翟辰不会，这一刹那足够他看清对方的模样。

那人套着黑头套，手中拿着射钉枪，身上系了一根麻绳，从房顶一直吊下来。

“我去！”翟辰惊呼一声，迅速关了灯，准确地抓住窗户手柄，将开了一条缝透风的窗户关上。自己则顺势矮身，从窗帘钻出就地一滚。

咔嚓！铁钉穿透玻璃的声音响起，翟辰迅速把高雨笙抱起来塞床底下，然后拎起还在睡的翟檬檬扔到衣柜中。

哗啦啦！窗外的人已经借着荡绳的力量踹破玻璃冲进屋中。

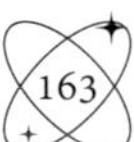

翟辰翻身蹿到床的另一边，猛吸几口氧。冲进屋里的歹徒显然不是个夜盲眼，朝着床突突突就是几钉子。可惜都打在了被子上，发出沉闷的噗噗声。

啪嗒，屋中的大灯突然亮起，杀手在闭眼的瞬间听到有破空之声。下意识地抬手朝来者射去，却只听到了铁钉入木的咔嗒声，再睁眼发现冲过来的竟然是半人高的实木床头柜。

能被人扔起来的床头柜肯定都是薄木板，杀手直接一脚踹过去。然而这高级病房的家具都不是便宜货，竟然异常沉重。这一脚非但没有使柜子偏离轨道，反倒伤了自己的脚，那人闷哼了一声。

杀手经验丰富，迅速抬手格挡，同时身体向侧方撤离。即便这样，还是被床头柜扫到胳膊，床头柜落地，一根金属制的拐杖就敲了过来。

翟辰拎着那根拐杖，直接朝来人的脑袋敲去。最好能把这货敲晕，直接送给警察。万一控制不住敲个窟窿出来，也不能怪他了，今天必须把这危险的浑蛋留下。

然而这杀手非常灵活，精准地躲过了这一击，滚到一边重新抬起手中的射钉枪。翟辰还没收势，躲避不及。

嗖——一道金色的流光从床下射出，直冲杀手的脚踝而去。杀手一惊，根本顾不得看是什么东西，直接跳起来从破碎的窗户蹿了出去。

他身上还绑着安全绳，跳下去就吊在半空，还敢朝室内开枪。

翟辰矮身躲避，拔出水果刀朝他扔去。杀手倒转过来，双腿夹着绳索，轻松避过飞刀，沿着绳子宛如猴子一般快速爬回屋顶。

“我去……专业啊！”翟辰不敢伸头出去，更不能追击杀手而把雨笙自己留在屋中，只能快速拉紧窗帘避免处于射击范围。

叮叮叮——高雨笙已经按下了警报按钮，医院走廊中响起悦耳的提示音。

有护士快步走了进来：“有什么需要……”后面的话卡在了喉咙里，屋中一片狼藉，倒在地上的床头柜、飞溅的玻璃碎碴、趴在床底下的 VIP 病人。

“刚才有危险分子破窗进来，快通知保安，人在屋顶。”翟辰快速说着，把趴在地上的高雨笙抱起来。

“好的！”护士机械地点头，快步跑了出去。

射出的金属丝已经自动收回，并没有被护士看到。高雨笙摸着腕上的手表，由着翟辰把他重新放回床上。

“檬檬，檬檬！”翟辰打开柜子，见小朋友正捂着胸口蜷缩成一团，顿时惊

呼出声，一把将人抱出来平放在床上。

“吓……吓死老子了……”翟檬檬颤抖着发紫的嘴唇说。

“别说话。”翟辰急出了一头汗，那边高雨笙已经再次通知医护人员过来。不到五秒钟，就有医生匆匆跑进来，接过了心脏病发作的翟檬檬进行抢救。

这屋里设备齐全，可以直接抢救。翟辰插不上手，退到旁边盯着，也顾不上去抓那个杀手了。

一只温暖的大手伸过来，握住了他的手。翟辰回头，看到坐在陪护床边仰头看他的高雨笙，焦急的心渐渐平静下来。

好在只是刚才过于紧张而急性发作，并不严重，很快便救回来了。医生让翟檬檬躺在病床上不要挪动，打开床头的设备，给他贴了个心脏监护的磁片。屏幕上的心电图显示，心跳逐渐趋于平稳。

保安没能抓到逃跑的杀手，这也是意料之中的。护士没敢打扫屋子，等着警察过来勘查完现场，才把玻璃片扫走。

片区警察来询问、留证之后，便去勘查周边了。入室杀人这种恶劣的案件，必须快点侦破。市刑警队那边也接到了通知，方初阳很快就打了电话过来。

今晚，警方注定是要通宵了。

“非常抱歉，我们还有一套顶级套房，现在就给您更换。”院长亲自过来，看着现场的模样也差点犯了心脏病。

“这孩子不宜挪动，明天再换。”高雨笙拒绝了，只叫医院派几个保安巡视房顶。

等送了所有人出去，已经凌晨四点了。破碎的窗户被医院的维修工用泡沫板暂时封住了，只漏进些许寒凉的秋风，吹得窗帘水波纹样缓缓飘动。

“再睡会儿吧。”翟辰把滚脏了的衣服换掉，抬手去换高雨笙的病号服。刚才趴地上半晌，这衣服是不能沾床了。

“我给你拿件睡衣去，不然冻着你。”

第二十七章

沁凉的夜风透过没有粘紧的窗缝呼呼地挤进来，顺着波动的窗帘溢出，蹿上了高雨笙穿着病号服的后背。

翟辰看着依然保持微笑的天赐，叹了口气，蹲下来把手搭在高雨笙的膝盖上，虽然并不是什么好时机："我们来谈谈，好不好？"

高雨笙静静地看着他，不说好，也不说不好。

说是要谈谈，其实翟辰也没想好要怎么谈："你知道，我不是个正常人，或者说……"

"我知道，你不是人。"高雨笙肯定地说。

翟辰："……"怎么听着像骂人呢？

"这些年，我一直在回想你说过的话，也查了很多资料，"高雨笙稍稍凑近了些，小声说，"哥哥是外星人，对吧？"

虽然在八回岭上已经听过，但那时说得很是委婉，平生第一次听到这么直白的称呼，翟辰还是有些不适应："你是怎么知道的？"

"第一次见我的时候，你说的那个名字，那些发音，绝对不是当地的方言。你指着天空，说你家在星星上。还说过，你家那里没有夜晚，只分大白天和小白天，永远亮堂堂的……"

在那个小山村里，懵然无知的翟辰，跟他说了很多不该说的秘密。高雨笙语调缓慢，一条一条地细数。那些说过的话，做过的事，他都记得。

翟辰都惊住了，那时候天赐才几岁："小时候说的话，你也信。"

"你说的话，我都信。"

"……"

这小坏蛋，字字句句都往他心窝子里戳。偏还一直保持着礼貌，双手始终握拳放在床上。这样冷静克制，只会让他更心软。

翟辰咬牙，索性豁出去了："那你知不知道，地球的环境并不适合我生存。目前看着没什么事，但没准30岁就死了，到时候你怎么办？"

高雨笙唇上的血色瞬间褪去。

"你对我来说，真的很重要，是我跟这个星球的牵绊。我活着一天，就护你一天。但我也希望，你能找到除我之外的感情联系，找一个能长久陪着你的人。"翟辰说到后面，忍不住鼻头发酸。

他能感觉到，自己的生命一直在损耗，常常有种命不久矣的预感。

高雨笙深吸一口气，整理了一下思路，缓慢而平静地开口："哥哥不是人类，这个我早就知道。至于寿命，谁能保证自己可以活一百岁，遇见杀手，没准我明天就死了。"

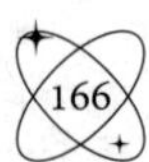

翟辰："……"

充满说服力的语调，叫人无从反驳，甚至产生了几分羞愧感。寿命这种事，确实说不准，就算是平均寿命有 70 年的人类，也并不是一定就会活到 70 岁。大家都是活一天算一天的生物，倒是他想岔了。

两人之间又恢复了沉默，翟辰半晌没吭声。

沉默，往往代表着抗拒，高雨笙眼睛彻底红了，质问哽在喉头，溢出来便已卸了力道："你说句话吧。"

翟辰木着脸站起来，在高雨笙绝望的目光中俯下身："我觉得你说得挺对。"

鸵鸟从沙子里抽出脑袋，下一秒，迈起长腿，就发足狂奔。

第二十八章

话刚说完，站立不稳，翟辰踉跄着坐回床上，而后因为腰部支撑不住，咚的一下躺倒了。

"怎么了？"高雨笙吓了一跳。

"没事，氧气耗尽了。"翟辰躺着，笑着看他。

一口氧气撑不了多久，红润的唇又变成了浅淡的颜色。

床头的小屏幕上，心电图突突了两下，而后强行恢复平静。

高雨笙兴奋得睡不着，跟翟辰叽叽咕咕聊到天亮。直到早班护士来查房，才被翟辰捂着眼睛强行睡了一个小时。

翟辰自己其实也兴奋，因为要照顾檬檬就没再睡了，给孩子端了早饭，就坐在床头翻手机。

昨天那铺天盖地的新闻，消失之后就没再回来。网上几乎没什么讨论的，就好像那些新闻从来没有存在过一样。倒是孩子的父母在社交平台发消息了，凌晨两三点的时候发的，太晚了没什么人看到，早上才热起来。

小明轩妈妈：我的孩子杜明轩，去年被人贩子拐卖。上个月被警方解救，但在解救过程中出现了问题，导致孩子现在患上了白血病。我说的句句都是真的，希望大家看完……

后面就是详细描述了从孩子口中得知的“真相”，说救援人员下去，只给唯一的警察穿了防护服，就让小孩子们暴露在辐射中。起初大家是不知道有辐射的，还是救援的人说漏了嘴，才知道那个矿坑有严重辐射。

底下还有配图，是现在正在住院的明轩小朋友。孩子脸色明显很差，躺在床上哭个不停。另外还有医院的诊断书，诊断为急性白血病。

那些个营销号像是都失语了一样，并没有谁转发。这消息是普通网友一个一个转出来的，到八点左右的时候上了热门。

真的得了白血病。翟辰有些不好受，这病很难治，治疗起来也特别受罪。他还清晰地记得抱着那个孩子时的感觉，那孩子很轻很瘦，估摸着在村里也没过什么好日子，导致体质比别的孩子差。也不知道那孩子能不能挺过去。

“嗯……”高雨笙睡醒了，睁开眼看到翟辰就靠坐在他床头。

翟辰随手揉揉那颗毛茸茸的脑袋：“那个孩子的家长发消息了，真的是白血病。”

高雨笙坐起来，拿起手机看了一眼：“这跟你无关，你已经第一个救他了，他也不是因为在矿洞里待那一会儿得病的。”

“怎么说？”翟辰转头看他。

“矿洞辐射没有那么大，不然高远也不会开了多年才出事，日积月累才会得重病。”具体的辐射量高雨笙不清楚，但他见过外国人处理矿石，并没有穿太厚的防护服。

翟辰微微蹙眉。话虽这么说，但那些网民不知道啊。

高雨笙继续翻手机：“警方已经回应了。”

看看时间已经是九点钟，机关单位开始上班了。托昨天那些新闻的福，警方这次回应非常及时。

关于被解救幼童家长对救援方案质疑的回应

简单明了的通报，说明了当时是村民把小孩藏在矿洞里，警方前去救援结果矿洞塌方，跟孩子一起被困。

救援人员下去之后，第一时间把孩子递出来，没有穿防护服的必要。给孩子穿衣服反倒会延长在矿洞里待的时间，而已经身体不适的

小明轩是第一个被递出去的。

声明中没有提见义勇为的市民翟先生，也没有提救出所有孩子之后矿洞二次倒塌的问题。不博同情，重点清晰，专项辟谣。甚至还配了一张现场的图，正是脸部被打了马赛克的杜明轩被递出来的情形。

刚刚热起来的话题，瞬间反转，快得像一阵龙卷风。

快速反转，意味着发酵时间不够，谣言和骂战还没来得及升级，一切平息得悄无声息。当然，有部分键盘侠习惯性不信警方通报，各种质疑。但起码没有出现一边倒的舆论效应，甚至都没有人提及翟辰。

“真是奇了怪了，那昨天小胖他妈给我打电话，真是要跟我道谢的？”翟辰可不相信这迟到一个月的感谢，只觉得这事处处透着古怪。

高雨笙摇头，打电话给公司媒体公关部。昨天翟辰跟他说的时候，他已经通知公关部去查了。

“高总，我们查到，昨天确实有媒体找小胖家人采访，录音频以证明此事跟翟保镖有关。但整体的事件现在被压了下来，不许报道，我们认识的媒体朋友也不清楚发生了什么事。”标点只是个小网络公司，并不具备大媒体上层的人脉，能打听到的只有这么多。

也就是说，这个事件本来已经安排好要来个大料了。整体的套路是，先各种新闻铺垫，再有孩子家长爆料，最后各种媒体采访跟上。牵扯到前段时间火过一阵子的小保镖翟辰，再加上“拐卖”“辐射”“警方失职”各种噱头，一定能让各种媒体赚足流量。

高雨笙挂了电话，低声跟翟辰分析：“估计小孩的爸妈也没料到会被删除，所以发布得晚了。”

不明人士插了这一手，导致铺垫不够，后续也没跟上。孩子父母的言论还没引起足够的舆论，就被警方消息压下去了。而经常躺枪的翟保镖，头一次没了名姓。

翟辰还有点不习惯：“那这事，就过去了？”

高雨笙：“没牵扯到你，还不高兴吗？”

“高兴，当然高兴，”翟辰挠头，“就是有点不习惯，我怎么就转运了？”

“负负得正。哥哥以前一直倒霉，我也倒霉，加一起就幸运了。”高雨笙一本正经地说。

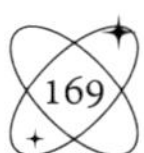

“哈哈哈……”翟辰被逗笑了，“可以啊，你这睁眼说瞎话的本事，颇得哥哥我的真传。”

坐在病床上吃小饼干的翟檬檬，大张着嘴巴，饼干渣扑簌簌地往下掉。

寡人的舅舅，是不是忘了自己的存在了？

第二十九章

方初阳进来的时候，快到中午了，两个大人还在吃早饭。翟檬檬则保持死鱼眼，抱着平板看动画片。

翟辰感觉到自家兄弟盯过来的眼神，顿感心虚，先发制人：“发什么呆呢，你怎么有空跑过来，杀手抓住了吗？”

方初阳翻了个白眼：“暑假结束之前不问作业做完没是基本礼貌，懂？”

“嘁。”翟辰把最后一个小笼包扔进嘴里，示意高雨笙再吃点，自己起身去沙发上跟方初阳聊天。

方警官看起来有些疲惫，想来是昨晚没睡好，坐在沙发上就仰头向后靠着闭目养神。过了一会儿才缓过来，睁开眼就瞧见翟辰凑近的脸，吓了一跳，赶紧伸手把他推远点：“杀手的事不归我负责，不过小马已经替高雨笙申请了受害人保护，最近这医院会相对安全一些。你俩没事少出去。”

警察人手有限，申请保护也只能是请巡警多往这里转转，顶多派一个专人来盯着，不过聊胜于无：“那个杀手，看手段比特种兵还猛，你办案多年，听说过这号人物吗？”

方初阳眸色微暗：“最近几年，没听说过。”

“嗯？那前几年有过？”

“仇鹰呗。”方初阳吐出一口浊气。

翟辰顿时不说话了。仇鹰，就是方初阳他爸击毙的凶犯。这人和他的哥哥，都是东南亚雇佣兵出身，非常厉害。而导致方初阳家破人亡的，虽然没有直接证据，但警方推断应该就是仇鹰的哥哥。

屋中陷入了短暂的沉默。

高雨笙吃完早餐，用餐巾擦了擦嘴巴，推开小桌试图站起来。翟辰瞧见了，起身过去扶他：“上厕所吗？”

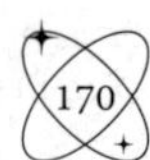

“拿电脑。”高雨笙指了指放在茶几上的笔记本，因为不想打扰兄弟俩谈话，就想自己起来拿。

“叫我一声就行了。”翟辰把电脑给他，叫他乖乖坐在床上别摔了。

方初阳看得牙疼，转头去瞅外甥。那边翟檬檬还是一副眼观鼻、鼻观心的模样。忍不住叫他一声：“翟檬檬，看见大舅怎么不过来？”

檬檬抬头看看，立时下床光着脚噔噔噔地跑到沙发上，像只石猴一样蹲在方初阳身边，小声说：“大舅，你带我去找瑶瑶吧，我想给她看看我的新车。”

“不行，”方初阳想也不想地拒绝，“我得出差去了。”

“出什么差？！”翟辰豁然转头，走过来指着方初阳那只还打着石膏板的手臂，“你这胳膊还没好，又去瞎跑什么？”

“去五桐，矿坑的事还没完。”方初阳摸摸口袋，想抽根烟，想起来这里是医院又停手了，在桌上拿了颗薄荷糖吃。

“你们警方这次反应很快啊，网上都没什么大风浪，又怎么了？”翟辰翻开手机给他看那则关于矿洞救人的警方通报，下面基本上都是夸警方的。

“我昨天催了几遍，他们才弄的。”方初阳揉了揉眉心。该调查的东西，他肯定会调查，只是不希望被舆论绑架，也不想借着舆论翻转出名。

那就是说，并不是为了应付舆论，翟辰不解：“那你还去做什么？善后的话派小陈或者小马去就行了。现在杀手的案子更棘手，范队到底是怎么想的？”

“我哪儿知道他怎么想的？！”方初阳烦躁地撸了一把头发。杀手的案子一直想方设法把他排除在外，虽然理由听起来都很合理，但瞎子都能看出来老范不想让他参与。

兀自生了一会儿气，方初阳又解释了一句：“不过五桐那边情况很复杂，这趟我还真非去不可。”

并不是被舆论绑架善后，而是有更重要的事。至于到底为了什么，确实不好透露了。翟辰也识趣地没问，只叫方初阳等会儿，自己去做午饭，一起吃了再走。

翟辰去了厨房，留下方初阳跟高雨笙大眼瞪小眼。当然，主要是他分别用睁着的大眼和眯起的小眼，反复观察高雨笙。而高雨笙则一直保持男模硬照的水准，面不改色地快速敲键盘。

等半天没听到翟辰说话，高雨笙才抬起头来看一眼，正跟方初阳的目光对上，便礼貌地冲他微微一笑：“大哥出差需要车吗？我叫秘书送一辆过来。”

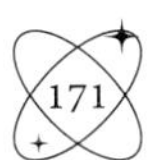

“不用了，公家有车。”方初阳把嘴里的薄荷糖嚼吧嚼吧吞了，起身想跟高雨笙说两句话，口袋里的手机突然响了。

是小陈打过来的，方初阳随手接起来，那边传来小陈急吼吼的声音：“副队，不好了……”

后面的高雨笙听不清，就瞧见方初阳脸色骤变。

“跑了？在看守所还能跑？干什么吃的！”

这话说得又气又急，声音大得翟辰都听见了，从厨房探出头来，瞧见方初阳挂了电话匆匆往外走，伸出手里正削皮的黄瓜拦住他：“哎，怎么了这是？”

方初阳随手把黄瓜掰断，塞嘴里边走边吃：“那货从看守所跑了。”

“啊？”翟辰还没反应过来这句话的意思，那人已经吃着黄瓜大步流星地走了。病房门被自动闭门器推着，缓慢而沉重地锁上，发出轻微的咔嗒声。

“应该是在八回岭的那个杀手，从看守所逃跑了。”高雨笙合上电脑，给翟辰解释了一下。

“啊？”

看守所的管理是非常严格的，甚至严过监狱。偶尔会听说有人越狱，但很少听到有人逃出看守所的。现在，这位刚刚进去不足一个月的危险杀手，竟然就这么堂而皇之地跑了。也难怪警方着急。

“喀，这事又不归他管，回去也是白跑一趟，还不如吃了饭再去。”翟辰倒是不怕那杀手，敢来就再打一顿，就是对自家兄弟过于爱岗敬业的行为很是无奈。拎着半根黄瓜走过去，递给高雨笙让他吃。

左右他们刚吃过早饭，翟檬檬也跟着吃了几个小笼包，这会儿都不饿。方初阳不留下吃饭，就不着急做了。

高雨笙哭笑不得地接过黄瓜：“你给我吃这个。”

“怎么了，你不爱吃？”翟辰伸手去拿。

“我说什么了吗？”高雨笙无辜地眨眨眼，咔嚓咬了一口黄瓜。

“舅舅，什么叫看守所啊？”翟檬檬走过来，爬上高雨笙坐的这张床。

翟辰单手拎住他，拿了条毛巾给他擦脏兮兮的脚底板：“就是监狱的学前班，进监狱的手续办好之前，坏人都住看守所。”

翟檬檬似懂非懂地点点头：“那这好汉进去还能出来，是不是跟赵云一样有本事？”

“啧，他是坏人，人家赵云多帅啊，他哪里能跟人家比。”翟辰一本正经地

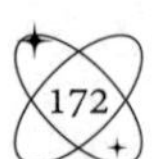

跟外甥讨论。

高雨笙没有参与甥舅俩讨论的意思，翻开电脑继续敲打键盘。

翟辰把他嘴里叼着的黄瓜拽下来，自己啃了一口凑过去看："你查什么呢？"

"那小孩的家长又发新的了。"高雨笙把屏幕转向翟辰。

小明轩妈妈：就算警方救援及时，那矿洞也肯定有问题，救援的人确实是穿了防辐射衣的！矿产都是国家的，留下一个有辐射的矿洞不做填埋，任由村民在那里生活，是想害死谁？

咬不了警方，又开始咬国家。然而，这个矿还真不是国企做的，而是私人承包商高远。这样扯下去，很难有什么结果。

翟辰不解："他们这么闹有什么意义？直接叫收买孩子那家人赔偿更快些。"

别的小孩都没事，就这个孩子得了重病，多半跟买下他的那户人家有关。要么是家里有什么致病因素，要么是那家人没照顾好让孩子免疫力低下。

高雨笙笑了笑，没有反驳哥哥这个不靠谱的说法："我总觉得，这两件事有什么联系。"

"嗯？"翟辰转头看他。

搭在键盘上的长指微动，屏幕切换到了高雨笙刚刚做的一个简易逻辑关系图上。上面罗列着这段时间以来发生的事，主要分为"杀手"和"矿洞"两个部分。

高雨笙点了点两个大事件："高远是我妈妈开的，有人引导我们去查矿洞的事，而我们在查矿洞的路上遇到袭击。明轩父母的行为，一定是有人指点过的，不然他们不会咬死了往辐射上说。而这个人的目的，是吸引大众的目光到矿洞上。"

界面又切回社交平台，再看一遍明轩父母账号说过的话。他们其实不止发了两条，陆陆续续发了很多补充，只是没有转成热门。每一条都没有离开"辐射"这个词，而且还拜托网友帮忙查这个矿的状况。

翟辰呆愣了半晌："杀手，不是你们高家豪门宅斗吗？"

豪门宅斗……

这新奇的词汇，听得高雨笙也是一愣，旋即忍不住抿唇笑。

翟辰明白高雨笙的意思，引导他们去调查矿的人，很可能跟派遣杀手的人有关，至少他们之间是有联系的。如果这幕后是同一人所为，那这个人就太恐

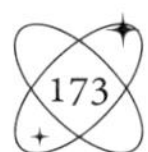

怖了。翟辰摸摸下巴："你们家太乱了，等你好了我就去跟你爸说，把你带回翟家，不跟他们玩了。"

"这个好。"旁边有人附和。

两人看过去，就见翟檬檬正躺在床上，仰面朝天。

"你干什么呢？"翟辰挠挠他的小肚子。

"举双手双脚赞成啊，"翟檬檬抖抖手脚，"让天赐'蜀黍'到咱家，不然，我就是你带进豪门的拖油瓶了。"

翟辰："……"

这熊孩子，一天天哪儿学来的那么多封建糟粕？

第三十章

方初阳一走就是好几天，其间基本没有消息。

翟辰有点担心，不清楚五桐那个地方有什么至关紧要的事，非得断着一条胳膊的方初阳去。但也不好随便打电话过去问，只能旁敲侧击地问问来调查杀手事件的小陈。

"我本来想跟副队一起去的，队长不让。"陈照辉也不清楚是什么任务，就是单纯地想跟着副队。

翟辰仔细看看陈老实的脸："小陈，你实话跟我说，我们家方初阳是不是被队里排挤了？"

小陈吃了一惊："排挤？谁敢排挤副队啊，辰哥，你怎么会这么想？"

翟辰把削好的苹果劈成两半，一半给高雨笙，另一半给小陈："他那狗脾气，不被排挤才奇怪吧。"

这话小陈可不敢接。

"哎，那天你在门口遇见赵经理，为什么打他呀？"翟辰用手肘杵了一下低头安静吃苹果的陈照辉。

小陈吃苹果的动作顿了一下，也没抬头，就垂着脑袋说："他干了不该干的。"

翟辰微微挑眉："什么不该干的，他占你便宜了？"

老实人不懂翟辰的意思，满脸问号地抬头："啊？"

高雨笙抿唇笑，用手指杵了一下胡说八道的翟辰。翟辰被杵到了痒痒肉，控制不住地扭了扭身子，抓住那个作怪的手指头。

等小陈走了，翟辰拿起切掉两边果肉的苹果核啃了两口，若有所思。

高雨笙问他：“你问陈警官，是不相信赵子安说的话吗？”

翟辰扔了果核擦擦手，把高雨笙抱下床：“本来也没觉得，今天瞧见小陈突然想起来的，总觉得哪儿不大对。”

高雨笙被放在地上，扶着复健设备慢慢活动：“你是觉得，像赵子安这种人，不应该会被打，尤其不该被小陈打，是吗？”

伸手不打笑脸人，赵子安那家伙，天生一双笑眼。而且能说会道，极会做人，好端端的，怎么会惹上小陈？要是小陈是方初阳那种暴脾气的话还好说，偏偏这还是个老实孩子，轻易不会发脾气。

“没错！”还没说话，对方已经知道自己要说什么，这种感觉很奇妙，让翟辰莫名兴奋，忍不住拍拍他的脑袋，“我们家天赐，怎么这么聪明？”

高雨笙双手都抓着复健双杠，没办法阻止，只好由着他：“我只是比较懂哥哥。”

“啧，怎么这么会说话呀！”翟辰凑过去。

高雨笙忍不住笑场了。这话土得他都受不住了。

“土怎么了？挖掘机司机那也是司机。”翟辰一本正经地说。

嘀嘀！门外响起了汽车鸣笛声，翟辰过去开门，老司机翟檬檬开着玛莎拉蒂进来了。

“哟，翟师傅出车回来了，这趟挣了多少钱啊？”翟辰笑嘻嘻地问。

“我帮护士姐姐送了趟水，给医生叔叔送了个片子，赚了一包巧克力。”翟檬檬从口袋里掏出一小袋巧克力球，交给舅舅。

翟辰接过来：“不错不错，以后咱家就指望你养活了。”

叮——内线电话响了，这屋里的配置比较高级，内线电话有无线听筒，可以拿起来的。翟辰冲外甥抬抬下巴，示意他给拿过来。

最近热爱上了打工的小翟先生，二话不说就去了，拿了听筒过来一手交钱一手交货。翟辰接过听筒，把手里的巧克力当报酬奖励给跑腿的，自己回身去双杠那边护着高雨笙。

电话是前台打来的：“先生，这里有一位高闻筝高女士拜访。”

“什么高女士，不认识。”翟辰随手就给挂了。

刚挂了电话，那边高雨笙的手机就响起来，毫无疑问是高闻筝打来的。

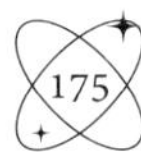

“别理她，这时候了她还敢来，是打算直接跟你拼命吗？”翟辰不耐烦道。

高雨笙停了一会儿，还是接了起来。

刚接通，还没来得及喂一声，那边高闻筝就语速极快地说起来：“雨笙，让我上去，我有很重要的事跟你说。事关咱俩的生死，你必须听我说。”

高雨笙让她把手机递给前台：“让她一个人上来。”

高闻筝看起来比一个月前要憔悴不少，只是腰杆还挺得笔直。天冷了，她不再穿绿色短裙，换了一套黑色大衣，内里穿着孔雀绿的连衣裙，黑色纱帽变成了驼绒的。

手杖也换了一个款式，是金属制的，周身泛着乌黑的光泽，底端比女人的高跟鞋还要尖细。瞧着不像个装饰品，更像一把武器。

“杀手从看守所逃出来了，你知道吗？”高闻筝扫视了一圈这屋子里的状况，优雅地坐在了沙发上。她下颌绷得紧紧的，生怕泄露一丝情绪。

嫌疑人逃出看守所，这件事终究是捂不住的。全城搜捕了几天毫无进展，警方只得发布了通告，告诉民众有危险的犯罪分子从看守所逃走，悬赏缉拿。这事高雨笙和翟辰早就知道，并不如何惊讶。倒是从新闻上得知消息的高闻筝，瞬间慌了神。

高雨笙不紧不慢地拿出手机看了一眼：“是吗？”

“你不紧张吗？他本事大到能从看守所跑出来，肯定还会来找你的。”高闻筝攥紧了手杖的握柄。

“他的同伙已经找过我了。”高雨笙垂下眼。

高闻筝猛地抬头：“他们又找过你？怎么找你的，还要杀你？”

翟辰嗤笑道：“杀手要干什么，高小姐应该最清楚吧。”

“我不知道！”高闻筝脸色发白，“那，你没事？”

高雨笙抬眼，平静地看着她：“我有最好的保镖，能有什么事？听说姐姐在找保镖，找到满意的了吗？”

提起这个，高闻筝不说话了。她高价请了好几个保镖，24 小时守在周围，按理说不该有什么事。可就在昨天，她房子里的天然气突然泄漏，要不是狗闻到异味，她再半夜醒来抽烟的话，屋子就直接炸了。

“我打算在这里住几天，就住你隔壁。”高闻筝指尖泛白。

高雨笙蹙眉，一点都不想跟这个姐姐做邻居：“这里是医院。”

“我当然知道，可警方说警力有限，只能保护这一片区域。”显然高闻筝已

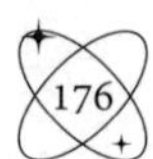

经跟警方沟通过了。

翟辰嗤笑一声："高小姐，虽然我确实很厉害，金牌保镖，从不失手。不过我只能保护一个人，您住隔壁也没用的。"

说完，也不等高闻筝回应，低头跟高雨笙咬耳朵，不过这悄悄话的音量连沙发后面擦车的翟檬檬都能听到："只听说过蹭网的、蹭饭的，没听说过蹭保镖的。"

高闻筝瞬间涨红了脸，她是有点想蹭保镖的意思。高价雇的那群人，没有一点用，倒是高雨笙这个保镖，几次都能带着他从杀手的刀口底下逃生，也没让他出过什么意外。

"少往自己脸上贴金了，我雇了四个保镖，用不着你。别以为你身手好就了不起，对方手段多着呢，当心哪天输液的葡萄糖就变成百草枯了。"

翟辰听到这话，乐了："别紧张，高小姐，嫉妒使人面目丑陋。得不到我，你也不能诅咒呀。这么着，我给你出个主意，有个办法，保证杀手伤害不了你。"

"什么？"高闻筝听到后半句，暂时没有计较翟辰说她面目丑陋的事，紧张兮兮地侧身细听。

翟辰左右看看，压低了声音严肃地道："你去自首，承认你雇凶杀害亲弟弟，那杀手是男的，女子监狱他进不去。"

"噗——"高雨笙刚喝的一口茶，突然呛住了。

第三十一章

高闻筝气得脸色铁青："不管你信不信，我没叫人杀你。"

高雨笙沉默以对，没说信也没说不信。

翟辰煞有介事地点点头："对，你没叫人杀他，叫人弄断他一条腿而已。谁知道这钱给多了，杀手一高兴决定回馈老客户，顺道杀了他就当给你打折了，对吧？"

"你……"高家姐姐憋气半晌，重重地用手杖戳了一下地面。

"哎，别呀，这地板很贵的。"翟辰赶紧看看被她戳的地方，生怕戳出个坑来被医院索赔。

高闻筝坐不下去了，冷哼一声站起来："我们两个在一起，相对会安全很

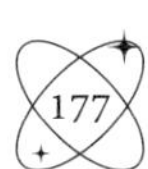

多。既然你不领情，我也就不住这里了，你就跟你的金牌保镖过吧。”

“哪儿安全了，一杀杀两个，省得杀手跑两趟吗？”翟辰做了个串糖葫芦的手势。

高闻筝咬牙，拎起手包转身便走。刚走到门口，又定下脚步，转身看向高雨笙：“你不是要独立吗？你妈那个矿的破事，早点解决，别连累爸给你擦屁股。”

说完，便踩着细脚高跟鞋，拄着细脚手杖，“笃笃笃”地走了。

高雨笙瞬间皱起了眉头。

“你这三只脚的姐姐，说话真是越来越难听了。第一回见她的时候，还是个家教良好的富家女模样呢。”翟辰煞有介事地摇摇头。

高雨笙斜瞥他，这还不都是被你气出来的，不过这话他没敢说，哥哥是只能用来吹的：“你注意到她最后一句话了吗？”

“擦屁股？”翟辰想了一下，“哦，她说矿的事。”

高雨笙点头，翻开手机给他看。那个孩子得白血病的家长，前几天一直在闹腾，还接受了一家小网络媒体的采访，坚称那个矿洞有问题，希望有关部门去查查。结果现在，那些发言全都删光了。只留下了昨天发的最后一条。

小明轩妈妈：前些天，孩子突然病重，我和孩子爸爸作为家长，非常焦虑，冲动之下做了不该做的事。在这里，向无辜被牵连的警察同志和已经倒闭了的矿业企业道歉。孩子生病，是因为收买他的那家人，长期给他吃发霉变质的食物，这才得了血癌。目前已知筹集到了治病的款项，暂时不需要捐助，感谢大家的关注，再次致歉。

下面的评论炸开了锅，大多是骂他们的。

——哇，不调查清楚就开撕，警方好可怜啊，救了你家孩子还要被你挂出来骂。

——我是另一位被救孩子的家长，我们在家长群里劝他们了，他们坚持认为是矿洞辐射导致的。如果有辐射，我家孩子怎么就没事呢？

——给孩子吃变质食物，这些人也太变态了。

——人家矿都倒闭多少年了，锅从天降。

——只有我怀疑，这家人是被威胁了吗？这态度转变也太快了。

少有的质疑，被淹没在成千上万的骂声中。网友们一哄而散，再没有人关注这件事，不出三天，人们就会把这个名叫明轩的孩子遗忘。

翟辰看着这三百六十度大转弯的消息，挠头半晌："所以说，这是你爸做的？"

记得高雨笙刚住院的时候，高震泽来看他，破天荒说了一句感人的话，"安心养伤，剩下的交给爸爸"。不过，高震泽管这家闹事的人做什么？这又不妨碍高雨笙。

"他是为了他自己。"高雨笙冷笑。

在高雨笙出生之前，叶蓉就已经承包了高远矿业。作为叶蓉的丈夫，高震泽显然是知情的。而且他可能比叶蓉本人知道得更多，毕竟，他靠着雪头金，搭上外国航天局的关系，得到了先进的汽车制造技术。

但雪头金，是一种天然的有色金属合金。而有色金属，是不允许私人开采的，更何况这期间还牵扯到众多伤病的工人。最不想让矿洞引起公众注意的，就是高震泽了。

翟辰了然："那就解释得通了，突然消失的那些新闻，还有小明轩他们家……不过我很好奇，要说买通媒体撤新闻还好说，这小孩的家属他怎么搞定？"

家里就一个孩子，宝贝得跟眼珠子似的。现在这眼珠子得了绝症，就算给钱也不能压住家长的愤怒吧。

高雨笙抿唇："很简单，以好心人的身份介入，想办法让家长相信这事跟收买方没养好有关。之后承担孩子所有的医药费，花多少给多少，这钱只打到医院账上，一旦家长又乱说话，即刻停止给钱。"

这样的处理方式，放在十五年前可能不太行，但现在的高震泽有的是钱，摆平这种事都是小意思。

"哇，你们有钱人的手段，真的脏。"翟辰啧啧感慨。

高雨笙小心地看着他："我没干过这种事。"

"哈哈，想什么呢？没说你，"翟辰笑着捏他鼻子，"哥哥是混堂口的人，脏手段见得多了，大惊小怪。"

高雨笙顺着问："什么脏手段？"

"嗯，比如没钱买烟了，就欺负一个你这样的，叫你天天给哥哥买。不给钱就把你裤子脱了，扔到学校门口看你哭鼻子。"

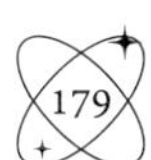

高雨笙被他言语中的场景刺激到了，眸色倏然变暗，哑声叫了句："哥哥。"

"咯……"翟辰干咳一声不敢再逗他，索性把人拉起来继续练习走路，"别瞎叫唤，叫出事了你现在可受不住。"

高雨笙："……"他觉得哥哥好像误会了什么，不过现在说这个明显自己不占优势，明智地选择了闭嘴。

翟辰扶着他慢慢走："哎，你不是说杀手和引导你去看矿洞的人有关系嘛。那，你姐姐这是跟你爸作对呢？"

高雨笙一只脚还是不能触地，说是练走路，扶着翟辰也只能练练跳。蹦蹦跳跳着说话气息不稳，等开口的时候，他就停下蹦跶，扒着翟辰的肩膀休息片刻："高闻筝要做这事，早就做了，不会等到现在。何况，现在扳倒高震泽，对她没好处。"

到目前为止，高震泽中意的继承人都是高雨笙，在重男轻女的他看来，高闻筝的继承顺序是排在高牧笛那个废物点心之后的。

翟辰："所以？"

高雨笙："所以，高闻筝可能只是其中一环。"

这样的推断，让两个人都沉默了下来。看不见的危险是最麻烦的，如果对方只是想要揭露当年的真相倒也没什么，可是对方所求的显然远不止于此。一张无形的网正在慢慢铺开，试图把所有人都粘死在上面，然后一把火烧个干净。

两人困在这间医院里，知道的信息很少，目前唯一能做的只有保全自己。

"没事，咱们就做个缩头龟，躲在壳里不出去。"

夜晚来临，翟辰让檬檬继续睡病床，美其名曰给他监测心跳，又掖好被角把天赐哄睡。

睡到半夜，突然被手机惊醒。翟辰赶紧接起来，以免把床上的真心脏病人吓出问题来。他开了夜间模式的，只有熟悉的电话打三遍才能响起来，多半是有急事。

电话是南山疗养院打来的，里面的人说得又快又急："是姚红梅的家属吗？刚才护工发现她在屋里昏迷了，我们现在要赶紧把她送到市区的医院救治。"

"怎么回事？！"翟辰瞬间从床上跳下来。

高雨笙把床头灯打开，坐起来："怎么了？"

"我养母昏倒了，要送到市里急救。"翟辰转头跟高雨笙说了一句，又继续

跟电话那头了解情况。

“送到这边来吧，我叫人安排，你也方便照顾，”高雨笙捏捏他的手，“有救护车吗？”

“有。”翟辰也不矫情，直接同意把养母拉到这家医院的提议，交代疗养院把人拉过来，并告诉他们地址。现在方初阳不在市里，他不能离开高雨笙太远，一个人照顾这么多人根本没法来回跑。

高雨笙拨了内线，将疗养院的联系方式告知，让这边的急救跟那边的救护车取得联系。夜里交通顺畅，不到半个小时的时间，救护车就呜哇呜哇地跑来了。

“病人三高，有糖尿病、老年痴呆病史，目前看来应该是糖尿病的并发症。已经做了急救，目前还需要观察一下。”急救室推出来还在昏睡的胖老太太。

姚红梅在女儿死后，出现了老年痴呆的病症，越来越严重。到翟建国去世的时候，已经糊涂到生活不能自理了。

家里一个痴呆老人，一个嗷嗷待哺的小孩，要看护至少得两个人。兄弟俩得赚钱生活，不得已就把养母送去疗养院，花高昂的价格请人看护。翟辰则辞了高薪的挖掘机工作，一边做幼儿园老师一边带孩子，兼职做保镖赚钱。

翟辰找了个轮椅，推着高雨笙隔着玻璃墙看他的养母。胖乎乎的老太太看起来十分安详，或许是因为痴呆之后忘记了烦恼，看起来还挺年轻。

“我这算是，见过你养母了吧？”高雨笙仰头问翟辰。

“隔着玻璃见的啊。”翟辰伸指头杵他。

高雨笙捂住脑袋。

翟辰看着他，突然苦笑了一下：“这杵人脑袋的动作，还是跟我妈学的呢。她以前是个小学老师，嘴巴特别厉害，骂起人来一套一套的。”

高雨笙拉了他一下：“那等她醒了，再跟她介绍我吧。”

第三十二章

翟辰再次推着高雨笙来看养母的时候，她已经醒了，正坐在床上由护工看护着吃饭。

南山疗养院派了一名护工在这里跟着，这边医院也有护士帮忙，将老人照顾得挺不错。姚红梅现在自己吃饭不成问题，端着一碗清淡的小粥皱眉头：“红烧肉。”

“现在不能吃红烧肉。”小护士一边给她换点滴的药水一边笑着说。

“我说要吃，你们就得给我吃，听老师的话！”姚红梅竖着眉毛，说出的话铿锵有力。

护士忍不住笑起来。南山的护工都习惯了，也不理她，只看着她吃别撒到身上就行。

“哼！”姚红梅气哼哼地吃起来。

翟辰拉着刚进去半个轮子的轮椅退出来，站在屋外一言不发。高雨笙抬头看他，用眼神询问怎么了。

翟辰竖起单指点点嘴巴，示意高雨笙别说话，低声跟他咬耳朵：“我妈瞧见我，肯定要闹着吃红烧肉了。等她吃完咱们再进去。”

高雨笙抿唇轻笑，点点头。

其实姚红梅已经有段时间不认人了，糊涂到连翟辰和方初阳都不认得，只是本能地瞧见他俩就闹着要吃红烧肉。前段时间有所好转，认出了翟檬檬，也不知道还能不能认出翟辰。

等里面吃完，翟辰深吸一口气，推着高雨笙进去。

吃饱喝足的姚老师，正推着移动输液杆在屋里瞎转悠，嘴里念念有词：“黄河之水天上来，奔流到海不复回……”

翟辰看着那胖乎乎的背影，笑着叫她：“妈。”

姚红梅转过头来，疑惑地看了看他，推着输液杆走过来，抬手照着翟辰的胳膊就是一巴掌：“野小子，你跑哪儿去了？！老师说你今天又逃课了！”

“没，没逃课，”翟辰惊了一下，也不躲，一动不动地看着她，“妈，你认得我？”

“又跟我演什么戏呢，翟星星？！你戏这么多，怎么不去读戏校啊？”姚老师说着又要揍他。

翟辰满眼惊喜，慌忙躲开这一巴掌：“哎，妈，妈，别打。我带朋友来看你呢。”说着，把轮椅往前推了推。

没想到时隔多年，养母竟然重新认出他来了。翟辰高兴极了，想趁着妈妈还算清醒的时候，给她介绍天赐。

姚红梅转头看向高雨笙：“这么俊的小伙子，叫什么名字呀？”

昨天晚上，翟辰跟他讲了许多小时候的事。星星被领回家的时候，姚红梅

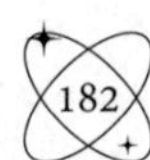

很是生气，说家里本来条件就不好，现在又多个孩子要养活，实在困难。许是当老师的职业病，她说话总是带着批评，很不好听，起初翟辰很是怕她，第一天晚上都没敢说话。

不过她这人嘴硬心软，说着嫌弃，第二天就给翟辰买了新衣服。后来翟辰放开了就开始调皮，皮得上房揭瓦，也就姚红梅收拾得了他。

听过姚老师战绩的高总，对这位母亲是怀着敬畏之心的，此刻被姚老师的目光一扫，瞬间绷紧了下颌。好像参加入学面试的小学生，在老师的注视下连自己叫什么名字都忘了，他想叫一声阿姨好，开口却是："妈……"

屋里陷入一片沉寂。

护工见翟辰来就起身出去上厕所了，护士换了药早离开了，这会儿就他们三个人。

翟辰看着傻乎乎不知所措的天赐，差点没憋住笑："喏，妈，他叫高雨笙，是我……"

"他是你朋友啊？"姚红梅凑近了看。

这话说出来，翟辰和高雨笙都呆住了，互相看了看。翟辰试探着承认："啊，他是我弟弟，天赐。"

"挺好，挺好，小伙长得真帅气。"姚老师推着输液杆绕着高雨笙转一圈，忽然反应过来，"哎，不对！"

翟辰试图继续忽悠："哪儿不对了？他长得帅，又有钱，名校毕业，自己还开公司呢。"

姚红梅苦恼地皱起眉头："好是好，但是个残疾人。"

高雨笙："……"

翟辰："哈哈哈哈哈哈！"

解释清楚高雨笙只是受伤，过一段时间就不是残疾人了，姚老师就愉快地接受了这个新的家庭成员。高雨笙也毫无障碍地叫起了"妈"。

老太太还得再住几天院，把并发症控制住再回疗养院。左右都在一个医院里，翟辰照顾起来也不费什么事，也就坐两趟电梯的工夫。

翟辰发了消息给方初阳，告诉他这边的情况，以防他接到疗养院的通知吓一跳。方初阳到了半夜才匆匆回了一个"好"字。翟辰又问他什么时候回来，

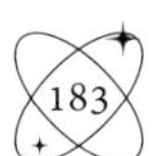

那边就没有再回复了。

“哎，你说说，我们家这情况。家中兄弟两人，一个挑起了生活所有的重担，一个甩手不管在外花天酒地，是不是能上个《金牌调解》《老娘舅》之类的节目？”翟辰站在几步开外，让高雨笙拄着拐杖往自己身边走。

高雨笙认真地倒腾着拐杖，没有回答这个问题。

翟辰自己倒是乐呵呵地继续分析 ：“哎呀呀，你这豪门的金孔雀，可是掉进我这大穷坑里啰。”

高雨笙站直了身体，拽拽弄皱的衣摆 ：“哥哥是天上的星星，就算有坑也是价值连城的陨石坑。”

翟辰被这机智的话给镇住了 ：“你现在很嚣张啊，都不是背台词，会自己创作了。”

咚咚！外面响起敲门声，翟辰以为是檬檬回来了，过去开门。一打开，却发现门外站着高雨笙他爸——高震泽，外加四个保镖、两个助理。

差点忘了，这间房子是高父掏的钱，他拥有跟翟辰一样自由出入医院的权限，不需要通过前台打招呼，直接就来了。

高震泽大步流星地进屋，坐在沙发上，抬抬下巴示意高雨笙到自己身边来。

助理给二人倒了茶，保镖检查了屋子里的摄像头，确认实时监控已经关闭。事实上，只要翟辰不出去买东西，这摄像头就一直是关着的。翟辰瞬间警惕起来，守在高雨笙身边盯着那些保镖。

保镖们并没有计较翟辰总是关闭摄像头的意思，确认之后就站着不动了。统一的黑西服、黑墨镜，背着手站立，跟穿着毛衫吊儿郎当的翟保镖形成“惨烈”的对比。

“能下床了？”一个多月没来看过儿子的高震泽，仔细瞧了瞧高雨笙的模样。见他气色健康红润，还自己拄着拐杖，想来恢复得不错。

“嗯。”高雨笙回了个单音，坐到与父亲相对的单人沙发上。

高震泽对儿子的冷淡有些不满，皱眉喝了口茶水，对其他人道 ：“你们都出去。”

保镖和助理一言不发地出去了。翟辰好似没听见，站在角落里减弱存在感，被高震泽瞪视 ：“你也出去。”

高雨笙看看满眼担忧的翟辰，冲他点点头，自然地摸了一下左手的腕表。

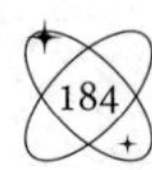

翟辰瞧见这动作，口水差点喷出来，冲他比了个大拇指，拎起沙发上的背包走出去。

病房门关合，隔音良好的门顿时将父子俩的谈话掩住，什么也听不到了。

离门把手最近的位置被高震泽的保镖霸占，翟辰索性抱着手臂靠在门上，把持住整个门。这样不专业的姿态遭到了其他保镖的鄙视，翟保镖毫不在意，计算着如果打起来了先把哪个撂倒。

屋内的父子俩，并没有打起来的意思。

高雨笙不说话，等着父亲开口。

“之前那个给你发照片的人，又发别的了吗？”高震泽突兀地问了这么一句。

高雨笙定定地看着他，没有回答这个问题，反问：“你收到匿名邮件了？”

“我问你话呢。”高震泽有些不满，这个儿子很优秀，就是不听话，每次跟他说话都有一种失控的感觉。

“没有。”高雨笙干脆利落地回答。

高震泽点头：“如果近期收到匿名邮件，马上告诉我，我请了专人追查。不管谁跟你提起高远矿业的事，不要理会，只管安心养伤，知道吗？”

高雨笙不置可否，眸色冷淡地看着父亲。

高震泽并没有察觉到，摸摸口袋似乎想抽根雪茄，想起来这是医院又作罢，端起助手泡的浓茶喝了一口：“有竞争对手知道了当年的事，正在想办法扣锅给咱父子俩，好把我们踢出董事会，造成九逸股价暴跌。绝对不能上当，不要跟任何人包括你的保镖讨论这件事。”

翟辰贴在门上，试图听父子俩的谈话，奈何两人说话声音不高，隔着这么远外加一道门板，只剩下低低的嗡嗡声。

正听得认真，门突然从里面打开，翟辰瞬间没了支撑，差点撞到高父的鼻子。赶紧站直了身体，看一眼好端端坐在沙发上的天赐：“高先生，谈完了？”

高震泽皱眉看着眼前这个细皮嫩肉的保镖，听说这保镖能力很强，但怎么看都是个不靠谱的小白脸。没有回答翟辰这毫无意义的问题，高震泽看了他几眼便直接走了，四个保镖、两个助理整齐地跟在后面，宛如皇帝出巡。

“你爸爸说什么了？”翟辰毫无作为保镖不得打听雇主隐私的自觉，说这话间检查了一遍房间，以防那些保镖留下什么窃听设备。

“他应该是收到匿名邮件了，跟高远有关的。”高雨笙拿过电脑，找出当时

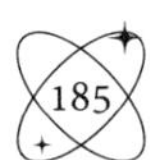

给他发照片的那个邮箱。这个发件地址他追踪过，网络节点在国外，可能是使用了技术手段更改，也可能发件人就在国外。

连高震泽请的专家都没有追踪到，对方的技术可见一斑。发件人，早就做好了充足的准备，一点一点发东西出来，先刺激他，再刺激高震泽。

翟辰了然："看来邮件里的东西让你爸爸慌了。"

叮——电脑里的通信软件显示了一个视频请求，把正分析匿名邮件的两人吓了一跳，高雨笙谨慎地点开，上面显示：您的好友阿奇伯德发来一条视频聊天请求。

"……"

竟然是许久不见的阿奇。

点了同意，没看到阿奇那张金发碧眼的俊脸，只看到了两个深邃的黑洞。翟辰吓了一跳："我去，这是病毒吧！赶紧关了！"

"不不，别关，是我，"阿奇赶紧说了句话，证明那是自己，"噢，天哪！这个摄像头怎么搞的？"

嘟嘟囔囔地调整镜头，骤然拉远，两人这才看清，那幽深的黑洞是阿奇的两个鼻孔。

"嗨，好久不见！"阿奇那边是晚上，背景是装修简约大气的卧室。

翟辰扒着高雨笙的肩膀凑过来看，从阿奇的角度看就是两人正黏在一起。

阿奇耸耸肩："作为已婚男士，我现在可不会被你们伤害了。"说着，炫耀起他已经结婚的事。为了收养思思，他可谓下足了功夫，接下来准备开始办收养程序。

因为先前的部分手续已经办好了，只等过了考察期，他就可以来这边把思思接走了。

"恭喜你，"高雨笙没耐心听他讲这些，"有什么需要帮助的吗？"

"啊，我想给思思寄点东西，但是又不放心。可不可以寄给你，你帮我带过去给她？"

阿奇正说得高兴，背后房门被打开也不知道。镜头中显示出一位年轻的小帅哥，穿着紧身背心进来，一边走一边用毛巾擦着汗，似乎刚运动过。瞧见阿奇正在视频聊天，淡定地看了一眼便准备离开。

阿奇回头招招手，那小帅哥便走过来，单手撑在桌上跟翟辰他俩打招呼：

"你们好，我是阿奇的朋友，你们可以叫我 KK。"

翟辰英文不好，是高雨笙给他翻译的。

心不在焉地闲聊几句，在高雨笙劝他关了电脑的时候，阿奇才想起来自己本来要说的话。

"什么网站？"高雨笙蹙眉，"提到高震泽了吗？"

阿奇告诉他，外国网站上有一则关于他们家的新闻，看起来匪夷所思。因为提到了高雨笙和九逸集团的名字，这才被阿奇注意到。

高雨笙点开发过来的链接，转跳到一个全英文的网页。刚打开就看到了一张醒目的照片，正是他妈妈站在高远大楼上准备跳下去的那张。

第三十三章

"别看！"翟辰一把捂住高雨笙的眼睛，"我替你看，看完再告诉你。"

看旁边的滚轮就知道这网页很长，照片绝不止这一张，翟辰担心后面有更加可怖的画面。上回高雨笙看到这张照片时的反应还历历在目，绝对不能再给人刺激得犯病了。

阿奇忍不住"哇哦"了一声。

翟辰瞪了一眼不分场合的老外："阿奇先生，你不去陪你的朋友吗？"

刚才阿奇就有点坐不住了，为了在合作伙伴面前保持风度就一直没动，这会儿翟辰提起来，阿奇立时就坡下驴地说了"拜拜"。

翟辰一边跟阿奇说着，一边快速浏览网页，高雨笙闷声闷气地跟阿奇说了声再见。摄像头关闭，小窗口顿时一黑，翟辰已经看完了所有图片。

"上面说的什么？"高雨笙问道。

翟辰讪讪地放开手："呃，不知道。"

"嗯？"高雨笙疑惑地抬头。

"都是英文。"翟辰耸耸肩，他对任何语言的接收和模仿能力都很强，但字就不大认识了。

除了第一张跳楼图片，后面的照片在翟辰看来都没什么危险，便放开让高雨笙自己看了。高雨笙沉默着慢慢看完，眉头一点一点地皱起。

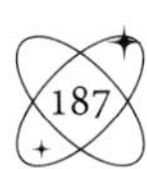

“这写的是什么？这些烂手烂脸的，是当年那些工人吧。”翟辰指着中间的一张图片问。

高雨笙微微颔首，将页面重新拉到顶部，又仔仔细细看了一遍，长长地呼出一口气：“确切地说，这不是一则新闻，是一篇股市风险预测。”

“啊？”翟辰不懂这个，拿出手机准备用翻译软件看看。

高雨笙慢慢解释：“这个网站，相当于一个开放的经济论坛。你知道，九逸是在国外上市的，这篇文章就是在分析九逸的股价走向，顺道……分享一个耸人听闻的故事。”

最后这句，是文章的原话。

> 一位当地的友人，向我提供了一份翔实的资料，这里面的东西匪夷所思，甚至令人作呕。我不知道该不该在此刻公布出来，因为没有能力进行更加深入的求证。经过一番挣扎，我还是觉得应该让你们知道。

作者啰唆了一堆，撇清关系，之后才进入正题，讲述了十几年前发生在中国的一件事。

当时有一个小的矿业公司，名叫高远矿业，本来只是开采贩卖铁矿石，偶尔做出口生意。后来，这个矿业公司突然倒闭了，法人代表叶女士跳楼身亡，而这位叶女士就是现在九逸集团董事长儿子的亲生母亲。配图就是第一张天赐妈妈站在高远办公楼顶层的照片。

这样的开端，才能让不明真相的老外看下去，大概明白这跟主题有什么关系。

“咝——”翟辰没心情看翻译了，直接听高雨笙讲。写文章这人看来知道得挺多，把高雨笙都牵扯进去了。

高雨笙单指点着屏幕，逐字逐句念给翟辰听：“从某一天开始，大量的矿工生病，病症各不相同。”

> 他们认为是矿洞有危害物质导致生病，矿主则认为他们生病与自己无关。当地的工伤鉴定机构鉴定为非工伤，法院不予受理。这些工人得不到救助，只能自己去抗议。

配图就是那些得各种病的工人，看照片已经有些年份了。皮肤溃烂的矿工，翻着红肿皲裂的手给拍照的人看；得了癌症的矿工，枯瘦如柴地躺在病床上挣扎。几张图放在一起，便是活生生的人间炼狱。

没有工伤鉴定报告，这官司确实没法打，连劳动仲裁都不行。

这样的悲剧，最后以法人代表从高楼跃下结束，而贩卖带有辐射效果的珍贵矿石所得的金钱，全部被叶的丈夫带走。十几年来杳无音信，直到有人查出他们的孩子高雨笙的踪迹，才知道叶女士的丈夫，就是现在九逸汽车制造的董事长高震泽。

到了这里，才算是点出了文章的核心。笔者提醒投资者，最近有人在查这个案子，如果高震泽牵连其中，必然会导致九逸的股价波动。最后的最后，附带了一张小图，是一份打了马赛克的鉴定报告。

大概是因为以后要作为证据，不能公布，只能看到个边框，内容都被遮盖了。但笔者坚定地说，这一份是权威研究所出具的矿石分析报告，证明那份矿石含“有色金属”。一旦被警方知道，高震泽就要“铁窗泪”了。

翟辰看得心惊肉跳，伸手揽住唇色发白的雨笙。先前只是怀疑，这里直接点出来，钱就是被高震泽卷走了。

高雨笙眸色冰冷："他有钱，不赔给工人，眼睁睁地看着我妈去死。"

比黄金还贵的雪头金，挖了数年。那么多的钱，足够赔付所有矿工的医药费。可最后只是象征性地赔了带头闹事的，不巧这两个带头人在回去的路上却被杀了，最后逼得叶蓉跳楼谢罪。

“这个写文章的，是不是就是给你发邮件的人？你爸收到的邮件，不会就是这些内容吧？”翟辰捏捏他的肩膀。

“嗬，恐怕比这个更具体，不然他也不至于慌成那样……”高雨笙顿了一下，突然啪嗒合上电脑，“我知道了！”

“啊？你知道什么了？”翟辰不明所以。

“策划这些事的，一定是与当年那些矿工有关的人。他们想要翻出当年的案子，让高震泽得到报应！”

第三十四章

当年那些受到辐射的矿工，并没有得到足够的赔偿。之前高震泽说过，他卖了一套房子来帮助叶蓉，赔偿了带头闹事的人。也就是说，除了带头的那两个，其他人连个工伤鉴定也没有。

许多工人死去，出现大量的孤儿。叶蓉的父亲叶逢秋为了弥补这些过错，辞去了矿业局的职务，在高远孤儿院照顾这些可怜的孩子。如今，那些孤儿都长大了……

翟辰皱起眉头："但是，之前咱们分析，杀手的事也跟矿洞有联系。那要是矿工的后代做的，他们应该去杀你爸爸，杀你做什么？"

高雨笙垂目："父母都参与其中，用血肉换来的钱过奢侈的生活，最该死的人就是我吧。"

"胡说什么！你那时候才几岁，"翟辰扯扯高雨笙的耳朵，叫他清醒点，别什么难听的都往自己身上揽，"那这么说的话，杀手不是你姐雇的了？"

高雨笙摇头，否定了这个猜测："她应该有参与。"

看高闻筝这几次的反应，很难让人相信她是无辜的。至于是她利用了别人，还是别人利用了她，就不好说了。

"那还是得打她一顿。"翟辰总结道。

说了半天，哥哥却得出了这么个结论，高雨笙忍不住笑了："我猜，是高闻筝雇了杀手来弄断我的腿，被那些人截和了。用她的钱，想直接要我的命。"

翟辰抓住那毛茸茸的脑袋拍了拍："然后因为你姐姐人傻钱多，给钱给太多，人家买一赠一顺道想把她也杀了？"

高雨笙："……很有可能。"

"什么呀，你就跟着同意。"翟辰哈哈笑，自己随口胡扯的，这小子还认真点头，吹哥哥吹得相当敬业了。

高雨笙任由他把自己的头发弄成鸡窝："杀了高闻筝，也是对高震泽的报复，顺手的事。"

双手沾染了"总裁の智慧之光"，翟辰觉得这话有道理。按武侠小说的思路，这种深仇大恨应该灭恶人满门才能平息怒火。

厘清了其中的关系，"翟柯南"忽然灵机一动："这么说的话，上回你弟弟

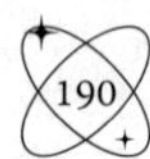

牵扯进贩卖儿童那件事里，也跟这些人有关了。”

就这么三个子女，弄一个进去蹲监狱，杀两个，可谓斩草除根，永绝后患。

高雨筚抬头看看他：“我都没想到，哥哥不愧是高等生物，智慧不是凡人可以比的！”

翟辰：“……”

高等生物哥哥很苦恼，怎么让天赐知道，过分的吹嘘并不能达到夸奖的效果。

讨论过后，高雨筚就又忙着敲击电脑了。发了好几封邮件出去，又给高远孤儿院打了电话，请孤儿院的院长帮他找找当年高远矿业的孤儿名单。

高远孤儿院现在是标点地图每年定点资助的对象，高雨筚还牵头筹措帮助全国孤残儿童学习技能的基金，因而跟孤儿院新调任的这位院长已经很熟了。

“这些孩子，都是我外公养大的，我想知道他们现在过得如何。”高雨筚在电话里说得非常诚恳，带着点怀念。

那边犹豫了一下，便答应帮他查找：“之前路长华他们烧毁了不少资料，估计不太好找，我想办法去市里资料库找找。”

“太感谢您了，啊对了，有一家做尿不湿的合作商可以给我们提供一些库存商品，您那边需要吗？”

翟辰在厨房里，听着天赐用各种准备好的台词忽悠人，忍不住伸头偷瞄了一眼。谈生意时的高雨筚，无论语气如何，神色都是平静淡漠的，颇有“谈笑间樯橹灰飞烟灭”的霸气。

“舅舅，流口水了。”翟檬檬仰头看着他。

翟辰赶紧摸了一把嘴角，什么都没有，低头瞪视胡说八道的小孩：“瞎说什么，你舅舅我有那么没出息吗？”

翟檬檬疑惑地把脑袋歪成了猫头鹰：“我流口水，您怎么没出息了？”他是闻到舅舅炖的排骨，饿得前胸贴后背了，想提醒舅舅别发呆了，赶紧做饭。

“去去去，找姥姥玩去，做好了叫你。”翟辰把小孩推去开玛莎拉蒂，自己转身继续做饭。

这边高雨筚的调查才刚开始，那则股价分析的文章已经传到了国内。这种涉及上市公司股价的文章，媒体轻易不敢乱发，特别是有关九逸的。高震泽独揽大权的管理方法有利有弊，最明显的特点是，整个公司的做事态度都跟他这个人很像，追究到底，睚眦必报。

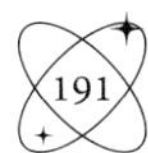

但凡敢造谣九逸的，有十个人造谣，就告十个；有一百个人造谣，就告一百个。几年前有人造谣九逸的动力系统有问题，对方道歉了九逸也不肯罢休，非要将造谣生事的送进监狱才算完。

谨慎归谨慎，但总有胆子大的人，将这篇外网上的文章截图贴了出来。

涉及矿难、工伤鉴定困难、豪门发家史，还有今年受关注度极高的青年才俊高雨笙，瞬间获得了极高的关注。热度上去之后，媒体纷纷转载，都用尽量客观的语句翻译、描述，不加任何评论，以免被九逸法务部盯上。

网友们就没这么多顾忌了：

——这事肯定是真的，高远矿业以前是致远矿业集团的，改名叫高远，那肯定是因为高震泽姓高啰。

——都病成这样了，为什么不能做工伤鉴定？

——那还用问。十几年前，还是鸟不拉屎的小县城，高远矿业肯定在当地只手遮天，能鉴定出来才怪了。

——呕，之前还花痴过高雨笙的颜，想想他是靠吸这些工人的血长成这样的，就觉得恶心。谁再叫他老公，谁就是喝人血的姨太太！

——楼上，你一个男的叫什么老公，装什么颜粉？你就是嫉妒人家长得帅又有钱吧，父母的错跟他有什么关系？

于是，就这么吵了起来。而热度，自然是越吵越高，有人直接拿着这篇外国文章举报，要求彻查高震泽。

网络上的真真假假，暂时不会影响到现实生活。人们虽然吵得凶，但没有人敢去九逸大厦闹事。最先有反应的，是金融市场。对于上市公司来说，实际控制人的丑闻是致命的。

季羡鱼都忍不住跟高雨笙打听，以期靠着私人关系得到小道消息。如果九逸的股价确定在未来会暴跌，这时候做空就能大赚一笔。

“短时间内，波动不会太大。”高雨笙一只手拿着手机，另一只手滑动鼠标，电脑屏幕上全是各种翟辰看不懂的折线图。

“这么说，这事是假的了？”季羡鱼低声问。

高雨笙没有直接回答：“帮我投一笔吧，做长期。”

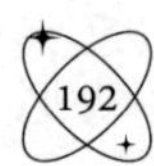

“啊？”季羡鱼没反应过来，“怎么着，你觉得短期没事，但长期有事？”

高雨笙依旧不予回答：“我下午把钱划过去。”

“行，我保证给你办妥了。”不需要高总多说，季羡鱼已经明白了。为了感谢高雨笙这么够意思，不收他服务费。

翟辰端着排骨过来，听见高雨笙说“投着玩的，赚个结婚钱”。抬眼看过去，就见总裁先生冷静霸气地挂了电话，随后，眼巴巴地望过来等投喂。

翟辰失笑，盛了碗汤给他：“你怎么知道短时间内没事？”

高雨笙捞了一块排骨塞进嘴里：“哥哥要不要跟我打个赌？”

“赌什么？”

“24 小时之内，九逸就会有回应。”

既然高震泽收到了信，以老狐狸多年在商场摸爬滚打的经验，肯定早就做好了准备。只不过，这个回应之后，还有什么等着他，就不得而知了。

果然不出高雨笙所料，就在当天晚上，九逸便发布了辟谣的公告，并且让高闻筝做发言代表，立即召开记者会，澄清这件事。因为时间匆忙，外地的媒体无法赶到，这场记者会允许直播，以求在最短的时间内做最广的传播。

翟辰和高雨笙就守在病房里，吃着零食看直播。

记者会设在一家高级酒店的会议厅，时间仓促，连个横幅都没来得及做，就在大屏幕上打了几个字。穿着墨绿色连衣裙、戴着墨镜的高闻筝走上台，将手杖挂在演讲桌边，缓缓取下眼镜，傲慢地环视场内。

啪嗒，高雨笙合上平板电脑的外壳，直接锁屏。

翟辰正看得聚精会神，突然没了画面，疑惑地转头：“怎么了？”

高雨笙低头：“没什么意思，我们不看了吧。”

翟辰装作没看到那捏着平板边缘微微泛白的指尖，笑着问：“你已经猜到她要说什么了？”

他确实已经猜到了，本来觉得无所谓，在看见高闻筝那傲慢眼神的一瞬间，突然就不想听了。高雨笙也不知道自己怎么了，或许因为翟辰在身边，原来不觉得委屈的事，忽然就变得委屈了起来。

“也没什么，还是看吧。”重新打开平板，高雨笙忍不住笑自己，刚才有一瞬间竟然盼着翟辰来哄哄自己，真是疯了。

两人是并排坐着的，从翟辰的角度，只能看到天赐的侧脸。

“啧，你姐长得是有点吓人。”

高雨笙愣怔了一下，才意识到，这是翟辰在哄他。心中的空隙被填得满满当当。没有可以攻击的缝隙，自然无坚不摧，所向披靡。

再次打开，高闻筝已经结束了开场白，直入正题，一如既往地尖酸刻薄：“文章中所提到的高远矿业是怎么回事，我不做评价。但我可以肯定，那家倒闭了十几年的企业，跟我们高家没有半点关系。哦，也不是没有，高远矿业的法人代表叶蓉女士，是我弟弟高雨笙的母亲。

“不过，与叶女士结婚的人，并不是我父亲，而是一个名叫高成的人。这一点可以在婚姻登记系统里查到，或者各位可以查查高远矿业的资料，或许在股东或者管理层名单里能看到这位高先生。”

说着，高闻筝向众人展示了一份材料，那是高震泽的婚姻状况说明。上面显示，高震泽只结过两次婚，这两次的妻子都不叫叶蓉。

翟辰呼吸一滞，高雨笙拍拍他的手，并不如何激动。看着画面里那张盖着红章的纸，眼中尽是冰冷的讥嘲。

记者们纷纷拉近景拍摄那张纸。

“那这么说，高雨笙并不是高震泽的儿子了？”

“既然没关系，为什么要养高雨笙？”

场中顿时陷入一片嘈杂，提问的声音此起彼伏。维持秩序的主持人示意大家安静，听高小姐继续解说。

高闻筝倒是很想高雨笙跟她没有血缘关系，可惜这话不能说出来，只能保持优雅的姿态笑道：“高雨笙当年不叫雨笙，叫天赐，但他确实是我爸爸的儿子。我爸爸也是在叶蓉去世前才知道的，爱莫能助，就派了人去把孩子接过来。当时也给了叶女士一些钱，希望能帮她渡过难关，不过杯水车薪，没有帮上太大的忙。”

“嚯——”

这话一出，全场哗然。

也就是说，高雨笙，是已婚的叶蓉出轨高震泽生下来的。

凭着高闻筝那几句故意模糊了的话，可以迅速补全出一个完整的故事。叶蓉出轨，生下了高雨笙这个私生子，她的丈夫一定是不知情的。在高远出事闹大了之后，叶蓉为了保护孩子，就说出了真相，让高震泽把儿子带走。

而知道自己被戴了绿帽子的原配高成，则一气之下卷款跑路，留下烂摊子给叶蓉自己收拾。叶蓉没有办法，就跳楼谢罪了。

矿的事，自始至终跟高震泽没有半毛钱关系。他扮演的，只是一个风流但负责任的好父亲。

后面的就不用看了，翟辰关上平板，屋里瞬间安静下来，只剩下翟檬檬接连不断的小呼噜声。

“我不是私生子，我妈妈也没有出轨。”高雨笙干巴巴地说。

“我知道。”事实上，翟辰现在满头都是火，非常想冲到现场把高闻筝当麻袋反复摔打。

高雨笙掰开翟辰攥得咯咯响的拳头，语调平静：“我很小就开始记事了，根本没有第二个爸爸，那个高成就是高震泽。”

翟辰也猜到了，网络时代来临之前，户籍管理不像现在这样滴水不漏，有些人是有两个甚至多个身份证的。

高震泽当时用“高成”的身份，跟叶蓉登记结婚，合伙办厂并生下了高雨笙。等高远出事，他就抛弃了“高成”这个名字，做回高震泽，再怎么查也查不到他头上。

放在一边的手机响了，是高雨笙的，上面来电显示“爸爸”。

翟辰皱起眉头，伸手去拿：“我接。”

高雨笙挡了一下，自己接起来，开了免提跟翟辰一起听。

那边高震泽的声音听起来很是轻松，想来公司的危机已经解除，甚至还在为自己的未雨绸缪沾沾自喜：“雨笙啊，发布会上的话别往心里去，那都是为了九逸。”

谨慎的人，不会在电话里说重要的事。高震泽甚至都不肯明说“你不是私生子”这样的话，只来了一句“咱爷儿俩自己明白就行，外人说什么不要在意”。

“爸爸。”高雨笙低声打断了他的话。

“嗯？”

“你去自首吧。”

“你说什么？！”高震泽以为自己听错了。

“自首吧，把你的股份卖了，积极赔偿，争取少判几年。”这话说得毫无起

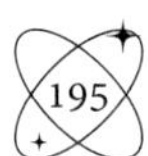

伏，机械又僵硬，仿佛是个拥有高雨笙音色的Siri说的。

高震泽深吸几口气："你这说的什么胡话？！是不是又发烧了？好好养病，爸爸过几天去看你。"

说完，直接挂了电话。

开了免提的手机，徒劳地发出嘟嘟嘟的忙音。像是父与子之间的关系，在咔嗒的挂断声响起之后，便成了两段散落在人海中的信号，再也接不上了。

第三十五章

高震泽这套隐藏多年的"撒手锏"一出，所有的质疑瞬间瓦解。人家跟高远矿业没有半毛钱利益关系，唯一的联系就是跟女老板出轨生了个儿子。他对高远矿业的责任与义务，相比之下还不如高雨笙的多。

24 小时之内辟谣，消息借由各种媒体迅速传到海外。即便股市对信息的反应有一定的滞后性，最多明天有小幅波动，很快就会恢复正常了。

九逸的股东们对这样的公关反应速度非常满意，有大股东当晚就给高震泽打电话，夸他处理得太及时了。高震泽志得意满，自然不会把儿子劝他自首的疯话放在心上。

然而，九逸摆脱了麻烦，却把标点地图推到了风口浪尖。

第二天早上，郑秘书慌慌张张地给高雨笙打电话："财富大楼外面，有几个农民工打扮的人，吵吵着要进来找您要说法。"

那些还活着的矿工，寻找高成多年无果，现在终于知道了叶蓉儿子的下落。父债子偿，心思活络的人第一时间就找上了高雨笙。

"有几个人，多大年纪？"高雨笙站在窗边，看着初阳照耀下的城市。初冬的早晨，雾气刚刚散开，远处灰蒙蒙的高楼大厦，泛着冰冷无情的色泽。

"哈呼……"翟辰洗漱完，还不停地打哈欠，看到窗边那身姿挺拔的背影，忍不住蹭过去，在粗糙的病号服上使劲摩擦了一下越来越厚的脸皮，结结实实地打了个哈欠。

初冬的冰冷，瞬间被暖化了。

"一共四个，中年人，瞧着像两对夫妻，"郑秘书回道，"他们说是高远的矿工，来找您讨债的。”

“告诉员工不要理会，你暂时也不要接近他们，让大厦保安处理。”

高雨笙饱饱地吃了顿早饭，便心态平和地开始处理工作。三两个闹事者只是开始，接下来，会有更多的麻烦找上门，他得提前做好准备。

翟辰帮不上什么忙，就带着翟檬檬打游戏。不学无术的甥舅俩，打游戏都很有天赋。打到临近中午的时候，方初阳突然打了电话过来。

“下来接我一下。”方初阳干脆利落地说。

这人竟然回来了。

方初阳从出租车上下来，疲惫地揉了揉眉心。忙碌了许多天，整个人都十分颓唐，脸上是参差不齐的胡楂，衣服也皱巴巴的。

“你这是打哪儿来啊，几天没洗澡了？”翟辰瞧见他，就忍不住嘲笑，“叫我来接你，是不是怕医院把你当流浪汉直接赶出去？”

方初阳伸手在翟辰的衣服上来回抹两下：“我脸都没洗，怎么着？”

“我靠，这可是天赐给我买的，很贵的！”翟辰夸张地号叫，躲开自家兄弟的魔爪，“你都这熊样了，不回家歇歇，跑这里干啥？”

方初阳没好气地斜瞥他：“我来看看妈，看完就回去睡。接下来说不定要封闭查案，没时间过来。”

正说着，肚子发出一声响亮的“咕”。他刚从五桐回来，风尘仆仆地换了车直接过来的，早饭都没顾上吃。

马上就到中午了，医院这会儿也没早餐供应。翟辰拽着他去门口的小吃店买了一碗牛肉粉，盯着让他当场吃完：“再忙也得吃饭，这么大的人了也不会照顾自己。哎，这我以后要是结婚了，你怎么办啊？”

“咯咯咯……”方初阳被一口汤给呛到了，抓了张纸巾擦嘴，“我吃饭的时候你能不能别说话，想呛死我吗？”

“不能。”翟辰理直气壮地说，低头给高雨笙发短信，告诉他自己带方初阳吃碗牛肉粉就上去，别等急了。

方初阳狐疑地看着他。

“哎，这次天赐做手术，我没资格签字，现在想想还是火大，回头他的命就攥在高家那群浑蛋手里了，那可不行。

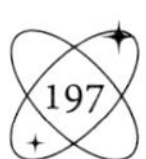

“天赐很黏人的，一会儿看不见我就要哭。以后没人照顾你，你得自己照顾自己知道吗？”

……

啪嗒，方初阳手里的筷子掉在了地上，他的兄弟疯了。

艰难地吃完了一份入愁肠肠悔青的牛肉粉，方初阳“生无可恋”地被翟辰拖进医院看养母。

姚红梅就住在一楼，很好找。翟辰推门而入：“妈，你看谁来……了。”

病房里空荡荡的，不见姚红梅的身影。恰在此时护工回来了，笑着跟他们打招呼。

“我妈呢？”翟辰问。

护工这才看向床铺，吓了一跳：“刚，刚才还在这儿呢。我去上了个厕所，怎么就不见了？”

几分钟的事，肯定出不了医院。翟辰赶紧出去叫护士，让值班台看看监控。这医院的服务极好，立刻通知监控室看刚才的录像。

“监控那边说，看见您家小孩开着小汽车来，把病人带去坐电梯了。这会儿在三楼，VIP 病房里。”服务台原话转述。

“嘿，这小兔崽子，都会拐姥姥了。”翟辰哭笑不得，带着方初阳去了三楼。

高级 VIP 套房中，推着输液杆的姚老师正在给沉迷电脑的高小朋友上课：“不要总是玩电脑，多起来活动活动。看久了对眼睛不好，要变成近视的，近视了就得戴眼镜，四只眼睛多难看。”

被批评的高总乖乖地合上电脑。

“这就对了，起来做做操，动动手脚。就算住院，也得有个课程规划，具体到几点钟干什么，四十分钟休息一下……”

翟辰进来的时候，姚老师还在滔滔不绝。没有背过应付老师的台词的高总，只能默默挨训，委屈巴巴地看过来。

方初阳努力憋笑，踢踢翟辰让他赶紧把天赐拯救出来。

翟辰回踢了一脚，大步走过去：“妈，雨笙还小，你别老说他。”

方初阳：“……”

二十多岁的总裁，还小？

这话方警官理解不了，姚老师倒是很理解：“越是小越得管，养成个好习惯。”

在一旁看热闹的翟檬檬，撕开一袋薯片，咔嚓咔嚓地吃。

姚红梅瞬间转头，瞪向吃零食的小外孙："一会儿不看你就吃起零食了，这东西多少防腐剂啊，吃了要变僵尸的。不许吃了，过来给我背背唐诗三百首。"

突然"躺枪"的小翟先生，十分后悔把姥姥带上来。

方初阳看看没事，借用了套房的浴室去洗把脸。翟辰递给他一身换洗衣服，叫他干脆洗个澡："不然等你回家一犯懒，又不洗了。"

方初阳有些不情愿，当着高雨笙的面洗澡，总觉得不大合适。

"赶紧去洗，又弄成个泥猴子，等翟建国回来就揍你。"姚老师扬了扬手里的输液杆。

"……"方初阳无法，只得进去洗了。

哗哗的水声传出来，姚老师很是满意，转头环视一圈，发现所有人都被收拾过了，还差翟辰。

翟辰瞬间意识到妈妈要干什么："妈，檬檬最近正学算术呢，我教不好，您水平高，给他讲讲呗。"

姚红梅眼睛一亮："行啊。"

再次"中枪"的小翟先生："舅舅？"

正闹着，前台通知赵子安来拜访。估计是因为昨天给季羡鱼透露消息的事，对方赶紧派赵子安来感谢一下。

这人已经在医院混熟了，很快便跑了上来，满脸笑地把一堆东西放桌上："季总叫我带了些东西过来，他说等您好了，请您到新开的酒庄喝酒。"

"赵叔叔。"翟檬檬很喜欢这个总是笑眯眯的叔叔，瞧见他，立时扑过来，好躲避姥姥恐怖的数学教学时间。

"你这孩子，正上课呢，"姚老师很不高兴，走过来要抓逃课的学生，瞧见了西装革履的赵子安，惊奇了一下忽然咧嘴笑，"赵斌，你来了！"

赵子安脸上的笑容有一瞬间的凝固。

翟辰脸色骤变，豁然起身走过去："妈，你刚叫他什么？"

"赵斌啊，我见过他，阿月带我偷偷看过他的。"姚红梅拉着翟辰，小声说。

赵子安一脸茫然："阿姨这是……"

翟辰仔细看看他，没看出什么破绽："不好意思，我妈有点老年痴呆。"

"原来如此，"赵子安了然，他也看出来姚红梅不大正常，便笑笑道，"阿姨，您认错人了。"季羡鱼要他带的话已经带到了，就跟高雨笙告辞，随手摸摸翟檬

檬的头，转身欲走。

本来呆呆地举着输液杆的姚红梅，突然一把抓住了他："不行，你不许走，我们阿月怀孕了，你得跟她结婚！"

第三十六章

这话一出口，原本不知道"赵斌"是什么人的高雨笙，也明白了。赵斌，就是翟犀月的男朋友，翟檬檬那个不告而别、人间蒸发的亲爹。

方初阳穿着浴袍，顶着满头泡沫，赤着脚就冲了出来，满脸怒容："什么赵斌，赵斌在哪儿？"

当时翟犀月谈恋爱，其实还没到谈婚论嫁的地步，也就没有见过家长。翟辰和方初阳都没见过这位准姐夫，至于姚红梅什么时候偷偷去看的，他俩谁也不知道。

赵子安无措地被老太太拉着，满脸尴尬。

姚红梅老年痴呆，时常有认错人的时候，上回还冲着方初阳喊"翟建国"。所以翟辰也无法确定是不是认错了，上前拉开胖老太。

方初阳盯着赵子安："你叫赵斌？"

"不不不，"赵子安一脸无奈，但还是好脾气地笑笑，看向翟辰，"翟先生。"

"他叫赵子安，是个基金经理，妈说他是赵斌。"翟辰简单地解释了一下。

方初阳狐疑地上下看看他："赵先生是吧，你不用紧张，这可能是个误会。但希望你能配合回答几个问题，哪个大学毕业的？认不认识一个叫翟犀月的女生？"

赵子安脸上的笑淡了下去，明显有些不高兴。任谁被疯老太太拉扯，又被人查户口也不可能高兴。不过他很有涵养，还是回答了："我是A大毕业的，不知道跟你们那位赵斌先生是不是一样的。"

这是可以向他的老板季羡鱼求证的，所以他肯定不会撒谎。翟辰拍拍方初阳，跟赵子安道歉："不好意思。"

赵子安温和地笑了笑，转身离开了。

前脚刚走，后脚高雨笙已经给季羡鱼打了电话过去："赵子安是A大毕业的吗？"

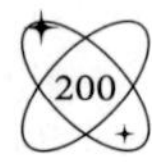

那边季羡鱼仔细想了一下：“我记得是，怎么了？”

“有个熟人说可能是他同学。”高雨笙随口道。

季羡鱼：“哦，我叫人事再确认一下。”

高雨笙：“顺道查一下，赵子安有没有曾用名。”

“成。”季羡鱼答应下来。

翟辰叹了口气，叫方初阳赶紧回去把泡泡冲了，自己拉着吵嚷不已的养母安抚。姚红梅还在不停地吵吵：“你怎么能让他走了呢？叫他回来，你姐姐怀孕了，就是他的孩子，他得负责任！”

“回头我找他谈谈，行吗？他这会儿不承认，咱们也没办法。”翟辰叫护士来把妈妈带走。

“这种事，他不承认就算了吗？你怎么跟翟建国一样没出息？不行，我得找他去。”姚红梅甩开护士的手，骂骂咧咧地追下楼去。

翟檬檬在一边半晌没说话，等姥姥走了，才攥住舅舅的裤腿：“那个赵叔叔，是我爸爸吗？”小小的拳头攥得紧紧的，流露出小朋友难以掩藏的紧张。

对上孩子那双纯净无瑕的眼睛，翟辰没法撒谎，弯腰把人抱起来：“姥姥糊涂，可能认错人了，不过，我会再去确认一下的。”

翟檬檬没说话，点点头。

“你要是找到爸爸了，是不是就不要舅舅了？”翟辰伸出一根手指，杵杵小东西的心口，提示他注意自己的良心。

“找到了我也不认他，是他先不要我的。”翟檬檬抱住舅舅的脖子，难得没有念他的三国台词。

翟辰拍拍他：“他不是不要你，没准他都不知道你妈妈怀孕了。”虽然翟辰一直觉得赵斌是个浑蛋，但在孩子面前从来不说他爸坏话。

翟檬檬哼了一声，也不知道听进去没有，便挣扎着下去，开上他的玛莎拉蒂下楼找姥姥去了。

“季羡鱼回复了，是 A 大毕业的。”高雨笙把手机递给翟辰看，那边的人事把赵子安的毕业证复印件拍过来。毕业证上写的就是赵子安，并没有曾用名。

翟辰看了一眼，叹气：“那就不是了，赵斌跟翟犀月是同学，都是 C 大的。”

翟犀月比翟辰大两岁，从小就是个学霸，学习成绩名列前茅，跟总是考倒

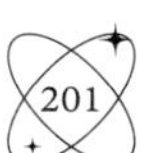

数的翟辰形成鲜明的对比。

“不过，她看起来可一点也不像个好学生，暴脾气，大嗓门，说一句能把人噎死。”翟辰到现在还记得第一次见姐姐的场景，简直堪称世纪灾难。

“是什么样的？”高雨笙饶有兴致地问。之前翟辰断断续续给他说过家里的状况，但特别具体的事还没怎么说过，他对于翟辰以前经历过的事都很感兴趣。

翟辰单指挠挠脸：“也没什么，就是她刚开始不太接受。”

那时候，他刚刚被翟建国领回家。姚红梅嘴上抱怨，但终究是个心地善良的老师，第二天就给他买衣服和好吃的了。但翟犀月不一样，她自己还是个中二少女，回家看到多了个弟弟，当时就炸了。

“领个儿子回来，继承香火是吧？”翟犀月冷眼看着家里多出来的人，尽管这小少年长得白皙俊俏，也叫她难以生出好感。

她认定这是父母重男轻女，想要个儿子又苦于政策限制，这才领养了一个。当了十几年独生女，这样的事她无论如何也接受不了。

小翟辰被这阵仗吓到了，他不是很理解眼前的状况，只能悄悄地问刚认识的小伙伴方初阳。

方初阳安慰他：“月月姐其实人不坏的，过几天没准儿就接受了。她要是还闹，你就到我家来，给我当弟弟。”

翟辰很感动：“你给我当弟弟吧，我保护你。”

方初阳震惊地看着这个得寸进尺的家伙，自己说要罩着他，他竟然要自己当小弟！

这样的兄弟，方初阳并不想要，两人没谈拢，翟辰还得在翟家生活。姚红梅下班见小孩孤零零地坐在院子里玩石子，就把今天同事给的巧克力拿出来塞给他。

“你没吃过这个吧，悄悄的，别让你姐姐看到。”

巧克力，翟辰在叶阿姨那里是吃过的，很好吃，听说也很贵。翟家的条件显然没有叶阿姨那里好，估计姐姐也很少吃。根据他在村里的经验，分享食物就是关系好的意思，想了想，还是拿着巧克力去找翟犀月了。

“姐姐，这个分你一半。”翟辰把巧克力掰开，递给翟犀月。

伸手不打笑脸人，何况这弟弟长得实在好看，翟犀月撇撇嘴接过巧克力：“哪儿来的？”

翟辰期待地看着翟犀月的脸：“妈给的。”

以前他在村里那家父母，给他什么好吃的让他悄悄吃，他都会拿去跟天赐分。每次天赐都特别高兴，他期待着在姐姐脸上也看到相同的表情。结果……

“妈给你，是不是叫你悄悄吃？”翟犀月眼神倏然变冷。

“嗯。”翟辰点头。

当天晚上，翟犀月留下一封决绝的信，离家出走了。

高雨笙听得心疼：“我以为，你在翟家过得很好。”毕竟翟建国是个好人，尽管没什么钱，但看翟辰这后天形成的乐观性格，料想是没受什么苦的。

“是挺好的啊，喏，翟犀月就那个狗脾气，说风就是雨的，其实心眼特别好，”翟辰笑着道，“当天晚上，我就把她找回来了。”

离家出走的消息，很快就被家里知道了。翟建国和隔壁方初阳他爸，都出去找了，姚红梅挨个给她同学家里打电话问，急得直哭。翟辰就带着用零用钱买的小罐氧气，拉着方初阳出去。

“也不知道是不是我这人天生运气好，还真被我给找着了。”

深更半夜的，翟犀月就背个小包自己在马路上走。一辆摩托车呼啸而过，抓着她的背包猛地往下扯。车子的惯性直接把小姑娘给带趴下了，由于包还挂在身上，那摩托车就拖着她往前冲。

翟辰老远听到翟犀月的尖叫声，吸了口氧气就奔过去，直接抓住摩托车的后座，连人带摩托给掀翻了。

翟犀月满手血地瘫坐在地上，眼睁睁地看着瘦弱的弟弟变成了大力金刚，以为自己产生了幻觉。同样呆傻的，还有呼哧呼哧跑过来的方初阳。

翟辰把飞车贼收拾了，回头过来抱姐姐。翟犀月这才回过神来：“星星，你，你是超人吗？”

翟辰摇头，他不知道超人是什么。

从那天起，翟犀月莫名地骄傲起来，特别喜欢这个新弟弟。

“她就是个认死理的人，只要她觉得好的，那必须是世界第一。后来天天出去吹，说她弟弟是超人，帅得人神共愤。”想起翟犀月那个样子，翟辰就忍不住笑。

高雨笙总算明白了翟辰的谜之自信是哪儿来的，就是他姐姐从小吹出来的：“那别人不会好奇吗？”

“会啊，她吹多了，人家不信，就要我表演。但她从来不让，叉着腰跟人吵

架，‘凭什么给你们表演，你们以为超人很闲的呀’。”翟辰说着这些，忍不住笑，笑着笑着，鼻子就酸了。

翟犀月那个一根筋，坚持认为肚子里的孩子是世界上最好的孩子，说什么也要生下来。没想到生孩子的时候发生意外，就这么撒手人寰，再也不能跟人吹嘘她的超人弟弟了。

高雨笙摸摸翟辰微凉的脸颊：“姐姐不在了，你还有我，我一定比姐姐吹得更好。”

翟辰：“……那可真是辛苦你了。”

第三十七章

这一打岔，什么伤感情绪全都没了。

姚红梅老年痴呆，非常健忘。头天还嚷嚷着要找赵斌，第二天就不记得了，又开始没心没肺地吃吃喝喝。医生给她做了全面检查，确定她的病情已经得到控制，身体状态趋于稳定，可以出院了。

南山疗养院派了车来接，翟辰走不开，只能叮嘱护工好好照顾她。胖老太对回疗养院倒是没什么抗拒情绪，就是上车的时候问了翟辰一句：“阿月怎么不来送我呀？”

翟辰喉头一哽：“姐姐研究所里忙，过两天就去看你。”

姚红梅嘟嘟囔囔：“行吧，叫她别那么拼命，再拼命能研究出诺贝尔奖来啊。”

“姥姥再见。”翟檬檬有点舍不得姥姥，使劲冲远去的车挥手。

痴呆了的姚老师，并没有什么离愁别绪，关了车门就安心地掏出外孙给的零食，咔嚓咔嚓地吃。

有时候，痴呆了也不是坏事。至少在姚红梅的世界里，翟建国还在刑警队没日没夜地加班，翟犀月在她好不容易考进去的研究所里发光发热，只是偶尔搞不清楚那个还在女儿肚子里的外孙怎么就会开玛莎拉蒂了。

养母离开后，医院里又清静了下来，没有人来三楼讲课，也没有人盯着高雨笙做眼保健操了。

翟辰告诉檬檬赵子安不是他爸爸的事。檬檬纠结地皱起小眉头，有些失望的同时也松了口气。

“你这是什么反应？”翟辰看得好笑，一个屁大点的小孩，脸上竟然有这么丰富的表情。

“江山不稳，寡人忧心。”檬檬主公老气横秋地背着手离开了。

“嗯？”翟辰觉得自己真的是读书少了，怎么连小孩子的话都听不懂了？

高雨笙单手握拳，抵在唇边轻笑。

“笑什么笑，你听懂了？”翟辰拧了一把热毛巾，过去给高雨笙擦腿。

今天刚刚拆了石膏，换了一套轻便可拆卸的固定用具，不走路的时候可以不戴。被石膏绑缚了多久，就有多久没有清洗，再好看的腿也积了一层灰。

高雨笙有些不好意思，想拿过毛巾自己擦，被翟辰拍开了，只好说些别的转移注意力：“嗯，我猜檬檬是想说，他已经称王称霸，现在如果突然多出来一个太上皇，生活会变得不稳定。”

“什么乱七八糟的？”翟辰可不懂这些小朋友心思。

“翻译过来就是，他刚刚有了个有钱又对他好的总裁妈，就要过上好日子了。这时候出现了个爸爸，会改变生活，未来变得不可预测。虽然会因为找到爸爸而高兴，但同时也会因为居无定所而倍感焦虑。”高雨笙尽职尽责地解释，还临场作了一篇小作文。

翟辰听得嘴角直抽抽：“你这胡说八道的功夫，是越来越厉害了。还有钱又对他好的总裁妈，这自吹自擂的程度，快赶上我了。”

“我查了资料，两个人待得久了，就会变得越来越像彼此。”高雨笙认真地说着，打开电脑给他展示自己的学习成果。

翟辰看着那密密麻麻的表格，只觉得一个头两个大：“学什么不好，你学我。不许学，删了删了。”

“怎么了？”高雨笙小心地问。

翟辰看他这样，凑过去，小声说：“比起我自己这满嘴跑火车的状态，你还是保持现在的说话方式吧。我可不想以后听到你说‘哟嚯，挺厉害啊’。”

叮咚！打开的电脑界面上，有一条新邮件提醒。高雨笙没来得及点开，手机就响了，是孤儿院的新院长打来的。

“高先生，高远矿难的孤儿名单，我发到你邮箱里了。这个属于机密，你看过就删了，不可以外传。”

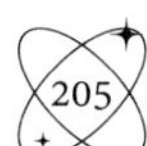

高雨笙连忙感谢了对方，表示自己绝对不会外传，也不会轻易打扰这些人。只是看看有没有什么可以帮助的地方，尽量帮点忙。

挂了电话，便立刻点开了邮箱。院长对于高总这个慈善人士，还是很够意思的，发了个详尽的表格过来。包括那些孤儿的姓名、性别，以及最后所知道的去向。

林林总总数下来，一共有十三位，这大概就是外公当年所能搜集的极限。那些矿工并不是都去世了，就算去世了，他们的后代也并不是都愿意住到孤儿院来的。

翟辰凑过来跟他一起看："我不算外人吧？"

"当然不算。"高雨笙大方地把屏幕转向他，忽见翟辰脸色骤变，便顺着他的目光看过去。

十三个人中，别的都不认识，只有两个名字熟悉。

陈照辉，男，考上了公安大学，现在是一名警察，经常回来捐款。

赵斌，男，考上了C大，之后没有联系。

"赵斌！"翟辰不可思议地盯着那一行字，反复看。

全国叫赵斌的人没有一万也有八千，但考上C大的赵斌，就不多了。赵斌，是高远矿难的孤儿？如果这个赵斌，就是翟犀月的男朋友……

无数的信息在脑海中翻腾，翟辰猛然抓起手机，给方初阳打电话。

方初阳那边响了好几下才接通："怎么了？"

翟辰急急地问："你今天回家吗？帮我找一样东西。"

"我这里出了意外，最近几天都回不去了。"方初阳的声音有些嘶哑，说了几句就挂断了。

翟辰攥着手机，来回踱步。

高雨笙看他情绪不对："你想找什么？"

"我得回家一趟。"翟辰眉头皱得死紧，有个可怕的猜测在脑海里徘徊，必须马上验证。但是他不放心把高雨笙自己扔在这里，杀手还没抓住，随时都可能回来要了雨笙的命。

"我跟你一起回去。"高雨笙撑着下床。

他现在可以拄拐走路了，其实已经可以出院，只是出于安全考虑，才没有回家。

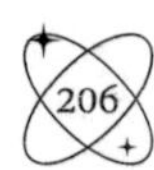

翟辰想了想，点头同意。把翟檬檬拜托给高级病房的专属护士照看，护士欣然同意，带着小朋友去儿童中心玩耍。而他，则用折叠轮椅推着高雨笙，悄悄去了地下车库。

公安局家属院还是老样子，没地方停车。翟辰把车扔在巷子口，推着高雨笙往家走，一路引来左邻右舍好奇的目光。

“翟辰，好久没见你啊。”

“辰辰，这是谁呀？”

翟辰笑着挨个打招呼：“最近忙，住在别处。这是我朋友，长得帅吧？”

因为他说得太过自然，众人都跟着附和，夸高雨笙长得帅。高雨笙听清了他的话，低头默默开心。

老家属楼没有电梯，翟辰把轮椅扔一边，直接背着他上楼。吸了氧气的辰哥，抱着都不在话下，只是楼梯太窄怕磕到天赐聪明的脑袋，只能背着了。

十五年前，翟辰就这么背着他，一路走出了大山。

翟辰加快速度，一步两个台阶，没两下就蹿回了家。把高雨笙放在沙发上，自己又跑下去扛了轮椅上来，叫他乖乖坐着，自己则跑进屋里翻箱倒柜。

高雨笙掏出折叠拐杖，一瘸一拐地去找他。

因为房间有限，爸爸和翟犀月的遗物，都收进了箱子里。这时候倒腾出来，很是费劲。翟辰搬出一个老旧的木箱子，把里面乱七八糟的东西一一拿出来。

化妆品、提包、芭比娃娃、鞋子、日记本……

高雨笙在床边坐下，拿起那本素净的日记本，翻开来看。不同于普通女孩子的娟秀字体，翟犀月写字称得上邪魅狂狷，单名字就占了整张扉页。

“找到了！”翟辰在一堆参考书中，扒拉出来一张泛黄的旧稿纸，上面写着密密麻麻的验算式子。

高雨笙放下日记，蹙眉看过去：“这是什么？”

稿纸中间是白色的，而两边印着绿色的装饰花边，应该是某单位的特定稿纸。翟辰捏着那张稿纸，指尖开始发抖，咬牙说：“你记不记得，那篇股市分析最后的实验报告？”

高雨笙立时想起来，快速用手机调出了当时截的图。那篇打了马赛克的实验报告，宣称可以证明高远矿业涉及有色金属走私的证明，边框花纹跟翟辰手里的草纸一模一样。

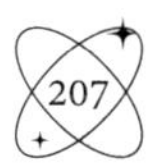

“这是翟犀月他们研究所专用的打印纸。”翟辰的声音是从牙缝中挤出来的。

也就是说，那份鉴定报告，是翟犀月他们研究所出的。而赵斌，目前看来，应该就是一名高远矿难留下的孤儿。

高雨笙拉住他的手：“你是怀疑……”

“不是怀疑，一定就是，”翟辰红了眼睛，“赵斌，拿着有辐射的石头让翟犀月检验，导致檬檬有了先天性心脏病。”

第三十八章

先天疾病，除了遗传因素外，也跟妈妈孕期接触的环境有关。

小块的雪头金矿石，辐射并不严重，相当于照几次X光。但胚胎对辐射是非常敏感的，孕妇都是不能照X光的。他们翟家上查三代也没有得过心脏病的，翟檬檬的病肯定跟这个有关。

“浑蛋！”翟辰捏着那张稿纸，目眦欲裂，“她怀着孩子，赵斌竟然还让她接触辐射矿石！你说，羊水栓塞是不是也是辐射造成的？”

翟犀月死于生产过程中突发的羊水栓塞，如果这件事也跟辐射有关，他一定会杀了赵斌。

高雨笙查了一下资料，摇头：“羊水栓塞属于突发疾病，应该跟辐射关系不大。”

这样说，翟辰才觉得好受了些，把那张稿纸折叠起来，装进了口袋里：“赵斌保住了一条狗命。”

等找到赵斌，就打他一顿好了，让他也体验一下心脏骤停的滋味。然而人海茫茫，去哪儿找这缩头乌龟呢？

“不过……”高雨笙欲言又止。

“不过什么？”翟辰本来蹲在地上，听到这话立时回头看向天赐。

高雨笙把他拉起来，跟自己坐在一起：“倒着推，如果赵子安就是赵斌，很多事就解释得通了。”

“嗯？”

“哥哥记不记得，我收到照片的那个邮箱。”高雨笙用手机打开收件箱，给翟辰看。

这个邮箱，是一个私人邮箱，收到的邮件很少。那条包含叶蓉跳楼照片的邮件，依旧还在第一页放着，没有被新邮件顶下去。而这条邮件下面，赫然就是赵子安发给他的企划案。

“啊，这是你那个废物点心弟弟的企划案，当时你给了赵子安这个邮箱。”

高家弟弟不会做企划案，为了省事，推给赵子安做。尽心尽力的基金经理做好之后，转手就发给了更大的客户高雨笙。

这个私人邮箱，不是高雨笙常用的工作邮箱，知道的人很少。而发照片的神秘人，偏偏把邮件发到了这个邮箱里。

高雨笙点头：“还有，先前咱们分析过，高牧笛被人诓骗着给拐卖中介付定金，多半是欧洲那边地下钱庄的人介绍的。”

败家子高弟弟去欧洲赌博，需要在地下钱庄换钱。而赵子安作为全方位服务的高级个人投资顾问，牵线地下钱庄这种事，基本上可以算是正常服务范畴了。

两人陷入了长久的沉默。

翟辰重新去翻找箱子，期望着在翟犀月的遗物中，找到跟赵斌相关的东西。然而，翟犀月跟赵斌谈了许久的恋爱，两人竟没有留下一张合照。

“要不，叫方初阳查查开房记录。”翟辰灵光一闪。

查自己姐姐的开房记录……高雨笙不知道说什么好，拿起那本日记：“我们能不能，看看这个？”

翟辰回头，接过那本皮质封面的本子：“偷看日记，她会生气的。”

高雨笙：“那……”

“我告诉她一声，”翟辰站起来，冲着屋里大喊，“翟犀月，我看你日记了啊！”说完，就直接翻开了。

高雨笙：“……”

书中的字迹，跟封面一样，龙飞凤舞地超出了横隔线。

阿斌笑起来太好看了，每每瞧见他，什么烦恼都能忘了。只一点不好，他见谁都笑，招蜂引蝶的，很烦。说他了还一脸无辜，“我天生长个笑眼，没办法的”。

想带阿斌见父母，但他总是害怕，觉得自己条件不好，我爸妈会看不上。他实在是太敏感自卑了，这么好的赵斌，谁会不喜欢他呢？

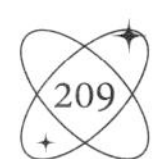

星星超人跟他肯定处得来，方小猪就不好说了。方小猪不喜欢这种看着很聪明的人，他只喜欢星星那种二货……

啪嗒！翟辰骤然合上书，看不下去了："我姐肯定对我俩有什么误会。"

高雨笙没敢接话，以拳抵唇偷偷笑了一下，拿过日记本翻回描述赵斌的那一页："赵斌是个长着笑眼的人，赵子安也是。"

翟辰摸摸下巴："那毕业证是怎么回事？"现在只有这里解释不通了。既然能用这个毕业证入职，说明这毕业证是真的，赵斌总不能在这五年中又读了个大学吧？

星星超人揍人简单，但揍错人就不好了。

高雨笙想了想，找出季羡鱼发过来的那张毕业证复印件照片，提取出上面的毕业证编码，复制到查询网站上。

编码被识别，证明是真实有效的毕业证。点击查看详情，页面转跳——

C大学毕业证，学生姓名：赵斌

翟辰："……这怎么回事？"

高雨笙露出个"果然如此"的表情："毕业证是假的，序列号是真的。"

也就是说，赵斌伪造了一个A大的毕业证，但上面的序列号用的是自己真实的C大毕业证序列号。粗心的咸鱼人事，并没有发现哪里不对。

赵子安就是赵斌！

翟辰站起身来，一下一下地喘着粗气，半晌才道："我得跟方初阳说一声。"

赵斌那小子，躲躲藏藏这么多年。现在他知道自己要暴露了，估计又要跑，得方初阳帮忙才行。

电话打过去，半晌才接起来。

"你在哪儿？"翟辰先问了一句，如果正在执行任务不方便说，他就自己去抓人。

"在医院。"方初阳的状态，听起来比早上那会儿更差了。

"医院？"翟辰现在对这个词异常敏感，"在哪个医院，你怎么了？"

方初阳靠在医院走廊尽头的窗边，狠狠吸了口烟："范队出事了。"

中心区的公立医院，走廊中充满了消毒水的味道。重症监护室大门紧闭，

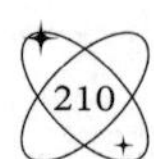

只能透过门上那一道细细的玻璃窗，看到里面裹成木乃伊昏迷不醒的人。

脑袋上缠着纱布的小马，坐在走廊的椅子上，默默掉眼泪。

“马哥，你这也刚醒，去病房休息吧，这儿我守着。”陈照辉低声劝他。

小马摇头：“我等队长醒了再走，他是为了救我才伤成这样的，呜呜呜……”人高马大的汉子，捂着脸低声哭起来。

方初阳抽完一根烟回来，看到小马这副德行，就气不打一处来：“哭什么哭，昨天出去逞能的时候，怎么不知道哭？”

“副队，”小陈赶紧站起来，拉他一下，“那是队长的命令，不是马哥的主意。”

小马红着眼睛抬头：“队长那还不是为了……”说到一半，突然又咽了回去，继续低头默不作声了。

翟辰推着高雨笙过来的时候，看到的就是这么一幅气氛压抑的场景。三个警察都不说话，奇怪的是并没有看到范队长的家人。

方初阳看到他俩，顿时竖起了眉毛：“你俩来干什么？赶紧回去！”

恰在此时，重症监护室的医生过来说：“病人还没有苏醒，为防感染，今天的探视取消。”

重症监护室，是不允许家属进去的，每天只有二十分钟探视时间。方初阳守在这儿，就是想跟范队见一面，得知人还没醒，三人的头顶顿时布满了愁云惨雾。

“副队，你去忙吧，马哥去休息，我在这儿看着，有事叫你们。”小陈劝他们离开，探视取消了，都守在这里也没意义。

方初阳拎起小马，交给小陈押送去病房，自己则拎着翟辰和高雨笙，快步离开了医院。

“你一晚上没睡了？”翟辰开车，先把方初阳送回警局。

方初阳摸出根烟叼在嘴里，闭上眼睛养神：“嗯。”

“方便说说吗？”翟辰看到范队长那个样子，心里也很难受。

严格来说，范队长是他俩的叔叔辈，毕竟是翟建国以前的副手。翟建国去世之后，范队帮了不少忙。除了最近莫名其妙不让方初阳参与杀手案子外，对他一直颇为照顾。

“他昨天晚上去一家洗浴中心查案，那地方煤气泄漏，突然爆炸了。”方初阳哑声道。

“是这个？”高雨笙翻出今天早上手机推送的本地消息：昨晚十一时许，南

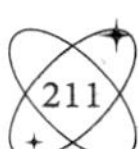

桥休闲洗浴会所发生火灾，共计十三人受伤。

方初阳深吸了一口气："嗯。"

范队长要查的，是跟杀手有关的消息。这事他不让方初阳参与，具体是怎么查到那个洗浴中心的不得而知。

范队和小马两人是秘密行动，没有告知其他人，跟上回方初阳带着小陈去孤儿院"偷"孩子一个性质。

八回岭上的那个杀手，从看守所逃跑之后就杳无音信，没想到在休闲会所里，跟范队长碰了个正着。双方都惊住了，那人拔腿就要逃，范队长和小马立时开始追，整个会所鸡飞狗跳。

那杀手不知道从哪里摸出了一把枪，而范队长也随身带着枪。电光石火之间，杀手就被枪法奇准的范队给击毙了。就在这时，会所突然爆炸起火。

半夜里，方初阳从睡梦中惊醒，就接到了范队长和小马被炸伤的消息。

"目前看来，是煤气泄漏。"方初阳目光阴沉。

"这场景，有点眼熟啊。"翟辰皱起眉头。

当时在周寨那个小赌馆，也是刚查出眉目，就突然爆炸了。

"嗯，"方初阳并不如何惊讶，看了一眼坐在副驾驶上的高雨笙的后脑勺，重新闭上眼睛，"还有一件事，你记得不记得，当年咱们睡在隔壁，为什么没听见隔壁杀人的声音，我爸一个职业警察，怎么就躺着让人砍死了呢？"

听到这事，翟辰骤然攥紧了方向盘，缓缓点了刹车。

高雨笙看向他。

翟辰缓缓吸了口气，通过后视镜看看仰头闭眼的方初阳，又看看旁边的高雨笙，艰难地道："我记得，因为煤气泄漏，一氧化碳中毒。"

第三十九章

相似的作案手法，贯穿了方家灭门、赌馆爆炸、洗浴中心火灾。而与之相连的，是要杀高雨笙的杀手，高架桥卡车射钉枪、八回岭卡车射钉枪、医院绳索射钉枪。

"你说，这个杀手集团，"方初阳舔了一下干裂的嘴唇，用极缓慢的语气问，"是不是仇枭的？"

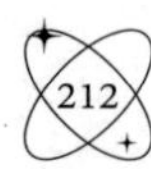

仇枭，就是方家灭门的最大嫌疑人。当年方初阳他爸击毙的那个杀人犯的哥哥，一个在东南亚做过雇佣兵的人形兵器。

一样的作案手法，一样的神出鬼没。

翟辰倒吸了一口凉气，如果这背后真的牵扯到仇枭的话，范队长不让方初阳参与就有了解释。

仇枭这个人，非常记仇。当时被方初阳他爸杀了亲弟弟，就灭了方家满门。翟建国一直担心仇枭回来杀方初阳，这才赶紧申请调岗，换了单位、换了片区，也换了住处。

范队长是知道这件事的，这个神鬼莫测的杀手一直是翟建国的心病，作为翟建国的副手，他俩已经寻找仇枭多年。

高雨笙连蒙带猜地懂了，但不便插言，沉默地听着兄弟俩的谈话。只是低头握着翟辰搭在挡杆上的手，把车换成“P”挡，让车子彻底停稳，以防翟辰一激动踩到油门。

翟辰转头看向后座的方初阳：“老范不让你参与，估计是怕仇枭认出来，你就是那个漏网的小崽子。”

方初阳靠在椅背上，单手捂住眼睛。

“你没事吧？”翟辰伸手推推他。

方初阳拍开他的手，坐直了身体：“我好得很，等了这么多年，他终于回来了。叫他来啊，我要亲手击毙他！”

“你冷静点！”翟辰看得直皱眉，“我看范队长不让你参与，可不光是怕你暴露，更是怕你个这奓毛鸡冲动。”

“你说谁是奓毛鸡？”方初阳重点一向抓得特别准。

装了半天背景的高雨笙，只得开口，打断了兄弟俩一旦开始就停不下来的争吵：“虽然我不是很了解，但站在范队长这个管理者的角度，他是担心你情绪失控。在你们这种比较严谨的工作中，应该很忌讳不管不顾的报复性行为。既然仇枭是个睚眦必报的人，如果不能一击必中，就很可能会连累家人。”

别的先不管，也没资格管，高雨笙只能委婉地提醒一下。

没等方初阳说话，翟辰立马接过来：“对啊，轻易不要冒险，家里还有我和檬檬呢。我这么柔弱的哥哥，你得保护我呀！”

听到“柔弱的哥哥”，方初阳差点把早上吃的油饼给吐出来。不过被翟辰这么一搅和，心情倒是好了点，长长地叹了一口气：“范队的家人已经被保护起来

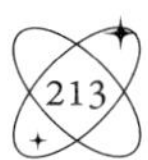

了，你俩也注意安全。”

说完，抬手拍了一下假装乖巧的高总脑袋：“以后有话就直接说，拐弯抹角的烦不烦？”

翟辰不干了，立时打回来：“干什么啊你，凭什么打他？”

“我就打了怎么着？这个家里，就没有我不能打的人！”方初阳嚣张地道。

“嘿，我看你是皮痒痒了！”翟辰说着就要爬到后座去揍他。

高雨笙愣怔了片刻，嘴角一点一点上翘，压都压不住，赶忙拉住翟辰：“大哥打得对。”

翟辰：“……”

星星超人默默咽下一口老血，重新启动车子，往刑警队驶去。方初阳理好了情绪，终于有工夫问翟辰，先前打电话是为了什么。

得到大哥承认的高总，勇敢抢答：“我们查出来，赵子安就是赵斌。”

“什么？！”方初阳的眼神骤然尖利起来。

“百分之九十九就是他了。”翟辰看一眼高雨笙，询问他的意见。

高雨笙直接把实话告诉方初阳：“赵斌，是高远矿难的孤儿。最近的刺杀事件，可能跟高远矿难有关。如果你们需要这方面的资料，我可以提供。”

这句话信息量略大，方初阳沉默了很久。他没有问什么是高远矿难，也没有问为什么有关，半晌，拍了拍翟辰的脑袋：“保护好天赐，最近别单独见赵斌。既然你们怀疑他跟杀手有关系，就要预防调虎离山计。”

翟辰惊奇他怎么没有骂脏话，从后视镜看过去，就对上方初阳那双清醒严肃的眼睛。瞬间明白了。

话说到这份儿上，尽管方初阳没明说，翟辰也知道，如今他正在查的案子，一定跟高远矿业有关。先前神神秘秘地返回五桐县，又说可能要封闭查案，一定是在五桐发现了什么。

高远的事，不仅仅是辐射和矿难，还包括偷采有色金属贩卖出国。

后面的就不方便问了，翟辰也自觉地闭嘴。车开到了刑警队门前，远远地瞧见一人，正在街角徘徊。

“赵斌！”还真是说曹操，曹操就到啊！翟辰瞪大了眼睛，直接踩油门把车开到他面前。

赵子安面对着车上突然下来的翟辰，着实蒙了一下，还没反应过来，迎面就挨了一拳。

“干什么呢？这儿是警察局！”方初阳跳下车，拦住翟辰的手。

赵子安踉跄了一下，双手攥着公文包提手，没有还手的意思。抬头，脸上还是保持着固有的微笑：“翟先生，你这是怎么了？”

“你他……”翟辰想把人拖到巷子里去，被方初阳拍了一巴掌。

“你在这里做什么？”方初阳冷声问。

赵子安用手背蹭了蹭被翟辰打红的脸，低声说：“有个朋友托我来，给你送点东西。”

方初阳微微眯起眼睛，一言不发地推开试图打人的翟辰，把赵子安带进了刑警队。

里面发生了什么事，不得而知。翟辰把车停在街角，就坐在车里等赵子安出来。

高雨笙安静地陪着他，自己拿手机处理公司邮件。

翟辰盯着门口，瞪得眼睛都干了，才想起来给方初阳发条短信，告诉他如果赵子安离开通知自己一声。这才把目光从刑警队大门处收回来，看向腿上还戴着固定器的高总：“累不累？”

“不累。”高雨笙还在专心回邮件，被翟辰拍了拍脑袋才抬头。

“是吗，”翟辰不怀好意地凑近，“小伙子，话可不能说太满，回头在某些场合中打脸就不好了。”

然而高总的耳朵这次并没有配合，收起手机，高雨笙拽住那只手，突然用力。

“呃……”调戏人的辰哥突然卡壳了。

叮咚——手机提示有短信，翟辰赶紧坐回去，看了一眼手机。尔后，缓缓降下车窗，冲刚刚走出公安局大门的赵子安挥挥手：“哟，赵经理，好巧啊。”

赵子安吓了一跳，没料到翟辰还在这里。惊愕的表情只出现了一瞬，便又恢复了平常笑容满面的样子：“翟先生，你们还没走吗？”

“嗯，在这儿附近办点事，正要走了。上车吧，带你一程。”翟辰微微歪头，用下巴指了指后座，示意他上车。

赵子安顿了一下，不紧不慢地走过来，拉开车门上了车：“那就麻烦翟先生了。”

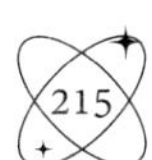

第四十章

咔嗒，车子启动，车门自动上锁。翟辰把车开出了小巷，嗤笑一声："这么客气做什么，都是一家人。"

赵子安脸上的笑僵了一下。

"怎么，我说得不对吗？赵斌，"翟辰从后视镜里瞥他一眼，"哦，我忘了，你以前没见过我。那我们重新认识一下吧，姐夫。"

最后两个字，念得格外重，带着几分戏谑嘲讽。

赵子安脸上的笑容终于落了下去，低头整理了一下情绪："我知道你想问什么，咱们找个地方谈谈吧。单独谈谈，就咱俩。"

说话的时候，他瞟了一眼坐在副驾驶上的高雨笙。所谓的单独，自然是指避开高雨笙的了。

翟辰意味不明地哼了一声，利落地打方向，直接开上了高架。

车子并没有如赵子安所料地先回医院，也没有去适合安静聊天的茶馆咖啡厅，而是直接开出了外环，一路奔向郊区。

"咱们这是去哪儿？"赵子安看到周围的荒草破屋，才开始有点慌了。

"谈谈啊，"翟辰一踩油门开上了土坡，拉开车门请赵经理下车，"这地方绝对够安静。"

这里是郊区的一片烂尾楼，立在一处高高的土坡上。只盖了框架的居民楼，矗立在荒草丛生的野地里，周遭堆着各种建筑废料。乌鸦从天空飞过，发出凄厉不祥的叫声。

前不着村，后不着店，绝对是杀人越货、毁尸灭迹的好地方。

赵子安被迫下车，看看坐在副驾驶上面无表情看着他的高雨笙，示意翟辰跟他走远一点。没等开口，猝不及防被一拳打在肚子上。这一拳跟在公安局门口的那一拳完全不是一个量级，直接把他打飞了出去，跌进一堆干湿参半的沙子里。

"这一拳，是替翟犀月打的。"翟辰揪着领子把人抓起来。

"咯咯咯……"赵子安被打得不停地咳嗽，艰难地挤出个笑来，"那是该打，你再替檬檬打一拳。"

"何止檬檬的，还有我爸的，我妈的！"翟辰把他扔回沙堆上，居高临下地看着他。

赵子安爬起来，白着脸拍了拍衬衫上的沙土，脸上再没有惯常的笑容，就这么坐在沙堆上低声问：“那你准备打了再说，还是说完再打？”

翟辰吸了氧气打人，不是赵斌这种都市小白领承受得住的。翟辰确实打算问完再揍，不过这就没必要告诉即将挨揍的人了，人处于恐惧中才会说实话。踢过来一块巨大的混凝土，屈起一条腿随意地坐在上面：“啧，你这天生的笑眼，竟然也能有不笑的时候。”

赵子安苦笑了一下：“该说的话，我已经跟方警官说过了。你也知道我是谁了，接下来的话，确定要让高总听见吗？”

“没事，这么远的距离，他听不见。”翟辰睁着眼睛胡说八道。他俩坐的地方离车只有几步远，临下车的时候，他还打开了副驾驶的门，让高雨笙把腿垂下来放松。

此刻，高总正垂着双腿，眼睛一眨不眨地看着他们，真是一点都听不到呢！

赵子安微微地笑：“这也是星星超人的超能力之一吗？”

听到这话，翟辰冷下脸来，左手捏了捏右拳：“少废话，你想说什么赶紧说，不说咱就进行下一步。”

“对不起，”赵子安收敛笑容，低声道歉，“我最近才知道，檬檬是我的孩子。那天被阿姨认出来，我没敢承认，对不起。”

“你最近才知道？”翟辰蹙眉，盯着赵子安的脸判断他是不是在说谎。

赵子安看了一眼毫不意外的高总：“你把家里的事，告诉了雇主？”

“他也是家里人，比你亲，”翟辰胳膊肘搭在膝盖上，“你当年丢下翟犀月，去哪儿了？”

提到这个，赵子安眼中露出了明显的痛苦之色，单手捋了一下头发：“你应该听犀月说过，我是个孤儿。”

赵斌老家在农村，十几年前，他的父亲和两个叔伯一起外出打工，死于非命。他的母亲，也接着急病而亡。

“我爸他们打工的那个矿有问题，当时死了很多工人。犀月知道我家里的情况，也知道我一直在找事情的真相。”赵子安没说具体是什么矿，约莫是不确定翟辰和高雨笙知道多少，便笼统地说。

翟辰静静地听着，没有打断他的意思。

“那时候我找到一块那个矿上的矿石，犀月正好在研究所上班，她答应偷偷帮我鉴定一下成分，”赵子安缓缓吸了一口气，“鉴定结果出来，出乎意料地有用，我高兴极了！”

当时翟犀月鉴定出了矿石的成分，里面有稀有的有色金属。这是非常重要的证据，是矿难工友和家属们一直不知道的事情。鉴定不出原因的工伤不能撼动高成，但是倒卖有色金属可以。只要有正当理由让检察机关出手，矿工们的冤情就有机会昭雪了。

“可是，我刚把报告提交上去，就被一伙人抓走了。”提起当时的情形，赵子安的脸色变得越发苍白。对于一个刚踏入社会不久的小年轻来说，那样的噩梦实在是超出了他的承受范围。

他走在街上，被人拽进了面包车，关到一处暗无天日的小黑旅馆里。那些人打他，侮辱他，逼他写一份承认自己闹事讹钱的悔过书，承认那块矿石是他从别的地方找来诬告的。

“我在那个小旅馆里，挣扎了 38 天。他们拿犀月威胁我，说会让翟叔叔也丢了工作。后来我想办法逃了出来，他们就到处找我。我不敢再联系你姐姐，也不敢回我的住处，就跑到了别的省。”

这一走就是两三年，等他再回到这个城市，已经找不到翟犀月了，他交上去的那份报告也石沉大海。

说到这里，赵斌单手捂着眼睛哭了起来：“我不知道犀月怀孕了，我不知道……我后来给她打过电话，那个号已经停机了。她们单位说她辞职了，我以为她恨透了我，也没敢再找你们。”

“你说得轻松，”翟辰红了眼睛，冲过去抓住赵斌的领子，“你知不知道，那块石头有辐射！翟犀月怀着孕给你鉴定那块破石头，现在翟檬檬患有先天性心脏病，你说，赖谁！”

赵斌愣愣地抬头，那双总是弯弯浅笑的眼睛里，红通通满是泪水，随着他不由自主睁大的动作，再也承受不住地大颗滑落。

“檬檬，有心脏病……天生的……”

翟辰的氧气已经耗尽，但不妨碍他打人。一拳打在赵子安的脸上，把他的嘴角打出了血。而赵子安丝毫没有反抗的意思，瘫软着任由他打。

高雨笙从车里拿出折叠拐杖，撑着下来，一步一步挪到沙堆边，轻轻拉住翟辰的胳膊。

翟辰顿了一下，颤抖着拳头缓缓松手。

翟家走到这步田地，追根溯源都是因为那块石头，因为翟犀月未婚先孕还

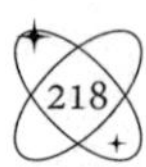

坚持要生下孩子，因为赵斌这个不负责任的不告而别。可赵斌不知道翟犀月怀孕了，翟犀月不知道赵斌被人抓走了，也不知道那块石头有辐射……

翟辰无力地踢了一脚沙堆。

“照片，是你发给我的吗？”高雨笙问躺在沙堆上的赵斌。

原本温润英俊的脸，青青紫紫，眼泪鼻涕混着沙子，很不体面。赵斌吸吸鼻子，踉跄着站起来，用袖子摸了把脸。抬眼看看脸色沉静仿佛已经洞悉一切的高总，带着鼻音的言语一如既往地温和：“是我发的。”

“不过那照片跟我们的人没关系，是你后妈拍的。”话说到这份儿上，赵斌也没有隐瞒的意思。

翟辰拉住搭在自己胳膊上的那只手，让雨笙把重量倚到自己身上，好站得轻松些。

“你们从她那里偷来的。”高雨笙了然，这就解释得通了。

照片在后妈手里，她绝对不会在这个时机放出来。而被赵斌这些复仇的人扔出来做诱饵，才是符合逻辑的。

“你们？”翟辰听到了重点，“你这还有组织呢？‘复仇者联盟’？”

赵斌：“……”

高雨笙：“……哥哥。”

第四十一章

“矿难的孤儿有很多，大部分都在高远福利院长大，我们之间都有联系。”赵斌实话实说。这时候也没什么好隐瞒的了，既然已经表露了身份，那么这些信息高雨笙很容易就能得知。

早就拿到孤儿资料的高雨笙，当然毫不意外：“你们那时候，知道叶逢秋的身份吗？”

赵斌有点站不住了，在刚才翟辰坐的混凝土块上坐下来，捂着被翟辰打疼的胸腹。胃里翻江倒海，肋骨也疼得厉害，十分怀疑被愤怒的小舅子打出内伤了。不过他并不敢发表什么不满言论，听到高雨笙提起老院长，露出个复杂的笑来：“你外公啊，起初不知道，后来知道了。”

叶逢秋的后半生，都在孤儿院里照顾这些孩子，对他们也是真的好。赵斌

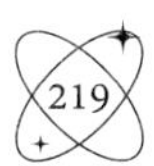

上大学的学费，都是叶逢秋给的，这些本不是孤儿院的职责。老头自己有病了，也不去治，钱都给了他们。

“他为了不让我们知道你是谁，那么多年都没联系你。直到我们长大后工作了，靠自己的力量，才查出来。”

翟辰听到这话，终于明白了叶外公为什么不见天赐了。高远孤儿，有年纪很小不记事的，也有赵斌这样已经是少年的。这些少年心中满是仇恨，一旦被他们察觉，小天赐就再没有平静的日子可过了。

高雨笙垂目，沉默不语。

翟辰揽着他的肩膀，轻轻拍了两下。

“我该说的、不该说的都说了，”赵斌缓过劲来，重新站起身，看看两人贴在一起的身体，无奈苦笑，“真没想到，你们两个会走得这么近。这些话本来，只是作为檬檬的爸爸，解释给犀月家里人听的。”

向小舅子磕头认错，却不想小舅子带着仇家的儿子，该说的也变成了不该说的，把自己揭了个底儿掉。

翟辰毫无愧色，大言不惭道：“都是缘分。”

“……”赵斌说不下去了，看向一言不发的高雨笙，“话说到这个份儿上，我也不瞒你。就算你现在把我的行踪告诉高震泽，他也逃不掉坐牢的命了。”

说到后半句，赵斌眼中迸发出难以掩饰的光彩，那是一种胸有成竹、大仇即将得报的自信愉悦。一切，都在他的掌握之中，就算他现在被关进黑旅馆，所有的事情也会照常运行，最终把高震泽送上法庭。

翟辰挑眉，看来之前的猜测不错，警方确实已经在调查高远的事了。想来今天这人交给方初阳的东西，足够扳倒高震泽，这才有恃无恐地大方承认。

“他坐牢是罪有应得，”高雨笙波澜不惊地说，仿佛那个即将“铁窗泪”的不是自己的爸爸，“但你们杀我，也逃不了。”

赵斌皱起眉头：“我们没要杀你，事实上，我也不知道哪里出了问题。”

高雨笙抬眼看他：“所以说，你们组织的管理，并不严谨，是吗？”

“肯定不严谨，上回陈照辉还打他来着，”翟辰忽然想起来，微微眯起眼，“他上回为什么打你？”

赵斌顿了一下，提起小陈，像是提及自己的亲弟弟一样，温柔又无奈：“照辉他，一向这么正直。他以为是我找的杀手，非常生气。事实上，我根本不知道这件事，没来得及跟他解释，就被他揍了。”

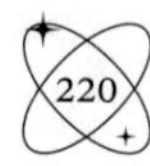

“哦——”翟辰拉长了调子，眸色微冷，“陈照辉果然也参与了你们的事。”

赵斌愣了一下，才反应过来翟辰在套他的话：“他……”

翟辰冷笑：“你们的行动，是最近一年多才开始的。我记得小陈，是去年考上刑警队的。你们一直找不到雨笙，最近才找到，是靠着小陈用内部系统找到了雨笙的户口变更资料，对吧？”

都以为小陈是个老实人，可老实人说起谎来才没人怀疑。违规用公安系统查找信息，这种事他求了方初阳多少次都没成功，这小陈刚刚入职就敢做了。

赵斌脸色微变，露出几分懊恼的神色：“照辉是个好警察，他这么做也是为了帮矿工们申冤。我们只想让当年的事真相大白，没有伤及无辜的意思。”

翟辰似笑非笑地看着他，示意他继续编。

赵斌叹了口气：“严格地说，高总也是这件事的受害者，跟我们一样。事发的时候他还只是个孩子，我又不是变态，为什么要杀他呢？现在的情况很复杂，如果高总不介意，不如我们联手？”

高雨笙不置可否，捏捏翟辰的手，示意他结束这场谈话。该问的都问了，赵斌也不会再提供更多的信息，再说下去毫无意义。

翟辰以为他站得累了，也不管卖力拉盟友的赵斌，兀自扶着雨笙回车里。

回去的路上，三人都很沉默。

赵斌大约在懊悔自己说多了话，高雨笙看着窗外不知道在想什么，翟辰则是在复盘刚才揍赵斌的过程。

这么多年来，他想象了无数个打赵斌的场景。把人拖到巷子里打，当着赵斌新女朋友的面打，拉到翟犀月坟前打，带着长大成人的檬檬一起打……总之，不管什么场景，一定要揍到他痛哭流涕下跪道歉。

但没想过是这么个揍法，听他说了这么一大堆，竟觉得有点可怜。哭倒是哭了，可这哭法并不能让翟辰觉得爽快，只有深深的无力感。

“他舅舅，我以后还能去看檬檬吗？”赵斌憋了半天，试探着开口，打破了一车的宁静。

“嗯，”翟辰从鼻子里应了一声，“你是他爹，要看我也管不着。不过先别告诉他，我慢慢跟他说。”

听到这话，赵斌满眼都是惊喜：“你，你要告诉他？”

“怎么，不想认？”翟辰挑眉。

“不不，”赵斌赶紧摆手，而后不知所措地拽了拽裤腿，“那个……高远的事

解决之前，先别说。”

“那肯定，等你把屁股擦干净了再说。在这之前，离檬檬远点。”翟辰从后视镜瞥了他一眼，毫不留情地说。这人随时都有可能被高震泽打击报复，而且还牵扯到那一群无组织无纪律的复仇者，绝对不能把檬檬搅和进去。

“我知道，”赵斌讪讪地应了，也不知是兴奋还是焦虑，止不住地又多说了几句，“我不会给檬檬招祸的。抚养费我会按月打给你……那等这些事结束，我是不是可以把檬檬带走？”

带着几分小心翼翼的话，叫人没法生气。但翟辰听到“带走”，还是很不高兴。想到要把檬檬给他，心里就跟割肉似的疼。养了这么多年的孩子，哪里舍得，况且他现在也没法信任赵斌，这种半途逃跑的人，谁知道能不能负起责任？

“看你表现。”翟辰硬邦邦地回了一句。

“我会好好表现的。”赵斌弯起一双笑眼，青青紫紫的脸加上一口白牙，看着颇为滑稽。

高雨笙不悦地皱起眉头，争取个抚养权而已，怎么说得跟追人似的？

第四十二章

“你相信赵子安说的那些话吗？”回到医院，高雨笙倚在厨房门口，问哼着小曲儿做饭的翟辰。

“我听不出什么破绽。”翟辰转过头来，给他塞了一块番茄。

高雨笙嚼了两下，生番茄的酸味瞬间爬满了舌根，禁不住挤了挤眼睛：“大部分是真的。”

“大部分，那哪里是假的？”翟辰见他酸成了豆豆眼仓鼠，闷笑着又给他塞了块刚炖好的牛肉。

“嗯，不知道……”高雨笙嚼着牛肉，含混不清地回答。

最难识破的谎言，九分真一分假。赵斌那种常年笑盈盈的人，说谎话的技巧已经炉火纯青，根本听不出来。就像上次，他给出的小陈打他的理由，就成功把翟辰糊弄过去了。这次又换了个理由，依旧让人听不出真假。

“舅舅，今天晚上吃什么？”出去巡视领地的翟大王回来了，将尊贵的玛莎

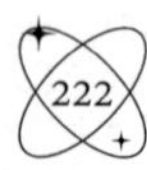

拉蒂儿童车停在门口，便跟着高总一起扒在门框上等着吃。

“去去去，站这里碍事。”翟辰塞给他一块牛肉，要把吵闹的小孩轰到客厅去。

“天赐也站这儿，你怎么不说他碍事啊？”翟檬檬不服。

“嘿，小兔崽子，说什么呢？！”翟辰拎着锅铲就要揍他。

翟檬檬气定神闲地躲开，跳上车开去客厅，扒出赵叔叔给他买的零食，坐在地毯上咔嚓咔嚓地吃着。赵子安买的零食都特别好吃，很得翟大王的心。

晚饭时间，翟檬檬问舅舅：“赵叔叔什么时候来呀？他上回说要带我去游乐场玩的。”

翟辰听到这话，心中立时警铃大作：“人家说带你去，你就去啊。”

“不去，寡人岂是那么好拐骗的！”翟檬檬赶紧表态，“其实是，我的巧克力棒吃完了。”

“明天叫郑秘书送过来。”高雨笙财大气粗地说。

“哦。”翟檬檬应了一声，闷头扒饭。

“翟檬檬，老实交代，你跟赵子安有什么秘密吗？”翟辰用筷子敲敲那低垂的小脑瓜。

“没有，”翟小朋友摸摸被敲的地方，用眼神震慑舅舅，不让他再敲，“就是他挺好玩的，深得朕心。”

翟辰：“……”

赵子安统共就来了四回，这就深得“朕心”了。这让养娃多年的翟舅舅很有危机感，半夜躺床上睡不着。

不知道这种天然的好感，是不是血脉的缘故。他对地球人的血脉感应不了解，想问问雨笙，又怕临床的翟檬檬听见。只能睁着一双黑暗中什么也看不到的眼睛瞎琢磨。

“你睁着眼睛，能看到什么？”高雨笙小声问他。

“什么也没有。”翟辰转过头来。

“你们那个星球的人，是不是都是这样。”这个问题，高雨笙仔细分析过，其实翟辰的眼跟普通的夜盲眼不一样，更像是因为祖辈生活在没有黑夜的世界而弱化了眼睛调节光线的能力。

“嗯，可能吧，”翟辰仔细想了想，“我们那里没有夜晚，只有大白天和小白天。强光不会伤害到我的眼睛，你记不记得小时候我教你看太阳，你一看就哭，我就不会。”

“那不是哭，是生理反应。”高总认真反驳。

“哟——”

“舅舅？”被这动静吵醒的翟檬檬，迷迷糊糊地问了一句。这边正闹着的两个大人瞬间僵住了，翟辰闭气不敢出声，等着小孩重新睡着。

原本因为想太多造成的失眠，被治好了，三人一觉睡到天亮。

没等起床，季羡鱼突然打电话过来，刚接通就鬼哭狼嚎的：“赵子安突然要辞职，听说他昨天去见你了，怎么回事啊？”

“辞职？”在小天赐身旁的翟辰，清晰地听到了这个词。

“啊，这小子竟然早就打算好了，把工作流程做了个巨大的压缩包发给我。昨天半夜给我发邮件，今天就没来上班，手机也打不通。”季羡鱼又气又恼，差点就把办公室给砸了。

赵子安是他的得力干将，正打算过了年就给升职的。这令人猝不及防的离开，连个缓冲都没有，扔下一堆客户和项目，实在是太不负责任了！

“不知道。”高雨笙什么也没说，眸色却渐渐沉了下去，静静地听完季羡鱼歇斯底里的抱怨、咒骂，这才重新开口，“既然他给了详细的工作流程，就先找人替着。”

“找人，哪儿有那么好找的！”季羡鱼打开压缩包，看着里面密密麻麻的表格数据，头都要炸了。看着看着，又忍不住要骂人。

翟辰很理解他的感觉，当初得知翟犀月怀孕而赵斌却不知所终的时候，他也是这么上蹿下跳地骂人的。

高雨笙听得厌烦，开口打断：“你现在抱怨没有任何意义，只会浪费时间。我有个金楠资本的朋友，经验丰富，最近正想跳槽，需要我给你介绍吗？”

“需要，需要！”季羡鱼感动得眼泪汪汪，连夸了高雨笙好几句。他刚才给三个朋友打了电话，他们要么跟着骂，要么“哈哈哈”，只有高雨笙最靠谱，第一时间给了解决方案。

咸鱼公司开得随性，完全是靠着高工资来吸引人才，临时去找合适的还真不容易。

解决了季羡鱼的事，高雨笙丝毫没有放松，反而眉头越皱越紧：“赵子安并不相信我们能保守秘密，他当着我的面回答问题，就是打定主意要跑了。”

第四十三章

翟辰生出一种“果然如此”的气闷：“我就知道，这个浑蛋没一句实话！”

昨天一脸慈父模样，眼巴巴要跟檬檬相认，还说要好好表现。这刚转过天就跑了个无影无踪。

“也不能怪他，毕竟我是仇家。”高雨笙倒是很理解。

站在赵子安的角度，在仇家面前暴露了身份、计划，是有重新被关进小黑旅馆挨拳的风险的。就算高雨笙跟父亲之间有过节，毕竟是父子，卖了赵斌说不定就能换来亿万家产的继承权。

翟辰撇嘴：“这么说，还是我的错了？”

高雨笙见他不高兴，马上道：“当然不是，哥哥怎么会有错呢？是我没跟赵斌谈好条件。”

理解归理解，但赵斌这么快就跑了确实出乎他的意料。本来看赵斌那么胸有成竹，还以为他什么都不怕了。现在人跑了，借着赵斌解决杀手隐患的希望便泡汤了。

“赵叔叔跑去哪儿了？”

两人聊得起劲，忘了隔壁床上的小朋友。翟辰面不改色地坐过去，把揉着眼睛打哈欠的翟檬檬拎起来穿衣服：“赵叔叔偷懒不上班，今天逃班了。”

“那他是不是能来找我玩了？”翟檬檬很是期待地说。

“我看悬，他肯定在家里睡懒觉。”

胡咧咧一番，好歹把孩子糊弄过去了，可翟辰还是生气，默默把赵斌“好好表现”的分数倒扣一百。以后，就算赵子安吹出花来，他也不会把檬檬交过去，至少稳定考察三年再说。

正咬牙切齿间，高雨笙的手机再次响起，这次竟然是高震泽打来的。

“小笛有个理财经理，叫赵子安的，你知道吗？”

开口就问起赵斌，使得高雨笙的眉头瞬间皱起：“见过，不熟。”

高震泽顿了一下，似乎在判断儿子的话的真伪，片刻后才严肃地道：“如果你见到他，马上发消息给我。这人骗了小笛很多钱，现在人不见了。”

“怎么不报警？”高雨笙冷漠地问。

“报了，但警方暂时没找到他。这人从小笛那里套走了一些重要资料，如果

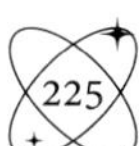

曝出去对你会有很大的影响。你最近小心点，不要跟乱七八糟的人接触，爸爸会尽快解决这些麻烦的。”说到后面，高震泽稍稍放软了语气，哄了他两句。

翟辰在旁边听得嘴角直抽，这位高老先生的父爱，最近突然泛滥，听得人鸡皮疙瘩都起来了。现在知道关心儿子，早干什么去了？

高雨笙不为所动，说了句结束语就挂断了电话，抬眼看向翟辰：“高震泽已经知道赵斌的身份了。”

翟辰一惊，短时间内他还没想到这一层：“是了，你那个傻缺弟弟又不是第一次被人骗钱。”

高雨笙：“……嗯。”

纨绔高牧笛乱花钱也不是一两天了，要追究孤儿院的事早就追究了，不至于到现在才明白过来。而要说赵子安诓高牧笛的那点理财金，也不算骗，那些投资确实是赚钱的，重点应该是所谓的重要资料。

高震泽突然过问赵子安这个小角色的去向，定然是知道了。难怪赵斌逃得这么快，翟辰默默给他加回去十分，只是对于赵斌这个说谎成性的家伙还是充满了怀疑：“你说，那个黑旅馆的事，是真的吗？”

“你姐姐把怀孕的事告诉赵斌了吗？”高雨笙没有回答，而是反问了一个问题。

因为养母姚红梅常年骂赵斌，让他形成了一种赵斌就是个抛妻弃子大渣男的固有印象，但翟辰仔细想想：“她……还真的没来得及告诉赵斌。”

“那就是真的。”高雨笙笃定道。

赵斌不知道翟犀月怀孕，那就不是为了逃避结婚。两人没有吵架、没有矛盾，他没道理会不辞而别，就算要分手，起码会说一声。就像今天突然辞职的行为，虽然也很不厚道，但起码把工作资料都交了，还跟季羡鱼说了一声。

所以当初，只能是遇到了什么意外，就突然消失了。而把人抓走关到黑旅馆里恐吓这种事，高震泽是绝对干得出来的。

翟辰叹了口气。

高雨笙试图安慰他：“别担心，等高震泽被抓，赵斌就会出现了。”

翟辰：“……”

哪有盼着自己爸爸被抓的？

上午郑秘书来送签字资料，眉飞色舞地说起一件事：“那几个闹事的人，不见了。”

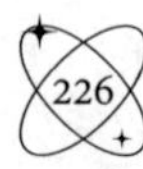

“什么叫不见了？”翟辰现在听到“不见”这个词，就忍不住关注。

“就是，今天突然消失了，昨天还在呢。”郑秘书解释了一下，就是那两对自称是高远矿工的老夫妻。他们比先前追高总的那个神经病女人更执着，每天准时出现在大楼前，有时候拉横幅，有时候开喇叭，大吵大闹。

昨天下班的时候，那些人还很有精神地在广场上拉横幅，今天早上却不见了踪影。这种世界突然回归安静的感觉，让郑秘书颇不适应。

翟辰跟高雨笙对视一眼，莫名就想到了“小黑旅馆”。

到了下午，警方突然来人，询问高雨笙对这件事是否知情。

“有人报警，称自己的父母被人绑架了。”

报警的，是其中一对夫妻的儿子。对方宣称自己的父母在出租屋里被人抓走，塞进了一辆商务车。

而想到了“震泽牌小黑屋”的，显然不只翟辰他俩。

刑警队办公室。

方初阳合上手里厚厚的资料，单手握拳抵在唇边，沉默了良久，把一份签好的申请递给小张。

“副队，这……不合流程。”小张接过来看了一眼，有些为难。

“特事特办，你只管交上去，会批准的。”方初阳沉声道。

那是一份即刻限制高震泽出国的申请。本来应该等证据确凿了直接抓捕的，但今天发生的绑架案拨动了警方的敏感神经。

关于小黑旅馆的事，昨天赵子安也给方初阳讲了一遍。此刻，方初阳也觉得，这些闹事者的消失跟高震泽脱不了干系，不过是故技重演。既然高震泽开始出手，说明他已经察觉到了危险，随时都可能跑路。

“仇三的尸检结果出来了吗？”方初阳问旁边包着脑袋的小马。

小马只是受了点皮外伤，昨天在医院陪了一天范队，今天就来上班了。听到副队提起“仇三”，不由得抖了抖，苦着脸看向方初阳：“副队，这个案子……”

“范队还没有脱离危险，短时间内不可能回来，现在这个案子也归我负责。”方初阳冷眼瞪着小马。

仇三，就是八回岭杀手的代称，他的真名叫仇隼。方初阳拿到杀手资料的瞬间，就清楚了，果然是当年杀他全家的仇氏兄弟。

当年只以为姓仇的就两个人，一个被他爸击毙，另一个在逃，后来杀了他全家，却原来是三兄弟，除了赫赫有名的人形兵器“仇枭”，还有这个水平跟哥哥差得有点远的小弟仇三。

那天在洗浴中心，仇三被范队长击毙了，尸体送去检测。其实也没什么好检测的，脸没有毁，当场就确认了身份。方初阳这么问一句，是让小马把之前案子的进展老实交代。

小马一张马脸皱成了搓衣板。

叮——桌上的固定电话突然号丧似的响起来，莫名叫人心惊，竟把小马和方初阳都吓了一跳。

方初阳抬手接起来，那边骤然传来小陈崩溃的哭声：“副队，范队他不行了……”

翟辰接到电话的时候，整个人都是蒙的。昨天去看的时候，医生只是说病人没有醒，不适合探视，叫他们明天再来。在众人心中，“明天再来”的意思就是明天就会好起来，却忘了范队还没有脱离危险期。

带着高雨笙狂奔至医院，刑警队所有人都在监护室里。翟辰推着高雨笙进去，病床上的范队竟然是睁着眼的，还在跟警队的人说话。

“别叫我家里人来，等抓到仇枭了再跟他们说。”沙哑的声音像是破旧的老风箱，对站在床边的方初阳一字一顿地交代。

方初阳红着眼睛答应了。

“该说的我都说完了，有你们这些兄弟，我老范也没白活这一趟，值了。”感染恶化导致范队长正发着高烧，脸烧得通红，双眼却是明亮的，瞧着一点都不像将死之人。

最后几句话，范队长点名要跟翟辰说，叫其他人都出去。方初阳二话不说就出去了，顺手把碍事的高雨笙也推走。小陈慢慢地在门外蹲下，泣不成声，小马整个人都是木愣愣的，小张试图劝医生再抢救一下试试。

“你爸活着的时候，我们试着找过你家里人，找到S省他突然不让找了，”范队长说话越来越慢，非常吃力，“他有句话叫我带到棺材里，但我得告诉你，你有亲戚还在世。”

翟辰微微瞪大了眼睛。

范队的高烧在消退，通红的脸色渐渐变得正常，只是呼吸越来越艰难。他没有继续解释这句话的意思，而是说起别的：“方初阳，你看着他点，仇枭……认得他……”

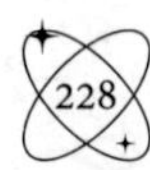

第四十四章

范队长烧伤太严重，没熬到三天就没了。因为涉及仇枭那个疯子雇佣兵，被保护起来的范队长家属甚至都不能来见最后一面。

后续的事都是方初阳在处理，他没问翟辰范队最后说了什么，甚至都没有掉一滴眼泪，整个人冷静理智得不正常。

“这事你别管，看好天赐就行。”

翟辰被方初阳赶走，茫然地推着高雨笙回医院。

“要走走吗？我叫郑秘书来把车开回去。”高雨笙握住他冰凉的手，转头问他。

翟辰回过神来，才发现自己走到了大马路上，而不是医院的停车场。这地方离他们住的私立医院有一段距离，虽然他很需要安静地待一会儿，但推着高雨笙这个被刺杀目标在路上乱晃显然不合适。

转身回了医院停车场，没有直接回他们的车上，而是把轮椅推到一个角落里。翟辰慢慢蹲下来，把头抵在膝盖上，半晌没出声。

高雨笙蹙眉看着他，任由他趴了一会儿：“想哭的话就哭吧。”

翟辰深吸了一口气，抬起头来：“没想哭，事实上，我这会儿还有点蒙。”

一切发生得太突然，范队长受伤、病危、留遗言、去世，这一系列的事像过山车一样，载着翟辰的大脑蹿上天又翻了个跟头，他根本没有时间反应。加上方初阳不许他在医院停留，导致他还没有感染到悲伤的气氛。

“我跟老范其实不是很熟，毕竟差着辈呢。就记得他年轻的时候挺损的，我在候问室门口写作业，他就跑来逗我，‘辰辰，你怎么坐这儿写数学啊，是手指头不够使，要数栏杆吗’。”

高雨笙跟这位范队就见过几次，印象中他是个沉稳可靠的人，没想到年轻的时候竟然是这样的。

“后来翟建国死了，他来帮忙操办了丧事，逢年过节会去他家走动，别的也就没了。我没想到，他最后的遗言是交代给我的。”翟辰回忆起最后那几句话，又开始脊背发凉。

不管是他所谓的“亲戚”，还是仇枭对方初阳的“认得”。

高雨笙听了这话，也觉得诡异：“亲戚？你不是……”

一个天外来客，哪里来的亲戚？

“是啊，这事翟建国是知道的，”翟辰舔了舔发干的嘴唇，压低了声音，“你说，会不会跟我同行的，还有活着的。”

可能是落地的时候受到了冲击，翟辰不记得自己是怎么落到这颗星球上的，也不记得自己有没有同伴。如果翟建国说他还有亲戚在世，那只能是同行的外星人了。

高雨笙顿时皱起了眉头。一个流落到地球上的外星小王子，他有信心可以保护好翟辰。但如果还有别的外星人在，不管他们是伪装成人类活得好好的，还是被抓走做实验了，对翟辰来说都不是好消息。

越多的存在，意味着暴露的风险就越大。

“也有可能是翟建国糊弄老范的……”话说到一半，翟辰突然闭嘴，不远处传来推车轮子摩擦地面的声音。有人推着一车医用垃圾路过，翟辰站起身，把高雨笙挡在身后。

一辆黄色塑料垃圾推车缓缓从面前经过，推车的人戴着厚厚的医用口罩，路过时看了翟辰一眼。那双眼睛眼白多、眼仁少，带着一种天然的凶相。

翟辰对人类的脸只能死记，拆分开或是成长变化，都会认不出。他觉得这双眼睛有点眼熟，但根本想不起来在哪里见过。

推着垃圾车的人很快就离开了，翟辰也缓过神来，摸了把脸，转身来推高雨笙。却发现高雨笙脸色有些不对，问他怎么了。

“刚才那个，好像是，杀手。”高雨笙低声道。他对图形的记忆能力超强，只从翟辰手臂的缝隙里看到了一双眼睛，便瞬间想起来那是谁了。

杀手！

翟辰惊住了，现在仇氏三兄弟，死得就剩老大仇枭了。也就是半夜爬窗户跟他打个不相上下还能全身而退的杀手！他怎么会在这里？

想起那句“认得”，翟辰指尖发凉，但又不敢离开高雨笙，只能迅速给方初阳打电话。电话刚响了一下，听到安全梯那边狂奔而来的脚步声。

方初阳带着小马跑过来，看到翟辰立时恼了：“你怎么还在这儿？！赶紧走！”

“刚才，我看见仇枭了！”翟辰赶紧告诉他，顺便吸了口氧气。

“我也看见了！你赶紧走！”方初阳催着他赶紧走，自己咬牙继续去追。刚跑两步，翟辰忽然听到空气被锐器破开的声音，一个箭步冲上去，抱着方初阳就地一滚。

叮叮叮！几颗铁钉打在刚才方初阳经过的地方。翟辰随手扯下墙上消防柜

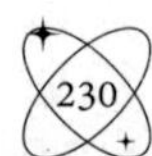

的柜门，权当盾牌护着方初阳跳回车后面来，跟高雨笙待在一起。

“你俩待着别动。”方初阳今天没带枪，抢过翟辰手里的柜门就要出去追，被翟辰一把拉住。

“别去，他故意让你看到，就是要引你过去！你是刑警不是特警，仇枭你一个人抓不住！”翟辰刚才吸了口氧气，导致方初阳根本挣脱不开。

“放开！”方初阳大声呵斥。

轰！突然一声巨响，这地方是立体双层车库，就在他们不远处，一节铁架子突然塌下来。立在二层的车轰然下落，斜着滑下来，正巧砸在路中间。刚才方初阳要是冲出去，就会直接被车砸扁。

“不，不见了。”小马上气不接下气地跑回来，说话带着浓浓的鼻音。刚才那个杀手就藏在垃圾车后面，等他跑过去，那边已经没有人了。

方初阳把手中的柜门狠狠地摔在地上。

第四十五章

范队长在调查案件期间牺牲，被追为烈士。三天后，举办遗体告别和追悼会。被严密保护的范队长家人，在告别会上露面。

翟辰带着高雨笙来参加追悼会，悄悄给范家人塞了丰厚的帛金。瞧见方初阳沉着脸忙前忙后，他就没去乱帮忙，跟着宾客们献花，听单位领导在上面念：“他还如此年轻，就这么牺牲在了穷凶极恶的歹徒手中。他是人民的好警察，是万家平安的守护神……”

翟辰听得心里难受，特别是看着台上哭得几乎晕过去的范队妻子的时候。

大约每个因公牺牲的警察，都是这么被追悼的。他是伟大的英雄，他牺牲自己救了别人。然而对于他的妻儿来说，就永远失去了最亲的人，他救了别人，谁又来救他呢?

“哥哥明白这个道理，就可怜可怜我，不要去冒险。”回去的路上，高雨笙听他这么说，立时站在家属的角度争取权益。

翟辰正伤感着，冷不丁被这一句给气笑了：“我什么时候冒险了？我向来惜命得很。”

高雨笙不以为然，开始细数他干过的事：“在商场直接跳楼，不戴防具冲进

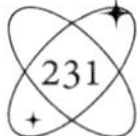

爆炸现场，徒手钻有辐射的山洞……”

“好了好了，”翟辰越听越心虚，轻咳一声，“我那都是有分寸的，没把握的事我肯定不干。你忘了，我可是超人。”

高雨笙不紧不慢地说：“淹死的都是会游泳的。”

翟辰：“……”

在接下来的几天，继续待在医院里的两个人，有了短暂的平静时光。高雨笙腿上的固定器也可以拆除了，只是走路还不利索，需要继续锻炼。

再高级的医院，住久了也会厌烦。

高雨笙嘴上不说，情绪明显有些烦躁低落。就连不喜欢上幼儿园的翟檬檬，都开始想念幼儿园的小朋友了。他买了玛莎拉蒂这么久，却没有机会跟同学炫耀，着实憋得慌。

翟辰见两个小家伙都不高兴，便考虑着出院回家住：“活人不能让尿憋死，有杀手的日子也得照样过。”

高雨笙抬头看他：“可这里是警方划的安全区域。”嘴上这么说，一双眼睛却是亮晶晶的。

翟辰看得好笑：“有哥在，去哪儿都是安全区域。”

“那咱们回家吧。”翟檬檬在一边起哄，说干就干地收拾起他的零食和玩具。

“准备出院了吗？”抱着文件过来的郑秘书见他们收拾东西，差点喜极而泣，“您终于可以回公司了！”

这两个月，高雨笙住院不能上班，最苦的人莫过于郑秘书。天知道，他以前的工作比郝秘书要轻松多少，每天只需要处理总裁的私事外加跟公司其他人打屁聊天。可自打老板住院，他就得公司、医院两头跑，还额外多了一些平时根本想象不到的工作，苦不堪言。

“暂时不回，过几天再说。”高雨笙接过郑秘书买来的新型拐杖试了试。

这拐杖不是医用的，类似于高闻筝那种装饰手杖，只是更长一些，中间还有个弯曲的把手，勉强可以当拐杖用。这比医用拐杖要体面多了，配合西装领带毫不突兀。

因为九逸的风波，现在一直有媒体盯着，就等着拍高雨笙狼狈的丑照。他需要习惯了这根新拐杖后，才能去公司。

“啊，说起这个，您有九逸那边的消息吗？”郑秘书忽然想起来什么，提醒高雨笙看一下邮件。

“怎么了？”高雨笙蹙眉，早上跟翟辰胡闹，邮箱、新闻都没来得及看。

“九逸那边出事了。”郑秘书苦着脸。他们标点地图实在是可怜，作为富二代开的公司，从开业到现在没得到分毫帮助不说，还总是被牵连。

打开手机，瞬间弹出了各种消息：“九逸集团董事长高震泽被限制出国”“高震泽疑似卷入重大案件，已被限制自由”“季羡鱼：你说的机会来了？不过，这玩得是不是有点大？”“高震泽：给我打个电话。”

高雨笙皱眉，拨了电话过去，那边是高震泽的秘书接起来的。

“董事长正在开会，现在不方便接听，我给您解释一下吧。”

高雨笙看了一眼时间，明明才早上九点，这会儿就开会，看来高震泽是挺着急的。

事情的起因是前几天的一个海外会议。高震泽原定去外国参加一个汽车业的峰会，过海关的时候被拦了下来，告知他被限制出国了。

因为是刚刚下达的，还没来得及通知他本人，但系统里已经显示不允许他出国了。高震泽一头火地去公安局询问，得知他被列入了一起绑架案的嫌疑人名单，目前正在调查。

“我为什么会卷入绑架案？简直荒谬！”高震泽很生气，但也没办法，这不是花钱就能解决的，只能告知会议方签证出了问题没法去了。

本来这事没什么人知道，昨天不知道被谁传了出去，说高震泽陷入刑事案件被限制出国。高远的风波刚刚过去，他的关注度还未下降，一时间众说纷纭，各种猜测纷至沓来，短短一晚上的时间谣言四起。

有人说九逸偷税漏税被发现了，有人说高震泽多年前买凶杀人，如今东窗事发，还有人说高震泽就是高成，被警方查出来了。

最后一个猜测比较接近真相，然而人们更相信前面的那些。尤其是买凶杀人这一环节，人们把前几年意外死亡的一位九逸高管与他联系起来，说得有鼻子有眼。

“是雨笙打来的吗？”正说着，电话那边传来高震泽的声音，秘书应了一声就把手机给了他。

高震泽拿着手机走到了一处安静的地方，低声问儿子：“你收到神秘人的新邮件了吗？”

神秘人，应该就是赵子安。高雨笙看了一眼邮箱：“没有。”

高震泽缓缓吸了一口气：“近期切断跟国外那边的联系，包括你的朋友、大学同学、合作伙伴。今天晚饭前回偃月山庄，我有事要宣布。”

偃月山庄，就是高家别墅所在的小区。高雨笙沉默片刻，答应下来，那边就匆匆挂了电话。

“听这意思，是召集你们全家都回去，”翟辰嗤笑，“这是要分家产吗？”

郑秘书站在一边，不敢插话。

高雨笙由着他胡说，接过秘书手里的文件快速签好：“有可能。”

分家产倒不一定，但为了防止九逸股价暴跌，赶紧移交控制权倒是很有可能。

翟辰顿时担心起来：“出事的时候分家产，那还不是谁掌权谁倒霉。”明里有方初阳他们调查，暗里有赵斌那群人搞事，接手就是个烂摊子。

这点高雨笙当然知道，高震泽不让他联系国外那边，其实是不让他联系技术研发中心。九逸在国外的技术中心，跟外国航天局有牵扯，这中间的桥梁自然是当年偷运出国的那些雪头金。

不过也没说一定是分家产，高雨笙看他担心得这么真情实感，不由好笑：“那怎么办？”

“是啊，怎么办呢？”翟辰单手支在他签字的小桌板上，认真想了一会儿，忽然灵光乍现，一拳砸在桌板上，把高总的签名都给震歪了，“好办，当着你爸的面把事情公开了吧。”

“嘎？”郑秘书禁不住发出一声鸭叫。

高雨笙默默在签歪的字旁边重新签了一个，抬眼看他：“你想好了？”

等三观尽毁的郑秘书颤抖着离开，高雨笙才打开了私人邮箱给翟辰看。

其实，他也收到了新的匿名邮件，不过他俩都知道是赵斌发的，并不如何神秘。邮件只有一句话，并且允许回复：“如果你继承了九逸，你愿意替你父亲弥补那些矿工吗？回答愿意或不愿意。”

“干什么，RPG（角色扮演游戏）吗？”翟辰嘲笑这中二的邮件，“回答愿意，魅力值增加五百；回答不愿意，天降杀手，游戏结束。”

高雨笙无奈摇头，直接回复：“愿意。”

发出去没多久，就收到了新的邮件：“记住你的承诺，我会努力让某些疯子停手，注意安全。”

还真是RPG游戏，翟辰撇嘴：“角色获得新道具‘赵斌答应不杀我’卡。”

“哈哈哈……”高雨笙被他逗笑了。

因为要准备晚上回高家吵架用的稿子，今天的出院计划泡汤。翟檬檬很不高兴，怒吃了一盒巧克力棒。

提前吃过晚饭，高雨笙脱下病号服换上了星空色的衬衫、羊绒面料的厚西装，戴上藏有武器的星空月龄腕表，被翟辰抱上车。

翟辰不理会天赐的抗议，把人塞进车里，将骚包的艺术拐杖扔到后座上，往自己背包里装了一个医用氧气枕。

“我是不是应该再拿个兵器？”翟辰考虑着顺路去超市买把刀。

“只是回去吃顿饭，不是火并。”高雨笙阻止了他这个过于夸张的行为，并表示车后备厢有棒球棍和未开刃的藏刀，足够了。

因为翟辰晚上看不清路，他们趁着天没黑，早早前往。到达高家别墅的时候，高家姐姐也刚刚到。

高闻筝这次没有摆“姗姗来迟”的谱，神色严肃地下车，身后还跟着她的私人律师白睿。看到高雨笙这么早回来，她顿时露出满是嘲讽的嘴脸：“不是说不要高家的钱吗？一听爸爸叫你回来，腿都不瘸了。”

翟辰龇牙，这姐姐还真是讨人厌，正准备开口骂回去，忽而想起来，关于这个问句，天赐也是写了稿子的。便没有开口，安静地做个随时会打人的保镖。

“你错了，”高雨笙露出个冰冷而不失礼貌的笑，接过翟辰递过来的拐杖，用事实有力地反驳，“瘸的。”

翟辰：“……”

第四十六章

说是晚饭前回家，但高震泽并没有吃晚饭的意思，先把家里人聚集在客厅，自己则坐在高背单人沙发上，神色肃穆。

“最近发生的事，你们也都听说了吧？”高震泽扫视了一圈，看着神色各异的子女们。

小儿子高牧笛跟他妈妈坐在一起，两人悄悄交换了一下眼神。女儿高闻筝则优雅地跷着腿喝茶，身后站着戴银边眼镜的斯斯文文的律师。而高雨笙，坐在离他最远的单人沙发上，面无表情，像一尊英俊的雕塑。

那个不正规但是很厉害的小保镖，背着手站在沙发后面。许是因为大家都知道他不正规了，这次竟然没有穿黑衣也没戴墨镜，而是穿着一件浅色毛衫。站在暖光灯下，整个人显得毛茸茸的，要是别人看了，估计还以为是高雨笙带来的小明星。

“听说了。”高牧笛被他妈晃了一下胳膊，心不甘情不愿地开口接话。

“爸，我觉得这事不用担心，咱们不都澄清过吗？那几个矿工失踪，又不是我们干的，只要警察查清楚，出国限制令解除就没事了。”一直在九逸工作的高闻筝，最清楚发生了什么事。

高震泽并没有被安慰到，反倒瞪了女儿一眼：“你说得轻巧，你知道警察什么时候查清楚？”

本想献个殷勤，却不想被训斥一顿，高闻筝抿紧了唇不说话了。

高震泽确实心气不顺，虽然早有打算在近年退休，好降低风险，但主动退和被形势逼着退，感觉完全不一样。

“九逸发展到今天这个地步，是我一步一步打拼出来的，绝对不能因为这点舆论危机伤了元气。况且之前我就说过，准备培养一个继承人，来接手九逸的控制权。要不是你们不争气，我一把老骨头怎么会操劳到现在？！”

翟辰觉得好笑，明明是不得不移交权柄，偏要给自己找面子说是早有打算。

高家其他人可没有翟辰这样玩笑的心情，他们听到高震泽说要找继承人，各个竖起了耳朵。

高闻筝放下了已经喝干的红茶，后妈攥紧涂了艳红指甲的拳头，就连不怎么耐烦的弟弟也不由自主地坐直了身体。只有高雨笙，八风不动，似乎与自己无关。

一名穿着黑西装的律师，端着一个文件夹走过来，站在高震泽身边：“各位好，我是高先生的私人律师，受高先生委托，提前进行继承权划分。”

众人都屏住呼吸不说话，等着律师发言。

高闻筝回头跟白睿对视一眼，突然开口：“等等。”

律师停下宣读的动作，示意高小姐说话。

“爸爸，现在正是九逸困难的时候，您要把控制权交出去无可厚非。但是股权的话，现在分配是不是有点早？”高小姐这话说得合情合理，而且是为父亲考虑的，自然不会引来呵斥。

高震泽欣慰地看着贴心的女儿：“的确，我还没死呢，这股权自然不会全都分出去。不过继承人要在企业里有话语权，股权是一定要有的。”

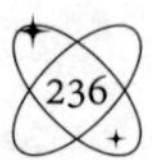

也就是说，他自己会留下大部分，拿出一小部分给子女们提前分配。拿到最多份额的，就是高家的继承人。

律师接到雇主的示意，便开始宣读文件："高先生决定拿出一半的股份，提前分配给子女。高震泽先生，拥有九逸集团 32% 的股份，拿出一半就是 16% 来分配。其中，高闻筝 2%，高牧笛 4%，高雨笙 10%……"

高闻筝听到这个数字，瞬间攥紧了手杖的顶端，靠着教养支撑到宣读完毕，立时尖声反对："不行！凭什么这么分配？！"

后妈脸色铁青，吸了吸气，又把话咽下去，任由高闻筝出头。

翟辰挑眉，看看自家依旧稳如泰山的高雨笙，顿时有一种高家配不上小天赐的膨胀感。这样的分配方式，他并不觉得惊讶，毕竟高雨笙的能力摆在那里，九逸交到他手里才有活路。不过高震泽给女儿和小儿子的份额竟然还有差别，这就有点难看了。

"啧啧……"翟辰忍不住轻声咂舌。

声音很小，高家其他人自然是没听到，被他扶着椅背的高雨笙却听得一清二楚。不用回头，他也知道翟辰现在是什么表情。

"钱是我的钱，怎么分我说了算，什么叫凭什么？"高震泽听到女儿的尖叫，顿时黑了脸。

高闻筝气得剧烈喘息，指着高雨笙说："你要让高雨笙管理公司，我没意见，上回企划案确实是他技高一筹。但你要把这么多股份给他，我不同意！他一个私生子，凭什么继承我父母打拼下来的基业？！"

满脑子念头骤然被这一声"私生子"给搅散了，高雨笙眸色微暗，看向歇斯底里的高闻筝："你应该先问，为什么你分到的比高牧笛少。"

"我们两个加起来都没有你的多，你说我应该先问谁！"高闻筝回头瞪他。

后妈听到这话，立时开口帮腔："是啊震泽，你们已经在媒体面前说了雨笙是私生子了，现在给他这么多股份，肯定会被人笑话的。而且，对股价也不友好。"

这话说得莫名其妙，翟辰忍不住嗤笑："怎么，股民还管出身啊？上市公司报表里有董事长祖宗八辈的披露吗？"

没听说过哪家公司因为股东是私生子，就股价大跌的。就好比村主任跌了个跟头，导致整个村的冬瓜减产一样，根本不挨着。

高牧笛也觉得自己妈妈说的话有点好笑，用手肘碰了碰他妈。

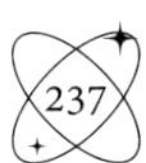

高闻筝回头，见是翟辰说的，顿时更生气了：“你一个保镖，插什么话，到门外站着去！”

高父平时也是带保镖的，不过今天是回家，这别墅区又很安全，就只带了两个。两个黑衣人都在客厅外面的小厅，不打扰雇主家里谈话。只有翟辰，特别没有眼力见，不仅站在屋里，还乱插言。

“对雇主威胁最大的人就在这屋里，我可不能站出去。”翟辰说这话的时候，就盯着高小姐看。

想起这保镖被雇来的缘由，高闻筝哑火了。她这会儿不能追问谁是威胁最大的人，这无疑是搬起石头砸自己的脚。而且，这来来回回的争执，把她说话的节奏都打乱了！

“先生，晚饭已经好了。”管家过来通知，请众人去餐厅吃晚饭。

高震泽站起身：“先吃饭吧，吃完再说。”

长长的木质餐桌，高震泽坐在一端。后妈坐在他右手边，旁边是高牧笛，高闻筝坐在他左手边，旁边是高雨笙。

高雨笙拉着翟辰一起坐下，叫管家再拿一副碗筷来。

“保镖们在那边吃。”高闻筝指指旁边的小餐厅，律师和保镖们都在那里。

“他不是保镖，是我重要的人。”高雨笙简单地回答了一句，示意管家摆放餐具。

刚才分配家产的事，被在一边添茶的管家一字不漏地听了进去，他对以后这个家里谁说了算自然清楚，毫不犹豫地给翟辰添了碗筷，并倒了一杯红酒。

翟辰十分坦然地接受了，笑道：“哎呀，挺不好意思的，诸位慢慢聊，不用在意我。”

谁在意你了？！

高家几人都瞪向得寸进尺的小保镖，而作为一家之主的高震泽，只是深深地看了翟辰一眼，便默许了他坐在这里用餐。

正式开餐，一道一道菜陆续端上来。因为是家庭聚会，请了高级厨师来做中餐，每道菜都非常精致，看了叫人食指大动。

不过在座的人都没什么胃口，高闻筝更是气得吃不下饭。只有翟辰胃口极好，夹了个鸡翅中就塞进嘴里啃起来，觉得好吃便又给高雨笙夹了一块。

高震泽看着儿子与翟辰的互动，端起红酒杯晃了晃：“这位翟小朋友，就是你心心念念要找的星星哥哥吧？”

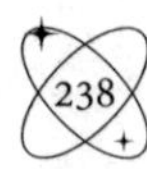

第四十七章

高雨笙听到这话，夹菜的手突然顿住了，放下筷子冷眼看向高震泽："我说过，不许再提起星星。"

这话说得意味不明，翟辰微微挑眉，发现高家其他人似乎习以为常，看来这话高雨笙以前确实说过。

小时候他精神状态出问题，天天念叨要星星哥哥，家里人只会敷衍。后来他好起来了，这个词再从高家人嘴里说出来，往往都是不怀好意的刺激与嘲讽。高雨笙忍无可忍，不许他们再提。

而高震泽听完，脸色却有些不好："高雨笙，这就是你跟我说话的态度？"

刚刚宣布了继承人，这继承人就嚣张起来，让高震泽生出一种太上皇退位让贤立时失去威严的恐慌感。其他人默不作声，一副看好戏的模样，恨不得高雨笙马上惹怒高父，好重新分配股份。

"嗯。"高雨笙不甚在意地应了一声，低头继续吃鸡翅。哥哥给夹的鸡翅，味道比自己夹的好。

后妈有心火上浇油一下，奈何还要维持自己贤惠温柔的人设，斟酌着劝道："震泽，别生气，雨笙这孩子向来都是这么说话的，你又不是不知道。"

这话意在突出高雨笙本质上的不礼貌、不孝顺，听到高震泽耳朵里却不是这么个意思了。

高震泽噎了一下，但怒气也像戳破的气球不见了踪影。确实是他想多了，高雨笙从来都不是个会讨好爸爸的人，打从离开家自己去创业，态度就一直这么嚣张。

虽然，这样的认知并不能让人感到高兴。

坐在旁边的高闻筝，惊疑不定地看了翟辰好几眼，脸上一阵红一阵白："你俩，早就相认了，是不是？"

电视台做节目那会儿，这个保镖就已经跟在高雨笙身边了。如果他就是星星，那她叫白睿去冒充岂不是个大笑话？

高雨笙不理她，只安静地吃饭。翟辰却饶有兴致地回答："我记得星星是你那个律师白睿啊。怎么，他用火锅底料洗了个头，回来没告诉你吗？"

"怎么回事？"高震泽听出些不对来，转头问高闻筝。

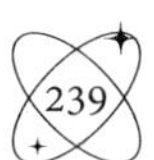

高闻筝企图糊弄过去：“之前有点误会。”

翟辰正待再说什么，外面突然响起了警报声。

这个别墅有安保系统，如果有人触动了院墙上的防护设备，就会发出警示。这个系统非常灵敏，当然灵敏也是有坏处的，偶尔被小动物不小心触碰了，也会这样。

屋里的人倒是没有太紧张，高震泽示意管家出去看看。穿着西装马甲的管家，快步走出去看情况，刚走出去，忽然发出一声惨叫便没了声音。

呼啦啦，那一桌正吃饭的保镖霍然起身，快步走到大餐厅来，餐厅里的人都停下了用餐的动作。

翟辰把挂在椅背上的包背到身上，竖起耳朵盯着门的方向，把高雨笙护在身后。

客厅的大门敞开着，站在餐厅里，视角非常狭窄，只能看到一线院子里的风景。外面已经黑透，院子里用来观景的射灯不知道什么时候全灭了。别墅区中相邻的房子间隔甚远，这里连邻居家的灯光都借不到，只剩泼墨一样寂静的黑。

“出去看看。”高震泽冲保镖打了个手势。

两个职业保镖义不容辞地快步走到门口，借着大门的掩护探头出去查看，似乎没看到什么异常。

“管家？”保镖低声喊了一句，没有得到回应。

院子里静悄悄的，只能听到夜风吹过树梢的沙沙声。

客厅的门比院子本身要高，门前的台阶有半米左右，如果人摔倒在地上，有可能会因为视线死角而看不到。高家的管家是一位职业素养极高的管家，做事谨慎周到，绝对不会出现在熟悉的院子里摔跟头这种低级错误。

两名保镖对视一眼。一人率先蹿出去，扑到草坪上打了个滚，匍匐在草地上，赫然对上了管家的脸，禁不住惊呼一声。

管家倒在地上，双目紧闭，熨烫妥帖的白衬衫已经被鲜血染透。也不知道是昏过去还是死了，保镖大叫一声：“不好，有狙……”

话没说完，一颗子弹破空而来，准确无误地射入保镖的后背。

“有枪！快进屋！”站在门口的保镖立时抬手关门，在关门的刹那，一颗子弹穿过门缝，打进他的右肩。保镖惨叫一声，用后背顶住了大门。

大门为了美观，做成了厚重的木门。然而木门再厚，也挡不住子弹。保镖刚刚捂着胳膊趴下，一颗子弹穿透下方门板，直接打在他的后腰上。

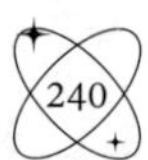

拿狙击枪的人，完全预估到了他的动作，一颗子弹也没有浪费。

“啊——”院子里发生的事他们刚才没看到，这会儿一名保镖就死在了面前，高闻筝禁不住尖叫起来。

“拉上所有窗帘，快！”翟辰咬住氧气管，抱着高雨笙往客厅中间跑。屋子里还能用的保镖就他一个人了，其他人见状，立时跟着他跑。

这房子一楼是连通开阔的，客厅在中间，没有任何隔断墙壁可以做掩体。为了显示大气，这里家具都很少。挑高的构架造成了三面都有高达两层楼的大玻璃窗，在黑夜中亮着灯开着窗帘，他们无异于一群活靶子。

说了拉窗帘，这群少爷小姐却没有一个动弹的，像没头苍蝇一样跟着他乱跑。翟辰咬牙把高雨笙放到客厅中间的地毯上，随手把沙发倒扣过来挡住他，接着一个翻身蹿到正对着沙发的窗口，快速拉上窗帘。

其实关上灯就可以一劳永逸地避开狙击，偏他是个夜盲眼。如果关了灯，他这个保镖就失去了作用。而闯进来的杀手如果有红外线感应之类的高科技，那就是单方面的屠戮了。

拉上这面的窗帘，那边还有两幅。绕路跑过来的后妈和弟弟，丝毫没有帮忙的意思，瑟瑟发抖地跑到高雨笙身边抱头蹲着。高闻筝慌不择路地跑过来，她为了美，给假肢也穿了高跟鞋，这会儿根本跑不快，被地毯绊了一跤直接摔趴下。

哗啦啦！一面玻璃被子弹击碎，紧接着噗的一声在高闻筝身边的地板上打出一个大洞。

“啊啊啊！”高闻筝吓得往前疯狂爬行。

去刀架上拿刀的高震泽随手拉上一面的窗帘，提着女儿的后领将人带到沙发区。彼时，翟辰已经拉上了最后一幅窗帘，身形轻盈地冲回来，翻身落到了高雨笙身边。

所有沙发都被倒扣过来，因为层层叠叠足够厚实，可以暂时抵挡狙击枪的攻击。

“外面那是什么东西？”高牧笛白着脸缩在茶几边，用放倒的小茶桌挡着脑袋。

高闻筝终于回过神来，拿出手机要报警，却发现屋子里没有任何信号，包括电话信号和网络信号。

后妈抓住掉落在地上的固定电话，往外拨打，拿起来却是一阵忙音。

“线被掐断了，”翟辰低声说，“这屋子有自动报警系统吧。”

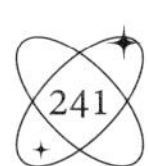

“失灵了。”高震泽沉声道，攥紧了手里的唐刀。这屋子的自动报警系统跟院墙上的警报系统连着，如果十分钟内不处理，就会响起整个小区都能听见的警报声，并自动通知辖区派出所。

然而，现在早就过了十分钟了，什么都没有发生。

咻——又一颗子弹打进来，直接穿透了高牧笛藏身的沙发靠背，打进地板中，吓得他惊叫连连。这次是从大门的反方向打过来的，也就是说，不只那一面有枪。

所有的出路都被封死了！

远处的狙击枪带了消声器，周围邻居都没有听到。不清楚外面有几支狙击枪，大家不能贸然出去。他们就这么被隔绝在了一个孤岛上，等着那位凶残的屠夫。

未知的等待最是让人绝望，众人呼吸急促，甚至能够听到彼此的心跳声。

“为什么会有杀手？”高震泽瞪向最近一直被杀手困扰的儿子。

高雨笙跟翟辰挤在一起，虽然也紧张，但远比其他人状态好，显然是已经习惯了：“这个你该问高闻筝。”

“我、我怎么知道？”高闻筝白着脸，往拿着武器的爸爸身边缩。

“你雇的杀手，你会不知道？”翟辰四处看看，没见到称手的武器，只能把弟弟挡头的小茶桌掰掉一根腿攥在手里。

高牧笛趴在地上装死，骤然听到脑袋边有咔嚓声，吓得张嘴就要大叫，被他妈妈迅速捂住。“妈，你手好臭。”弟弟呜呜啦啦地说。

高雨笙微微蹙眉：“不是你妈臭，是空气臭。”

翟辰一惊，使劲抽了抽鼻子：“糟糕，天然气漏了！”

早年城市里用的是煤气，煤气是危险的一氧化碳，会导致中毒。最近几年，换上了天然气，天然气没有毒也没有味道，但为了提醒市民，燃气公司在里面加入了臭味气体。

如此明显的臭味，显然已经泄漏很多了。

厨房里还有一位厨师，这么明显的臭味那人不可能闻不到。翟辰从缝隙里看向厨房的方向，那边的灯是亮着的，却没有动静。

“张大厨是不是……”高牧笛吞了吞口水，抱住妈妈的手臂崩溃地说，“我们把灯关了吧！”

寻常情况下，人在光明中才会觉得安全。但现在这种情况，黑暗才能给人

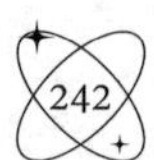

些许安慰。就像小时候把自己蒙进被子里，自欺欺人地以为这样就不会被妖魔鬼怪发现。

“现在屋子里充满了甲烷，开灯关灯都有可能引起爆炸，”翟辰急道，“得马上出去，如果他扔个火进来咱们就都完蛋了。”

二楼突然响起了破窗声。

翟辰迅速抱着高雨笙滚到茶几底下，只听到当当当几声脆响，速度奇快的铁钉就扎在了刚才他俩趴着的地方。

其他人尖叫着躲到沙发底下，楼上响起皮靴落地的声音。翟辰抬头，看到了站在二楼栏杆处的杀手。

那人穿着一身土黄色的迷彩服，身后背着一支带消声器的狙击枪，手里拿着改造过的射钉枪，脸被典型的恐怖分子头套蒙着，只露出一双眼白多、眼仁少的眼睛。

“别动手，我是雇你的人，不要杀我！”高闻筝突然尖叫着举起手，向站在二楼的杀手示意。

“高闻筝，你什么意思？！”后妈趴在倒扣的沙发底下，大声质问。

“我雇的你，我给的钱。”高闻筝看到这杀手的模样，就清楚这是她雇用的那个人，最初的最初，中介给她看的图片就是这么个套着头套的男人。她说着，试图站起来安抚这个杀手。

头套男似乎觉得有趣，拿着射钉枪指着下面的人。

“我劝你不要再用那玩意儿，屋里的甲烷很快就会到爆炸点，射钉枪也有火药！”翟辰趴在茶几底下提醒。

“是吗？”杀手嗤笑一声，再次扣动扳机。

嗒嗒！一颗钉子急急射出，直接打在了高闻筝的膝盖上。

高闻筝不可思议地低头，眼睁睁地看着一根钉子直挺挺地戳进自己的膝盖骨，这样的视觉冲击是相当大的。她张大嘴巴却发不出声，扑通一声趴倒在地，双手发抖地捧住自己的膝盖，半晌才找回自己的语言：“说好了，我只买高雨笙一条腿，你为什么要杀我？！”

翟辰一言难尽地看向这位高小姐，在茶几底下挪动，把高雨笙压到自己身下，伺机而动。

“只买一条腿？”杀手摇摇头，直接从二楼跳下来，用射钉枪抵住高闻筝的眉心，“那你不是我的雇主。”

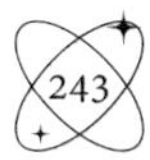

“怎么不是！我第一次给你打了两百万定金，后来你兄弟被抓了，你管我要尾款，我又给了你三百万！”高闻筝吓破了胆，语速越来越快，把自己知道的东西都说出来，期望杀手认出来谁是雇主。

杀手在空气中使劲闻了一口：“的确，是你给的钱。”

高闻筝大喜过望，想要再说什么。

射钉枪的扳机发出了轻微的咔嗒声：“不过，五百万不是买腿，是买命的。”

“我，我后来一共给了你两千万，让你放过我！”高闻筝不明白为什么她给的钱越多，这杀手越不肯放过他，她歇斯底里地疯狂尖叫，“翟辰，翟辰快点救我，你是保镖啊！”

“抱歉高女士，我是私人保镖，只保护一个人。”翟辰嘴里吊儿郎当地说着，眼睛死死盯着杀手的手指。话虽这么说，但他不能让杀手再用射钉枪。什么时候到爆炸点谁也不知道，绝不能冒这个险。

“我给你五千万，你放了我们一家！”高震泽躲在沙发后面，冒出半颗头，“五百万一条命你吃亏了，现在市价是一千万。”

翟辰听得嘴角直抽，莫名就想起一个词，小声跟高雨笙说：“薄利多销？”

高雨笙差点不合时宜地笑出来，生生给忍住了。

老高总的这套生意经，并不能说服坚持薄利多销理念的杀手。那人无动于衷，直接扣动了扳机。电光石火之间，翟辰骤然发动攻击，一把掀开茶几砸过去，顺手把高雨笙塞到沙发底下。

杀手猝不及防地回身，一脚踹在茶几上。那茶几是昂贵的实木家具，有几百斤重，杀手一脚没踹开，反而被砸了出去。高闻筝瘫软在地上，动弹不得。

射钉枪被砸飞了出去，杀手就地一滚没有被茶几压到。他并不理会拎着木棍从天而降的翟辰，拔出匕首蹿到沙发区，拽着高牧笛就要割喉。

嗡——高震泽拔出唐刀砍他，被杀手轻松躲过，一脚踹在心口。

作为一名富豪，为了自身安全，高震泽年轻的时候也练过。不过随着年龄的增长，他越来越懒惰，身体素质大不如前，知道怎么出招，动作却奇慢无比。杀手重重的一脚踹在他心口，差点把他踹吐血。

随后，杀手转过身，看向藏在沙发底下的高雨笙，高雨笙也看向他。杀手一脚踹开沙发，高雨笙同时抬手，一缕金线从左手的腕表中激射而出。

金线的速度快到难以捕捉，杀手猝不及防被穿透了肩胛。强如子弹的箭头，牢牢钉进了背后的墙壁。

然而这点痛楚似乎并没有影响到他，杀手冷笑一声，骤然从身后拔出狙击枪。

翟辰抡起一把单人沙发，直接朝杀手扔去。脚边的高牧笛号叫着滚开，杀手用胳膊缠着那细金属丝，拖着高雨笙一起翻身躲避。

高雨笙是躺着的不好起来，被他拖拽着摔了个跟头，眼前银光一闪，瞧见那锋利的匕首冲着左腕直接砍来。他想也不想地抬手格挡，错开位置让匕首砍在覆盖了手背的X金属护腕上。

铮——金属碰撞的嗡鸣，顺着骨头传到大脑，震耳欲聋。

因为这一动作，锋利的金属丝在杀手身上割出了大片伤口，这人却像不知道疼一样，继续追砍。

翟辰冲过来，一把抄起高雨笙，用百米冲刺的速度往远处跑。

如果杀手不跟着跑，很快就会被金属丝切掉半个膀子。这下他终于知道疼了，闷哼一声随着翟辰跑。

翟辰在旋转楼梯上绕了一圈，直接把人捆在了扶手上。高家其他人目瞪口呆地看着这一幕，还没等欢呼，那看似被困着的杀手突然大吼一声："都别动！"

那声音粗粝沙哑，像是从地狱里爬出的恶鬼在嘶吼。

明明翟辰已经很快了，却快不过他微小的动作。在金属丝缠上的瞬间，他已经避开了胳膊，牢牢握着狙击枪。

屋子里的天然气现在绝对达到了爆炸所需浓度，只要他开枪，这个屋子里所有人都得死。准备趁乱偷摸逃跑的高牧笛母子顿时定住了，翟辰也不敢动了。

滋——身后忽然传出了漏气声，翟辰暗叫不好，肯定是背包里的氧气枕破了。高雨笙手疾眼快地伸进去，紧紧捏住那道被划烂的口子。

第四十八章

翟辰咬着氧气软管，抱着怀里的人。高雨笙一只手捏着不停漏气的氧气枕，另一只手控制着护腕僵持在空中。金属丝在那人身上缠了一圈，只要用力拉扯，就会把人切成两半。

双方互相制衡，谁也不敢轻举妄动。

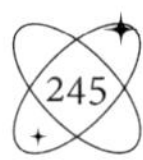

"那什么，这位壮士。"翟辰叼着管子，像是叼着烟一样，说话不由自主就带了几分不正经。

杀手转动眼球看过来。

"我能先把他放下吗？抱不住了。"翟辰严肃认真地要求，做出很沉很累的模样。

"我说了，别动。"经验丰富的杀手，并不吃他这套，坚持要他抱着高雨笙。

高家其他人也不敢动，瘫坐在沙发区。高震泽捂着胸口，喘息着问："这么僵着不是办法，你说个条件。我们不报警，你也别杀人，咱们放过彼此。"

"我接的单子要四条命，你们姓高的再死一个，我就收手。"杀手用枪指着沙发区的众人，瞄准镜从蜷缩在地上的高闻筝，扫到躲在妈妈身边的高牧笛，最后停在父亲高震泽的脑袋处。

翟辰绕圈的时候特意多走了几步，此刻站在杀手侧面靠后的地方，角度刁钻，很难被打中。杀手没有机会转头威胁高雨笙，索性放弃，只盯着沙发区那几个人。

被枪口定格的高震泽额角冒汗，腮侧的肌肉不由自主地抽动。

"要杀就杀高闻筝。是她雇的杀手，合该她自己承担责任。"后妈见自己被排除在杀戮名单外，顿时镇定了不少，看向眼泪鼻涕糊了一脸的高闻筝。

"我没让你杀人，我自始至终都只要高雨笙的一条腿。现在这个任务取消，你走吧！"高闻筝颤颤巍巍地说，"我们不会报警的，报警我也得被抓。这事就当没发生过……"

杀手并不买账："选一个吧，你们时间不多了。"

"你为什么要我的腿？"高雨笙靠在翟辰肩上，努力调整姿势，把氧气袋攥得更紧一点。

"我为什么要你的腿？呵呵呵，"高闻筝抬头看他，拍拍自己安了假肢的腿，"你妈雇人撞死了我哥，撞断了我的腿，害我一辈子残疾，你说为什么？！"

高震泽蹙眉："我说过多少遍，那车不是叶蓉雇的！"

"你说不是就不是了？"提到这个，高闻筝突然激动起来，连正威胁着生命的杀手都忘了，"当年恨我俩的只有她！"

"她为什么要恨你？"翟辰不解。叶蓉连他这个不相干的孩子都愿意好好养，给人当后妈应该不至于苛待继子女。

"她以为是我弄丢了天赐！"高闻筝红着眼睛说，"天赐丢了，家里还剩我

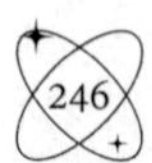

和大哥两个孩子，她每每瞧见我们就心气不顺。”

自己的孩子丢了，弄丢孩子的罪魁祸首还活得好好的，天天在人眼前晃，是个人都想掐死对方吧。

高雨笙抿唇，看着仿佛受了天大委屈的姐姐，缓缓地道：“可是，本来就是你丢的。”

高家其他人齐齐看过来，都是一脸震惊的样子。高闻筝瞬间僵住了：“你胡说什么？！是你自己跑开了！”

翟辰心里咯噔一下，手轻轻拍了拍雨笙以示安抚。怎么忘了，天赐很小就记事了，他记得跟人贩子在一起的每个细节，自然也记得自己是怎么丢的。小时候，他只提过，是为了给姐姐买生日礼物出门走丢的。

“我妈去买东西，把我交给你看管一会儿，她说‘阿姨去买点东西，你跟弟弟玩一会儿，就在这里，别走远哦’。”

高雨笙很擅长改变说话语气，这番话学出来，跟当年叶蓉的口气一模一样，半个字不差。

高家姐姐的脸瞬间变得煞白。

“你问我‘吃不吃棉花糖’，不等我同意就拉着我离开了商场，到外面的小公园里。你说‘站这儿别动，我去买糖’，就放开了我的手。人贩子把我抓走的时候，我看到你藏在那棵法国梧桐后面。”

这些话，多年以来，高雨笙一个字都没有提过。所有人都以为他忘了，可现在听来，非但没有忘，反而每个细节都记得清清楚楚。

翟辰听得心疼极了，那时候高闻筝也就12岁，少年儿童的恶意让人胆寒。

“高闻筝，这是不是真的？你当年说是天赐自己挣脱跑开了！”高震泽也是第一次听说，厉声质问女儿。

高闻筝颤抖着深吸一口气：“对，是我干的又怎么样？你找警察抓我啊，我那时候才12岁，不满14岁不负刑事责任的。”

她听说那一带常有人贩子出没，故意把弟弟带去了那片小公园，眼睁睁地看着幼小的孩子被粗暴地带走。

“你是人吗？”翟辰咬牙瞪着高闻筝，“难怪你笃定叶蓉雇人撞你兄妹俩，合着是做贼心虚啊。你以为谁都跟你一样没人性吗？小小年纪就会贩卖人口，到现在还死不悔改。狗咬人都知道看脸色，你还不如个畜生！”

高闻筝冷不防被保镖骂了，尖声道：“你算什么东西，我家的事轮不到

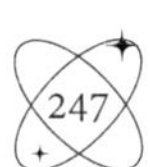

你管！我已经付出代价了，我哥哥被撞死，我没了一条腿，受的报应够多的了！叶蓉要报复，就报复我，把我卖了我无话可说，凭什么撞死高忆箫？！凭什么！”

高闻筝越说声音越大，说到后面直接破音了。

她太恨了，恨得十几年没睡过安稳觉。要报复就报复她，为什么要报复大哥？高忆箫那个人与世无争，脑袋里只有音乐、艺术，为什么要夺走他的命？让失去了哥哥又失去了一条腿的她，每天都活在地狱里。

“不是我妈做的。”高雨笙轻声说。

“你说不是就不是了？”高闻筝冷笑，“你妈把我当个丫头使唤，让我帮她看孩子。你丢了之后，她跟疯了一样，歇斯底里地骂我，恨透了我。”

高雨笙垂目：“那天去商场，是为了给你买生日礼物。怕提前透露惊喜，才让你看我一会儿。”

高闻筝骤然卡壳了。那天高雨笙丢了之后，家里陷入了混乱，根本没有人记得她和大哥的生日。仔细回想，那天叶蓉出了商场，手里是提着两个袋子的，只是慌乱之下丢在了路边……

“我妈不知道是你叫来的人贩子，后来我回来，还叫我跟你好好相处。”高雨笙自始至终没有起高调，不紧不慢，只是阐述一个事实。

高震泽也是头一次听说这里面的恩怨，整个人都呆住了。他怎么也没想到，年仅 12 岁的女儿竟然能狠心到卖弟弟。更没想到，她一直把长子的死归罪于叶蓉。“你哥是怎么死的，你自己不知道吗？要不是你急着去马路对面看明星，他会为了推开你被撞飞吗？”

高闻筝睁大了眼睛，不可思议地看向父亲：“我……去看明星？”

她当时磕成脑震荡，丢失了车祸发生时的记忆。完全不记得是自己为了看明星才连累哥哥被撞死的。

一直被忽略的杀手先生忍无可忍，把枪口对准了高闻筝：“看来你们已经决定，让谁死了。”

“她不是你的雇主吗？”翟辰挑眉，悄悄把高雨笙的腿放下，让他靠着自己，空出来的手握住那只戴着腕表的手腕，深深吸了口氧气。

“不是，”杀手否认了高闻筝的雇主身份，“我数三下，你们不动手，就一起完蛋。”

“一！”

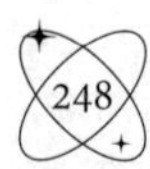

后妈焦急地看向拿着唐刀的高震泽："他爸。"

高震泽握紧刀柄，不为所动。

"二！"

后妈咬牙，一把捡起了地上的匕首。

"妈！"高牧笛吓了一跳，不可思议地看着自己妈妈，"你现在杀她，回头你就是杀人犯。"

"她不死，咱们都得死。我这时候，算是正当防卫！这位先生，你说话算话吧？"后妈抖着手看向杀手。

"三！"

第四十九章

"小筝，你别怪我！"后妈举着匕首扑过去。

高闻筝尖叫着抓起自己的手杖，一下子抡过去，咚的一声重重地敲在后妈的脑袋上。一股鲜血立时顺着额头流下来，后妈抽搐着倒在了地上。

"妈！"高牧笛惊呼着扑过去。

与此同时，翟辰握住高雨笙的手，悄无声息地抖动金属线，缠上杀手的胳膊用力一拉。

咔嚓！杀手握枪的手臂瞬间被扭断，狙击枪颓然落地。翟辰矮身一个滑步，直接把枪踢飞："快走，出去报警！"

年轻人高牧笛反应最快，抱起他昏过去的妈就往外跑。刚走两步，大门突然被一脚踹开。

"谁也别想走！"衣冠整洁的男人单手举着一个昂贵的翻盖式打火机，用穿着皮鞋的脚缓缓关上门，正是高闻筝的那个私人律师——白睿。

高闻筝坐在地上，不可思议地瞪着他："白睿，你这是干什么？你疯了！"

刚才律师和保镖都在小餐厅，因为太紧张，大家都没有注意到两名律师的去向。应该是白睿中途拉着高父的那个律师出去商量事情，这一去就没有回来。

如今看这幅场景，还有什么不明白的。翟辰嗤笑一声："杀手是你雇的吧？"

联想先前他在路上听到的白睿跟高闻筝的对话，便清楚了。这杀手一直是白睿单线联系的，高闻筝无比信任白睿，把钱直接给他，让他打给杀手。价码从两百万一条腿，到五百万一条命，最后被杀手吓疯的高闻筝给了两千万破财消灾，就变成了四条命。

“白睿，为什么？”高闻筝显然也想通了其中关节，杀手一直是白睿单线联系的，自始至终这就是一个用她的钱买她的命的骗局，“我对你那么好，那么相信你，我跟你还……你怎么能这么对我？”

“别提了！”白睿粗暴地打断了这温柔的忆往昔，做出了干呕的动作，“跟你睡完，我整整吐了一天，你这种女人内心比马桶还脏，睡你简直就是在吃屎！”

高闻筝不可思议地盯着白睿，那张斯斯文文的俊脸现在满是厌恶。她承受不住地尖叫起来，头发散乱，涕泗横流，状若癫疯。

“你也是高远矿业的受害者？”翟辰拍拍努力把金属丝固定在楼梯扶手上的高雨笙，自己捏住了氧气枕的口子，默默计算还能用多久。枕头已经瘪下去了，估计撑不了五分钟。

“你有什么要求，我们可以谈，先放下打火机。你想要得到赔偿，还是想要道歉，我都可以满足你。”高震泽开口，凭着商海沉浮多年的稳重心态，试图跟白睿沟通。

“嗤——”白睿不屑地笑了一下，推推鼻梁上的银框眼镜，在日光灯下折射出惨白的光来，“赔偿？高成，当年你也是这么说的，结果呢，翻脸不认人还把所有的问题都推到老婆身上。高雨笙他妈是怎么死的，你还记得吗？”

高震泽脸色在瞬间变了几变，立时开口：“过去是我能力有限，当时卖矿石的钱还没回款，实在凑不出那么多赔偿，就卖了房子先赔给领头的矿工。谁知道那两个领头的卷款跑了，也不说明情况，害得工人再次闹事，把叶蓉逼死了。这次，这次不一样，我有上市公司，足够赔偿所有人。”

“呸！”白睿狠狠啐了一口，“你卖的又不是铁矿，是稀有金属，还是卖到国外，怎么可能没有钱？是你为了保住家产，拿这小子的命做威胁，叫叶蓉自己去死的。这才几年，高董事长就忘了吗？”

翟辰心头一颤，看了看靠在自己身上的天赐。高雨笙面无表情地听着，仿佛跟他没什么关系。

“我早就猜到了。”高雨笙在翟辰耳边，很小声地说。从想起妈妈是怎么死的时候，就已经想到了。

高震泽当然不会直接拿儿子的命威胁，那只会让叶蓉鱼死网破。他只需要告诉叶蓉，那些工人已经疯了，如果被他们知道儿子住在哪里，肯定也要被打死，他们夫妻之间必须留下一方把孩子藏起来。至于谁留下，谁去死，一直主动承担责任安抚工人的叶蓉别无选择。

高震泽也急急地看了儿子一眼，这是他最优秀的子女，是他商业帝国的继承人，绝对不能跟自己离了心："十五年前，你才几岁，这些道听途说的消息能有几分真的？我死了，就没人给那些可怜的工人赔偿。听我说，孩子，你还年轻，还有大好的前程，如果我们一家犯了罪，交给法律来审判。放下打火机，以你的本事肯定能让自己脱罪，别为了不值当的人赔上自己。"

这话说得入情入理，然而，白睿根本不买账，只是冰冷地笑起来："有些人是想要赔偿的，可惜了，你们遇见的是我，我跟他们不一样。我什么赔偿都不要，我只要你们死，你们姓高的都得死！"

"我的父母，都在你的矿上干活，想给我赚上大学的学费。我爸，得了癌症。我妈，怀着孕来讨公道，只为了给我爸凑医药费。可是你们呢，你们一分钱都没有给！没有钱化疗，他只能在卫生所输生理盐水，你懂那种绝望吗？他撑着不死，就为了看妹妹出生，可是妹妹生下来只活了十分钟！

"妹妹没有活下来，我爸直接病重，没儿大就去了。我妈月子里大受打击，得了严重的抑郁症，在父亲下葬那天跳了井。"

白睿说起这些，脸上一片死寂，只有挡在镜片后面的眼睛透着疯狂的赤红。

屋里静默了一瞬，被金属丝缠着的杀手突然开口："我劝你放开我，不然等会儿他点火，你也跑不了。"

这话，自然是对着高雨笙说的。金属丝的一头戳进了墙壁中，连着高雨笙手腕上足以支撑两个成人体重而不会脱落的护腕。一旦爆炸，高雨笙根本来不及逃跑。

"逃什么逃？你们都得死。"白睿的拇指缓缓搓开了打火机的盖子。

"等一下，"翟辰举手，"我只是个无辜的小保镖。"

白睿冷笑："跟高家牵扯的都不无辜。"

翟辰赶紧摆手，声情并茂地陈述："不是啊，我爸爸是个人民警察，为了救一个落水的姑娘牺牲了；我妈妈是人民教师，在工作岗位上燃烧自己照亮别人，直接烧成了痴呆；我弟弟是人民警察，抛头颅、洒热血，为了救孩子差点葬身矿洞；我家里还有个幼小的孩子，孩子也是高远矿的受害者，有先天疾病，如果我走了，孩子怎么办？"

白睿听得一愣一愣的，狠狠皱起眉头。

“哎，赵斌！”翟辰忽然看着白睿身后，大喊一声。

白睿下意识地回头，一把实木椅子被翟辰抡起来，咣当一声直接把他砸倒在地。与此同时，高雨笙迅速按了一下护腕，戳进墙上的倒刺瞬间合拢，如拉伸到极限的弹簧一般，咻的一声再次穿透杀手的肩膀回到腕表中。

叮——翟辰听到了打火机盖打开的清脆声响，将最后一口氧气猛吸入肺，抱着高雨笙一个箭步冲向窗户。

哗啦啦……翟辰用后背挡着碎玻璃，抱着高雨笙在草地上迅速翻滚。屋子里火光骤起，紧接着是巨大的爆裂声，强大的气流将拼命往外逃的其他人直接崩出了屋子。

华丽的高家别墅，顷刻间毁于一旦。

而离门最近的白睿，也被推出，摔在草地上不省人事。

“妈！妈醒醒！”高牧笛逃跑的时候不忘抓着他妈，把人也带了出来。但后妈显然被炸得不轻，翟辰甚至闻到了火烧皮肤的焦煳味。然而氧气耗尽的他，已经无力再去查看了。

咻——消声子弹的声音擦着耳边呼啸而过，高雨笙一把护住他将自己翻在上面。

“雨笙！”翟辰惊呼出声。

“啊！”那边传来高牧笛的一声惨叫。

砰！未消声手枪的声响，瞬间划破长夜，躲在角落里用一只手拿狙击枪的杀手，突然摔了出来。

由远及近的脚步声，密密麻麻，交替更迭，同时响起的还有警笛的鸣叫。一名举着手枪的警察率先跑了过来，火光映亮了他的脸，正是满面寒霜的方初阳！

枪口一直指着倒地的人，方初阳谨慎地接近，低头看去。织物头套被火烧化了，露出半张灼伤的脸，这张脸就是化成灰他都记得！方初阳绷紧了身体，脖子上青筋突兀，从牙缝里挤出两个字：“仇枭……”

“咯咯咯……”翟辰因为缺氧大口喘气，被烟雾熏得咳嗽起来。

高雨笙立时爬起来，拖着他远离房子。可他一条腿使不上力气，只能抱着他就地翻滚几下。

翟辰差点把鼻涕笑出来，呛咳了两声。

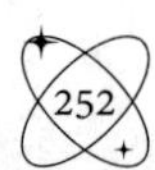

映着明明灭灭的火光，颇有电影里的气息，虽然置身其中只能闻到烟熏火燎的有害气体。

正想对自家兄弟嘶吼一下大仇得报心情的方初阳，刚回头就瞧见了这，悲伤、激动、压抑的泪水被白眼翻上去，太过复杂的情绪造成方警官面部表情瞬间的失衡，瞧着很是扭曲。

陆续赶来的警察把受伤的高家人抬上车，又把昏迷的白睿铐起来抓走。

第五十章

仇枭被当场击毙，另一边的房顶上架着狙击枪帮他威慑的人也被抓住。高闻筝没逃出来，与屋子里昏迷的保镖一起被烧死了。

院子里的管家和保镖，奇迹般地没有丧生，只是受了严重的伤。高震泽侥幸跑了出来，但也受伤不轻。后妈伤得最严重，直接住进了 ICU。而莫名消失的厨师和另一位律师先生，被发现昏迷在花园的草丛里。

这样严重的事件在和平年代鲜少发生，警方封锁了现场暂时不让通报。周围的邻居都不敢上前，只远远地围观，悄悄打听。

“也就是说，仇枭其实没有杀保镖和管家，他所说的四条人命差一条，是假的？”翟辰在刑警队做笔录，对这个状况很是费解。

坐在旁边的高雨笙，手疾眼快地捏住某人准备弹警官脑袋的手，轻轻摇了摇头。在警察局里弹方大舅脑瓜崩，属于袭警。

方初阳看到了两人的小动作，对于高雨笙维护大哥威严的行为很是满意，瞥了一眼出门不带脑子的翟辰：“人家说什么你就信啊，仇枭那个没有人性的怪物，还跟你讲道理、算数学？他就是要看高家人互相残杀。”

后妈要杀高闻筝，高闻筝肯定不会坐以待毙，奋起反击的结果就是她可能会要了后妈的命。这样一来，弟弟高牧笛肯定不干了，冲上去帮妈妈打姐姐……总之，只要有一个人动手，剩下的人也会被卷进去，最后变成一场互相杀戮的伦理惨剧。

“嘁，这么简单的道理我能不知道？我这是考考小天赐，你插什么话？”翟辰恍然大悟，并毫不领情地继续嘲讽自家兄弟。

方初阳额头青筋突突跳：“滚滚滚，你俩可以滚了！”

“哎，别呀，我还有个问题，这次是真问你的，”翟辰扒着不肯走，“我是受害者，有知情权的！”

高雨笙抿唇，忍住闷笑。

方初阳被他气得倒仰，碍于制度不能在这里实施殴打，只能咬牙让他有屁快放。

“仇枭这个杀人套路不对，他既然有狙击枪还有射钉枪，打开天然气之后何必进来？”翟辰问出自己思索了一晚上的疑问。

天然气跟煤气不一样，并不能使人中毒。在窗户破损的情况下，达不到让人窒息的程度，始终是有氧气供应的。只要屋子里的人能忍受住臭味，就可以一直不出来。这种时候，杀手应该采取的是扔个打火机进来，送这一家人升天，或者等着这家人自己被随时会爆炸的恐慌击败，走出屋子，他就可以远距离射击了。

然而这个经验丰富的杀手，却不走寻常路，直接冲了进来，把自己也置身于一个随时会爆炸的危险境地，这显然不符合逻辑。

“人家就乐意一个一个杀，关你什么事？”方初阳不想回答，摆手让他滚蛋。

“杀手担心白睿也在里面，”高雨笙低声分析，“他远程狙击的时候并没有杀死管家和保镖，说明他目标明确，只杀姓高的。”

正在分析案情的小马，蹬着滑轮办公椅凑过来：“没错，肯定是有人给了仇枭指令，毕竟他本身是个杀人不眨眼的变态。而这个指令，只能是白睿给的，因为他担心杀手把自己给误杀了。”

“那是谁开了天然气？”整理资料的小张也凑过来。

翟辰露出了柯南式的微笑，伸出一根手指：“真相只有一个。”

“嗯？”所有人都看过来。

翟辰推了推不存在的眼镜：“厨子忘关了。”

“噗——”刚喝了一口茶的小马瞬间喷了出来。

方初阳抄起手边的本子敲他脑袋，毫无原则的高总及时用胳膊帮他挡住，结结实实地挨了这一下，发出清脆的一声“啪”！

“方初阳，你太过分了！还有没有家法了？”翟辰假模假式地抱着小天赐的胳膊吹了吹。

忍无可忍的方警官，把两个人一起扔出了警察局。

“真不经玩，”翟辰撇撇嘴，转头看向吭哧吭哧忍笑的小天赐，“还是天赐

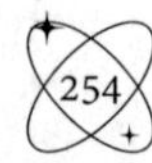

好玩。”

看着眉毛快要飞成汤姆猫的哥哥，高雨笙又忍不住笑起来。他拿出折叠手杖打开，一只手执杖，另一只手拉着他，假装听不懂地继续往前走：“那你觉得，到底是谁开的天然气？”

“当然是白睿了，我能不知道吗？我那是逗方初阳的。”

白睿不仅骗了高闻筝，还骗了杀手。当他意识到这个杀手的危险性之后，就已经决定要把杀手和高家人一同葬送在别墅里。

……

威胁了高雨笙近一年的杀手，包括幕后操纵的和前端执行的，全部归案。可以安心地出院回家住了。两人去医院收拾了东西，叫郑秘书帮忙送回家，便抱着翟檬檬去吃大餐庆祝。

市区最热闹的商圈，各色商场鳞次栉比，灯火通明。全亚洲排得上号的大电子屏上，播放着标点地图的广告。

时下最红的小鲜肉，拿着手机演示标点地图“寻点”功能的用法——“打开手机，搜索附近优惠券，根据地图找到门店打卡，便可以享受折扣啦！”

一切都如此安宁祥和。许久没有到这样人口密集的地方，两人都有些兴奋。翟辰一只手抱着孩子，高雨笙在一旁并行着，其乐融融，引得路人频频注目。

“檬檬什么时候做手术？我联系个专家再给看看吧。”高雨笙看着走两步就需要抱着的孩子，有些担心他的身体状况。

“不用，这我早就预约好了，檬檬从小都是那个大夫看的，临时换医生也不好，”翟辰拍了拍趴在他肩膀上好奇地左看右看的孩子，示意他别乱动，没吸氧的舅舅是很柔弱的，“等过了檬檬的生日，跟翟犀月说一声，就去做手术。”

檬檬的生日，就是姐姐的忌日。

高雨笙点点头，也不勉强，伸手想把檬檬接过来让他歇会儿。

“快别逞能了，三条腿怎么抱孩子？”翟辰躲开，叫他别闹。

“嘿嘿。”翟檬檬看着他俩，忽然发出一声贼笑。

“傻小子，乐什么呢？”翟辰斜眼瞧他。

“我突然觉得好幸福哦，这下我跟别的小朋友比就什么都不差了。哪怕死在手术台上，寡人这辈子也值了。”翟大王望着被霓虹灯光污染的星空，目光深远，充满了哲学家的气质。

翟辰瞬间黑了脸：“呸呸呸，什么死在手术台上，童言无忌，童言无忌。赶紧的，呸两下。”

高雨笙觉得好笑，小声问他：“外星人也迷信吗？”

翟辰理直气壮：“入乡随俗。”

两人跟着翟檬檬一起抬头看色彩斑斓的夜空。灯光太过耀眼，把天空都染上了颜色。忽然，这斑斓的色泽暗了一下，周围有人发出小声的惊呼。

翟辰回过头，发现那张几乎覆盖了整个商场大楼的屏幕，停播了广告，变得漆黑一片。这电子屏的广告，是论秒计价的，停这一会儿可是不小的损失。

就在众人议论纷纷的时候，那屏幕突然又亮了，播放的画面却不是色泽亮丽的广告，而是一段构图不是很合理的录像。

翟辰捏了一下自己握着的那只手，甚至都来不及喊他的名字，只提醒他赶紧看。高雨笙看过去，瞳孔骤缩。

画面中的场景，再熟悉不过，正是高家别墅的客厅。这摄像头大概安装在旋转楼梯的位置，正对着沙发区的一众高家人。手拿一把唐刀，跪坐在地毯上的高震泽，正清晰地说着话：“你有什么要求，我们可以谈，先放下打火机。你想要得到赔偿，还是想要道歉，我都可以满足你。”

这视频还贴心地给人物对话打了字幕，以方便观看。

这些，毫无疑问，是那天晚上白睿进来之后的场景。

“高成……”

“我死了，就没有人给那些可怜的工人赔偿了……”

“难怪白睿那么多话。”翟辰总算明白了，先前白睿一直举着火机“哔哔”个不停，还以为他在学电影里的反派，一定要陈述完自己的悲惨经历才能痛快杀人。原来，这是一场设好的局。

视频不长，不到三分钟，但把该剪的东西都剪进去了。这一次，高震泽就是开十个发布会也洗不清了，他亲口承认自己就是高成，就是那个该为十五年前的矿工们负责的人。

第一遍播放完，广场上骤然响起了嗡嗡的讨论声。那屏幕并没有跳回广告，而是开始循环播放这个视频，足足放了三遍才停下来。

“天哪，高家这是发生了什么事？”

“原来高震泽就是高成！那我的男神不是私生子啦！”

“哇，高震泽也太不要脸了，为了脱罪硬把亲儿子说成私生子。”

“他那么有钱，十五年都没想过赔偿吗？”

“嘿，越有钱越抠门，再说这些工人死了还好，没死就需要无穷无尽的医药费，麻烦得很。能推掉，他肯定不想管。”

周围的人议论纷纷，翟辰把高雨笙的围巾拉高一些，拽着他快步离开商业区。这顿晚饭算是泡汤了，在风波平息之前，还是回家吃面条吧。

高雨笙倒是淡定得很，在小区附近的超市买了食材，准备回家做火锅吃。房子许久不住人，又是寒冷的冬天，吃个热火锅暖暖锅灶，不比在商区吃大餐差。

“这视频是谁发的？真有钱。”翟辰捞了一大块肉吃。

高雨笙把手机递给他：“大概是 RPG 游戏的 Boss 吧。”

RPG 游戏？翟辰接过来看，果然这段视频已经在网上传疯了。还在医院 ICU 躺着治疗内脏出血的高震泽，没办法交代媒体把事情压下去，视频就像病毒一样扩散开来，传遍全网。

等老头清醒过来，收到的估计就是九逸股价暴跌的消息了。

翟辰反应过来，所谓 RPG 游戏，就是上回高雨笙接到匿名邮件时他说的。而游戏的 Boss，自然就是习惯玩神秘的赵斌。碍于翟檬檬在场，不好提赵斌的名字，便用了这个拐弯抹角的代称。

吃过晚饭，翟辰躺在床上又把那视频看了一遍。“赵 · 黑暗 Boss · 斌”说话算话，这视频里从头到尾没有出现高雨笙的影像和声音，都是高家那几个人在演塑料亲情。站在路人的角度来看，高雨笙算是个受害者了。

网上有人详细分析出了前因后果，总结了高雨笙的身世，当真是闻者伤心，见者落泪。明明家业是自己妈妈挣下来的，却被打成私生子，异母姐姐还毫不知耻地说那是“我父母攒下的基业”。

高雨笙洗完了澡，擦着头发出来。他的腿其实已经能正常走路了，只是那条伤腿稍微有点无力，走起来才有点瘸。这会儿赤脚走在地毯上，倒是稳稳当当。

高雨笙抬手关了灯。

“哎，关灯做什么？我都看不见了。”

“看不见，才好呢。”

……

第二天早上，翟檬檬睡到了平时起床的点，发现舅舅竟然没有来抓自己洗脸刷牙。他坐起来揉揉眼睛，爬下床去找大人。

主卧的门小朋友推不开，只听到里面传来舅舅的说话声。

声音跟平时有点不一样，翟大王说不出哪里不一样，就是莫名让他想起了院子里吃饱的野猫。

“去给我拿个氧气瓶，我使不上力了。”翟辰抬抬下巴，支使刚刷完牙出来的高雨笙。

“又不打架，要氧气瓶做什么？”高雨笙嘴角的弧度怎么都压不下去，带着一口薄荷的清香。

“啧，你这都哪儿学来的，嗯？”翟辰觉得自己就是个买了假船票的旅客，昨天晚上才美滋滋地上船，结果前脚刚踩上去，船翻了。

“做什么事都要有准备，这是我做事的原则。哥哥还满意吗？”高雨笙像个寒窗苦读十年终于交了答卷的考生，表面镇定，内心忐忑地等老师打分。

翟辰咂咂嘴：“勉强让你上个重点大学吧。”

高雨笙眼睛亮了亮：“我会继续努力的，争取下回考个清华。”

“哎，别了，知足常乐。”

“……哈哈。”

虽然高总不用小腿的时候生龙活虎，用到小腿的时候还是有点瘸。好在影响不大，可以正常上班了。外面还有很多事亟待处理，高雨笙和翟辰一起用四只手做了一顿品相不怎么好的早饭，这才不慌不忙地往公司去了。

标点地图的CEO办公室已经被主人搁置许久。公司里的员工开心又难过地迎接老板回归，开心在于高雨笙回来，他们处理事情的效率会大大提高；难过在于，一丝不苟工作、不能大声聊八卦的日子又要开始了。

当然最开心的是郑秘书，他终于不用两头跑着送文件了。

“高总，有位姓程的律师先生找您。”郑秘书进来通报，瞥了一眼沙发上颓废地玩着手机的翟辰，再也不觉得小保镖这是游手好闲了。能在那种杀手的虎口中把总裁救出来，就算只工作一天，剩下的一整年都抠脚打游戏也是应该的。

“请他去小会客室吧。”高雨笙站起来，拍拍翟辰示意他跟自己一起去。

“程律师？”翟辰想不起来这人是谁。

“就是高震泽那个私人律师。”高雨笙低声解释了一下，便推开了会客室的门。屋里坐着的律师先生头上缠了纱布，看到二人进来立时起身。正是那天站在高震泽身后宣布股份分配方案的律师。

“小高总，我是受高先生委托，来给你办理交割手续的。昨天问了高震泽先

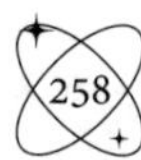

生的意思，因为高闻筝已经去世，她那 2% 的股份，也划归到您的名下。”律师把厚厚一沓资料拿出来，请高雨笙签字确认。

高雨笙看看眼前的资料，看向这位满脸都是“给您道喜了”的律师：“我会叫我的律师跟你对接。”

程律师顿了一下，努力挤出笑来：“那是应该的。”

高雨笙微微颔首，起身准备离开。

“哎，小高总，”律师没想到他准备撂下这么一句就走，赶紧叫住人，“所有手续办齐，需要至少一周的时间。在此之前，高先生希望您明天就去九逸主持工作。”

“不着急。”高雨笙摆摆手。

律师还想追过来，被翟辰拦住，嗤笑：“今天九逸的股价开盘就暴跌，现在叫他去，不是背锅吗？”

律师：“……”

高雨笙无奈一笑，拉着他走出了会议室。

“这么个菜鸡律师，你叫我来做什么？”翟辰伸了个懒腰。

“叫你出来上厕所。”高雨笙拖着他去厕所。

“你是小学生吗？上厕所还叫人一起。”翟辰斜睨他，伸手把人拉过来，防止他因为两腿不平衡而绊倒。

高雨笙从口袋里摸出一管消肿的药膏。

“……我看你是欠收拾了。”

九逸汽车制造是在国外上市的，高家的丑闻很快被传了过去。有专业人士分析，后续关于有色金属的问题会更严重，非常不看好九逸回暖。

那些还活着的矿工和矿工后裔，跑到九逸大厦外的广场上静坐抗议。而高雨笙也在当天，再次收到了赵斌的邮件：“你答应过的。”

翟辰翻了个白眼：“真把自己当游戏 Boss 了。”

高雨笙抿唇轻笑：“他说得对，我也该去接手了。”

股价出现了连日的暴跌，国内的高层们头发都快掉光了，这时候看到高雨笙，那表情比看到亲爹还亲。

“雨笙啊，你可算是来了。”

“雨笙啊，赶紧发表声明，说你接管了九逸。”

“对对对，现在只有你能救一下股价了，回头等你爸被定罪就更完蛋了。”

“诸位，”高雨笙站在几个大股东面前，面色凝重，“现在股价已经是历史最低，我想各位的心里都不好受。我想卖掉手中的股份，用来筹措资金解决高远矿业的遗留问题。”

“什么？”众人哗然，这时候卖掉股份，那绝对是血亏。

“我知道这样不划算，但我必须这么做。各位叔伯都是九逸的老人，我希望这个便宜你们能够占到。”高雨笙说得十分恳切。

有觉得他是败家子的，有佩服他有魄力的，但不管怎么想的，大部分都蠢蠢欲动，抱着“有便宜不占王八蛋”的心态，急匆匆去筹措资金。

高雨笙在短期内筹措到了天文数字的资金，对外宣布自己将接手九逸，并对高远矿业的工人负责到底。在放出消息之后，赵子安给他传了一份真实的矿工名录。

在得知自己的家业马上就要被高雨笙败光时，好不容易遏制住内脏出血的高震泽，挣扎着去九逸主持大局。

重新穿上西装的高震泽苍老了很多，走一步咳一下，仿佛胸腔里装了个老风箱。助理帮他推开了会议室的大门，彼时高雨笙正坐在首位听众人汇报。

“你这个不孝子，都干了些什么好事？！”

会议室霎时陷入安静，所有人齐齐看过来。父子俩在长长的会议桌两端隔空对视，高震泽被儿子那双冰冷沉寂的眼睛惊得胆寒。

“我在做该做的事，”高雨笙面无表情地站起来，“或者说，替你做该做的事。”

这些血债，是高震泽欠下的，现在拿他的钱去填补，天经地义。高雨笙也没有乱花钱，经过核实，赵斌提供的那些资料都是真实有效的。这段时间，他带着九逸的高层开发布会道歉，制订赔偿方案，努力挽回九逸的声誉，勉强稳住了股价。

“雨笙做得很好，现在我们股价已经稳住了。”

“是啊老高，孩子是在替你赎罪。”

“你身体没好，就快点回去治疗吧，别在这里逞能了。”

原本不看好高雨笙的老人们，现在也都站在这边替他说话。

“你，你们……”高震泽气得直哆嗦，赔偿那些矿工，哪里需要他 12% 的股权，家里卖栋别墅就够了。这小子分明是在与他划清界限，而这群占了便宜的老东西当然会向着他，只盼着他把高家的股权都卖了才好。

正说着，楼下响起了警笛声，不多时便有一队刑警进来，领头的是陈照辉。

“高先生，经查实，你二十年前开办的高远矿业公司，涉嫌非法开采、盗卖、出口有色金属，现在依法逮捕你。”面皮黝黑的小陈，比以前成熟了很多。

“这是污蔑，我开采的是铁矿，你们这是合伙陷害我，我……”高震泽满脸通红，说着说着，突然捂住自己的后颈，两眼翻白，扑通一声栽到了地上。

高震泽突发脑出血，又被紧急送进了医院。抢救过后，命是保住了，只是昏迷不醒，成了植物人。植物人是没法进监狱的，但该有的审判还是会有的。如果他醒来，也得在牢里度过余生了。

冬去春来，初春的小雨下得凄凉。

山上的墓地里，穿着西装的高雨笙一只手撑伞，另一只手捧着鲜花，跟他肩膀挨着肩膀的翟辰则抱着一篮祭品。

今日是翟犀月的忌日，也是檬檬的生日。手术日期将近，翟辰担心他感冒，就没有带他过来，让方初阳在家照顾他。

“那是……”远远地，瞧见一个人穿着黑色风衣，在翟犀月的墓前放下一捧白色的花。

满天星点缀着娇嫩的白玫瑰，被蓝色软纱包裹着。那不是祭奠用的白花，是新娘的捧花。

那人直起身子，缓缓转过头来，看向他俩，露出个温润的笑。只是这笑被春雨打湿，带着几分凄凉之意——正是消失多时但一直都在暗中提供消息的赵斌。

“你怎么还在？我还当你已经出国了。”翟辰上下打量他。

“我准备去自首，去之前来看看犀月。”赵斌坦荡地看过来，那双常带着笑的眼睛，如今平静无波。

他虽做得高明，却也不是全然无罪。他想光明正大地生活，就得先面对自己犯的错。

翟辰有些意外，RPG 游戏的 Boss 也会自首吗？这样的赵斌，倒是能让他高看一眼了：“听说你不要赔偿，那你忙活这么久，图什么？”

赵斌垂目，看着墓碑上翟犀月露齿灿笑的照片：“我父亲，当年是高远矿工们的领头人，他和二伯负责跟高层交涉。据说他们拿了一笔钱，自己跑了。年轻的时候，我是想证明我父亲不是这样的人；后来则是想帮工人讨个公道，自己也想要点钱。现在……什么都不想要了。”

放下了那些不择手段的假面，放下肩上几十年的负担，只剩下个一无所有的男人。

“我们这些人，都是被雪头金诅咒了的，注定没什么好下场。”

春雨打湿了他的头发，映着云层中透出的光亮，宛如霜雪落满头。

翟辰半晌没说话，看着高雨笙把花和祭品放上去，给他拍了拍肩上的水珠，转头对赵斌说：“等檬檬手术之后再去吧，不差这一两天。有爸爸看着，黑白无常就不敢轻易来勾魂。”

赵斌定定地看着他，缓缓眨了眨眼，水珠顺着脸颊落下，也不知是雨水还是眼泪，哑声应了一句：“好。”

Part 4 小王子

他所有的感情，都靠着眼前人，与这颗蔚蓝色的星球连在了一起。

第一章

拜星教死灰复燃，五百余人冲击 S 省博物馆

一大早，翟辰懒洋洋地躺在床上翻手机，看到手机推送的这条新闻，瞬间清醒过来："天赐，你看这个。"

高雨笙被拍了胳膊，蹭蹭脸努力睁开眼："什么？"

"拜星教又出现了……咦，怎么是上个月的新闻？"翟辰翻身靠坐起来，让打着哈欠的家伙看手机屏幕。

当时方初阳说，本市的拜星教已经清除了，全国各地都进行了反邪教普及宣传。这才过去多久，竟然都已经发展到明目张胆抢劫博物馆了！只是，这么大的新闻竟然一直没报道，很是奇怪。

"可能是当地为了抓紧时间清理邪教，压下了消息。现在清理干净了，这才发上来。"高雨笙还没看，根据常识猜测了一下。

邪教这东西，跟传染病一样。要解决就得一次清理干净，走漏了消息让人跑掉，过几天就会卷土重来了。

翟辰了然，上回方初阳他们清理本市邪教的方案，也是低调快速、斩草除根，最后尘埃落定才公之于众的。这么说倒是合理，就是这 S 省的拜星教实在有点野。"他们这次玩得挺大呀，还冲击博物馆，这是什么神秘的仪式吗？"

高雨笙接过手机，看了一眼新闻内容，眉头渐渐皱了起来："他们抢走了陨石'祸斗'。"

"祸斗？"翟辰凑过来看，他只顾着拜星教的问题了，没看见这句，"他们抢这个干什么？"

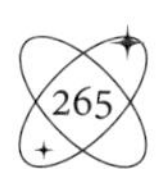

祸斗，就是二十年前从天而降的那颗陨石。一直被收藏在S省博物馆里，有很多天文爱好者很喜欢它，甚至还有摄影师因为拍摄到它落地的英姿而成名。去年高雨笙带翟辰看摄影展，那位国际知名的星空摄影师，就是“祸斗”最早的粉丝之一。

新闻里的图片，是“祸斗”在博物馆展出时的照片。黑黢黢的一颗石头，平平无奇，被锁在一方全透明的玻璃柜中。

“你忘了，‘祸斗’是他们的圣物。”高雨笙提醒道。

“哦！”翟辰听过拜星教的洗脑课，里面确实提到了那颗流星，说是二十年前神明救世留下的圣物。S省博物馆这些年客似云来，估计有不少门票都是拜星教的教徒贡献的，毕竟他们每年都要组织活动去祭拜圣物。

蛰伏多年的拜星教，突然抢走了“圣物”。

“怎么着，地球又遇见大灾难，需要圣物解救了？我猜猜，是猪肉涨价之灾，还是雾霾吞噬城市之难？”翟辰嘲笑起那群邪教徒，向来都是不遗余力的。

高雨笙弯了弯眼睛，坐起身来：“你再躺会儿，我去给檬檬做饭。”

翟檬檬今天下午要做手术，术前八个小时不能进食，得趁早给他吃点好的。

小翟先生前几天已经住进医院，做了各项检查，确认可以手术才安排了时间。翟辰跑上跑下地忙活了许久，昨天晚上方初阳来替他，让他跟高雨笙回家睡个好觉。

没等翟辰回答，利落的高总已经起身去洗脸刷牙了。

翟辰在床上打了个滚，把手垂在床边装抹布，放在床头的高总手机突然响了，扭动身子过去看，来电是个陌生的号码：“天赐，你手机响了，是个生号。”

“你接一下。”高雨笙含着牙刷不甚清晰地说。

翟辰接起来，那边传来一道中年男人的声音，说的是带着洋味的普通话：“嗨，高，我是Star·J纪星河。”

“纪星河？”翟辰搜刮了一下记忆，终于想起这人是谁，就是那个星空摄影展的摄影师。

“对，是我，你以前给过我名片的。是这样，明天我要在你们市举办一场小型交流会，只邀请熟悉的几位爱好者，你要不要来？我这里还有一张从未公开过的照片，说不定里面就有你想找的东西。”纪星河说得很是神秘，宛如什么地下交易的暗语。

不过这听在翟辰耳朵里，完全是卖不出粉丝见面会门票的摄影师在努力忽

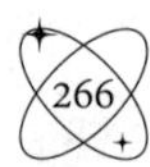

悠冤大头。

手机是免提状态，高雨笙刷完牙走过来，对电话里说："不好意思，我没时间。"

"……"那边似乎没有料到他会拒绝得如此干脆，沉默了片刻又道，"你不是一直想看未公开的照片吗？"

"不想看。"说完，高雨笙直接挂了电话，对这个曾经让他痴迷的星空摄影没有一点耐心。

翟辰觉得稀奇："你现在不爱看摄影展了？"

"我已经找到你了，不用再看。"

翟辰挑眉："你是觉得，那颗流星跟我有关？"

二十年前，确实跟他出现在地球上的时间接近。

"嗯，其实也只是瞎猜。我找不到你，有时候想你是不是回到你的星球了，就开始研究这些东西。"高雨笙低声说。

明知道他是在撒娇装可怜，偏翟辰就吃这一套："走，哥哥给你做外星人早餐。"

"你还没洗脸，别碰食材。"

"哎呀，不干不净，吃了没病。"

"不行，这是给檬檬吃的！"

……

下午，手术前。

穿着手术服的翟檬檬躺在移动病床上，捂着咕咕叫的肚子对推他进去的舅舅说："寡人饿了。"

翟舅舅摸摸他的小脑袋："乖，别饿。"

正打算安慰两句的方初阳："……"

还是靠谱的高总说了句像样的："一会儿打了麻药就不饿了，等你睡醒就能吃好吃的了。"

"行吧，"翟大王慷慨就义般地望着天花板，"天将降大任于斯人也，必先饿其姨夫，我忍了。"

翟老师听得嘴角直抽抽："那你可真是个好姨夫。"

"舅舅，我会不会死啊？"临到手术室门口，原本还在耍宝的檬檬，忽然抓住翟辰的一根手指，瞪着一双浸了水的大眼睛问。

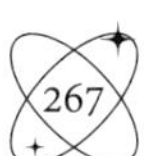

翟辰呼吸一滞，反过来握住那只软乎乎的小手。再怎么样，他只是个 5 岁的孩子，做手术这种事成年人都会怕，何况是他。“不会的，你忘了，舅舅是超人，站在外面也能保护你。”

翟檬檬笑起来：“死神来了，记得把他打跑。”

噔噔噔……走廊那头传来急匆匆的脚步声，赵斌急喘着跑来，扒住床沿看了一眼檬檬。

“赵叔叔。”翟檬檬看到他还挺高兴。

“檬檬，加油。”赵斌喘匀了气，露出了惯常的温柔笑意。

只说了这么一句话，移动病床就被推进了手术室，家属不能继续靠近了。

方初阳看到赵斌，顿时绷紧了身体：“赵斌，你还敢出现？”

据陈照辉交代，五桐县的事情根本就是赵斌设的局，为的就是一步一步引导警方发现矿洞的秘密。只是中间出了差错，差点把他和孩子们害死。

“我正要去自首的，等檬檬做完手术就去。”赵斌低声道。

方初阳松开腰间的手铐：“算你识相，手术结束我跟你一起去。”

“你俩小声点，”翟辰不让他俩继续吵吵，小声问赵斌，“早上就通知你了，怎么现在才来？”

“我去求了个东西。”赵斌从口袋里掏出一张小小的平安贴，贴在了手术室的门上。

这算不算破坏医院设施？

方初阳觉得这样不好，抬手要去揭掉的时候又犹豫了。

一名诸邪不侵的刑警队长，一名不信天命、信数据的基金经理，齐齐陷入了封建迷信的怪圈。

懒得管这俩二百五，翟辰走到高雨笙身边坐下，静静地盯着手术室的大门。

赵斌就靠着手术室门口的墙站着，不动也不说话。

方初阳在一边的椅子上坐下，拿出一根烟叼在嘴里：“你最近，跟陈照辉有联系吗？”

赵斌摇了摇头：“我们理念不合，已经闹崩了。”

可能是这地方太安静了，不说话就会陷入无尽的焦躁，方初阳取下不能点的烟，低声缓缓地道：“小陈被开除公职，五年之内不能再参加公务员考试，做不了警察了。”

陈照辉刚进刑警队，就利用职权便利查出了高雨笙户口变更的信息，知道

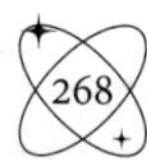

了他从高天赐改名叫高雨笙。由此，他们那群人才找到了高家头上，开始了复仇讨债计划。

这样的重大错误，是不可原谅的。

“逮捕高震泽”，是方初阳交给他的最后一项任务。小陈做完回来就脱了警服，深深地朝他鞠了一躬，红着眼睛离开了。

赵斌听了这话，不为所动："他是个成年人，应该为自己做的事负责任。"

第二章

“从你嘴里说出‘成年人要负责任’这种话，不觉得可笑吗？”

“我以前是没这个觉悟，现在已经在改正了。如果我没有责任心的话，早就出国了。”

“你就吹吧，就你那点工资，能移民？”

“我可以不放弃赔偿，作为领头人跟高雨笙谈判，要求比别人高三倍的赔偿款，就足够我在国外投资移民了。”

……

那边二人你来我往，翟辰听得脑仁疼。

高雨笙见他脸色不好，说："累的话靠着我睡会儿，有事叫你。"

“不用，这我哪儿睡得着，”翟辰用脑袋撞了一下他肩膀，用下巴指指方初阳，“这货自从亲手杀了仇枭，脾气已经好多了。一见赵斌，就又开启了疯狗模式。”

先前在工作状态的时候，本着警察的职责，方初阳还是严肃、靠谱、公事公办地对他的。现在回到了生活状态，就自然而然地不给他好脸。不管有什么理由，赵斌当年就是抛弃了翟犀月。

高雨笙偷瞄一眼嘴巴不停张合的方大舅，尽力维持自己的面部表情。

“翟星星，你说谁疯狗呢？”方初阳突然看过来，吓了翟辰一跳。怪只怪手术室门前太安静，再低的谈话声都能听到。

翟辰假装听不见，高雨笙无奈地看着他，不说话。

叮——口袋里的手机响了，高雨笙拿出来。今天推了所有的事来陪檬檬做手术，打电话过来多半是急事，看到来电显示，他不由蹙眉。

“您好高先生，这里是九合疗养院。”

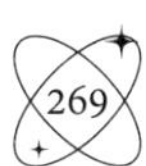

九合疗养院，与翟辰养母住的那种半公立式的疗养院不同，是九逸集团投资的一个高端疗养会所，是就算没有病，也可以去休闲、养生的地方。高震泽变成植物人以后，就一直住在那里。

高雨笙起身，走到远一点的地方打电话，以免影响手术："不见了是什么意思？"

"就是不见了……您现在能过来一趟吗？"那边小心翼翼地说。

"知道了。"高雨笙挂了电话，站在原地沉默半晌。

"怎么了？你爹被人偷了？"翟辰走过来拍拍他。那家疗养院就住了高震泽这一个他们认识的人，说不见了，只能是这人不见了。

"嗯，还不清楚是怎么回事，我得去一趟。"高雨笙抱歉地看向翟辰。

植物人凭空消失，这可不是个小事。高震泽现在还没死，他手里有九逸22%的股份，如果不怀好意的人把他弄走，按个手印或是摆拍个照片之类的，都会给九逸造成很大的麻烦。

虽然高雨笙并不在意九逸的资产，但既然他现在管着这个公司，就不能让它在自己手中出事。

"我陪你去。"翟辰习惯性地要陪他。

"别，"高雨笙赶紧制止，"檬檬还在做手术呢，你不能丢下他。我去看看，很快就回来。现在又没有杀手，普通的事情我都应付得来。"

说着，向翟辰晃了晃自己的腕表。

翟辰想了想，勉强点头。虽然理智上知道，天赐其实挺厉害的，但还是不自觉地把他当个柔弱的小家伙看待。事实上，在他眼里，任何地球人都是很脆弱的，一碰就碎，要小心保护。

"到了给我打电话。"翟辰送他进电梯，自己又拐回来坐在手术室门口，总觉得这事不大对。

"怎么了？"方初阳过来坐在他旁边，低声问。

"他爸突然不见了。"翟辰也没瞒着，小声告诉了"警察叔叔"。

"啊？"方初阳很是费解，"不是植物人吗，还能不见了？报警没？"

"这就不知道了，疗养院那边应该会报警吧。你说，谁会偷植物人呢？总不会是高震泽的老情人吧？"翟辰摸摸下巴。

一位深爱高震泽，求而不得多年的人，骤然听说他变成植物人，想尽办法把人弄过来。得不到你的心，也要得到你的人，哪怕是个植物人。

方初阳被这种猜测激起了一身鸡皮疙瘩："别瞎猜，没准是人家自己好了，起来遛弯呢。"

"他要是真醒了，那就得去拘留所畅谈人生，还不如装瘫痪继续在疗养院吃香喝辣。有他那个律师看着，生活条件绝对不会差。"翟辰撇嘴。

高震泽的私人律师，在他昏迷的第一时间就出来干预，将他送进了九合疗养院。亏心事做多了，人就会变得格外谨慎，高震泽清醒的时候就签了一份托管协议，如果他陷入不能自主的状态，他的财产将会由专人团队打理，所以必须保证他得到最好的治疗和照顾。

手术室的灯一直亮着，没有什么意外发生，很少有医护人员进出。偶尔有匆匆跑过的护士，也只是出来拿药的，不肯跟家属说一句话。三个男人就只能像鹅一样，伸长了脖子看，再一言不发地缩回来。

赵斌站了这许久，也站不住了，在他俩对面的椅子上坐下来："能跟我讲讲檬檬小时候的事吗？"

方初阳不乐意搭理他。

没有高雨笙在身边，翟辰觉得时间过得特别慢，不停地低头看时间，忍不住给高雨笙发消息。

氧气超人：到疗养院了吗？

半晌没有回复。

估计是路上堵车了，翟辰便抬头跟赵斌说话："檬檬刚出生那会儿，翟犀月刚去，大家都没什么心思照顾他。在医院住了有半个月，才给接回家。所以在我印象里，他一直是个红通通的小猴子，谁知道抱回来是个白嫩嫩的小包子。方初阳还说是医院给调包了，非要原来那个红猴子。"

方初阳不知道怎么自己也在里头，用手肘撞他，被翟辰撞回来。两人就开始手肘对手肘，暗暗较劲。

赵斌听着这话，忍不住笑起来，不过只笑了一瞬间又垂下嘴角。孩子的出生，伴随着母亲的死亡，生日与忌日在同一天。

"哎，你记不记得，檬檬小时候睡着了也要含个奶嘴。"翟辰没吸氧，打不过方初阳，便开始耍阴招，转移他的注意力。

方初阳想起了什么，脸色一变："闭嘴，不许说了。"

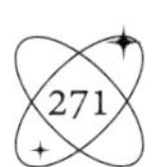

“含奶嘴怎么了？”赵斌好奇地问。

翟辰神秘兮兮地说：“有一天，我找不到奶嘴了，孩子又哭着要睡觉，只能把他抱到方舅舅床上……哎哟！”

话没说话，翟辰就被方初阳一肘子撞到了椅子底下。

赵斌愣怔了一下，忽然明白“抱到方舅舅床上”跟“找奶嘴”有什么关系，想笑又不敢笑，把脸憋得通红。

翟辰却是肆无忌惮，坐在地上冲方初阳龇牙咧嘴扮鬼脸。

方初阳长腿一伸，横在椅子上，幼稚地不让他起来坐椅子。翟辰也不恼，怡然自得地坐在地上玩起了手机。

闹了这半天，高雨笙竟然还没有回他。

对于他的消息，天赐向来都是秒回的，就算在开会也不例外。甚至开车在路上的时候，也会叫 Siri 回给他，很少发生这种长时间不回消息的状况。除非真的出大事了！

氧气超人：这会儿该到了吧，高震泽真的不见了？

翟辰打了个电话过去，响了两下被掐断了，心中顿时咯噔一下。

过了片刻，那边显示正在输入。

宝儿：现在不方便接电话。我到了，情况有点复杂，晚点跟你说。

翟辰就着坐在地上的姿势自拍一张，直接发了过去。

氧气超人：（图片）医院凳子坐满了，我只能坐地上。

宝儿：铺个报纸，别冻着。

翟辰眸色瞬间变得凛冽起来，快速打开标点地图，查看亲密共享定位，系统显示“查找不到位置信息”。

亲密共享没有关闭，网络信息却是通畅的，那只能说明，手机的定位被关掉了。

翟辰克制住自己发抖的指尖，深吸一口气，一字一顿地敲在书写框里：“你

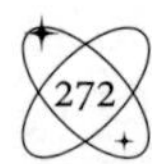

是谁？高雨笙在哪里？如果你敢伤害他，老子把你肠子扯出来当围脖给你挂上！”

写完这些，又逐字删掉，重新打了一段：

氧气超人：就要冻着，外面冻得凉凉的，里面还是热热的，冰火交替。

第三章

对方凝滞了半晌，才回了一个特别古老的“两眼冒红心并流口水”的表情。

翟辰深吸一口气，站起身来，弯腰凑到方初阳耳边要跟他说悄悄话。方初阳下意识地躲开，怕他要诈，却不料被他强硬地抓着衣领凑近，脸上还一副哥儿俩好的样子，沉声在耳边说：“雨笙出事了，我得去找他。”

方初阳神色一凛：“怎么回事？”

翟辰给他看两人的聊天记录。

严谨的方警官赶紧拿过来仔细看，顿时被辣得差点流眼泪：“我去！翟星星，你成心的是吧？”

“不是，”翟辰严肃地指着那些对话分析，“这不是天赐平时跟我发消息的语气。”

“你哪儿看出来的？”方初阳见他不是恶作剧，只能忍着刺目再仔细看了一遍。

翟辰的指尖，停留在对方回复的第一句上：“他挂了我的电话，肯定会先说一句‘哥哥，对不起’，而不是这么冷冰冰的对待下属的口吻。”

方初阳愣是没看出来，哪里冷冰冰了，朋友间也是这么回复信息的呀。

“为了试探他，我马上发了张自拍过去。你看他的回复，你再看我俩以前的对话。”翟辰快速把聊天记录往上翻。

方初阳头回发现，自家兄弟竟然是个爱自拍的挖掘机师傅。最近的一次自拍，是一周前，翟辰坐在办公室的沙发上，给自己拍了张巨傻的仰拍照片，发给高雨笙。

而就坐在同一个办公室里的高雨笙，竟然还给他秒回：

宝儿：哥哥怎么拍都好看，再搞怪的表情也不能掩盖这得天独厚的英俊。

方初阳："……"

那句话最大的漏洞，难道不是手术室门前座位充足，根本不可能坐在地上吗?

恰在此时，手术室的灯灭了。主治医生推门出来，摘下口罩呼了一口气。赵斌第一时间冲上去，询问情况。

医生露出个笑来："放心，手术很成功。小家伙还在麻醉状态，暂时不会醒来，先转到加护病房观察吧。"

不多时，还打着吊瓶的翟檬檬被推了出来。因为打的全麻，他现在还在昏睡状态，听不到声音，也看不到人。

翟辰心里一块大石头落地，跟方初阳对视一眼。

方初阳说："我去核实一下，你在这里看着檬檬。"

"不，我去找他，"翟辰摇头，"警察的工作，别人也能做，你在这里看着檬檬。"

成年男子失踪，24 小时之后才能报警。作为警察，方初阳现在能做的事很有限。况且他俩对赵斌也不怎么放心，不可能把还没醒的檬檬单独留给这人。

方初阳蹙眉点头，等翟辰离开后，还是给刑警队打了个电话。

车子被高雨笙开走了，翟辰边走边给疗养院打电话，询问他们高雨笙是否出现过。

"高先生啊，有的，他半个小时前来过。"疗养院前台证实，他确实来过。至于现在，并不清楚。

"他的手机坏了，让他接个电话。"翟辰随手拦了辆出租，一路往九合疗养院狂奔而去。

前台答应得好好的，把电话转接了高震泽病房的分机，结果半晌没有人接听。在翟辰一再要求下，前台只好联系病房护士，结果得出个匪夷所思的结论："高先生陪他父亲做治疗去了，实验室仪器多可能是干扰到信号了，您过会儿再打吧。"

高雨笙，陪他爹，做治疗。

呵呵。

虽然他们家天赐很善良，做不出手刃父亲这种事，但也绝不会去装什么孝子贤孙。

前台的反应，让翟辰更加着急了。挂了电话，立刻给阿奇拨了个视频通话过去，那边正睡得迷糊的阿奇慢吞吞地接起来：“嗨，翟，早啊。”

“阿奇，我记得你在雨笙的手表上，做了隐藏跟踪系统对吧？”翟辰语调严肃地说。

“是这样，没错，不过那个跟踪需要口令密码的，我不知道。”阿奇耸耸肩，从床上坐起来，旁边年轻的爱人翻了个身，抱住他的腰继续睡。

“我知道，我发给你，”翟辰冷声道，“听着，阿奇，雨笙现在遇到了危险，我必须尽快掌握他的位置。”

阿奇一下子就醒了：“哦，‘额滴’神哪。”一着急，连在中国学的奇怪口头禅都出来了，像鱼一样滑下床，把抱着他的爱人带得直接栽到了地毯上。

“哦，抱歉，亲爱的。”阿奇手忙脚乱地扶起脸色发黑的爱人，自己光着脚往书房跑去。

翟辰关了视频，把密码发过去。遇上晚高峰，外面在堵车，翟辰看着长长望不到边际的车流心急如焚。强迫自己冷静，仔细想想到底是什么人会对高雨笙不利。

杀手已经解决，高闻筝也死了。高远的那些工人尽数得到了安抚，这件事上高雨笙处理得滴水不漏，金钱加上讲述自身遭遇，连闹得最凶的刺头都心服口服，甚至反过来同情他。

这些危险因素，都已经不存在了，所以他才会放心让高雨笙一个人出门。

那么，还会有什么？

脑海里忽然闪现出早上的那通电话，星空摄影展的摄影师，邀请高雨笙参加自己的粉丝见面会。这样风马牛不相及的事情，却莫名地让人在意，停留在脑海中挥之不去。

那个摄影师，邀请高雨笙看“祸斗”未公开的珍藏写真……

“祸斗”在一个月前被拜星教抢走了，拜星教死灰复燃……

总不能，是跟拜星教有关吧？当初高雨笙设计，让拜星教的人在大庭广众之下行凶，导致本市的拜星教被连根拔起。拜星教的人，定然是恨他的。

可这，又跟高震泽有什么关系？

阿奇是个很够意思的人，不多时就传来了定位信息。他截图的位置，标注的是英文，还贴心地用翻译器翻译了汉字过来：九合疗养院。

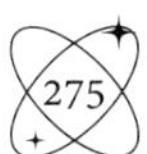

手表在疗养院内，起码说明，高雨笙真的去过疗养院。

翟辰谢过阿奇，并请他随时盯着手表的位置，一旦发生变化立刻告知自己。随后，他给高牧笛打了个电话。既然父亲不见了，那么，小儿子也应该会得到通知。

“您拨打的电话，暂时无法接通，请稍后再拨。”

翟辰又给后妈打，后妈那边是护士接的，说后妈打了镇静药物在睡，而照顾她的高牧笛则在两个小时前就出去了。

翟辰指尖发凉，又给高雨笙打了一个。

这一次，没有接通，传来了同样的：

“您拨打的电话，暂时无法接通，请稍后再拨。”

这是翟辰这辈子听过的最讨厌的电话提示音。

第四章

翟辰付了车费，在堵死的大路上直接下车。这种时刻，营救美人的英雄应该抢走一台路人的摩托车，加足马力在车流中帅气穿行。翟辰也想这么做，可惜天已经黑了，夜盲眼无法支持这样耍帅的动作。

吸了口氧气，弯腰，起跑，冲着地铁站飞奔而去。

靠着超人的体力和速度，成功挤上了晚高峰的地铁。

“哇，兄弟，不用这么拼吧！”被翟辰挤到双脚离地的男生苦了脸，“你可以等下一班的。”

“不好意思啊，我赶着去救人。”

“啥？”

一路狂奔到疗养院，天已经完全黑了下来。高级疗养院的外观，看起来跟度假村没什么两样。

一切平静如初。门前的保安站在颇有热带风情的警亭里，向他敬礼问好；院子里，吃过晚饭出来遛弯消食的老人，三五成群，颇为悠闲，丝毫没有警察来过的迹象。

翟辰没有多做停留，一言不发地朝重病楼走去。

疗养院是分几个不同区域的，重病、慢性病、普通老人，分别住在不同的

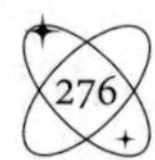

楼里。瘫痪在床成为植物人的高震泽，自然是住在重病楼的。翟辰陪着高雨笙来过几次，自然记得是哪间病房，也不问前台护士，直接三步并作两步地上楼去。

“先生，先生……”前台阻止不及，赶紧通知楼上的护士拦住这位没有登记就往里闯的不速之客。

翟辰一把推开高震泽的病房门，内里空空如也。原本应该躺着植物人的病床上空无一人，床单平整、仪器摆放有序，显然是整理过了。环顾四周，屋子里属于高震泽的私人物品倒是还在，不像是换了病房的样子。

“先生，这是私人房间，不可以随意进入。”一位年轻的女护士走过来，礼貌地请翟辰离开。

“你是负责这个病房的护士吗？”翟辰看了看这女人，有点眼熟，应该是先前来看望的时候见过的。

“是的，我是高先生的专属护士，现在不方便探视，请您马上离开。”女人露出个职业化的微笑，强硬地请翟辰出去。

“高震泽人呢？散步去了？”翟辰仿佛没听见护士说的话，随手推开屋子里的洗手间看了一眼。洗手间的地板还没来得及清理，白色的地砖上有一片凌乱的脚印，明显是男士皮鞋留下。鞋底的花纹各不相同，粗略判断，这里面起码站过四个人。

护士见他拉开卫生间的门，脸色骤变，咣当一声关上门，差点夹到翟辰的手，厉声道：“这位先生，我再重复一遍，请你出去。”

翟辰举手投降，笑道：“好，好，我出去。不过你得再回答我一个问题，高雨笙去哪里了？”

“小高先生陪他父亲去治疗室了。”护士不耐烦地说着，拿起墙上的电话准备叫保安把这个不速之客轰出去。

病房门被自动关门器合上，翟辰漫不经心地抬手，将护士手里的听筒打飞，准确无误地接住，随手挂回墙上。随后，露出个友善的笑容，出手如电地掐住了护士的脖子。

“高雨笙在哪里？”翟辰压低声音，一字一句像是从冰窟里蹦出来的。

疗养院风平浪静，说明所谓的“高震泽突然失踪”是根本不存在的。而高雨笙来电显示上有号码记录，且相信对方清楚父亲的状况，要么是疗养院的公用电话，要么就是专属护士的私人号码。

他跟高雨笙交代过，到了给自己打个电话。可是高雨笙没有打，那只能说明，他在进这间屋子的刹那就受到了攻击。

而这位护士，并不否认自己见过高雨笙，说出的话、做出的反应看起来都合情合理。然而……

高雨笙，陪父亲，治疗。

这三个词组合在一起，就是最大的不合理。

十分钟后，翟辰若无其事地走出病房，贴心地关上了病房门，并给方初阳发了条短信。随后，到护士站跟值班护士闲聊两句："姐姐，请问八号治疗室在哪里？"

护士姐姐抬头，被这灿烂得宛如烈日骄阳的笑容给晃了一下，愣怔片刻才说："八号啊，比较偏，在地下一层。"

翟辰谢过护士姐姐，并顺走了桌上的纱布剪，径直往负一层而去。

"哎呀，真是个英俊的小伙子，"护士姐姐感慨着，低头收拾器具准备去给病人输液，"小王，你看到那把剪刀了吗？"

"在桌上呀，哎，你的工作牌呢？"小王指着她脖子里挂的蓝色绳子，绳子一端被整齐地剪断，原本应该系在上面，属于护士长的高权限磁条工作卡，也不见了踪影。

翟辰气定神闲地坐上电梯，直达地下，给方初阳打了一通电话："那个护士说，四个保镖把天赐打晕带走，伪装成病人推到了八号治疗室。八号治疗室在地下一层，看起来像个辐射治疗室，挺厚的大铁门。我刚想起来，这间疗养院是高震泽投资的，你说他会不会在这里搞什么违规实验，比如把自己的头安到儿子身体上复活的黑魔法？"

地下一层，全是功能检查科室。CT 室、B 超室、核磁共振室都在这里，都是统一的白色推拉门，不仔细看还真找不到隐藏在角落里的八号治疗室。

这些功能检查室如今都已经过了使用时间，都关着门。地下一层空无一人，连灯都没开全。作为一个夜盲眼，习惯性走到哪里把灯开到哪里，致力于将光明带到世界的每个角落，翟辰一路走一路开灯，把整个地下一层弄得灯火通明。

"……"方初阳不想跟他探讨黑魔法的问题，"你怎么确定那个护士没说谎？"

翟辰掏出从护士长那里顺来的卡，在门边的密码锁上刷了一下，上面显示"身份验证成功，请输入密码"，把刚才从小护士那里问来的密码一个一个输上

去：“这你别管，太血腥的东西小孩子不该知道。总之，快点派警察来，来晚了说不定我就被人家……打成肉泥了。”

后半句停顿了一下，伴随着自动门轰然开启的声音，而后电话就挂断了。

八号治疗室里，没有任何仪器，空得宛如科幻片里的时空隧道。长长的走道尽头，是一部电梯，电梯两侧站着四名人高马大的黑衣保镖。

翟辰刚踏进来，身后的门就轰然关闭，把守在电梯两侧的保镖也吓了一跳。挂了电话，翟辰哈哈一笑：“哎呀哎呀，不好意思，好像走错地方了。”

“出去。”一个保镖冷声呵斥。

翟辰转身假装要走，从包里掏出氧气软管叼在嘴里，回身来骤然靠近：“请问，这里是高震泽先生的治疗室吗？”

保镖愣了一下，还没反应过来，就被他一拳撂倒。接近一米九的壮汉，就这么被瘦弱的男人打倒，身体还因为惯性滑出去两米。

其他保镖迅速上前，试图抓住翟辰：“你是什么人？”

这几个保镖，翟辰没见过，显然不是高震泽以前的保镖。这些人不说身手如何，但绝对够高够壮。对于普通男人来说，面对这么四个壮汉，是根本无法逃脱的。更何况，他们手里还有电击棒。

滋滋——噼啪！其中一个人从口袋里掏出一个通体漆黑像手电筒一样的东西，噼里啪啦闪着蓝色电弧。

翟辰神色一凛，这东西他作为保镖自然是认识的，是远程电击棒，说是攻击范围可达五米，实际操作也就是三米左右。瞬间电击，可使人麻痹，丧失抵抗能力。

天赐，大概就是被这群藏在厕所里的臭虫给偷袭了，没来得及祭出手表给他们表演串糖葫芦。

“抓住他。”拿电击棒的那人冲同伴说着，将电击棒指向翟辰，再次打开。

翟辰恰好被一名保镖抓住了手腕，深吸一口氧气，反手掰过来，咔嚓一声直接掰断了对方的手骨，一个过肩摔将人扔出去。

“啊！”还没来得及惨叫的壮汉，就被同伴射过来的高压电弧给击晕了。

翟辰抓起第一个被他打倒、刚刚爬起来的那位，像扔麻袋一样直接朝拿电击棒的那位扔过去。

剩下的这两位配合默契，拿电击棒的矮身躲避，另一人冲在前面接住飞过来的同伴。然而体重实在是太沉加上速度过快，被扔出去的这位像台球桌上的

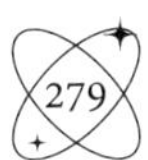

母球一样，把同伴撞飞，自己落在了原地，发出两下沉闷的咚咚声。

拿电棒的人大吼一声，拼着自己也被电晕的危险，举着噼啪作响的电击棒直接扑向翟辰。

翟辰可没有跟他一起做电鳗的兴趣，冲刺一步矮身滑跪在地上，直接一记“撩阴拳”，把那不停放电的“空中飞镖”放倒在地。

保镖因为剧痛丢了手里的东西，捂裆倒地。

不按则处于关闭状态的电棒，滑到翟辰脚边。翟辰把那东西捡起来，抓起那个伤得最轻的保镖：“高雨笙呢？”

“在，在底下，实验室。”这人看着抵在自己两腿之间的电棒，吓得直接招供。

“底下的门有密码吗？”翟辰听到“实验室”三个字，心中咯噔一下。

关于什么换头术的黑魔法，完全是他胡诌的，他更多的是怀疑高震泽在搞什么违法交易想让高雨笙背锅，却没想到真的是实验室。作为从小被翟建国吓唬的外星人，他对实验室、研究所之类的东西异常厌恶，甚至恐惧。

将所有的保镖都电晕，捏着其中一个人的手指按下电梯按键。指纹扫描成功，电梯门打开，翟辰捏着电棒走进去，缓缓下降。电梯直通地下三层，速度非常慢，堪比走楼梯。翟辰站在楼层按钮那一边，单手握着电击棒。

轰——电梯门轰然打开，刺目的光亮伴随着不同于正常空气的高浓度氧气，瞬间冲了进来。

第五章

翟辰眼都不眨一下，迅速适应了这样强烈的光线。事实上，这样的环境让他感到通体舒畅，速度和力量也跟着提升了不少，以至于面对兜头而来的子弹，可以毫不费力地迅速躲过，一个闪身直接蹿出了电梯。

躲开攻击，翟辰才看清楚，那是一条方形机械臂。顶端像是淋浴的花洒，密密麻麻的小洞里塞满了尖头小针，发射出来的东西就像地上掉落的那几个一样，圆柱形的弹身上连着一根细针。那是一种常见的麻醉弹，动物园捉猛兽时用的。

如果是个普通人站在电梯里，不管身手如何，在接触到强光的瞬间必然会

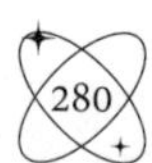

暂时失明，被麻醉针射个正着。

这间实验室非常大，穹顶足有两层楼高，里面摆满了各种看不懂的器械。还有许多两人高的玻璃器皿，宛如一口口直立的透明棺材，里面泡着一些容貌可怖的标本。非常符合翟辰噩梦中的那些实验室的配置。

翟辰藏身在一个矮柜后面，等待了几秒钟，见并没有人闻声赶来，便从柜子后冒出了头。

这里的氧气浓度实在是太适宜了，翟辰索性丢开了嘴里的氧气管，穿过一堆玻璃棺材，来到中心区域。

中心区域倒是正常很多，像是个手术室，顶上吊着无影灯，中间是一张配有束缚带的手术床。旁边是两个比其他“棺材”宽敞许多的玻璃箱，箱子里分别装着两个脱光了衣服只剩小内裤的青年。

“天赐！”翟辰扑到其中一个玻璃箱外，看到内里的高雨笙，顿觉自己的心脏被扔进了油锅里反复煎炸，还用刀子在上面切花。

高雨笙靠坐在透明的壁上，双目紧闭，冷汗顺着额头滑到下巴，跟出车祸他靠坐在驾驶室里强忍疼痛时的样子别无二致。听到翟辰的声音，高雨笙瞬间睁开眼，单手扒在玻璃壁上：“快走，危险！”

轰——翟辰没来得及回答，一只大手从天而降，直接朝他的后脑勺打来。听到风声，他立时侧身躲开，出拳格挡。未及反击，又被接着一拳打在胸口，直接飞了出去。

背部重重磕在一口玻璃“棺材”上，震得整个身子都麻了，那玻璃竟然还没碎。翟辰顺着玻璃滑倒，单膝跪在地上，捂着胸口剧烈咳嗽。抬头看向打他的人，瞳孔皱缩。

那是一个足有两米高的巨人，身形并不如何强壮，穿着研究员的衣服，看起来斯斯文文。只是那张脸，瞧着是亚洲人面孔，但五官与人类有些微小的不同。说不出哪里不一样，但就是有一种“异类”的违和感。

“你的力量很棒，快要赶上我了，”巨人动了动被格挡那一下震麻的手指，饶有兴致地走过来，单手提起翟辰的衣领，问玻璃箱里的高雨笙，“他是谁？”

“他是我儿子的保镖，倒是有本事，这么快就找过来了。”电动轮椅载着清醒的高震泽，从里面的小屋走出来，停在了中央开阔区，他笑着说道。他看起来心情很好，完全没有半身不遂患者的颓废感。他抬头提醒巨人：“我们要加快了，警察很快就会到。”

“那有什么要紧？”巨人随手按下某个按钮，一扇厚重的金属墙瞬间落下，将电梯门封得死死的。

“高震泽，你放了他，你想要什么我会配合你，”高雨笙靠在玻璃上，哑声说道，“如果你们敢伤害他，你什么都得不到。”

翟辰这才看清楚，另外一个玻璃箱里，装的是高牧笛。只是高弟弟的状况看起来比天赐要糟糕很多，他躺在地上，全身通红，双目紧闭，牙关紧咬，时不时还抽搐一下，显然是在发高烧。

巨人凑到翟辰脖颈附近，闻了闻，忽然眼睛一亮：“高，他是不是……”

“没错，他就是你那个小老乡。”高震泽抬眼看向翟辰。

“哦！”巨人立时把翟辰放下，双手按在他的肩膀上，激动不已，“拉莫提尔，亲爱的孩子，是你吗？”

然后叽里咕噜说了一串不在地球任何一种语言范围内的话。翟辰却听懂了，那根植于脑海深处的记忆，几乎是一种本能，立时让他明白了对方言语中的意思。他说，自己叫卡维，是跟他同一班飞船落在这个星球上的人，问他还记不记得当时的事情。

翟辰沉默了半晌，回了一个短音，表示“记得一点”。

听到久违的语言，卡维开心极了，又将翟辰举了起来，而后搂到怀里使劲拍了拍：“终于找到你了，天哪，我们都以为你死在了那场灾难里，像你的父亲一样。”

没料到是这个发展，翟辰却并不能体会到“老乡见老乡”的兴奋感，反倒在对方拍打自己的时候不由自主地绷紧了肌肉。推开过于热情的卡维，指了指满眼担忧看着这边的高雨笙：“没想到这地球上还有我的同类，这可真让人高兴。那么，亲爱的卡维叔叔，能说说他是怎么回事吗？你对他做了什么？”

“哦，我给他做了个排异反应测试，相当于一个青霉素过敏皮试。如你所见，他比他弟弟更能适应，过会儿就好了，不会有危险的。”卡维看着渐渐不再喘息的高雨笙，眼中露出几分满意。

“那是什么？”翟辰藏在身后的拳头瞬间捏紧。

“对于高等生命来说，躯体并不重要，意识才是存在的核心。意识，也就是自我，是由记忆决定的，而记忆其实是以物质形态存在的。”卡维像是一位耐心的导师，对久别重逢的小老乡充满了耐心，简单地给这位技校文化水平的翟保镖讲了一下实验原理。

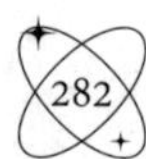

“只要把这种物质，注入另一个人的大脑中，同时把受体的原本记忆抽出，那么就相当于换了个身体。”

就好比把一只狗和一只猫的记忆储存物同时抽出，然后把狗的记忆注入猫的脑袋里，这个猫就拥有了狗的内芯。它记得狗从出生到现在的所有事情，也继承了狗对主人的感情、对飞盘的热爱，以及和隔壁家小母狗的恋情。

而把两个人的记忆互换，就相当于互换了身体。

这原理讲得浅显易懂，翟辰瞬间就明白了，背后的汗毛根根竖立。卡维要做什么，已经很明显了，他要把高雨笙和高震泽的记忆互换！

“高震泽，你有没有点人性，竟然这么对待自己的子女！”翟辰恶心得胃酸翻涌，要不是晚饭还没吃，这会儿肯定已经吐出来了。

这个人竟然要自己的亲生儿子代替自己瘫痪在床，而自己占有儿子年轻健康的身体。连带着儿子的财富、朋友、爱人，全部收入囊中。

“子女，是父母生命的延续。我生下他们，养他们长大，是时候让他们孝敬父母了。”开头一句，高震泽说得还极慢，带着几分挣扎，越到后面越顺嘴。似乎在说出这些道理的同时，也说服了自己内心最后的一点良知。

用仅能动的一只手举起手机，按下录像键：“我是高震泽，我意识清醒且没有受到任何胁迫，现在录像立下遗嘱。我名下的所有产业，包括九逸 22% 的股份，九合疗养院的产权，九天度假山庄的产权，全部由长子高雨笙继承。剩下的三套房产，分别留给妻子沈秋艳，次子高牧笛和长子高雨笙。具体文件，已经签署，放在银行保险柜里。”

高雨笙靠在玻璃壁上，眼睛一眨不眨地看着翟辰，对那边念着名为“遗嘱”实为他的“死亡昭告书”的父亲，视而不见。

翟辰不敢看他，怕自己冲动之下直接跟卡维拼命。他跟卡维根本不是一个量级的，他有的优势对方也有，还比他更强壮，也有更适合这身体的战斗技巧。目光飘到旁边的实验桌上，那里堆放着从高家兄弟身上扒下来的衣物。他伸手捏住那件星空衬衫：“为什么不给他们穿衣服？”

“这样方便观察，一旦出现问题也好及时救治。”卡维毫不在意地说，按下按钮给高牧笛身上均匀地喷洒酒精，好给他降温。

高弟弟冷得一激灵，脸色看起来好些了，但还是没有醒过来。

卡维还在喋喋不休地讲述过去。他以前就是个生物学家，跟着飞船去其他星球科考。谁知道半路出现了故障，飞船迫降在这颗星球上。许多同伴死在了落地的一瞬，他们中活下来的几个人辗转去了国外，一直不知道翟辰这个小朋友竟然也活了下来。

“拉莫提尔，你看，这就是飞船的动力核心。有了它，我们很快就可以回母星了！”卡维拉着他看摆在试验台上的黑色陨石，正是那颗被拜星教抢走的陨石“祸斗”。

翟辰看了看那颗陨石，黑不溜秋的没看出来有什么特别之处：“既然都要回去了，你为什么还要帮高震泽？”

“欸，飞船只造了一半。要完成剩下的部分，还需要高震泽的资金支持。”卡维耸耸肩。

“你放了高雨笙，他一样能给我们资金支持，而且我可以保证，他会给得更多。”翟辰试图策反他。

卡维摇了摇头：“No，no，no，亲爱的拉莫提尔，你不知道，高震泽救了我的命，我得回报他。”

其实卡维他们也很倒霉，算是被迫到了国外，凭着自身高于地球的科学技术，才避免了被切片的悲剧。他们一直努力帮对方建造踏进宇宙的工具，改良了航天飞机，教给他们 X 金属的使用方法。然而，几年前，因为航天飞机出现严重事故，对方怀疑他们这些外星人故意坑害，加上发现他们偷偷造飞船，判定他们准备逃跑，甚至造谣他们要联系母星攻打地球，沟通不畅导致了激烈冲突。

“其他人都死了，我因为是生物学家，不在航天公司，躲过一劫，靠着震泽的帮助才逃到了这里。”卡维感慨着，转身去拿实验器材。

就是现在！

翟辰摸出口袋里的剪刀，一跃而起，直接扎向了卡维的脖颈。在氧气充足的环境中，他的力量更胜以往。

“小家伙，你在干什么？”卡维背后像是长了眼睛一样，瞬间回身，一脚踹在了翟辰的身上。

翟辰并不出手格挡，拼着受伤将剪刀戳进了卡维的胸口。与此同时，自己也被踹飞了出去，结结实实砸在关着高雨笙的玻璃容器上。他只觉得自己五脏六腑都移位了，满嘴的血腥气。

咔咔——在他尚未滑落的时候，那面玻璃墙瞬间拉起。卡维以迅雷不及掩耳之势将他推进去，迅速关上了玻璃罩子。

玻璃罩子里，是正常的地球氧气量，翟辰缓过那一阵疼痛之后，便没了力气。而身后的氧气背包，早在第一次跟卡维交手的时候就被扯了下去。氧气不足，刚才又大量消耗体力，他的脸都苍白了起来。

“哥哥。”高雨笙伸手把他抱进怀里，那双手臂结实有力，显然已经扛过了药物反应，恢复了正常状态。只是脸上依旧一派萎靡，像是还在遭受折磨。

“小家伙，你在这个缺氧的环境中长大，身体发育不完全，实在是太弱了。”卡维收起方才那友善的笑容，将胸口的剪刀拔掉，按着一块止血药棉，站在玻璃容器外轻蔑地看着他。

“啧，我来猜猜，要互换记忆的不仅仅是他们父子，应该还有你我吧？”翟辰坐起身来，脱下外套遮住高雨笙的身体，轻轻揽着他，两人依偎而坐。

那颗“祸斗”，绝对不是什么飞船核心。如果是安装上就能起飞的动力核心，这么多年他们为什么不来取？毕竟，在很多年前，他们已经埋下了拜星教的伏笔。而且，那几位能造飞船的科学家，已经去世了，仅存的卡维只是个生物学家，他如何把未完成的飞船造好呢？

“不愧是拉莫提尔殿下，这无与伦比的智慧跟你的父亲真是像呢。没错，已经没有办法造飞船了。这个该死的低氧星球，即便我模拟了母星的生态环境，还是无法阻止寿命的缩短。原本该有 250—300 年的寿命，现在要缩短到三分之一！而我，只剩下不到十年的寿命了！”

卡维那不怎么像地球人的脸，扭曲了起来，露出几分癫狂。

他不能死，他要活着，活到母星派人来救他回去。而年轻的翟辰，是唯一适合接受他意识的身体。这具落到地球时才 8 岁的幼年体，还能活很久很久。只有活着，才有希望。

“你可能不记得了，可怜的小家伙，你可是个贵族呢。占有你的身体，我就不需要再辛苦了。整个飞船上都是科考队员，只有你和你爸爸，是出来旅游的！”

翟辰眨眨眼，小声跟高雨笙说：“所以，他这是仇富？”

高雨笙扯了扯嘴角，想笑又笑不出来。

卡维尽情地发泄了一下阶级仇恨，然后专心投入了工作。他将那块石头切割开，拿出了里面一些黏稠的、像沥青一样的东西。翟辰虽然不懂，但能猜出来，那东西跟接下来的记忆转移有关。

哐哐哐，电梯那边落下的金属墙上发出了敲击声。应该是警察到了，但一

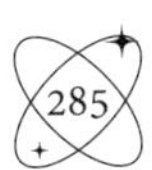

时半会儿也进不来。

翟辰抱住高雨笙，轻轻拍着他，借着外套的遮掩将一块手表套在他手上。那是他刚才捏起衬衫的时候，在衣服堆里找到的。

卡维单手拎起高震泽，把他放到医疗床上，准备抽取他的记忆。刚才那种沥青一样的物质，凝结成细小的长针，直接戳进了高震泽的脑袋。

就在此时，一个小巧的金属箭头瞬间穿透了厚厚的玻璃罩子。双手维持着器械不敢乱动的卡维，只有头部躲开了，身体还是被戳了个对穿。

“吼！”卡维愤怒了。

源源不断的氧气从破裂的玻璃孔中涌进来，翟辰一脚踹在破裂处，抱着高雨笙冲出去。抡起桌子直接砸在了总电源上，啪的一声响，整个实验室陷入了黑暗。

卡维戴着实验手套，抓住锋利的金属丝，试图把胆敢偷袭他的人抓过来撕成碎片。可是，任他怎么拽都拽不动。

金属丝太过锋利，已经割裂了实验手套，他感到了掌心的疼痛。

其实一些仪器有备用电池，还在发出微光。奈何卡维也是个夜盲眼，什么也看不到。

忽然，一个手电筒亮起来，直接照到了他的脸。逆着光，他只能看到手电筒，看不到周围的其他事物。而翟辰可以清晰地认准他的所在，轻车熟路地抖动金属丝，快速在卡维脖子上绕了一圈，随后拼尽全力拉紧。

滋——鲜血喷溅的声音，在落针可闻的实验室中十分明显。

……

高雨笙找到备用电源，重新打开灯。

翟辰脱力地坐在地上，手中死死地攥着手表，胳膊被金属丝划出了一道道口子，染红了衣袖。

卡维尸首分离，倒在血泊中。高震泽脑袋上插着那根黑色细针，完全没有意识。而高弟弟，还在昏迷中。

电梯那边，传来警察的喊话声：“里面的人快速远离，我们要释放爆破范围十米的炸药。”

高雨笙穿上衣服，抱着翟辰把他往后拖了拖，拖到弟弟的玻璃罩子后面，等待警方爆破。

“你说，杀外星人不算杀人吧？”翟辰终于回过神来，傻愣愣地问了这么

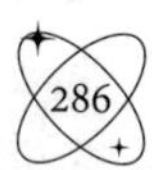

一句。

“不算，他没户口。”高雨笙抿唇轻笑。即便算杀人，有高牧笛做证，他们也算是正当防卫了。

“我竟然还是个外星王子呢。”翟辰忽而想起了自己的贵族头衔，颇有些得意。他再也不是开挖掘机的小保镖了，是开挖掘机的外星王子！

“就算回不去，你也至少可以活到八十岁了。”高雨笙在意的，只有卡维所说的寿命。以前他俩总是担心翟辰活不长的问题，这下总算大石落地。

翟辰挑挑眉，忍不住笑起来。

什么王子不王子，所谓的母星对他来说太过遥远，已经没什么感情了。他所有的感情，都靠着眼前人，与这颗蔚蓝色的星球连在了一起。

“超人哥哥决定留下来，一辈子保护地球了。”

“为什么呢？”

“为了我的一切所爱。”

番外　画室
"那个，是艺术品。"

高雨笙没有要父亲留下来的房产，都给了弟弟，自己依旧住在玉棠湾。

玉棠湾的洋房，翟辰每个角落都去过，除了那间一直紧锁的画室。每个人都有自己的小秘密，这个翟辰很理解，任何人之间都需要保留一些空间。所以，即便以主人的身份住进了这个房子，他始终没有打开过那间画室。

可凡事总有意外。

这天，翟辰正在后院喂鸡，眼瞧着一只野猫从画室没关的窗户钻了进去，赶紧过去追。画室里都是天赐的宝贝画作，弄坏了可怎么好？

翟辰趴在窗户上伸手拽猫尾巴，那猫狡猾得很，刺溜一下就钻进了画架底下，咣当当，打翻了画架旁边的笔刷筒。

“小畜生，给老子等着。”翟辰撑着窗台，翻身爬进去。

那猫缩在架子底下瞧他，摇晃着尾巴试图挑衅。翟辰活动了一下手指，轻手轻脚地靠近，一招猴子捞月抓向小贼。

“喵！”猫突然发了神经，猛地奓起背上的毛，猛地蹿起来，四爪划地蹿上了柜顶。

翟辰一把捞住画架，才没有发生画纸掉在颜料盘上的悲剧。可柜子上的画夹就遭了殃，被猫爪子蹬下来，里面的画作呼啦啦掉出来，铺了满地。

“祖宗啊！”翟辰咬牙，一跃而起，牢牢抓住了一条猫腿，在杀猫般的惨叫中把这位不速之客扔出了窗户，重新关上纱窗。

回头看看乱成一团的房间，简直一个头两个大。按照高雨笙的性格，这些画作肯定都是有顺序的，现在他这么一整理肯定乱了。这瓜田李下的，要说他没偷看过这些画，他自己都不信。

算了算了，发现就发现吧。先把东西收拾一下，免得受潮，一会儿再给高雨笙打个电话说一声吧。

落在最上面的，是一张星空图，画得很是漂亮。并不是世界名画那样的浓墨重彩，也不是描绘流星“祸斗”的，这看起来更像他们小时候在房顶上看的星空。纯净的黑幕上，散落着难以计数的繁星，明暗有别，大小各异。视野的底部，是茂密的树冠和一只指向天空的小手。

第二张，是一片树林。灌木丛生的林子，枯枝败叶铺满地面。一棵长得不是很直的树底下，有个用树枝、藤条围成的小圈子，里面放着一只毛茸茸的小黄鸡。

第三张，是一片平地，几个衣衫破烂、脏兮兮的小男孩，正围成一圈拍卡片。其中有一个小孩跟周围的人很不一样，他长得很白，比周围的人都要干净。他似乎是赢了，正举起一只手欢呼，眼睛却是看向画面之外，也就是看着作画的人。

……

这是，他和天赐在那个村子里的生活。翟辰都没这么细致的记忆了，现在看起来觉得颇有意思。画的后面标有日期，都是两年前画的，难以置信，那家伙怎么会记得这么清楚？

一张张收好放回原位，瞥见了旁边的画夹。这个看起来有些老旧，外壳上写着年份，是雨笙 12 岁时画的。

小孩子画的，应该不是什么秘密吧？翟辰心痒难耐，给自己找了个借口，将魔爪伸向那个旧画夹。

这里面的画，笔触明显稚嫩很多，大部分没有上色，用的铅笔素描。而画作的内容……

第一张，几个小男孩在平地上拍卡片。

第二张，树林的灌木丛中，一只小黄鸡。

……

整个画夹里的画，跟上一个画夹里的一模一样。只是画法不同，细节稍有出入。

翟辰惊呆了，又换了一个画夹来看，14 岁的画夹，一模一样；16 岁的画夹，一模一样。

这家伙，每隔一年，就把所有的画都重新画一遍。而所有的画，都在记录他俩在山村里的生活。仿佛是怕自己忘了，一遍一遍地重复，一遍一遍地增加细节。

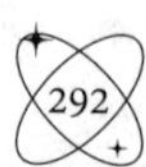

翟辰捂住心口，觉得这行为无比可爱又叫人无比心疼。

重新把画册放好，翟辰拿出手机，准备跟雨笙说一下，自己不小心进了这间画室。拨下号码，目光瞟到了画架上那幅还没完成的画作，嘴巴渐渐张大。

那是一幅色彩明丽的画，背景是一堆柔软的织物，上面躺着一名裸男。没错，是裸男！修长白皙的身体，微微弓起，漂亮的肌肉紧紧绷着，脸上的表情似痛苦更似欢愉。

“……哥哥？”

电话不知道何时已经接通了。

翟辰卡壳了一下：“咳，那什么，刚有只野猫爬进画室，我来抓猫。”

咔嗒。门从外面打开，高雨笙竟然已经进屋了，耳边贴着手机，站在画室门口看他：“那个，是艺术品。”

声音分别从空气和电话中传来，双重效果，把翟辰给定在了原地。

两人都有些窘迫。也不知道私闯禁地和偷画“艺术品”哪个更尴尬。

“既然哥哥看到了这张，这屋子也没什么不能进的了。”

“画就画吧，不怕你画。”

两人的声音同时响起，抬头对视，齐齐笑起来。

翟辰忍不住哈哈笑起来，抬手把高总的精英发型揉成了鸡窝。高雨笙也不恼，顶着鸡窝头走过去理了理书架上的画册：“哥哥看过这些吗？”

“没……”翟辰心虚地望着天花板。

高雨笙挑眉，随手拿了一册出来：“这些都是小时候画的，病得最严重的时候，就靠着画这些撑过来。我想着，只要不忘记这些，总会找到你的。”

靠着这点仅存的温暖，才让他撑过了自闭的寒冬。对一个毫无血缘关系的哥哥如此执着，如果换一个人，肯定觉得他是个神经病。幸好，对方是翟辰，是同样把他当作唯一的星星哥哥。

手术过后，恢复了正常的翟檬檬，开着玛莎拉蒂从幼儿园回来。他一路开到了客厅，取下酷帅狂霸拽的儿童墨镜，潇洒地下车。抬头就瞧见自家舅舅和小高总在画室里不知在背着他说些什么，瞬间又把墨镜戴上了。

翟大王叹了口气，去找隔壁小朋友飙车了。欲做明君，奈何大明宫变成了酒池肉林，寡人只能暂作回避。呜呼！

图书在版编目（CIP）数据

临时保镖．大结局 / 绿野千鹤著．-- 南京：江苏凤凰文艺出版社，2021.9
ISBN 978-7-5594-5501-7

Ⅰ．①临… Ⅱ．①绿… Ⅲ．①长篇小说－中国－当代
Ⅳ．① I247.5

中国版本图书馆 CIP 数据核字 (2020) 第 247319 号

临时保镖． 大结局

绿野千鹤 著

责任编辑 张 倩
特约编辑 慕鹤鸣 席 风 彤 宇
封面设计 吴思龙 @4666 啊
出版发行 江苏凤凰文艺出版社
南京市中央路 165 号，邮编：210009
网 址 http://www.jswenyi.com
印 刷 嘉业印刷（天津）有限公司
开 本 700mm × 980mm 1/16
印 张 19
字 数 312 千字
版 次 2021 年 9 月第 1 版
印 次 2021 年 9 月第 1 次印刷
书 号 ISBN 978-7-5594-5501-7
定 价 49.80 元